T'embrasser sous la neige

EMILY BLAINE

T'embrasser sous la neige

Harper
Collins
POCHE

HARPERCOLLINS FRANCE

83-85, boulevard Vincent-Auriol, 75646 PARIS CEDEX 13
Tél. : 01 42 16 63 63

www.harpercollins.fr

ISBN 979-1-0339-0990-3

I wanna feel you in my veins
I wanna breathe you in like your vapour
I want to be the one you remember
I want to feel your love like the weather

Vapour, 5 Seconds of Summer

Chapitre 1

— Je t'envie tellement, gémit Zélie derrière le rideau.

Dans la cabine d'essayage, j'ajustai le haut d'un bikini vert amande autour de ma poitrine. Le tissu épousait parfaitement mes formes, mais les bretelles cisaillaient mes épaules. Je pivotai, vérifiant ma silhouette dans le miroir, avant d'esquisser un sourire devant cette scène improbable : pendant que les haut-parleurs du magasin déversaient la bande-son de saison – Mariah Carey succédait à Michael Bublé – j'étais en pleine séance d'essayage de maillots de bain, lesquels avaient été relégués au fond du magasin au profit des pyjamas en coton bio et des chaussettes épaisses vertes et rouges.

Cette fois, Simon avait fait fort et j'exultais déjà en songeant à notre semaine de farniente au soleil.

— Tu m'enverras une carte postale ? continua mon amie.

— Ce truc ne va pas, soupirai-je.

Zélie écarta le rideau et passa sa tête pour vérifier mes dires. Elle fit la moue, me confirmant que je n'avais pas fait le bon choix. Ce haut de maillot était très seyant… mais il était bien trop sage pour une semaine de vacances à la Barbade. Simon et moi ne nous étions pas vus depuis deux mois : j'avais en tête des retrouvailles à la fois romantiques et sensuelles.

— Tu devrais essayer le triangle. Beaucoup plus sexy !

Ma collègue et amie referma le rideau, me laissant me changer. Le maillot vert amande finit à mes pieds, pendant que je me saisissais d'un haut rouge vif. Sur ma peau pâle, le tissu tranchait. Je rassemblai mon épaisse chevelure sur le haut de ma tête et la maintins avec une épingle à chignon. Les mains sur les hanches, je vérifiai mon reflet : le maillot laissait apparaître la courbe de ma poitrine, tout en restant bien en place.

— Beaucoup mieux, commenta Zélie. Et il ne risque pas d'encombrer ta valise !

Par le miroir interposé, nous échangeâmes un sourire. Zélie et moi étions amies depuis mon premier jour chez Pepper Team. Elle m'avait accueillie, m'avait aidée à comprendre mes premiers dossiers, et, surtout, elle m'avait présenté Simon. Le souvenir de cette première rencontre, banale, me tira un sourire. Il lui avait fallu plusieurs tentatives avant que j'accepte un dîner, et encore plus de persévérance pour que je l'accepte dans ma vie. Il avait été patient et doux et avait rendu notre histoire simple et facile.

— À quelle heure atterrit son avion ? demanda mon amie.

— Demain à 16 heures. On passe la nuit sur Paris et on repart pour la Barbade dès le lendemain.

— Il était où, cette fois ? Berlin ?

— Prague. Il devait recevoir des candidats pour la succursale d'Europe de l'Est, expliquai-je avec fierté. Je vais prendre le rouge. De toute façon, ce n'est pas comme si j'avais l'embarras du choix.

Zélie referma le rideau, mais poursuivit la conversation. Je remis une tenue de saison, enfilant mon pull épais blanc à torsades et libérant mes cheveux châtains pour enfoncer un bonnet sur ma tête.

— Ne compte pas sur moi pour te plaindre, râla Zélie. Tu vas partir au soleil, pendant que nous, pauvres humains célibataires, devons subir le froid sibérien à Paris.

— On part juste dix jours, lui fis-je remarquer tout en sortant de la cabine.

— Dix jours où je dois me farcir les ultimes préparatifs de la soirée des généreux donateurs des musées de France.

— Bienfaiteurs, pas donateurs, la corrigeai-je. Et, de

toute façon, je ne suis pas chargée de cette soirée, donc mes vacances ne changent rien.

— Bien sûr que si ! À qui vais-je pouvoir me plaindre des accès dictatoriaux de Christophe ? Et avec qui vais-je aller boire un verre chez Julian ?

Nous nous dirigeâmes vers la caisse du magasin, slalomant entre les idées cadeaux – des chaussons duveteux et des nuisettes affriolantes – et les clients prévoyants. À quatre semaines de Noël, j'estimais avoir encore un peu de marge avant de me lancer dans mes achats.

— Et surtout, qui va me rassurer dans les toilettes quand je tenterai de dompter ma chevelure ? demanda Zélie, en tentant d'enfoncer ses mèches crépues dans un béret blanc en laine.

— Tu survivras, assurai-je. Dix jours, Zélie, dix jours seulement.

— Tu as vraiment de la chance, soupira-t-elle.

— Tu sais, tu peux être dans un avion dans moins de trois heures et dans un transat d'ici demain matin.

— Ce n'est pas ce que je veux dire. Les vacances ne sont… qu'un détail. Mais, Juliette, tu rencontres Simon, fleurs, rendez-vous romantiques, premier baiser sur le pont Alexandre III, week-end à Deauville et maintenant la Barbade.

Zélie avait consciencieusement résumé mon histoire avec Simon, énumérant chaque étape avec une précision comptable. Tout était vrai. Simon était adorable, prévenant, élégant. Il avait tout fait dans les règles, faisant preuve de romantisme à chaque étape que nous franchissions. Il me rassurait et me soutenait. Un sourire rêveur orna mes lèvres : la Barbade marquerait un nouveau tournant dans notre relation.

— C'est vrai, j'ai de la chance.

Pour me séduire, Simon avait mis toutes les chances de son côté : il riait de mes blagues, il était attentionné et avait été très patient. Pendant un temps, j'avais envisagé qu'il se lasse, que sa patience et sa prévenance finiraient par s'effriter. Mais il s'était accroché et avait fini par cocher toutes les cases du petit-ami idéal.

— Il va te demander en mariage, tu sais, souffla mon amie pendant que je réglais mes achats.

Je lui lançai un regard sombre. Je mentirais en disant que cette idée ne m'avait pas effleurée. C'était dans la continuité logique de ma relation avec Simon. Pourtant, je ne ressentais pas d'excitation particulière en m'imaginant en robe blanche. Au contraire, cette perspective me tirait volontiers un frisson d'effroi : ça rendait notre relation terriblement officielle.

— Ça va se produire, rit-elle. Au soleil couchant, avec le bruit des vagues, il posera un genou au sol et…

Devant nous, la vendeuse esquissa un sourire, se régalant de notre conversation. Zélie était un concentré de bonne humeur et d'optimisme, captant avec facilité l'attention de tout le monde. Je n'étais ni timide ni renfermée, mais par comparaison avec une Zélie rayonnante, je ne renvoyais qu'une lueur faiblarde.

— Bon sang, Zélie ! m'agaçai-je.

— Oh ! vous pourrez me mettre de côté le maillot de bain amande qui est resté en cabine ? demanda-t-elle à la vendeuse. Je repasserai demain.

— Pourquoi tu ne l'essayes pas maintenant ?

— Je tente de faire les choses dans l'ordre : d'abord un mec, puis un bikini. J'ai encore quelques heures devant moi pour atteindre le premier objectif.

La vendeuse me tendit mon sac et m'adressa un sourire complice. Je la remerciai et Zélie et moi sortîmes du magasin, retrouvant l'air vif hivernal. En ce début décembre, les rues parisiennes étaient déjà chargées de décorations lumineuses. Je n'avais pas encore choisi mon sapin pour mon appartement, et je me promis de le faire à mon retour des Caraïbes, en compagnie de Simon.

J'imaginais déjà la scène. Nous installerions le sapin – un vrai, avec parfum de résine et épines piquantes – dans mon salon, près de la baie vitrée. Les décorations nous attendraient sur la table basse, tout près de nos deux tasses de chocolat chaud crémeux. Et je pourrais enfin avoir un bon souvenir traditionnel de Noël.

Un coup de coude de Zélie me sortit de mes pensées romantiques. Elle me tira le bras, m'attirant devant une vitrine de robes de mariée. Les deux modèles dans la vitrine étaient superbes et j'esquissai un bref sourire, ravalant mes angoisses.

— Tiens, regarde. Celle-ci est vraiment magnifique, non ?

Zélie me jeta un coup d'œil, et je me contentai de hocher la tête. J'étais tétanisée. N'importe quelle fille aurait sauté de joie ou se serait extasiée devant ce déluge de dentelles et de tulle. Lier sa vie à quelqu'un, pour le restant de ses jours, était une grande décision, de celles qui me collaient une peur bleue.

— Tu viens prendre un verre ? demanda mon amie.

— J'ai ma valise à faire.

— Tu n'as pas vu ton mec depuis presque deux mois et tu viens d'acheter un bikini : tu as déjà le nécessaire pour dix jours de câlins au lit.

— Tu radotes, souris-je.

— Je t'envie à mort, c'est tout. Allez, viens ! Juste un verre ! Tout le monde sera là !

Elle accrocha son bras au mien, m'entraînant en direction de notre bar habituel. Je levai les yeux au ciel, mais renonçai vite à râler. Je considérais mes plus proches amis comme ma famille ; j'adorais rire avec eux et écouter les histoires désopilantes d'Olivier, professeur de sport et narrateur des exploits inattendus de ses élèves.

— Et ça fait une éternité qu'on n'a pas passé une soirée tous ensemble.

— Ça vise à me faire culpabiliser ? l'interrogeai-je, en remontant mon col sur mon cou.

— Totalement. Je n'ai jamais compris pourquoi Simon ne voulait pas se mêler à nous autres, pauvres humains.

— Il a des responsabilités et ce n'est pas trop son truc ce genre de soirées, le défendis-je.

C'était vrai. Simon s'investissait beaucoup dans l'agence, passant de nombreuses soirées à son bureau. Je le comprenais et je l'acceptais volontiers, dans la mesure où cela me permettait, à moi aussi, d'avoir mes soirées avec mes amis, en toute indépendance. C'était ce que j'appréciais le plus avec Simon : nous étions ensemble, mais nous ne ressentions pas le besoin d'être soudés l'un à l'autre. J'avais ma vie, et il avait la sienne et c'était parfait ainsi.

L'établissement de Julian, sobrement baptisé « Le Bar de Julian », était à quelques centaines de mètres du centre commercial. Surtout, il était juste en face de l'immeuble où Zélie, Simon et moi travaillions. Ma collègue avait passé la majorité de ses pauses déjeuner à admirer l'avancée des travaux qui avaient transformé peu à peu le troquet traditionnel parisien en bar tendance et très fréquenté. Zélie s'était extasiée à profusion sur Julian et sa musculature, s'interrogeant sur sa vie privée, tentant même d'attirer son attention en faisant mine de trébucher devant lui. En vain. Julian s'était contenté de l'aider à se redresser, puis avait invectivé un de ses ouvriers qui marchait sur le sol fraîchement posé.

Après deux ans de soirées interminables, de rires et parfois de gestions de crise, Julian était devenu un ami. Zélie, elle, s'était fait une raison : aux yeux de Julian, elle resterait la pauvre fille qui avait manqué de s'étaler sur son trottoir.

Nous entrâmes dans le bar à l'instant où une nouvelle bourrasque de vent glacé nous giflait le visage. Zélie rouspéta et se dirigea vers le fond de la salle où Clémence, Lucas et Olivier nous attendaient, attablés devant des mugs fumants. Leurs visages s'éclairèrent lorsqu'ils nous aperçurent et j'en oubliai le froid extérieur.

— Chocolat ? tenta Zélie.

— Vin chaud maison, rectifia Clémence en remuant le bâton de cannelle dans sa boisson.

J'arquai un sourcil, ravie de cette proposition. Je m'installai face à elle, sur la banquette, retirant mon attirail hivernal avec soulagement. Dans le bar, la chaleur était douce. Un petit sapin naturel trônait sur chaque table, habillé de quelques lumières. Sur les fauteuils et banquettes, Julian avait disposé des plaids moelleux et des coussins duveteux. Des guirlandes lumineuses entrelacées à des branches de sapin ornaient joliment les murs. Il ne manquait qu'une cheminée à cette ambiance de chalet savoyard. Le seul cliché auquel Julian avait résisté était la musique. Il n'avait pas renoncé à ses standards de jazz pour les tubes de Noël, et j'étais prête à lui vouer une reconnaissance éternelle pour cette initiative.

— Lingerie ou pyjama épais ?

Clémence désigna le sac posé à mes pieds. J'esquissai un bref sourire et me pinçai les lèvres, un peu embarrassée par sa perspicacité.

— Oh ! lingerie, donc, conclut mon amie en secouant son carré blond ondulé. Depuis combien de temps Simon est-il parti déjà ?

— Deux mois, répondit Zélie en levant les yeux au ciel. Et ils vont à la Barbade.

Mes deux amies échangèrent un regard amusé, puis Clémence posa sa main sur l'avant-bras de son petit-ami. Aussitôt, ce dernier interrompit sa conversation et tourna toute son attention vers elle.

— On va parier !

Je retins un gémissement de lassitude. Parier était une vieille habitude de notre groupe. Un projet, une décision – Clémence allait-elle finir par démissionner ? –, une réunion professionnelle – Zélie réussirait-elle à faire fonctionner la vidéo-projection ? –, un choix… tout était bon pour faire les paris les plus stupides. Dernièrement, Zélie avait gagné celui portant sur le déguisement d'Halloween d'Olivier – une improbable tenue de sumo qui lui allait comme un gant – et Clémence ne cessait de fanfaronner sur le fait que Lucas avait effectivement gagné le premier prix d'un concours de fleuriste.

— On parie sur quoi ? demanda ce dernier, très concerné, à Clémence.

— Juliette et Simon vont en vacances à la Barbade.

Olivier piqua une olive verte et me détailla de ses yeux sombres comme si j'étais l'objet d'une expérience scientifique. Je soupirai et secouai la tête ; je ne voulais pas être l'objet du prochain pari.

— Ça peut être juste des vacances, commenta Lucas.

— Ils ne se sont pas vus depuis deux mois, continua Zélie.

— Et elle a acheté de la lingerie.

— J'ai acheté un maillot de bain, rectifiai-je.

— Rouge. Un triangle, précisa Zélie.

J'eus la vague sensation d'être un suspect idéal, celui qui est formellement identifié par ses victimes et cerné par la police. Je rétrécis le regard, impuissante à canaliser l'enthousiasme de mes amis. Je les adorais, mais ils me connaissaient par cœur et savaient très bien comment me taquiner. Zélie ajouta :

— Oh ! et elle s'est arrêtée devant une boutique de robes de mariée.

— *Tu* nous as arrêtées devant cette boutique !

— Tu n'as rien fait pour nous en éloigner, Juliette.

J'ouvris la bouche, sous le choc. Zélie m'avait enfoncé un poignard dans le dos, et il me semblait maintenant qu'elle le remuait allègrement, un sourire sadique sur les lèvres.

— Les preuves sont accablantes, trancha Olivier. Dix, qu'elle revient avec la bague au doigt.

Pour appuyer sa proposition, il sortit un billet de son portefeuille et le posa au milieu de notre table. Au même moment, Julian approcha et comprit immédiatement qu'un nouveau pari avait été lancé ; la situation m'échappait totalement.

— C'est pour qui cette fois ? demanda-t-il.

— Juliette. Vacances à la Barbade après deux mois de séparation, en compagnie d'un bikini rouge, résuma Clémence.

Je lui adressai un regard noir. J'avais rencontré Clémence au collège, en quatrième, à l'époque où elle soupirait d'amour pour Lucas, bellâtre de seconde. J'avais supporté ses gémissements, ses plaintes, ses espoirs et le récit détaillé de leurs premiers baisers. Je l'avais soutenue sans faillir… et, en récompense, ce soir, je me faisais trahir par une de mes plus vieilles amies.

— Tu sais que jamais je ne parierai sur vous deux, lui rappelai-je.

— La culpabilité ne fonctionne pas avec moi. Je mets vingt, dit-elle pendant que Julian fouillait dans ses poches. Tu reviendras fiancée.

Je m'enfonçai dans la banquette, abandonnant l'idée de lutter. Ça revenait à se débattre dans les sables mouvants et à s'enfoncer inéluctablement. Un verre de vin chaud apparut devant moi et je souris de reconnaissance à Julian. Ce verre m'aiderait à refouler le début de panique qui me gagnait à l'idée de ce mariage.

Très vite, cinq billets trônèrent au centre de la table. J'attrapai un coussin douillet et le serrai contre moi, prête à bouder comme une gamine.

— Vois les choses du bon côté : soit tu gagnes et tu remportes tout le fric ; soit tu perds et… tu es officiellement fiancée, conclut Lucas, en commandant une nouvelle tournée de vin chaud.

J'aurais presque pu croire en sa soudaine philanthropie, s'il n'avait pas pris la main de Clémence dans la sienne pour y déposer un baiser et lui lancer un « bien joué », avec un sourire fier. Je sortis mon téléphone et découvris un message de Simon.

Au bar avec la troupe ?

Je lui confirmai rapidement et retrouvai immédiatement le sourire. Autour de moi, mes amis avaient repris leurs conversations et Olivier nous racontait les derniers exploits improbables de ses cinquièmes. De toute évidence, le javelot était un sport bien dangereux.

Tu seras à l'aéroport demain ?

À nouveau, je confirmai. J'étais trop pressée et heureuse de le voir pour attendre qu'il me rejoigne chez moi. Je relevai les yeux vers la table, à l'endroit même où les billets de ce pari stupide attendaient.

J'allais probablement perdre et revenir en étant fiancée. Pourtant, quelque part, j'avais très envie de gagner.

Chapitre 2

— Evan ?

Les yeux rivés sur les cordes, j'ignorai la voix agaçante dans mon casque. Mes doigts se resserrèrent sur le manche de la guitare, pendant qu'un nouvel accord résonnait dans la cabine d'enregistrement. Intentionnellement, je gardai la tête baissée, ignorant les visages contrariés derrière la vitre.

— Evan ?

Je me lançai dans un nouveau riff furieux, pinçant les cordes avec une énergie désespérée. Je me perdis dans les vibrations de mon instrument pour étouffer mes pensées sombres. Pendant quelques secondes, je parvins à couvrir mon chagrin, et, je respirai mieux.

— Evan ?

Je collai la guitare contre mon bassin, l'enserrant de toutes mes forces. Le son saturé se réverbérait dans mon corps, vibrant contre ma peau, transperçant mes muscles, atteignant jusqu'à mes os. La respiration courte, je déversai toute ma colère dans les dernières notes, ravalant mes larmes et retenant un hurlement de rage. Je risquai un coup d'œil sur ma gauche, remarquant le haut tabouret vide. Le sien.

Je n'avais pas eu le courage de le retirer de la cabine d'enregistrement.

— Evan !

La voix étranglée de notre producteur perça mes tympans. J'arrachai mon casque de ma tête et le jetai contre la vitre qui me séparait des équipes de mixage. La guitare émit un dernier son plaintif, comme si elle réclamait elle aussi une pause, avant que le silence n'emplisse finalement la cabine. À bout de souffle, je relâchai la guitare, agitant mes doigts engourdis.

Ma tristesse reprit le dessus, oppressante et tyrannique. Respirer redevint difficile ; comme si quelque chose appuyait sur ma cage thoracique. Je m'étais souvent demandé si on pouvait mourir de chagrin ; désormais, je devinais que oui.

— T'es calmé ?

Étienne, l'un des techniciens, poussa un soupir et m'aida à poser ma guitare sur son support. Puis, il me gratifia d'une tape compatissante dans le dos. Je passai une main sur ma nuque. Tout mon corps me faisait un mal de chien, mais la pire des douleurs se situait bien plus profondément. Elle épuisait toutes mes forces depuis des mois.

— Ils veulent te parler, expliqua-t-il.

— Non. Ils veulent que j'écoute et que j'exécute leurs ordres.

— Fais un effort, mec.

Je fronçai des sourcils et ravalai un rire ironique. Faire un effort. Ma vie tout entière était devenue une succession d'efforts. Je luttais pour me lever de mon lit, errais dans mon appartement, commandais des repas tout prêts et entassais les boîtes en plastique dans ma cuisine. Le soir, je me recouchais, partagé entre colère et anéantissement. Je ne jouais plus. Je n'en avais plus la force, ni l'envie. Je n'avais rien composé depuis des semaines, et sortir trois accords – la plupart du temps mauvais – était un exploit.

Ce matin, sortir de mon appartement m'avait coûté une telle énergie que j'avais aussitôt rêvé du moment où je finirais par m'effondrer dans mon lit. Parler avec la maison de disques – envisager l'avenir, comme ils le disaient – allait m'achever.

— On ira manger un bout après si tu veux, proposa Étienne.

— Je veux juste rentrer chez moi.

En silence, je le suivis dans la salle de mixage. Nos producteurs attitrés depuis trois ans nous attendaient, visage fermé et mâchoire crispée. Je m'appuyai sur la table de mixage, croisai les bras sur ma poitrine et attendis le sermon que j'évitais depuis plusieurs semaines.

— Comment ça va ? demanda Paul, le grand brun qui nous avait fait signer notre premier contrat.

— À votre avis ?

— Écoute, Evan, nous avions convenu de sortir un nouvel album au printemps.

— Il faut repousser.

— Nous l'avons déjà repoussé, me fit remarquer notre deuxième producteur, Karl. Et nous avons aussi repoussé la tournée.

— Alors on repousse encore.

— Evan, ça ne se passe pas comme ça. Nous avons des impératifs financiers et des assureurs. On ne peut pas repousser éternellement.

Ils firent un pas dans ma direction, signe que le temps de la compassion était terminé. Je me redressai, prêt à faire front. J'étais incapable de boucler l'enregistrement de l'album, et monter sur scène était inimaginable. Je n'avais plus aucune force, plus aucune envie. Envisager de finir nos chansons sans lui me donnait envie de hurler de désespoir.

— Ce n'est pas un caprice, soufflai-je.

— Il y a des gens qui comptent sur toi.

— Ma jauge de culpabilité est déjà au max. Inutile d'en rajouter.

J'échangeai un regard avec Étienne. Il se tenait nerveusement en retrait, comme s'il craignait que la situation dégénère. Il frotta sa barbe légère de la main, sans cacher un soupir de lassitude. Je le soupçonnais d'avoir joué les diplomates trop longtemps.

— Evan, il faut que nous avancions et nous devons aboutir sur des échéances rapides.

— Je suis venu aujourd'hui, non ? m'énervai-je.

Je n'avais pas mis les pieds dans le studio depuis plusieurs mois. J'avais pris la fuite de ma vie tout entière : je faisais un détour de deux rues pour éviter de passer devant l'immeuble de Michael, j'annulais les sessions d'enregistrement et j'évitais tout ce qui me rappelait de vieux et bons souvenirs.

— Tu es venu et il n'y a aucune prise utilisable, me fit remarquer mon second producteur.

— Il y a des jours avec et des jours sans. Je ne suis pas une machine.

— On doit finir cet album, Evan. Michael l'aurait voulu aussi.

Je tentai de maîtriser ma colère, accrochant mes mains au rebord de la table. Je relevai les yeux vers mes deux producteurs, puis vers Étienne. Nous étions dans une impasse : je me battais contre eux et contre moi. Le souvenir de ma dernière soirée avec Michael, dans ce même endroit, me glaça le sang.

— On peut peut-être en discuter ailleurs, tenta Étienne.

— Non, il faut qu'on trouve une solution, intervint mon deuxième producteur.

— Ça fait presque quatre mois. Nous avons été assez patients. On ne peut plus couvrir les coûts du studio et nous sommes en risque sur les concerts. Les assureurs ne vont plus suivre : ils exigent un examen psychiatrique pour renouveler les contrats. On risque de perdre gros !

La conversation virait à l'affrontement. La colère supplanta peu à peu la tristesse, irradiant ma poitrine. Je fermai les yeux, tentant de mettre à distance les tirs croisés de leurs reproches ; je ne voulais plus rien entendre, plus rien sentir.

— Evan, nous sommes vraiment profondément attristés par ce qui est arrivé mais Michael aurait voulu finir cet album, il aurait été fier de le sortir.

— C'est vrai, admis-je à contre-cœur.

Le soulagement se peignit sur leurs visages. Je n'avais aucune intention de les planter mais je n'arrivais plus à sortir le moindre son, et ce constat ajoutait à ma douleur une profonde colère. Michael me manquait encore plus dans ces moments-là. Sans lui, la musique ne sonnait plus de la même façon.

— Je le finirai, promis-je.

— Ce qu'on a écouté était très prometteur, je suis certain que le résultat sera à la hauteur. On compte sur toi.

Ils quittèrent le studio, rassurés. Étienne échangea un regard avec moi, espérant une explication. Je restai muet, songeant à ce qu'aurait voulu Michael.

Oui, il aurait voulu terminer cet album ; il l'aurait joué pendant des heures jusqu'à en maîtriser chaque note et il lui aurait donné vie sur scène.

Pour lui, pour Lucie et pour Gloria, je devais le finir.

— On le finira, répétai-je.

— Tu veux qu'on aille boire un verre ? proposa-t-il.

— Ma mère m'attend : je dois récupérer Gloria aujourd'hui.

— Grande journée ! s'exclama Étienne avec un sourire.

— On se voit demain ?

— Si tu veux, oui. Appelle-moi pour fixer une heure.

J'attrapai mon caban marine et vissai mon bonnet sur la tête.

— Tu es sûr que tu tiens le coup ? s'inquiéta Étienne.

— C'est ce qu'il aurait voulu, non ?

Étienne hocha la tête. En ma présence, je savais qu'il faisait son possible pour masquer ses émotions – à croire qu'il avait peur que sa tristesse s'ajoute à la mienne. Il n'osait même plus prononcer le prénom de mon frère. Mais son fantôme était toujours dans ce studio, tapant du pied sur le sol, souriant largement, proposant d'ajouter un solo de guitare.

Michael était partout, ici.

— C'est ce qu'il aurait voulu, répétai-je.

Je ne retrouvai une respiration normale qu'une fois à l'extérieur. Loin de l'atmosphère oppressante du studio d'enregistrement, loin des souvenirs heureux que j'avais ici, la tristesse s'estompait. Un peu.

L'air glacé me fit du bien. Je réajustai mon col, puis remontai la rue pour me retrouver devant une bouche de métro ; la perspective d'être enfermé à nouveau me fit grimacer. Alors, je longeai les boutiques décorées pour Noël, croisant certains passants déjà chargés de paquets. Cette année, le réveillon serait particulièrement pénible et je doutais d'avoir l'esprit à la fête. Je m'arrêtai devant un bar animé et, pendant un court instant, je fus tenté de m'y réfugier pour y noyer mon chagrin. Le propriétaire des lieux avait opté pour une décoration de Noël très présente, à base de branches de sapin et de guirlandes lumineuses.

Je me surpris à sourire en découvrant les plaids en flanelle étalés sur les sièges : Lucie adorait s'enrouler dans ce genre de trucs. Elle aurait certainement apprécié cet endroit. Je repérai un groupe d'amis qui plaisantaient et riaient. La tristesse de la situation me glaça : derrière cette vitre, c'était ma vie d'avant que j'observais, et je n'étais pas certain de la retrouver. Personne ne voulait d'un mec bancal, déprimé et épuisé.

Je renonçai à rentrer dans le bar, m'éloignant des rires et du parfum de chocolat chaud. Je levai les yeux vers le ciel lumineux, cherchant une solution dans les cieux. Je n'avais jamais été branché spiritualité ou au-delà mais, aujourd'hui, j'attendais un signe, quelque chose qui m'aiderait à sortir des sables mouvants dans lesquels je me débattais. Je fourrai mes mains gelées dans les poches de mon caban et une vague de sérénité m'envahit quand mes doigts rencontrèrent un petit objet. Je sortis l'ultime cadeau de Michael, un aimant kitsch et improbable – rond en plastique orange, avec une tour Eiffel en relief vert – qu'il m'avait donné au cours de l'été. C'était une vieille coutume : à chacun de nos concerts ou à l'occasion d'événements marquants, Michael achetait un aimant, généralement le plus ringard possible, et il l'accrochait sur une plaque magnétique dans son salon.

« Celui-là, je te l'offre, avait-il dit en me le donnant.

— Il est vraiment affreux !

— Vois au-delà des apparences, Evan, m'avait encouragé mon frère, en enroulant son bras autour de ma nuque. Tu vois un truc moche, moi, je vois le concert de Lollapalooza, avec nos fans qui hurlent. Oh ! et cette fille au premier rang qui porte un T-shirt blanc trempé.

— Michael, si tu venais m'aider, plutôt ! »

Lucie avait surgi dans le salon, un sourire radieux aux lèvres. Je me souvenais parfaitement que, pendant une courte seconde, j'avais jalousé Michael et sa vie idéale. Mon frère avait enlacé sa femme et ils s'étaient regardés comme si le reste du monde n'existait plus. Ce n'était même plus gênant : Lucie et Michael s'étaient rencontrés au lycée et j'avais pris l'habitude d'être un spectateur envieux de ce qu'ils vivaient.

Mon téléphone vibra dans ma poche et je découvris un message de ma mère. J'avais ignoré la plupart de ses appels depuis des semaines. Peut-être qu'il était temps de reprendre pied et d'assumer mes responsabilités. Ma mère avait été dévastée par la mort de son fils aîné, et certainement son préféré. À près de soixante ans, elle n'avait jamais envisagé la possibilité de survivre à ses enfants. Comme convenu, elle m'attendait en fin d'après-midi avec Gloria chez Michael. Cette perspective suffit à me faire sourire brièvement. Gloria était un rayon de soleil. Du moins, c'était comme ça que Michael l'appelait. Et il avait raison : Gloria, ses huit mois – presque neuf –, ses sourires, son enthousiasme et son énergie pouvaient illuminer la pire de vos journées.

Rejoindre son appartement me prit une heure. Une heure durant laquelle je fis le point sur ma vie actuelle. Dire qu'elle était un désastre était loin de la vérité. Michael, le groupe, ma mère, l'album, Gloria… même Marion avait déserté ma vie. Je ne pouvais pas en vouloir à mon ex, j'avais été odieux avec elle. Notre relation n'avait jamais été au beau fixe, mais, dernièrement, je n'avais rien fait pour la sauver. Là encore, les forces me manquaient.

Devant l'immeuble de Michael, mon cœur se serra. Des dîners, des soirées, des journées entières… combien de temps avais-je passé ici avec mon frère ? Nous avions joué de la musique, composé nos premières chansons, ri en fêtant notre premier contrat, bu des bières, mangé des pâtes à 3 heures du matin. Cet appartement regorgeait de souvenirs heureux et de joie. Tout ce qui, actuellement, m'insupportait.

Je sortis mes clés, refoulant de nouveaux souvenirs avec mon frère. En entrant dans l'ascenseur, le reflet de mon visage éreinté me fit presque peur. Les nuits sans sommeil avaient creusé des cernes violacés sous mes yeux. Mon regard, déjà habituellement noir, s'était encore assombri, comme éteint. Ma peau était pâle et je regrettais maintenant de m'être rasé ce matin ; la barbe aurait eu le mérite de masquer une bonne partie des dégâts.

— Tu as une mine terrifiante, lança ma mère en guise de salutations.

— Bonjour, maman.

Elle esquissa un sourire compatissant tandis que je l'embrassais sur la joue et entrais dans l'appartement. Je retirai mon caban et mon bonnet. Rien n'avait changé depuis le décès de Michael et Lucie ; les photos trônaient toujours sur le meuble du salon, les livres de Lucie s'entassaient au pied du canapé, la guitare sèche de Michael tenait dans un recoin. À croire qu'ils étaient partis faire une course rapide et allaient revenir d'ici peu.

— Comment vas-tu ?

Je déambulai dans l'appartement, me retrouvant devant le fameux panneau à aimants. C'était comme feuilleter un album photo. Tous ces objets affreux étaient autant de concerts, de rires et de souvenirs. Mes yeux trouvèrent celui à l'effigie de Lyon.

« Il faut qu'on y retourne ! » avait hurlé Michael dans les coulisses.

La foule scandait notre nom et une énergie électrique animait le public. Ce concert avait été comme un long shoot d'adrénaline. J'étais trempé de sueur et mon corps était engourdi de fatigue mais, si on me l'avait demandé, j'aurais rempilé pour trois heures de concert sans hésiter tant j'étais euphorique.

« Tu veux faire une dernière chanson ? avais-je demandé, en saisissant ma guitare.

— Presque, oui. »

Alors, nous étions remontés sur scène. J'avais saisi ma guitare et j'avais vu mon frère mettre un genou à terre. La foule hurlante s'était progressivement tue. J'avais compris qu'il n'y aurait pas de dernière chanson et j'avais fixé le visage de Lucie, devant la scène dans la zone réservée aux VIP, pendant que Michael la demandait en mariage.

— Evan…

La voix de ma mère m'extirpa de mes pensées. Elle posa la main sur mon épaule, comme si elle tentait de me ramener dans le présent. Elle m'adressa un pauvre sourire, mais je remarquai surtout les nouvelles rides qui bordaient son regard. Le chagrin m'avait rendu solitaire ; j'en avais oublié que ma mère souffrait, elle aussi.

— Gloria dort dans sa chambre. J'en ai profité pour te préparer un sac avec quelques affaires. Elle a grandi, mais tu peux tenir quelques semaines avec ses vêtements actuels.

Ma mère releva son regard gris clair vers moi et je remarquai ses yeux rougis et gonflés. Si, pour moi, venir ici était un calvaire, je n'osais imaginer ce que cela représentait pour elle. Je pris sa main dans la mienne et nous retînmes nos souffles, comme si le fait de respirer trop fort avait pu ouvrir les vannes qui contenaient notre douleur.

— Tu feras ça très bien, reprit ma mère.

Après de longues discussions, j'avais finalement accepté de m'occuper de ma nièce. Je n'étais pas certain de savoir comment m'occuper d'un bébé de huit mois et assumer le rôle de père de substitution. Ma mère s'était occupée de sa petite-fille depuis l'accident mais elle avait décrété qu'il était désormais temps que je prenne le relais.

— Maman… Je ne sais pas si…

— Si, tu sais. Elle a besoin de quelqu'un qui lui parlera de ses parents. Et c'est toi qui le feras le mieux, continua-t-elle d'une voix tremblante. On ne va pas revenir sur cette conversation. Je m'inquiète pour toi, tu sais. Tu sembles si… éteint.

Michael et Lucie avaient été heureux ; ils s'étaient mariés et, très vite, Gloria était née. C'était pour elle que ma mère avait tenu le coup, pendant que moi, j'errais avec ma tristesse.

— Nous savons tous les deux qu'elle sera mieux avec toi. Michael et toi aviez la même passion, la même vie, elle sera plus proche de son père ainsi. Elle pleure beaucoup ; sûrement parce qu'elle sent que quelque chose n'est pas normal.

Je n'avais jamais envisagé la possibilité d'avoir un enfant ; aucune de mes relations avait été suffisamment sérieuse pour que l'idée même surgisse. Le poids de cette responsabilité m'avait toujours effrayé et mon emploi du temps de musicien m'apparaissait incompatible avec la paternité. Gloria méritait mieux : une vie équilibrée, des repas à heures fixes, des soirées calmes, des parents aimants.

Tout ce que j'étais incapable de lui donner.

Ma mère se redressa, mettant ainsi fin à notre conversation. Je me sentis brutalement désemparé. Les rares fois où j'avais pris Gloria dans mes bras, elle avait fini par se mettre à pleurer bruyamment, réclamant sa mère. J'étais maladroit avec les bébés, et visiblement incapable de les comprendre.

— Elle dort pour le moment. Tu pourras la faire dîner vers 19 heures, d'accord ? J'ai laissé ce qu'il faut dans la cuisine.

Ma mère jeta un œil autour d'elle ; elle était pressée de partir, et je ne lui en voulais pas. Tout ici lui rappelait son fils. Elle m'adressa un dernier petit signe de la main et quitta l'appartement après avoir récupéré son manteau et son sac. Je m'affalai sur le canapé en cuir noir, fixant les murs blancs du salon. Après avoir fui la réalité pendant des semaines, voilà qu'elle me rattrapait à toute vitesse.

Je finis par me redresser pour rejoindre la cuisine. Hormis le plat préparé pour Gloria, le réfrigérateur était vide et la cuisine parfaitement propre. Je poussai la porte de la chambre de mon frère mais n'y entrai pas, trop inquiet de ne pas pouvoir retenir mes larmes.

La chambre de Gloria jouxtait celle de ses parents. Lucie avait pris soin de la décorer, peignant elle-même les murs en rose pâle. Des peluches et des cadres photo les ornaient, et une armoire en bois clair occupait un coin. Près du lit, Lucie avait installé un fauteuil moelleux. Je passai le bout de mes doigts sur le plaid à motif écossais qui reposait sur un des accoudoirs.

Le cœur battant, je m'approchai du petit lit. Gloria dormait encore, les poings serrés, enveloppée dans un pyjama jaune clair. Je reconnus les boucles châtains de Lucie et l'air renfrogné de Michael. Près d'elle, je retrouvai son lapin fétiche et, au-dessus de sa tête, une photo familiale prise le jour de sa naissance.

Je passai le bout de mes doigts sur ses joues douces et lisses de bébé. Le coin de ses lèvres se souleva dans un petit sourire, avant que je titille ses mains fermement resserrées. Instinctivement, ses doigts capturèrent mon index. Gloria eut un petit soupir, avant que ses yeux s'ouvrent dans un papillonnement. Elle me fixa un long moment, interloquée.

— Salut, Gloria.

À la mention de son prénom, elle se tourna vivement et s'accrocha aux barreaux du lit pour se mettre sur ses deux pieds. Puis, cramponnée au rebord, elle sautilla sur place, visiblement ravie d'avoir de la visite. Je la regardai s'agiter avec plaisir, constatant que la douleur dans mon cœur me semblait soudain plus supportable.

Gloria tendit les bras vers moi, babillant avec enthousiasme.

— Salut, rayon de soleil, murmurai-je en la prenant dans mes bras.

Chapitre 3

Alors que Clémence et Zélie se lançaient dans une conversation animée sur le cadeau idéal pour leurs pères respectifs, je quittai la table pour rejoindre Olivier. Il jouait aux fléchettes, plissant les paupières de concentration. Je l'observai quelques minutes tandis qu'il ratait consciencieusement la cible à chaque coup. Je finis par demander :

— Tu es naturellement mauvais ou c'est l'alcool ?

— Tu es naturellement désagréable ou c'est la perspective de te marier ? répliqua-t-il aussitôt.

— Je préférerais vraiment qu'on n'en parle pas.

Je m'approchai de lui et pris une fléchette. Je la lançai, trouvant l'extrémité gauche de la cible. Je grimaçai, et Olivier me tendit une bière avant de boire une gorgée de la sienne. Puis, il posa sa bouteille sur le bar et retira son pull en laine.

— C'est parce que je ne suis pas à l'aise que je foire la cible.

J'éclatai de rire en découvrant son T-shirt ; le noir avait viré au gris, et la citation ne se voyait presque plus, mais le souvenir de notre escapade londonienne était encore très présent. Neuf ans plus tôt, nous avions séché les cours et étions partis sur un coup de tête pour manger un fish & chips et acheter des vinyles. Cela avait été un des meilleurs week-ends de ma vie.

— *There is nothing you can do that can't be done*, chantonnai-je en désignant son T-shirt. Tu as encore ce vieux truc ?

Olivier esquissa un sourire, puis lança une fléchette. Elle atteignit le cœur de la cible et mon ami roula des épaules, perclus de fierté et de prétention.

— Tu sais, je suis persuadé que Simon va te demander en mariage.

Il me jeta un regard, vérifiant que j'approuvais cette conversation. Je levai les yeux au ciel, déjà agacée.

— Il va te sortir le grand jeu, la bague et tout le reste, ajouta-t-il en retirant les fléchettes fichées dans la cible.

Même s'il ne le disait pas, je devinais au ton de sa voix un soupçon de désapprobation.

— Mais quoi ? l'encourageai-je. Tu t'estimes lésé ? Tu veux jouer la priorité ?

— Juliette, on s'est embrassés deux fois et on avait, quoi… Quatorze ans ?

— Quinze. Réveillon du nouvel an et un vague pari pendant notre dernière classe de neige. Et franchement, ce n'était pas une réussite !

— Je m'en souviens, sourit-il avec un brin de nostalgie. Je trouve juste que… disons que ça fait décision d'adulte et que j'avais imaginé que…

Il me jeta un regard embarrassé, cherchant ses mots. J'avais rencontré Olivier au collège, à la faveur d'une expérience traumatisante de dissection de blattes en biologie. Depuis toujours, il était une source inépuisable de fous rires. Aussi, cette conversation sérieuse me surprenait ; il n'avait jamais été du genre à se lancer dans des discussions intimes.

— Tu n'es pas sur le point de m'avouer que je suis ton grand amour, quand même ? tentai-je pour dénouer la conversation.

Une fléchette traversa les airs et fila se planter au milieu de la cible. Je bus une nouvelle gorgée de ma bière, un peu épatée par son niveau de réussite.

— Est-ce que ça changerait quelque chose ? s'enquit-il, avec un sourire malicieux.

— Certainement : je commanderais un autre verre ! Allez, dis-moi ! De quoi veux-tu me parler ?

— Tu veux vraiment te marier ?

À nouveau, son regard croisa le mien. C'était la première fois en quinze ans qu'Olivier n'osait pas me parler ouvertement et j'étais partagée entre surprise et inquiétude. Nous avions toujours été sincères et francs l'un avec l'autre. Je m'approchai de lui, espérant que notre proximité physique favoriserait ses confidences.

— Tu veux porter les alliances ? Être ma demoiselle d'honneur ? Faire le discours de la réception ? proposai-je dans un rire.

— Je refuse de choisir, répondit-il dans un sourire complice. Sache que je pourrais être un atout indéniable pour ta cérémonie ! Mais pour être honnête, je ne t'avais jamais imaginée dans ce type de relation.

— Tu parles d'une relation saine, équilibrée et épanouissante ? dis-je en prenant des fléchettes pour tenter de faire mieux que lui.

— Non, en fait je parle d'une relation tout court.

Je manquai largement ma cible et pivotai vers lui. Soudain, le brouhaha du bar me dérangeait. Je dévisageai Olivier, espérant une explication à son verdict sévère.

— Tout court ? répétai-je.

— Tu es une phobique de l'engagement, Jul'. Tu mets des heures à te décider pour un abonnement mensuel à la gym, et tu veux me faire croire que tu souhaites te marier ?

Ma bouche s'ouvrait un peu plus à chaque mot qui sortait de la bouche d'Olivier ; j'étais stupéfaite.

— Tu sais ce que ça signifie au moins ? m'interrogea-t-il. Ça veut dire partager le même appartement, lui avouer tes sombres secrets, lui faire une confiance absolue et accepter que cet homme fasse partie de ta vie pendant un long, très long moment.

— Je sais, murmurai-je. Je… Je crois que je l'aime, tu sais.

— Tu crois ? Jul'…

Je n'avais jamais été le genre de fille à exposer mes sentiments. Peut-être parce que les dire à voix haute m'effrayait encore plus ; ça les rendait réels. Hormis ma petite troupe d'amis, j'avais toujours été seule. C'était plus sûr : en empêchant les gens d'entrer dans ma vie, j'évitais de gérer des déceptions éprouvantes.

Simon était une exception. Mais j'avais mis du temps à l'autoriser à entrer dans ma vie. Il avait donné le rythme, et je m'étais contentée de hocher la tête à chaque étape, me laissant porter. Et maintenant, le mariage se profilait. Et je redoutais les conséquences d'un nouvel hochement de tête.

— Tu te rappelles quand on était jeunes et insouciants ? demanda Olivier.

— Tu veux dire quand tu faisais le clown au collège ? Je me rappelle très bien du jour où tu as déboulé en justaucorps au cours de sport.

— Et je suis certain que tu te souviens de la fois où on a échangé nos copies en contrôle de maths ?

Un sourire tendre s'étira sur ses lèvres. Olivier avait été d'une patience infinie avec moi pour les cours de sciences. Entre les dissections et les équations, il avait tenté de me réexpliquer les notions qui m'échappaient. En vain, mon côté scientifique était porté disparu depuis la fin de mon CM2.

— Mes parents se sont toujours demandé comment j'avais pu avoir une aussi bonne note, dis-je, nostalgique.

— Je ne t'avais pas prévenue pour Londres, ni pour l'échange de copies, parce que tu aimais être surprise. Tu aimes toujours ça, d'ailleurs. C'est pour ça que cette relation… Même si je mets de côté ton trouble de l'engagement et ta phobie de l'attachement…

— Je ne suis pas…

Devant le regard insistant d'Olivier, je concédai :

— D'accord, d'accord. Phobique de l'attachement.

— Donc, si je mets ça de côté, je trouve quand même que Simon n'est pas vraiment un mec surprenant.

— Tu le connais à peine !

— Il est toujours bien rasé, avec des chemises sur-mesure. Il n'est jamais en retard et il commande toujours une bière belge. Il trouve qu'Hemingway est un génie, que *Taxi Driver* est un chef-d'œuvre et pour ton anniversaire, il t'a offert des roses rouges. Si ça se trouve, il t'a récité un poème de Pablo Neruda pour votre cinquième rendez-vous.

— Ça ressemble au profil du mec idéal. Oh non, attends, c'est mon petit-ami, en fait !

Je repris ma séance de fléchettes, essayant de me concentrer le mieux possible sur la cible. J'en lançai deux, avec de piètres résultats.

— C'est la description d'un bon somnifère, Jul'. Ce mec t'entraîne dans une relation comateuse et chiante comme un week-end dans un monastère. Franchement, tu mérites mieux.

— Comme toi, par exemple ?

— Un week-end endiablé à Londres ? plaisanta-t-il. Ou un road-trip en Australie ?

— Une semaine à la Barbade ?

— Tu vas te faire chier à la Barbade. S'il te plaît, ne va pas te marier avec un mec, juste parce que vous avez une relation confortable, rythmée par vos brunchs du dimanche et des vacances hors de prix.

J'éclatai de rire devant son air confiant. Je considérais Olivier comme un frère, mais j'étais persuadée qu'il avait tort sur Simon. Effectivement, il n'avait rien d'un extravagant ni d'un fêtard, mais je me sentais bien avec lui et notre histoire avait été déroutante de facilité. Et c'est ce que devait être le grand amour, non ? Simple, évident, naturel.

— Je ne t'ai pas entendue rire comme ça avec lui depuis longtemps, commenta Olivier.

— Bien. Donc, Simon n'est pas pour moi, et si tu n'es pas sur les rangs, dis-moi qui je mérite au juste ?

— Je t'imagine plutôt avec un type qui te retourne le cerveau. Ou, en tout cas, qui fait en sorte que tu cesses de l'utiliser parfois, qui suscite en toi des émotions.

— J'ai des émotions !

— Autant qu'un iceberg. Mais je t'aime quand même,

Jul'. Trouve un mec qui te fait oublier le reste de l'univers. Passe-moi ces fléchettes, tu es vraiment nulle !

Il s'empara des fléchettes et en lança trois successivement. À ma grande surprise, il parvint à les planter au plus près du centre.

— Un mec qui te fera rire, continua mon meilleur ami. Un mec qui te fera vivre des émotions extrêmes et violentes. De la passion, Jul', de la passion ! déclama-t-il avec emphase.

Il entrechoqua sa bière contre la mienne. Son regard rieur croisa le mien et je mis cette conversation inattendue sur le compte de la fatigue conjuguée à l'alcool. Peut-être aussi que la perspective de ce mariage – le premier dans notre petite bande – l'inquiétait. Sous ses dehors bourrus et ses attitudes désinvoltes, Olivier était très protecteur.

— Je retiens ta candidature de demoiselle d'honneur, assurai-je pour essayer de mettre un terme au débat.

— Est-ce qu'il sait ?

Je mis une seconde à comprendre de quoi il parlait. Je baissai les yeux vers son T-shirt, relisant le début de la chanson préférée d'Olivier, avant de secouer la tête. Je n'en revenais pas qu'il ressorte ce vieux dossier ce soir.

— Est-ce qu'il connaît ta chanson préférée ?

— C'était juste une blague ! m'écriai-je.

— Ça ne sonnait pas comme une blague quand nous en avons parlé. Tu étais sûre de toi et du fait qu'un homme qui connaissait ta chanson préférée était forcément ton âme sœur. Est-ce que tu as peur que Simon ne comprenne pas ?

— Tu as parié sur mon futur mariage, tu es donc convaincu par Simon, non ? Je ne vois pas pourquoi…

— J'ai parié sur le fait qu'il te demanderait en mariage. Il serait stupide de ne pas le faire, ajouta-t-il avec un sérieux désarmant. Et il n'est pas stupide, n'est-ce pas ?

— Donc… quoi ? Tu t'attends à ce que je refuse ?

Olivier me dévisagea de longues secondes. Je ne pouvais pas lui donner tort. Simon était l'un des rares hommes que j'avais accepté dans ma vie. Deux années de relation, c'était un exploit. Exploit qui me tira un frisson de panique.

Olivier reprit son jeu de fléchettes, faisant comme s'il n'avait pas balancé un bâton de dynamite avec ces révélations. Il ignorait déjà les dégâts, faisant comme si notre conversation avait été légère et détendue.

En fait, il n'avait pas lancé le bâton de dynamite. J'étais la dynamite. J'étais celle qui ruinait mes relations, celle qui mettait de la distance dans tout ce qu'elle faisait.

— Je vais rentrer chez moi. J'ai une valise à faire, dis-je.

— Une dernière pour la route ? proposa Olivier en me tendant une fléchette.

Ses yeux pétillèrent de malice et j'en oubliai notre conversation. Je pris la fléchette et défiai mon ami du regard en lui demandant :

— Tu veux parier ?

— Pourquoi pas ? Une bière ?

Il fit la moue et son regard passa de moi à la cible, pour revenir à moi – il jaugeait ses chances de réussite. Parce qu'il était sportif et compétiteur, Olivier détestait perdre. Je pris un air assuré mais j'étais loin d'être douée avec ce jeu, je risquais de me ridiculiser.

— À toi de jouer, m'encouragea-t-il.

Je me campai face à la cible, Olivier vérifiant scrupuleusement que je ne dépassais pas la ligne rouge au sol. Je remuai la nuque, dénouai mes doigts et fis rouler mes poignets. Olivier s'installa sur un haut tabouret sur ma gauche, tentant de masquer le sourire amusé qui ornait ses lèvres. C'était perdu d'avance : j'avais bu quatre verres, j'étais fatiguée et surtout, ma conversation avec Olivier tournait en boucle dans ma tête. J'étais incapable d'être vraiment concentrée.

— Allez, Jul', montre-moi ce que tu vaux !

Je fermai l'œil droit, prête à viser, et vacillai, tout semblant tanguer autour de moi. Je pris une profonde inspiration, détestant mettre autant d'énergie et de fierté dans un jeu de fléchettes.

— J'ai pas la nuit, Jul'.

— Quoi ? Une fille t'attend ? Tu as réussi à trouver suffisamment de courage pour aller parler à cette collègue ?

— Tu devrais te concentrer sur la cible, répondit Olivier en la désignant de l'index.

— Prof de français, c'est ça ?

— Latin.

— Et tu me reproches une relation chiante ? Elle porte des cardigans et des camées ?

— Elle fait de la moto et retape une vieille maison en banlieue. Elle porte des jeans très sexy, compléta-t-il.

— Bien. Ce qui confirme que tu n'es pas près d'avoir son numéro, alors !

À nouveau, je fermai l'œil et positionnai ma fléchette dans ce que j'estimais être l'axe du centre de la cible. Je repris confiance et tentai d'oublier le bruit des conversations du bar. D'ici, je percevais les rires ; et Noël, avec les prochaines vacances à venir, occupait la majorité des discussions.

— J'y travaille, commenta Olivier. Allez joue, ensuite je te raccompagne si tu veux !

— Tu es si galant. C'est quoi le problème avec cette fille ? Je veux dire, elle devrait craquer pour toi. Ou pour ton T-shirt. Tu lui as fait la leçon sur son mec ? Elle ne joue pas aux fléchettes ?

— Juliette !

J'ignorai la menace dans la voix de mon ami. Si Olivier adorait mettre son nez dans ma vie, il refusait qu'on lui rende la politesse. Il n'était pas timide ni impressionné par les femmes mais il avait un niveau d'exigence tel, qu'il leur trouvait toujours fatalement un défaut insurmontable – de leur couleur préférée à leurs goûts en matière de vin.

— Elle aime Hemingway, marmonna-t-il.

J'éclatai de rire et lui lançai un regard incrédule. Olivier haussa les épaules et, d'un geste du menton, m'invita à tenter ma chance contre les forces physiques.

— C'est ton test, n'est-ce pas ? demandai-je.

— Non. Joue, Juliette.

— Tu connais le mien, tu pourrais me parler du tien ! Je veux dire, on a tous des trucs éliminatoires dans les relations amoureuses, il y a bien un truc qui te fait dire que la fille en face de toi est la perle rare ou… l'élue.

— Si je te le dis, tu vas finir par jouer ? s'impatienta-t-il.

— Peut-être. Allez, dis-moi ! Je pourrai sûrement refiler le tuyau à une fille au bureau.

— $C_{19}H_{28}O_2$.

Je me tournai vers lui, partagée entre consternation et hilarité. À nouveau, il haussa les épaules, comme si cette réponse le dépassait totalement. Faire appel à mon côté scientifique était une cause perdue ; y faire appel quand j'avais bu relevait de la torture absolue.

— Testostérone, expliqua Olivier.

— Tu espères qu'en donnant cette formule chimique, une fille te réponde qu'il s'agit de la testostérone ?

— J'espère surtout que tu vas lancer cette fléchette. J'aimerais bien rentrer chez moi !

— Tu réalises qu'aucune femme ne connaît ce genre de formule ? Je veux dire, hormis une prof de chimie ou une adepte des mots fléchés.

— Bon sang, je regrette déjà de te l'avoir dit. Par pitié, lance cette fléchette !

Je ravalai mon rire, dégageai les cheveux de mon visage, tendis le cou et pris une profonde inspiration. Je fléchis légèrement les genoux et visai le centre de la cible. Je lançai ma fléchette avec conviction, pensant déjà au retour de Simon. Elle se planta dans une zone simple, à la limite de l'extérieur de la cible.

Olivier se précipita pour vérifier, mais je criais déjà de joie, les bras levés, sautillant sur place pour savourer ma victoire.

— T'as de la chance, constata Olivier en retirant la fléchette de la cible.

— Il paraît, oui. Alors, tu me l'offres cette bière ?

Je fis deux pas, et manquai de tomber. Je me retins à

une table et Olivier vint à mon secours pour m'aider à me redresser. J'allais sûrement payer cher cet excès d'alcool dès demain.

— Allez, je te ramène, commenta Olivier, en enroulant un bras autour de ma taille.

— J'ai une valise à faire, tu sais ! gloussai-je. Oh ! faut pas que j'oublie mon bikini, parce que je vais à la Barbaaade !

— $C_9H_8O_4$, lança Olivier en m'aidant à mettre mon manteau.

— Testostérone ?

— Non, aspirine.

Chapitre 4

Je me grattai la tête et relus une troisième fois la notice de montage. La première page indiquait que l'exploit était réalisable en vingt minutes avec un simple tournevis. Accroupi dans la pièce qui allait devenir la chambre de Gloria, je regardai le lit en kit dispersé aux quatre coins. Ma nièce jouait près de moi, empilant des cubes de bois avec une facilité déconcertante et agaçante ; je n'étais pas sûr d'avoir la même aisance.

— Tu veux m'aider, Gloria ?

Pour seule réponse, elle babilla et tapa deux cubes l'un contre l'autre, ravie du son qu'elle provoquait.

— C'est ton lit, tu sais. Si tu veux dormir cette nuit, il faudra que j'arrive à monter ce meuble et à assembler Q52 avec A23.

Gloria me gratifia d'un sourire édenté, puis prit une peluche pour la lancer devant elle. Je poussai un soupir. De toute façon, ma nièce semblait avoir adopté un rythme de fêtarde : elle s'amusait la nuit, jouant avec ses peluches et hurlant dès qu'elle ne trouvait plus sa tétine, pour dormir la journée. Elle se moquait bien de son lit.

Je repoussai mes outils et me redressai. Gloria leva ses bras vers moi, me demandant silencieusement de la porter.

— Tu m'aides à ranger ?

Je rassemblai les peluches dans un carton et Gloria se mit à quatre pattes, se dirigeant vers son xylophone. Je réprimai un bâillement et entassai ses livres et ses marionnettes dans un autre carton. Après le lit, il me faudrait encore monter des étagères et un coffre à jouets.

Je n'avais pas mis longtemps à comprendre que je ne pouvais pas rester dans l'appartement de Michael. Vivre là-bas me donnait la sensation d'être un intrus et de voler sa vie. Alors, au bout d'une semaine, j'avais rassemblé l'essentiel dans quelques cartons et j'avais fait le nécessaire pour les rapatrier chez moi.

En parallèle, j'avais commandé des meubles pour aménager une chambre pour Gloria dans mon appartement. C'était moins grand que chez Michael, mais malgré mes incompétences en bricolage, cela apparaissait comme la meilleure décision à prendre, pour Gloria, comme pour moi. Au moins, chez moi, je n'étais pas sans cesse assailli par des souvenirs douloureux. Même si Gloria me rappelait que mon frère n'était plus là, elle m'aidait surtout à sortir la tête de l'eau en me poussant à me concentrer sur le présent plutôt que sur le passé.

Ma nièce avait aussi ce don incroyable : elle compressait les journées. À croire que les heures se transformaient en minutes. Je me levais chaque matin avec ses hurlements de faim, puis nous avions établi une routine, où le bain tenait une place centrale. Ensuite, pendant que je me débattais avec les papiers administratifs de succession, Gloria jouait dans le salon et perfectionnait son talent pour la destruction ; elle était ainsi parvenue à déchirer mes blocs-notes, ceux où je notais épisodiquement des paroles de chansons. Elle avait aussi renversé un biberon de lait sur le tapis et souri de satisfaction en posant ses mains pleines de peinture sur le mur du salon.

L'après-midi, nous partions en balade et ma nièce s'extasiait sur les lumières de Noël. Dans ces moments-là, je retrouvais parfois le sourire et j'avais la sensation que ma vie reprenait un sens. Le soir, après son ultime biberon, je prenais Gloria dans mes bras et je lui racontais les quatre cents coups de son père. C'était mon moment préféré de la journée, nous déambulions dans mon appartement, en nous arrêtant parfois devant la grande baie vitrée qui dominait la place des Ternes.

Les nuits étaient plus compliquées. Gloria dormait peu, et par petites séquences. De mon côté, je réfléchissais à ce qu'allait devenir ma vie. Même si j'avais évité les coups de fil professionnels, je ne pouvais pas faire comme si je n'avais pas d'obligations. Chaque soir, après avoir couché Gloria, je m'installais sur le canapé et je tentais de trouver la force et l'énergie nécessaires pour prendre ma guitare.

Pour le moment, j'avais échoué. Composer restait un objectif inatteignable.

Je pris Gloria dans mes bras et elle posa ses mains potelées sur mon visage. Je faisais de mon mieux pour lui sourire, mais je me doutais qu'elle devait percevoir ma tristesse. Je pris son geste pour un signe de réconfort, comme si elle voulait me rassurer pour la suite. Elle n'avait aucunement conscience qu'elle me sauvait de mon propre marasme.

— Tu as faim ? lui demandai-je.

Elle nicha sa tête dans mon cou et fis comme si elle ne bavait pas sur mon T-shirt. Je passai une main dans son dos, songeant brièvement qu'une pile de linge sale s'accumulait dans la salle de bains ; il me faudrait augmenter le nombre d'heures de présence de la femme de ménage. J'allai dans la cuisine et ouvris la porte du réfrigérateur.

— Alors, tu es plutôt, potimarron et agneau, ou… hachis Parmentier ? demandai-je en vérifiant les dates de péremption.

J'optai finalement pour un plat de poisson. Ma mère avait participé au remplissage du réfrigérateur et je me promis de la remercier. En dix jours, elle m'avait appelé au moins quinze fois, pour s'assurer que Gloria était nourrie à heures régulières. J'installai ma nièce dans son transat – le seul truc qui, Dieu merci, n'avait pas besoin de montage à la livraison – et profitai d'avoir les mains libres pour me sortir une pizza du congélateur.

Cuisiner n'avait jamais été mon truc. À vrai dire, la vie domestique n'avait jamais été mon truc. C'était l'une des choses que j'avais le plus appréciée en tournée : la bouffe arrivait comme par magie devant moi et mes fringues étaient toujours propres. Grâce à Gloria, j'avais enfin retrouvé le manuel d'instruction du lave-linge et mon congélateur était garni de plats préparés.

— Allez, rayon de soleil, on y va ?

Gloria tapa des mains et des pieds, se réjouissant déjà de son repas.

Après le déjeuner, je laissai Gloria dans son transat. Elle s'endormit en quelques minutes et je profitai de cette accalmie pour vérifier les messages qui s'accumulaient sur mon téléphone. Étienne me proposait d'aller boire un verre, ma mère me prévenait de la météo glaciale et Marion voulait discuter de notre récente rupture. J'hésitai à lui répondre. Nous avions eu des hauts, et beaucoup de bas. La mort de Michael m'avait fait aussi réfléchir à ce qui avait de l'importance dans ma vie et Marion n'apparaissait pas en haut de la liste. Elle méritait quelqu'un qui la fasse passer en priorité.

Aussi, je lui fis un message rapide – et un peu lâche – lui expliquant que j'étais très occupé mais qu'on pouvait bien sûr rester amis. Je n'avais pas assez d'énergie, et encore moins l'envie de faire un effort. Marion avait été une distraction. La célébrité m'offrait de multiples opportunités : j'aurais pu sortir avec une fille différente chaque soir. Avec Gloria désormais dans ma vie, je ne pouvais plus me permettre ce type de relations. Parce que j'avais eu l'exemple de Michael et Lucie sous les yeux, j'aspirais à une vraie relation, de celles qui vous poussent à rentrer vite à la maison et à donner le meilleur de vous-même. La vie était trop courte pour ne pas la partager avec la bonne personne.

J'appelai ma mère, pour la rassurer sur mon organisation ; je ne savais pas si elle s'inquiétait plus pour Gloria que pour moi.

— Comment te sens-tu ?

— Fatigué. Gloria se réveille toutes les nuits. Plusieurs fois…

— Au tout début, elle pleurait quasiment en continu. Elle finira par s'apaiser.

Le téléphone coincé entre mon oreille et mon épaule, j'arpentai mon appartement, ramassant au fur et à mesure les jouets qui traînaient, le courrier en retard et mes livres abandonnés. Je m'installai dans mon canapé, repoussant les coussins pour m'étendre. Avec un peu de chance, je finirais par m'endormir quelques minutes avant que Gloria réclame sa balade de l'après-midi.

— Tu viendras pour Noël ? Je… on ira en Sologne et… enfin…

— Maman, murmurai-je. On n'est pas obligés de fêter Noël. Personne ne te demande ça.

— Ça sera le premier Noël de Gloria, il faut qu'on le fasse. Il faut qu'on reprenne une vie normale, Evan.

Mon regard tomba sur une des nombreuses tétines de Gloria. Elle les semait un peu partout dans l'appartement et son jeu favori était de les cacher dans des endroits improbables. Je poussai un soupir, essayant de me concentrer sur ma conversation téléphonique.

— Maman, Michael et Lucie sont morts et Gloria vit avec moi maintenant. Nos vies ne seront plus jamais normales.

— C'est vrai, admit-elle. Ce que je veux dire, c'est qu'il faut reprendre nos activités, les événements familiaux.

— Je n'avais pas compris qu'il y avait urgence, murmurai-je, soudainement fatigué.

— Et tu dois reprendre la musique.

— Ce n'est pas quelque chose qui se commande.

Ma mère laissa échapper un rire. C'était la première fois que je l'entendais rire depuis des mois ; cela suffit à me réchauffer le cœur et à m'adoucir. Ma mère ne méritait pas ma colère.

— Désolé, soufflai-je. Je ne voulais pas…

— Quand vous étiez plus jeunes, avec ton frère, vous passiez votre temps à jouer et à écouter de la musique.

Enfin, Michael surtout. Toi, tu te contentais de le regarder. Ça me rendait dingue, tout le reste passait à la trappe, il n'y avait que la musique qui comptait pour vous. Et ton père ne disait jamais rien, ce qui me rendait encore plus dingue. Un jour, je vous ai grondés parce que vous refusiez de venir déjeuner.

J'esquissai un bref sourire. D'aussi loin que je me souvienne, la musique avait toujours occupé nos vies. Avec une mère professeure de solfège et un père amateur de vieux rocks des années 1960, nous avions de sacrées prédispositions. Michael avait été le plus assidu et le plus motivé, commençant la guitare dès son plus jeune âge. J'avais attendu le début de l'adolescence pour m'y mettre.

— Tu ne devrais pas être aussi nostalgique, maman.

— Je ne le suis pas, balaya-t-elle. À l'époque, tu m'as dit que tu ne pouvais pas t'arrêter, que c'était plus fort que toi.

Il y eut un silence et mon regard bifurqua vers la guitare sèche accrochée au mur du salon. Pendant longtemps, la musique avait été en effet plus forte que tout.

Et puis, Michael avait eu cet accident, mettant brutalement en sourdine cette partie tonitruante de ma vie.

— Il faut que tu reprennes, dit ma mère doucement.

— Je m'en sens incapable. Je n'arrive même pas à composer trois accords !

— Ce n'est pas ce que je te demande. Je veux juste que… tu joues, comme avant. Et réfléchis pour Noël, d'accord ?

Elle raccrocha avant que je puisse émettre une objection. Malgré l'ambiance festive qui envahissait les rues et le froid mordant, j'avais l'impression que Noël n'était que dans plusieurs mois, à croire que le temps s'était arrêté en juillet dernier. Je reposai le téléphone et me redressai. Je m'approchai prudemment de la guitare, les mains fourrées dans mes poches.

Je pouvais me forcer à jouer en studio ; je reprenais nos anciens morceaux, ou j'improvisais des riffs. Mais je ne ressentais plus rien : ni énergie ni plaisir. J'étais vide. Et rien ne résonnait dans le vide. Habituellement, j'utilisais ma guitare sèche pour composer. Aujourd'hui, comme depuis presque six mois, aucune mélodie ne me venait à l'esprit.

Gloria poussa un cri, me sortant de mes pensées déprimantes. Je compris en la prenant dans mes bras pourquoi elle était si en colère. Sa couche n'avait pas tenu et elle était trempée. Après l'avoir nettoyée et changée, je mis ma nièce sur ses pieds. Elle adorait être debout et agiter son corps en babillant. Elle me remercia avec un éclat de rire, ses mains potelées enfoncées dans mes épaules pour maintenir son équilibre.

— Ça te plaît, rayon de soleil ?

Elle s'agita plus vivement, fléchissant les jambes à un rythme fou. Je gardai mes mains près de sa taille, prêt à la récupérer en cas de chute. Soudain, Gloria entoura ses bras autour de ma nuque et pressa son petit corps contre le mien. J'étouffai un cri de surprise, avant de lui rendre son étreinte, respirant son parfum apaisant de bébé et de lait de toilette. Ma nièce frotta sa joue contre la mienne et émit un petit gloussement.

— Ça pique ?

Elle posa sa main contre ma légère barbe et caressa mon visage. Michael avait l'habitude de ne se raser que deux fois par semaine, j'imaginais que la sensation lui rappelait son père. Elle esquissa un sourire et cela suffit à chasser les restes de tristesse qu'avait provoquée ma conversation avec ma mère.

Je jouai avec ma nièce un long moment, oubliant le temps. Avant de dîner, je parvins, non sans fierté, à monter son petit lit. À 20 heures, j'allongeai Gloria dans son lit et l'installai dans sa gigoteuse épaisse, priant pour une nuit calme et paisible.

— Tétine et doudou, murmurai-je en les lui tendant.

Appuyé contre son lit, je regardai Gloria pendant de longues minutes. Nous nous aidions mutuellement : elle, me forçait à reprendre ma vie, quand moi, je l'aidais à la débuter. Son énergie débordante me contaminait et me ramenait peu à peu à la vie.

— On fait un deal, Gloria ? On va dire que je fais de mon mieux avec toi, et que toi… toi, tu devras apprendre à faire de la guitare dès que possible.

Elle ferma les paupières, serrant son doudou dans son poing. Je passai mes doigts sur son crâne, caressant ses cheveux.

— Et promets-moi aussi d'être indulgente, hein ? Ton père a toujours tenu la vedette. Il m'a montré quelques trucs, mais je doute d'être aussi prodigieux que lui.

J'esquissai un bref sourire et relevai les yeux vers la photo de ses parents au-dessus de son lit.

« Lucie est la première fille dont je suis tombé amoureux », m'avait avoué Michael, la veille de son mariage.

J'avais relevé les yeux vers sa future femme qui discutait un peu plus loin avec notre mère. Michael avait retiré sa veste et il nous avait servi une rasade de whisky. Je me souvenais parfaitement qu'il avait gardé les yeux sur Lucie pendant toute notre conversation.

« Et elle sera la dernière, avait-il ajouté.

— Et tu sais ça comment ?

— Je la regarde et je le sais. Comme si tout était parfait, aligné, génial. Comme quand tu composes et que les notes viennent toutes seules. Elle fait battre mon putain de cœur plus fort que n'importe quelle musique.

— Tu es romantique quand tu es bourré, avais-je souri.

— Lucie est la meilleure décision de ma vie. La meilleure. Juste devant la décision d'acheter ce whisky », avait-il ajouté en finissant son verre.

Je quittai la chambre de Gloria et rejoignis mon salon. J'en savourai le silence, m'installant confortablement sur mon canapé. Les yeux clos, je passai une main sur ma nuque endolorie. Malgré ma fatigue et mes bâillements, j'allumai la télévision, zappant sur les informations de la soirée et l'inauguration du sapin de Noël des grands magasins. Mon téléphone vibra et je tendis le bras pour lire le message.

Cherche volontaire pour concours de baisers.

Je relus le SMS plusieurs fois, hésitant entre l'effacer et rappeler le numéro qui s'affichait. En temps normal, je n'y aurais même pas prêté attention et j'aurais supprimé le message en deux secondes, sans y réfléchir. Mais, ce soir, j'hésitai.

Peut-être que c'était ma conversation avec mère, peut-être que c'était la fatigue… ou peut-être que c'était le marasme dans lequel j'étais englué depuis la mort de Michael, ou mes dialogues à sens unique avec Gloria.

Certainement que c'était à cause du sapin de Noël illuminé dans l'écran. Alors, je pris une profonde inspiration, et je répondis.

Prérequis ?

Chapitre 5

Olivier finit par partir après que je lui ai répété que j'allais bien et je me lançai dans la préparation de ma valise – en faisant comme si les murs ne bougeaient pas autour de moi. Je l'ouvris sur mon lit et j'y entassai quelques robes légères, des shorts, des débardeurs et mon fameux bikini rouge. Malgré l'alcool qui me donnait l'esprit léger et barrait mon visage d'un sourire perpétuel, la conversation que j'avais eue avec Olivier traînait dans un coin de ma tête. Je ne m'étais jamais posé la question de ma relation avec Simon. Tout avait été si simple et il avait fait preuve de tellement de patience… J'avais déjà prévu son cadeau de Noël : une superbe montre Cartier repérée à la boutique des Champs-Élysées.

Je grimaçai ; offrir une montre relevait du classicisme absolu. Ça manquait d'originalité et Simon en avait déjà une. Je soupirai et maudis Olivier. Je n'aurais jamais songé à ce genre de truc s'il ne m'avait pas fait part de son avis.

Je chassai mes idées sombres et terminai ma valise. Après une douche, je me glissai dans mon lit mais je fus très vite assaillie de pensées matrimoniales. Robe de mariée, fleurs, salons de réception, alliance : tout ça me collait une peur bleue. J'aurais dû être heureuse, excitée ; j'aurais dû me laisser aller à fantasmer cette histoire de demande en mariage. J'aurais même dû m'entraîner à dire « oui » avec une voix chantante et enthousiaste. Rien n'y faisait, imaginer Simon avec un genou à terre provoquait systématiquement une sensation désagréable dans ma poitrine et des frissons qui semblaient me hurler « FUIS ».

Je pris un coussin et étouffai un cri de frustration. Je me promis de ne plus jamais parler à Olivier ; mieux, je me jurai de ne plus jamais l'écouter. Sous couvert de me parler en toute franchise et en toute amitié, il avait réussi à me faire réfléchir sur ma relation avec Simon.

— Phobique de l'attachement. Il a raison, gémis-je.

Armée de mon téléphone, je décidai de me changer les idées. Aussi, je commandai un sapin de Noël – le plus grand possible – à la boutique de Lucas, puis, environ trois tonnes de décoration, des guirlandes lumineuses et de quoi retapisser tout l'appartement de Simon. Parce que nous n'avions pas trouvé d'appartement à notre goût, nous ne vivions toujours pas ensemble.

Et ça n'avait rien à voir avec ma crainte dévorante de vivre avec quelqu'un.

Fière de mon idée, je reposai mon téléphone et tirai la couette sur moi.

Je passai une nuit agitée, me réveillant plusieurs fois pour vérifier l'heure. Je mis cet énervement sur le compte de ma soirée arrosée et de la hâte de revoir mon petit-ami.

Toute la journée je regardai ma montre, attendant fébrilement l'heure de départ pour l'aéroport. À 16 heures, ne tenant plus, je me décidai à rejoindre Roissy en taxi. L'avion de Simon était déjà annoncé et je sautillai presque jusqu'à la porte d'arrivée.

À l'instant où Simon franchit l'immense porte automatique, un large sourire fleurit sur mon visage. Quand son regard trouva le mien, mon cœur s'emballa. Pourtant, quelque part, dans une zone rationnelle de mon cerveau préservée de ma frénésie, je réalisai que quelque chose clochait. Simon marchait lentement dans ma direction, un sac en bandoulière, sa veste habituelle sur le dos. Je le scrutai avec intensité pour essayer de comprendre ce qui m'avait fait tiquer, me donnant la sensation de jouer aux sept différences.

Soudain, cela me frappa.

Simon n'avait pas de valise. Les mains enfoncées dans les poches, il n'avait pas l'air de revenir au pays ; il ressemblait plutôt à un promeneur. Et depuis quand portait-il la barbe ? Peu à peu, à chaque pas de Simon, à chaque mètre en moins entre lui et moi, le plaisir de le revoir céda à l'inquiétude. J'avais imaginé nos retrouvailles dignes d'un film hollywoodien ; à cet instant, malgré les décorations de Noël, les vitrines décorées et la musique d'ambiance, Simon faisait triste comme un jour de pluie.

Oui, c'était ça. Il était triste.

Quand enfin il parvint à ma hauteur, je ne percevais plus le tambourinement de mon cœur. À la place, un silence aussi lourd que du plomb m'enveloppa.

— Bon vol ? demandai-je, dans un murmure incertain.

— En effet.

À son regard, je sus immédiatement qu'aucun de mes plans n'allait se dérouler comme prévu. Il n'y aurait pas de retrouvailles chaleureuses, mon bikini resterait dans ma valise et cette histoire de pari finirait par avoir un goût amer.

— Qu'est-ce qu'il se passe ?

— Tu veux qu'on aille boire un café ? répondit-il, comme si la situation était normale.

— À vrai dire, non.

Simon eut un temps d'arrêt, comme s'il était surpris que je refuse. Les bras croisés sur ma poitrine, entre colère et inquiétude, je pris sur moi et parvins à poser la question qui, bizarrement, me taraudait le plus :

— Où est ta valise ?

— Juliette, ce n'est pas…

Alors, je compris que notre histoire était terminée. Simon était lointain et fuyant, alors même que nous étions à moins d'un mètre l'un de l'autre. Deux mois plus tôt, il avait admis avoir du mal à lâcher ma main pour prendre l'avion. Simon avait changé… et il était en train de me quitter. Ce que je redoutais le plus dans une relation me tombait dessus : gérer la déception. Je détestais être déçue, en particulier par les gens que j'acceptais difficilement dans ma vie.

Simon me décevait, et c'était le plus dur à digérer pour moi.

— J'ai rencontré quelqu'un, à Prague, murmura-t-il.

Mon cœur manqua un battement et je fis tout mon possible pour rester stoïque. À la déception, s'ajoutait la trahison. Il avait trouvé mieux. Une fille plus ouverte, plus drôle sûrement, plus spontanée, une fille qui ne craignait pas l'intimité, qui ne bottait pas en touche dès qu'il s'agissait de passer du temps ensemble. Une fille qui avait sûrement d'ores et déjà accepté de vivre avec lui, sans chercher de prétexte vaseux pour éviter de quitter son précieux appartement.

Une fille qui n'avait rien à voir avec moi.

Je refoulai les larmes, refusant d'offrir à Simon plus que ce qu'il m'avait déjà pris.

— Juliette, je suis désolé.

Il tenta de prendre ma main, mais je reculai vivement, mue par une colère bourdonnante. Je me sentais humiliée : l'homme avec qui je sortais depuis deux ans était en train de me quitter, sans émotion aucune, au milieu d'un aéroport. Je regrettai presque d'avoir refusé ce verre, qui m'aurait au moins offert un peu d'intimité.

— Je croyais que… comment est-ce…

Les mots se bousculaient et je ne parvenais pas à prononcer une phrase cohérente. Pourtant, j'avais des tas de questions. Pourquoi ? Comment s'appelait-elle ? Avait-il déjà prévu son cadeau de Noël ?

— C'est un coup de foudre, expliqua Simon, comme s'il avait entendu le flot de questions qui m'étourdissait.

— Et tu es revenu à Paris juste pour me dire ça ?

— Je ne voulais pas te l'annoncer par téléphone. Je trouvais ça injuste.

— Parce que c'est plus juste de me le dire ici, maintenant… à la veille de nos vacances.

Ma voix s'étrangla dans ma gorge et les larmes, incontrôlables et brûlantes, dévalèrent sur mes joues. Injuste. Oui, c'était exactement ça. Tout cela était injuste. C'était injuste de l'avoir accepté dans ma vie et de le voir piétiner ma confiance si facilement.

— Juliette, ce n'est pas… j'ai vraiment eu le coup de foudre pour Maria.

— Quand ?

— Comment ça, quand ?

Il était désarçonné par ma question. Je ne savais pas vraiment pourquoi je l'avais posée. Finalement, pour moi, que ça fasse deux mois ou deux jours, le résultat était le même, et la douleur demeurerait aussi forte et brutale.

— Depuis quand tu me mènes en bateau ? insistai-je. On a échangé des messages tous les jours, tu m'as dit que je te manquais. Tu m'as dit que tu avais hâte de rentrer et… et… que tu voulais me serrer contre toi.

Ma voix, comme tout le reste de mon corps, tremblait d'émotion et de rage contenue.

— Alors ? Ça fait combien de temps ? l'interrogeai-je à nouveau. Depuis combien de temps me mens-tu ?

— Ça fait trois semaines.

Il eut le bon goût d'avoir l'air embarrassé. Puis il releva son visage de cendre dans ma direction, attendant que je réagisse. J'étais sonnée. Je reculai, effaçant nerveusement les larmes de mes joues. J'avais envie de prendre la fuite, mais mes pieds restaient collés au sol, aussi lourds que des blocs de granit.

— Juliette…

— Laisse-moi. Je… laisse-moi.

Je ne voulais pas de ses excuses, ni même de son air implorant et perdu. Il venait de tout détruire et je n'étais pas certaine de vouloir en savoir plus. C'était déjà suffisamment douloureux.

— Je t'assure que je ne m'y attendais pas. Je ne voulais pas te mentir, mais, en même temps, je trouvais ça un peu lâche de te l'annoncer par téléphone.

Si j'en avais eu la force, je l'aurais giflé.

Si j'en avais eu la force, j'aurais ensuite éclaté de rire. Il m'avait menti pendant des jours et avait peur, maintenant, de paraître lâche ? Son culot était presque aussi imposant que son mensonge. Ma conversation de la veille, avec Olivier, me revint en mémoire. Son instinct avec les gens avait toujours été infaillible. J'aurais dû m'y fier.

J'échangeai un dernier regard avec Simon et, en une seconde, décidai que tout avait été dit. Notre histoire s'arrêtait là, au milieu d'un aéroport grouillant de monde, avec une musique de Noël en bande-son. Les larmes amères se remirent à rouler sur mes joues. Avec ce qui me restait de fierté, je lui tournai le dos, enfermai mon cœur dans un coffre-fort et je rentrai chez moi.

— Dis-le, soufflai-je, en jouant avec mon verre de vin.

— Tu es ivre, commenta Olivier avant de commander une bière pour m'accompagner.

— Dis-le. Dis-le et dis-le une bonne fois pour toutes, comme ça, ça clôturera cette histoire.

Je bus une gorgée de mon vin. Je n'avais aucune idée du nombre de verres que j'avais ingurgités. Sur le trajet de retour de l'aéroport, les jambes encore flageolantes et le visage humide de larmes, j'avais appelé Zélie pour lui raconter le fiasco de mon histoire avec Simon. Passé la minute de stupéfaction et le bombardement en rafale de questions auxquelles je n'avais aucune réponse, elle m'avait convaincue de venir boire un verre avec la bande.

— Allez, dis-le, encourageai-je Olivier. Tu en meurs d'envie.

— Ça changera quelque chose ?

Il retira sa veste, puis son écharpe. Je m'affaissai un peu sur la banquette, réalisant qu'il était revenu de chez lui pour prendre de mes nouvelles ; cela me tira un sourire – l'alcool avait tendance à me rendre joyeuse. Il ne parvenait cependant pas à me faire oublier la douleur sourde de mon cœur disloqué. La faille était profonde, presque aussi profonde que la trahison de Simon. En y réfléchissant, c'était ce sentiment qui dominait : Simon m'avait déçue. Je l'avais laissé entrer dans ma vie, je lui avais fait confiance, je m'étais confiée à lui – peut-être pas totalement, mais plus que ce que je faisais habituellement – et, j'avais eu tort. Désormais, je savais que j'avais raison de mettre de la distance entre l'humanité et moi, que mon tempérament glacial était nécessaire pour me protéger.

— J'ai gagné, tu sais, repris-je en ravalant mes larmes.

— C'est vrai. Une belle victoire d'outsider. Je présume que tu t'es servie de l'argent pour t'offrir des verres ?

— Ce n'est pas tous les jours que je gagne un pari si juteux.

— Je suis désolé, Jul'.

— Du pari ?

— Non. Je suis ravi que tu te bourres la gueule sur notre dos. Mais je suis désolé pour ce que tu vis actuellement. Personne n'aime se faire larguer.

— Je l'ai quitté, corrigeai-je.

Olivier étouffa un rire et se réfugia dans sa bière fraîchement servie. Pendant quelques secondes, il resta silencieux et seule la musique d'ambiance nous parvint. Je tournai la tête vers le coin gauche, observant Clémence et Lucas en pleine partie de billard. Malgré leur longue relation, ils avaient encore ces regards complices et ces gestes tendres l'un pour l'autre. Je les enviais.

— Donc, tu l'as quitté ? reprit Olivier.

— J'ai décidé que je l'avais quitté. Histoire de garder le bon rôle et de sortir la tête haute.

Nous échangeâmes un sourire et, brusquement, les larmes réapparurent. J'avais fait bonne figure jusqu'ici, j'avais retenu ma colère et ma tristesse, mais, avec Olivier, je savais que je n'avais plus besoin de serrer les dents. Il avait été témoin de mon tout premier chagrin d'amour et de toutes mes peines familiales ; je savais que mon meilleur ami m'aiderait.

Il enroula son bras autour de mes épaules et m'attira contre lui dans une étreinte. Une vague de reconnaissance me submergea et je m'autorisai un moment d'autoapitoiement.

— Je me sens tellement… minable. Et nulle.

Olivier me tendit une serviette en papier, me permettant d'essuyer mes larmes. J'avais la sensation désagréable que mon cœur se désagrégeait, plongé dans un bain corrosif d'amertume. Les sanglots redoublèrent, au point que j'eus du mal à reprendre mon souffle. Je me redressai, et tentai de me ressaisir.

— Je me sens vide… et un peu ridicule. Je lui ai laissé sa chance, je l'ai laissé entrer dans ma vie et… Regarde ce désastre. Une nouvelle déception ! Je ne devrais même pas être surprise. C'est ce que font la plupart des gens dans ma vie : ils me déçoivent et se fichent de ce que je peux ressentir.

— Jul', d'une part, ce n'est pas vrai. Clémence, Lucas, Zélie, moi… Nous sommes tous là pour toi, quand tu le veux. Et d'autre part, ce type n'était pas fait pour toi. C'est lui qui doit se sentir minable.

— Je suis ivre, à quelques semaines de Noël. Je viens de me faire larguer et je suis à peu près certaine que mon mascara n'est pas waterproof. Je suis bien minable.

Ma remarque tira un sourire à Olivier. Deux verres apparurent miraculeusement devant nous. Je relevai les yeux vers Julian, embarrassée de me donner en spectacle.

— Tu as l'air d'en avoir besoin, commenta-t-il. Cadeau de la maison.

J'avalai le verre de whisky dans l'instant, savourant la saveur âcre de l'alcool dans ma gorge. Au moins, cela me fit oublier, pendant de trop courtes secondes, que j'avais été la fille la plus idiote de la terre. Désormais, j'étais aussi la plus malheureuse.

Ne jamais faire confiance. Je le savais. Je le savais depuis longtemps, mais, évidemment, je m'étais encore fait avoir. Je m'en voulais autant que j'en voulais à Simon.

— Bon, c'est vrai, reprit Olivier. Ton mascara n'est pas du tout waterproof.

Je lâchai un gloussement et me redressai sur ma chaise. Des mains, j'évacuai mes dernières larmes, me promettant de ne plus en verser pour Simon. Il ne les méritait même pas. Et puis, je l'avais quitté, je ne pouvais donc pas être triste. Je refusais net cette possibilité.

— Simon était ennuyeux comme la pluie. Pénible. Trop sérieux et hyper prévisible. Je t'assure, Jul', tu trouveras mieux.

Je jetai un regard à mon meilleur ami. Pleurer m'avait fait du bien. Cela n'effaçait pas ma douleur sourde et continue, mais cela me permettait d'évacuer ma colère.

— Tu veux dire, un mec qui n'aime pas Hemingway ?

— Un mec bien, Jul'. Un mec qui comprendra la chance qu'il a d'avoir une fille comme toi dans sa vie. C'est ce que tu es, tu es une chance. Même si tu penses l'inverse.

Sa remarque me fit l'effet d'un baume apaisant sur une plaie à vif. Olivier n'était pas le genre de mec à se répandre en compliments ou en flatteries. Aussi, sa sincérité ne faisait aucun doute. En guise de remerciement, j'entrechoquai mon verre contre le sien.

— Pourquoi on n'est jamais sortis ensemble ? lui demandai-je finalement.

— Parce que tu connais mes sombres secrets : je ronfle, je mange des chips avec de la mayonnaise, je dors en chaussettes et, comme tu l'as si bien dit, j'embrasse très très mal. Et surtout, je déteste cette musique, ajouta-t-il un ton plus fort, uniquement pour attirer l'attention de Julian.

Ce dernier revint dans notre direction, des flyers entre les mains. Il jeta un regard menaçant à Olivier, avant de se radoucir en trouvant mon regard. Il me tendit un de ses dépliants puis, avec un sourire, se pencha vers moi.

— Tu devrais jeter un œil là-dessus, me recommanda-t-il.

Je parcourus le document qui détaillait les animations que Julian avait prévues jusqu'à Noël : décoration de sapin, cocktail de saison, concours de pulls hideux. L'index de Julian m'indiqua où mon attention devait se porter.

— Concours de baisers ?

Près de moi, Olivier ricana. Je ne savais pas si je devais me sentir vexée ou consternée. Avec un restant de rage, je repliai le flyer et le repoussai vers Julian.

— Je suis en plein chagrin d'amour et tu me proposes une petite dose d'humiliation pour que ça aille mieux ?

— Tu dramatises !

Olivier manqua de s'étouffer dans sa bière. J'adressai mon regard de tueuse de westerns à Julian et le rire d'Olivier redoubla, faisant rappliquer ma bande d'amis. Je me retrouvai aussitôt cernée par Zélie, Clémence et Lucas. Ils se saisirent d'un des dépliants et, entre deux rires, Olivier leur expliqua brièvement ce que Julian avait suggéré.

— C'est une idée fantastique ! s'enthousiasma Clémence. Lucas et moi participerons.

Le clin d'œil complice et le sourire ravi qu'ils échangèrent manquèrent de me faire gémir de frustration. Comment parvenaient-ils à être toujours sur la même longueur d'onde ? C'était écœurant.

— Merci, Clémence, de soulever le nœud du problème : il faut être en couple pour ce concours.

— Non, il suffit d'être deux, contra Zélie.

Je lui lançai un regard assassin, envisageant de commander une nouvelle rasade de whisky. Personne ne semblait avoir pitié de ma situation. En temps normal, j'aurais espéré de la compassion, une tape dans le dos, ou une sorte de solidarité amicale mais apparemment, ma rupture avec Simon ne semblait pas les émouvoir. Je leur en étais reconnaissante. Leur enthousiasme avait le mérite de chasser ma rancune. Je n'aurais pas aimé qu'ils me plaignent.

— Donc, s'il suffit d'être deux, je gère ça comment ?

— Un collègue, un ami, le meilleur pote de ton frère, le mec qui fait la maintenance des photocopieurs, ou celui qui vient pour arroser les plantes, énuméra Zélie.

— Sinon, il reste Julian, ou Olivier, continua Clémence.

Ce dernier grimaça en même temps que moi. J'étais certaine qu'il n'aurait pas refusé un nouveau whisky lui aussi. Je ne savais même pas pourquoi on discutait de cette histoire. Il me suffisait de dire non.

— Oh ! et ce mec, celui qui nous livre les plateaux-repas ? Sinon, y a Marc, qui bosse à la compta et…

— Bah voyons, un mec au hasard aussi ? Tiens, j'ai qu'à aller crier dans la rue, à la recherche d'un volontaire ?

— Je parie dix euros que tu n'oseras pas franchir le seuil du bar pour chercher une âme charitable ! lança Lucas.

— Quoi ? Mais non, je…

— Dix aussi, renchérit Zélie. J'adore l'idée, mais je suis certaine qu'elle ne le fera pas.

— En effet, je ne le ferai pas. De toute façon, il pleut, il n'y aura personne pour me répondre. Et ils vont tous me prendre pour une folle fu…

— Vingt.

La voix d'Olivier me coupa dans mon plaidoyer. De toute évidence, j'étais devenue transparente. Tout le monde sortait de l'argent de son portefeuille, et je renonçai à toute contre-argumentation. Un gémissement de frustration m'échappa et je sentis le début d'une migraine d'anthologie cogner contre mes tempes. Autour de moi, mes amis s'animaient, riant à la perspective de ce concours.

— Tu peux le faire par téléphone, proposa Julian.

Cette proposition fit taire tout le monde. J'avais la sensation de vivre un *Game of Thrones* personnel : brutalement, mes proches se retournaient contre moi et jubilaient de mon inconfort. Et aucun dragon pour me sauver la mise…

— Par téléphone ? fit Zélie.

— Elle envoie un SMS à un inconnu, et on voit ce qu'il se passe, expliqua Julian.

— Riche idée : je suis capable de tomber sur une femme en prison. Ou un mec marié à l'autre bout du pays. Je crois que je préfère encore faire ça avec Olivier.

— Faudra me passer sur le corps, répondit ce dernier. Je n'embrasse pas mes potes.

— Génial, grognai-je.

— Essaye juste une fois… On verra si quelqu'un répond, tenta Clémence. Et si tu le fais, tu vas gagner suffisamment d'argent pour t'offrir une nouvelle gueule de bois ! Julian, apporte-lui un nouveau cocktail.

— L'équivalent d'une dose de courage ? plaisantai-je.

— Exactement. Sors ton téléphone, on fait ça maintenant.

— On ?

Puisque j'avais déjà perdu tout contrôle de la situation, je rendis définitivement les armes. Je donnai mon téléphone à Clémence et l'observai taper un message. Je passai une main sur mon front, entre impuissance et défaitisme. Malgré leur insistance, je savais que mes amis agissaient ainsi pour me changer les idées et me rendre le sourire. Je lançai un regard à Olivier, cherchant son soutien et souhaitant m'assurer que cette idée n'était pas totalement tordue.

— J'aime bien quand t'es folle à lier. Douze, répondit-il à Clémence, qui exigeait qu'il participe à la composition du numéro de téléphone.

— Voilà, c'est fait ! chantonna cette dernière. Dis-toi qu'il y a une chance infime que cette personne réponde.

Elle me tendit mon téléphone en m'adressant un sourire diabolique. Je faillis lui rétorquer qu'en ce moment, la chance n'était pas vraiment de mon côté, mais je ne voulais pas remettre une pièce dans la machine.

Je rangeai mon téléphone dans mon sac et me tournai vers Olivier, prête à l'accabler et à le faire culpabiliser. Julian augmenta le son de la musique, les chansons de Noël résonnèrent autour de nous, et je compris que c'était une manœuvre pour me faire oublier ma rancœur. Je levai les yeux au ciel, renonçant à régler mes comptes.

— À Noël, on se pardonne tout, lança Olivier.

Chapitre 6

— Est-ce que je peux la prendre ?

Je n'eus pas le temps de répondre que déjà, Mathilde, une des assistantes marketing, se précipitait sur Gloria pour la détacher. Cette dernière babillait et s'agitait dans sa poussette, profitant d'être libre de ses mouvements.

— Elle a tellement grandi ! s'exclama Mathilde.

Elle serra Gloria contre elle, descendant la fermeture de sa combinaison épaisse. Je coinçai la poussette contre le mur et me saisis du sac à langer. J'avais profité de cette visite à la maison de disques pour faire une balade avec Gloria et l'initier aux joies des glissades en toboggan.

J'aidai Mathilde à retirer complètement la combinaison, vérifiant immédiatement la chaleur des mains de Gloria. Elle battit des pieds et je lui chatouillai les côtes pour tirer un de ses rires de bébé que j'affectionnais tant.

— Il faut que j'aille la changer. Tu crois que je peux utiliser un bureau dans le coin ?

— Il y a une salle de conférences avec des canapés là-bas. Ça ira ?

— Tu me demandes si ça va pour la changer ou pour la salle ?

— Les deux, admit-elle, un peu gênée. Désolée, je… Ça me fait tellement étrange de te voir ici.

Elle m'adressa un sourire embarrassé et reporta son attention sur ma nièce. Elle me fixa pendant de longues secondes et je fis comme si je ne voyais pas ses yeux briller d'émotion. Mathilde travaillait pour notre maison de disques mais elle était surtout devenue une amie.

Mes yeux se braquèrent sur les photos accrochées en bas de l'écran de son ordinateur. Michael souriait largement, son bras enroulé autour de ma nuque. Derrière nous, Nicolas, notre bassiste, prenait la pose près de Maxime, le batteur. Ce dernier tenait Mathilde contre lui. Je n'avais jamais voulu me mêler de leur relation mais, aux dernières nouvelles, ils ne se voyaient plus depuis la mort de Michael.

— Il me manque beaucoup, murmura-t-elle d'une voix étranglée.

Malgré tous ses efforts, elle ne put retenir ses larmes plus longtemps. Elle m'adressa un regard désolé, avant de les essuyer du plat de la main.

— Il me manque beaucoup aussi, avouai-je, avant de l'embrasser sur le front.

C'était le principal défaut du chagrin : même quand vous le pensiez sous contrôle, cadenassé dans un coin de votre cerveau, il se libérait et surgissait au milieu d'une conversation anodine. Elle sourit avant de me confier :

— Tu sais, je m'attends toujours à le voir débouler dans ce bureau en faisant l'imbécile, ou prêt à me demander de lui trouver une chemise parce qu'il a renversé son café sur la sienne.

Ce souvenir me tira un sourire. Michael finissait souvent par devoir changer de tenue plusieurs fois par jour ; à croire qu'il était incapable de manger correctement. C'était l'objet de blagues récurrentes, d'ailleurs. Mathilde avait fini par dégoter une blouse de coiffeur. Quand nous étions en séance photo, elle le forçait à la mettre – le pourchassant même s'il le fallait – pour éviter tout incident.

— Je ne me souvenais pas de cette photo, dis-je, nostalgique.

— C'était l'an dernier. Michael avait dévasté le sapin de Noël dans le hall, en dessinant des trucs obscènes sur toutes les boules au feutre indélébile et Maxime était mon Père Noël secret.

— Parfum ? tentai-je.

— Non, lampe torche. Longue histoire… Je suis désolée, Evan, je ne voulais pas craquer comme ça. C'est juste que te voir ici, avec le bébé et… et c'est bientôt Noël, alors j'imagine que ça resurgit et…

— Je comprends.

— Gloria a l'air en forme.

— Elle vit avec moi, maintenant, et crois-moi, cette petite fille est aussi crevante que son père.

Mathilde laissa échapper un rire, et j'espérais que cela suffirait à tarir ses larmes. J'étais encore trop fragile pour la consoler. J'avais très vite compris que remonter la pente serait un défi pour moi : tous les lieux que je fréquentais, toutes les personnes que je côtoyais étaient liés, d'une manière ou d'une autre, au groupe et à mon frère. Chaque souvenir, chaque anecdote me faisait replonger dans cette douleur sourde et assommante.

— C'est ce que Michael aurait voulu, dit Mathilde d'une voix douce.

Elle reporta son attention sur Gloria, repoussant les quelques mèches de cheveux de son front pour l'embrasser avec tendresse. Un sourire illumina ses traits et elle dévisagea ma nièce avec une lueur de joie dans le regard.

— J'avais oublié à quel point elle lui ressemblait. C'est dingue. Tu es très jolie, Gloria. Tes parents seraient fiers de toi, ajouta-t-elle un ton plus bas.

— Tu peux venir la voir quand tu veux, tu sais.

— Oh. Je… je ne veux pas m'imposer, Evan. C'est gentil de me le proposer.

— Viens, s'il te plaît. Ce que je raconte à Gloria est une version idéalisée de son père. Je crois que ça lui ferait du bien d'entendre une autre version de l'histoire. Tu fais quasiment partie de la famille, de toute façon.

De nouvelles larmes menacèrent de déborder de ses yeux, mais elle parvint à les retenir. Elle murmura un merci à peine audible, avant d'embrasser Gloria sur la joue. Cette dernière émit un petit gloussement, qui chassa définitivement l'ambiance morose.

— Je t'accompagne ? proposa-t-elle en désignant la salle où je pourrais changer Gloria.

— Avec plaisir. Tu me raconteras ce à quoi je dois me préparer avec les pontes de la maison.

Resserrant sa prise autour de Gloria, Mathilde leva les yeux au ciel et nous dirigea vers une petite salle de réunion. Je sortis le nécessaire pour changer ma nièce et m'attelai à la tâche, sous les yeux de Mathilde.

— Est-ce que la rumeur est vraie ? demanda-t-elle après quelques minutes de silence.

— Celle sur mes nuits débridées avec Lady Gaga ou celle sur mon incapacité à composer quoi que ce soit ?

Je gardai les yeux sur Gloria, la nettoyant avec précaution. Malgré tout, le poids du regard de Mathilde pesait sur mes épaules. Je me doutais que des informations farfelues devaient circuler sur le groupe et l'album à venir. Je comptais d'ailleurs sur Mathilde pour m'en faire part.

— Je vais finir l'album, annonçai-je pour la rassurer. Il me faut juste un peu de temps.

— Je sais.

Je lui lançai un regard, cherchant à comprendre où elle voulait en venir. L'album finirait par sortir. Peut-être avec moins de titres, peut-être avec des morceaux moins aboutis, mais il sortirait. Michael méritait qu'on lui rende un dernier hommage. C'était sa voix et ses accords qui résonnaient dans chaque titre.

— J'irai jusqu'au bout. Mais, quoi qu'ils en disent, composer ne se commande pas. Pour l'instant, je n'ai pas envie de reprendre ma guitare, ni de composer, et encore moins d'écrire la moindre parole. J'espère que la tournée m'aidera à passer le cap.

— Je te le souhaite, dit-elle avec un sourire.

— J'espère que tu seras avec nous. D'ailleurs, c'est plus une exigence qu'un souhait. Je vais leur en parler.

— Merci, Evan. Je garde d'excellents souvenirs de la

précédente ; j'ai adoré cette ambiance et me faire jalouser par des milliers de filles.

Je rhabillai Gloria et la mis debout. Elle remua ses jambes avec plaisir, dans une danse improbable et hilarante. Un sourire s'étira sur mes lèvres. Gloria avait cet autre pouvoir incroyable : elle faisait oublier la tristesse. Je pivotai vers Mathilde, qui souriait aussi, sous le charme.

— Michael tout craché ! s'esclaffa Mathilde.

— Exactement. Tu vois, c'est pour ça que je veux que tu nous accompagnes : tu nous connais parfaitement, tu sais à quel moment prendre une bonne photo, et à quel moment nous laisser. Et puis, concernant ces filles, tu as l'expérience nécessaire pour survivre aux coups bas. Et Maxime sera ravi, je le sais.

Elle leva les yeux au ciel, pendant que je prenais Gloria dans mes bras. Ma nièce réclama aussitôt Mathilde, tendant ses bras énergiques vers elle.

— Tu serais d'accord ? demandai-je en sortant de la salle de réunion.

— Pour venir avec vous ? Tu me demandes de choisir entre dix heures d'affilée dans ce bureau entrecoupées de réunions intempestives et quatre mois de tournées, avec des soirées d'anthologie et de la musique ?

— Tu vois ? Ton sens du marketing est bien meilleur que le mien.

— Je viendrai avec plaisir, Evan. Tu le sais bien. Ça me manque de ne plus te voir sur scène.

— Tu me vois là.

— Le Evan sur scène est vraiment différent. Extraverti, inconscient, habité. Et hyper sexy !

Sa dernière remarque me fit secouer la tête. Je ne me considérais pas comme attirant ; la célébrité et l'argent l'étaient, en revanche. Cela rendait plus beau, plus irrésistible et les fans idéalisaient ma vie. Maxime et Nicolas adoraient ça : toutes ces filles étaient autant de proies faciles. De mon côté, ça me donnait plutôt la sensation d'être un escroc et je ne participais pas à ce petit jeu. Mathilde avait raison : le Evan sur scène et le Evan du quotidien n'étaient pas le même homme. Cela expliquait pourquoi la majorité de mes relations avec les femmes finissaient par capoter. Elles imaginaient un musicien énergique et fantasque et se retrouvaient avec un homme pas franchement causant et aspirant à une vie aussi normale que possible.

— Est-ce que tu fais comme ces groupies ? Tu collectionnes les photos de moi dans un coin de ta chambre en les embrassant chaque soir avant de t'endormir ? plaisantai-je.

— Des filles font ça ? demanda-t-elle, en laissant Gloria saisir son index dans son poing.

— Tu n'as pas idée !

— J'en garde une sur mon chevet. Ça met la pression à mes amants éventuels.

J'éclatai de rire et reposai le sac à langer dans la poussette. Voilà pourquoi j'appréciais de travailler avec Mathilde : elle ne nous mettait sur aucun piédestal, nous traitait comme des gens normaux et ne manquait pas une occasion de nous ramener sur terre. Je ne comprenais pas pourquoi Maxime ne lui demandait pas sur-le-champ de devenir sa femme. À la réflexion, elle était sûrement trop intelligente pour accepter.

— Et toi, avec Marion ? demanda-t-elle, en s'asseyant sur sa chaise de bureau.

— C'est terminé. À vrai dire, je me demande même si ça avait vraiment commencé.

— Je ne crois pas qu'elle était prête à ça, sourit Mathilde en désignant Gloria.

— Je ne crois pas l'être non plus.

Mon téléphone vibra dans ma poche, signalant l'arrivée d'un message. En découvrant que c'était un nouvel envoi anonyme, je réprimai un sourire. C'était ridicule, et puéril, mais la veille, j'avais attendu de longues minutes une réponse à ma demande. En vain. J'avais fini par m'endormir, pour être réveillé deux heures plus tard par une Gloria au mieux de sa forme. Mon téléphone, lui, n'avait signalé aucun nouveau message.

— Je tuerais pour avoir mon appareil photo maintenant.
— J'ai dormi quatre heures, contrai-je.
— Tu souris. Quelqu'un que je connais ?
Je jetai un regard à Mathilde, puis lus le message.

Mes excuses pour ce message. Mes amis sont cinglés. Ma vie est un désastre. Mon boulot est un enfer. Je suis le genre de fille qui attire la poisse. Prenez la fuite avant qu'il ne soit trop tard.

J'arquai un sourcil, à la fois déçu et curieux. Ce message était bien trop sombre et sérieux et j'étais le genre d'homme prêt à sauver les femmes en détresse. Même si ma propre vie était un champ de ruines que je tentais de reconstruire.

Mathilde insista :
— Alors ?
— Ma mère.
— Je vais faire comme si je te croyais, d'accord ?
Je relus le message plusieurs fois, convaincu, dès la troisième relecture que je devais lui répondre. Je ne voulais pas prendre la fuite ; au contraire, je voulais lui offrir un verre et essayer de la faire rire.
Elle appelait ça la poisse.
J'appelais ça une belle surprise.

La poisse ? Et le concours ? J'ai l'esprit de compétition. Donc, je crois qu'il est déjà trop tard. Je ne déclare jamais forfait. Et je me réjouis que vous soyez une fille : c'était un de mes prérequis.

J'envoyai mon message dans la foulée, décidé à entretenir cette conversation. Je dirigeai mon attention vers Mathilde, qui leva les yeux au ciel, se moquant ouvertement de moi.
— Je trouve ça vraiment tordu que tu écrives des messages cochons à ta mère.
— Je n'envoie pas de messages cochons, protestai-je.
— Evan, je connais ce regard. C'est ton regard cochon !
— Et comment connaîtrais-tu ce regard au juste ?
— J'ai assisté à une cinquantaine de concerts, tu sais. Je connais ce regard, c'est celui que tu as quand tu tripotes Éloïse.

— Éloïse ? Ma basse ?

— Ta basse. Maintenant que j'y pense, ça aussi c'est vraiment tordu ! Gloria, ma chérie, la prochaine fois que tonton Evan fera un truc vraiment bizarre, tu viendras me voir, souffla-t-elle à ma nièce.

Mon téléphone vibra à nouveau. Cette fois, je tournai le dos à Mathilde, espérant un soupçon d'intimité. Je fis mon possible pour ne pas sourire, mais voir la notification clignoter sur mon téléphone me réjouissait déjà.

Je n'embrasse pas au deuxième message.

Puis, alors que j'allais répondre, un nouveau message apparut.

Par principe.

Un rire m'échappa et je n'hésitai pas une seconde pour lui répondre.

J'offre un verre avant d'embrasser. Par principe.

— Evan, tu es prêt ?

La voix de mon producteur principal me sortit de mes rêveries. Mon doigt flotta au-dessus de l'écran de mon téléphone pendant quelques courtes secondes, réfléchissant à ce que je pouvais ajouter pour être certain qu'elle me réponde. C'était agréable de parler avec quelqu'un sans avoir à dévoiler mon identité. J'avais fait une croix sur les relations franches et honnêtes.

Aux dernières nouvelles, je fais ça très bien. Et je veux creuser les prérequis : si vous habitez à l'autre bout du monde, je vais avoir du mal à me libérer.

— Evan ? On nous attend, insista mon producteur.

— J'arrive. Mathilde, tu peux garder Gloria pendant que ces casse-pieds prennent de mon temps ?

— Sans problème. Tu veux que je garde ton téléphone, aussi ?

J'étrécis le regard avant de le glisser dans la poche arrière de mon jean. Mathilde étouffa un rire et même Gloria gloussa. Un doux parfum de trahison semblait flotter dans l'air. Mon producteur me fit signe de le suivre et je m'exécutai, déterminé à en finir au plus vite. Je retirai mon portable de ma poche et m'installai autour de la solennelle table en verre trempé. Je posai mon téléphone devant moi, espérant un signe qui m'encouragerait à survivre à cette réunion.

— Evan, nous sommes ici pour discuter ensemble du lancement de l'album.

Je gardai les yeux rivés sur mon téléphone, ignorant la voix très adulte de ma conscience qui me reprochait d'agir comme un adolescent prépubère. Je voulais un espoir, une vibration, un son, un message. Peu importe, je voulais… je voulais qu'elle réponde et qu'elle me sorte du brouillard perpétuel dans lequel je vivotais depuis la mort de Michael.

— Evan ? Tu es avec nous ?

— Oui, oui, allez-y, les encourageai-je.

— Donc, on peut espérer que l'album sera terminé d'ici le mois prochain ?

J'opinai, le regard accroché à mon téléphone, comme un noyé aurait fixé une bouée pour se sauver. Je tapotai des mains sur mes cuisses, répétant un rythme nerveux et entêtant que j'étais le seul à maîtriser dans cette salle.

— Mais avant ça, il faut qu'on te parle d'un projet récent, qui vient juste d'arriver sur nos tables.

À nouveau, je hochai la tête. Je les entendais, mais je n'étais pas certain de les écouter. Je pris mon téléphone et vérifiai s'il était bien allumé. Il aurait très bien pu s'éteindre dans ma poche. Après un examen rapide, je constatai qu'il était parfaitement fonctionnel.

Et sans message.

Je grimaçai, puis retournai mon attention vers l'équipe de production.

— Alors, ce projet ? m'agaçai-je.

— Une soirée de charité pour l'hôpital des enfants, répondit le directeur de la communication. On se disait que tu pourrais y participer. Un concert sur quatre ou cinq titres, et puis le dîner ensuite.

— Des mondanités ?

— Un concert, corrigea mon producteur.

— Un concert, c'est dans une salle avec des amplis à fond, un parfum de sueur et d'adrénaline, des spectateurs qui hurlent et suffisamment d'électricité dans l'air pour éclairer la moitié de Paris.

Mon producteur fronça les sourcils et, autour de lui, toute l'équipe de la maison de disques se crispa. Leurs visages fermés n'incitaient pas à la conversation. Je jetai un œil vers mon téléphone, toujours inerte. Je résistai à l'envie de renvoyer un message ; j'allais passer pour un obsédé.

— Evan, avant de lancer la tournée, il faut faire parler du groupe. Nous avons trouvé que ce projet était en cohérence avec tes valeurs et que…

— À cause de Gloria ? demandai-je, sidéré.

— Je…

— Je ne veux pas que vous vous serviez d'elle. Elle n'a que neuf mois et déjà assez de complications dans sa vie, non ? Si vous parlez de Gloria dans la presse, ou… pour vendre l'album, vous pourrez considérer que…

— Ce n'est pas ce que nous voulons faire, intervint à nouveau mon producteur. Evan, on veut juste aider. Nous avons tous conscience que la situation est difficile pour toi. Elle l'est pour nous tous.

Pour la première fois depuis des semaines, je sentis un élan de sincérité dans sa voix. Je songeai brièvement à Mathilde et à ses larmes à l'évocation de Michael. J'oubliais parfois que je n'étais pas le seul à avoir perdu quelqu'un. Habituellement, je n'étais pas aussi vindicatif ; j'écoutais, je tempérais, je conjurais Michael et les autres de se tenir à carreau. Peut-être devais-je aussi appliquer mes propres conseils. Ma colère n'avait pas à être dirigée contre eux, ils n'étaient pas responsables de cet accident de voiture.

— Il y aura deux autres groupes, ça sera sur un temps très limité. Nous avons juste pensé qu'une reprise en douceur, sans enjeu, serait beaucoup plus simple pour toi et les équipes.

— C'est vrai, admis-je.

Mon producteur eut un bref sourire de soulagement. Je baissais les armes, réalisant qu'il agissait dans l'intérêt du groupe. J'étais épuisé d'être en colère, épuisé d'être triste, épuisé de ressasser mes souvenirs avec Michael. Le groupe, c'était son idée. Et cette idée méritait de lui survivre.

— Si cette soirée fonctionne, on pourra envisager de parler de la tournée, d'accord ?

J'acquiesçai si faiblement que je me demandais si cela avait été visible. Je gardais les yeux rivés sur mon téléphone, attendant toujours qu'il se manifeste. En vain. Je commençais à me demander si ce petit jeu n'était pas terminé. Je ne connaissais rien de ce numéro anonyme, peut-être que je n'avais été qu'une erreur, victime d'une soirée trop arrosée ou d'un petit-ami fouineur.

— Bien. Je vais demander à l'équipe qui gère l'organisation de la soirée de te contacter, d'accord ?

À nouveau, je hochai la tête. Nous devions avancer, c'était inéluctable. Ma mère m'avait enjoint de reprendre la musique et j'étais certain que ni Michael ni Lucie n'auraient accepté que je me replie de la sorte sur moi-même. Ce concert allait me permettre de reprendre pied. Du moins, je l'espérais.

— Est-ce que tu voulais qu'on parle d'autre chose ? Est-ce que… je crois que nous n'avons pas encore pris le temps de réfléchir sur le titre de l'album, ou les photos et…

Au mot « photo », je tressaillis, comme si je sortais

d'une profonde léthargie. Si je n'avais qu'une seule exigence, il fallait que ce soit celle-ci. Pour moi, pour Michael et pour tous ceux qui le connaissaient vraiment.

— Je veux Mathilde pour les photos de concerts, les vidéos et les réseaux sociaux. Je la veux pour cette soirée et pour la tournée.

Mon producteur et les cinq membres de l'équipe échangèrent des regards étonnés. Ce n'était pas tant ma demande que mon attitude changeante qui les surprenait. Je poursuivis, conscient que mon comportement buté et fermé des derniers mois – bien que facilement justifiable – ne me plaçait pas en position de force. Pour autant, je refusais que Mathilde en fasse les frais.

— Elle nous connaît parfaitement et elle a fait un très bon boulot lors de la dernière tournée. Ses photos sont superbes. Vraiment, c'est elle qu'il nous faut. Nous lui faisons confiance et… et je crois que nous avons tous besoin d'être ensemble et de nous retrouver, ajoutai-je, incertain.

— Bien, d'accord.

— Pour le titre et tout le reste, je vais en parler avec les autres. Je ne veux rien imposer et je ne veux rien me faire imposer, non plus, ajoutai-je, en guise d'avertissement.

Mon producteur m'adressa un sourire confiant. Depuis nos échanges mouvementés lors de ma dernière venue au studio, j'avais considérablement réfléchi. M'occuper de Gloria m'avait permis de m'interroger sur l'avenir du groupe. La musique avait toujours occupé une place fondamentale dans ma vie ; à tel point qu'elle était passée avant ma vie sentimentale et avait écarté tout projet de fonder une famille.

Sauf que Gloria était là, maintenant. Riant de mes chatouilles, dormant dans mes bras, pleurant tout en se vengeant sur sa tétine, ma nièce occupait ma vie tout entière et me forçait à devenir plus responsable.

— Bien, je crois que nous n'allons pas te retenir plus que nécessaire. Tu as encore du travail, je crois.

Mon téléphone vibra sur la table et mes lèvres s'étirèrent dans un sourire plus large.

— Une bonne nouvelle ? demanda mon producteur.

— Une excellente.

Chapitre 7

J'appuyai nerveusement sur le bouton d'appel de l'ascenseur. Les yeux rivés au sol, je priai pour ne croiser personne de l'étage. Techniquement, je n'étais pas censée être là et je n'avais aucune envie de me confondre en explications. À cette heure-ci, j'aurais dû être sur une plage de la Barbade, avec Simon et un délicieux cocktail servi dans une noix de coco.

Jeudi soir, j'avais quitté le bureau avec des rêves de plages paradisiaques plein la tête et la perspective de vacances au soleil avec mon petit-ami ; lundi, je revenais célibataire, les yeux bouffis, escortée par un parapluie humide. En trois jours, ma vie avait fait un demi-tour sévère et inattendu.

L'ascenseur s'ouvrit et je soupirai d'aise en constatant qu'il était vide. Cela m'offrait quelques secondes en plus de répit. Je savais que j'allais subir des questions. La veille au soir, après avoir jeté une dizaine de mouchoirs trempés de larmes, j'avais envisagé brièvement de conserver mes jours de congé. Mais, très vite, j'avais réalisé que je ne ferais que reculer l'échéance. Par ailleurs, j'imaginais que Simon avait, lui aussi, pris des décisions, que lui aussi avait dû annuler ses vacances pour profiter de son excitante nouvelle romance.

J'avais toujours détesté ce pseudo-principe : « On ne mélange pas le travail et le plaisir. » Je passais plus de dix heures par jour au bureau, j'avais la même bande d'amis depuis des années… le travail était le seul endroit où je pouvais rencontrer de nouvelles têtes. Alors, oui, je m'étais toujours moquée de ce précepte. Évidemment, aujourd'hui, avec mes yeux rougis, mes cernes marqués et mon teint crayeux, je regrettais d'avoir ignoré ce principe. Je ravalai de nouvelles larmes, m'interrogeant sur la capacité du corps humain à en produire autant en si peu de temps. J'avais passé mon week-end à pleurer et à refouler des crises de colère.

Hier soir, dans un ultime sursaut de fierté et dévorée par cette cuisante déception, j'avais rassemblé toutes les affaires de Simon pour les mettre sur le trottoir ce matin. Ça n'avait pas atténué ma peine mais, au moins, je ne tombais plus sur ses livres à demi achevés, sa paire de gants en cuir élimé, ou sa brosse à dents. Je l'avais effacé de mon appartement, comme il m'avait effacée de sa vie : sur un coup de tête.

Je tirai nerveusement les pans de ma veste et passai une main dans ma chevelure. Mon seul objectif était de survivre à cette journée.

Esquiver les questions.

Me concentrer sur mon travail.

Déjeuner avec Zélie.

Acheter quelques cadeaux peut-être en fin de journée.

Tout était parfaitement faisable.

Je tapotai le bout de mes doigts sous mes yeux, espérant estomper les traces de fatigue. L'ascenseur se rouvrit sur les locaux de Pepper Team ; je pris une profonde inspiration et décidai que ce lundi était un nouveau départ.

Nouveau départ qui impliquait que, désormais, j'oublie le mélange explosif du travail et du plaisir. Autant éviter une nouvelle déception. De toute façon, j'avais décidé que mon cœur était dans une zone de quarantaine inaccessible. Je ne laisserais plus personne entrer dans ma vie et me blesser si impunément.

Je remontai le couloir les dents serrées, sans même jeter un regard vers le bureau qu'occupait normalement Simon. J'avais le cœur brisé, la gorge serrée et une mine affreuse, mais je n'avais pas à avoir honte. Je n'étais pas la fourbe de notre histoire ni la déloyale.

— Tu es là ? s'exclama Zélie, alors que je m'installais derrière mon bureau et face au sien.

— Où voulais-tu que je sois ?

Elle me dévisagea longuement, avant de porter son mug de café à ses lèvres. Elle haussa les épaules, avant de retourner son attention vers son écran d'ordinateur.

— Tu aurais pu poser quelques jours de congé, dit-elle finalement.

— Inutile. J'ai du travail, et il faut que je me concentre sur autre chose.

Je n'aurais pas pu être plus glaciale. J'avais décidé que cette histoire était derrière moi, que je n'y attacherais plus d'importance, que mon attitude professionnelle – impliquée, à tendance maniaque si j'en croyais mes collègues – s'appliquerait désormais à ma vie privée. Ne prendre aucun risque, tenir les autres à distance, me concentrer sur mon métier : voilà ce que je savais faire et ce que je maîtrisais à la perfection.

— Olivier m'avait prévenue, reprit Zélie.

— De quoi ?

— De ta mutation en iceberg de compétition.

— Impressionnée ? fis-je, sans l'ombre d'un sourire.

— Très. Et tu me fous la trouille, aussi.

À l'instant où je me saisis d'un stylo, je tombai sur la photo encadrée de Simon et moi, lors de la dernière soirée de l'agence. Nous avions posé, tout sourire, prêts à conquérir le monde. Je serrai les dents, ravalant une nouvelle bouffée d'amertume. J'empoignai le cadre et retirai cette vieille photo. Aussitôt, Zélie m'en tendit une nouvelle.

— J'étais certaine que tu allais faire ça, commenta-t-elle. Anniversaire de Lucas.

Je la remerciai d'un sourire ; ce soir-là, Clémence avait privatisé un bar et nous avions attendu qu'elle ramène Lucas. Nous avions bu, ri, chanté… et Simon avait snobé la soirée, pour travailler sur le projet d'agence dans l'Europe de l'Est.

Avec le recul, je réalisais qu'il n'avait jamais vraiment intégré le groupe, conservant ses distances avec ceux qui constituaient une famille à mes yeux.

J'installai la photo dans le cadre, absorbée dans des souvenirs heureux. Après le week-end de détresse que j'avais vécu, cela suffit à regonfler mon moral.

— Et je nous ai réservé ce petit restaurant japonais que tu aimes tant, reprit Zélie, pleine de bienveillance.

— Tu n'es pas obligée de faire ça. On peut tout à fait manger une salade et…

— Juliette, tu as le droit de te morfondre.

— Je me suis fait larguer, Zélie. Ce n'est pas la fin du monde. C'est juste… une épreuve.

Zélie acquiesça, mais un soupçon d'inquiétude persistait dans son regard. Je fis de mon mieux pour lui adresser un sourire rassurant et déterminé. Je refusais que Simon devienne un sujet durable de conversation.

— Je m'en remettrai, ajoutai-je, en camouflant le doute tenace qui m'habitait.

— Tu en parles comme s'il s'agissait d'un rhume.

— Appelons-le comme ça : un méchant rhume, qui avec le temps finira par passer.

J'avais passé mon week-end sur mon canapé à vider une boîte de mouchoirs tout en regardant des programmes télévisés ineptes, planquée sous un plaid, en priant pour me sentir mieux au plus vite : si on oubliait mon cœur brisé en plusieurs petits morceaux, j'avais effectivement passé mon temps à soigner un gros rhume.

— Tout le monde s'inquiète, tu sais.

— Je vais bien, assénai-je. Je suis au travail, et je suis prête à mener tous les projets qu'on me confiera.

— La vache, tu mens vachement bien, me félicita Zélie, avec ironie.

— J'ai pleuré. J'ai pleuré au bar, j'ai pleuré chez moi et je pleurais encore ce matin juste avant de partir. Je crois que me lamenter ne me servira à rien.

— Je pensais plutôt au fait de tenter de le… reconquérir ?

Ou un truc du genre ? Je veux dire, ça ne te ressemble pas trop de te laisser faire. C'est sûrement une passade idiote et…

— Zélie, je vous suis très reconnaissante de vous inquiéter pour moi, mais j'ai encore un peu de dignité. Je vais tourner la page et… et me concentrer sur notre réunion prévue dans dix minutes !

Elle grimaça et termina son café d'un trait, puis agita une feuille de papier devant moi.

— Du coup, je présume que je peux oublier ça ?

— Les notes de la réunion ? tentai-je, sans y croire.

— Une liste des poncifs que j'étais censée distiller toute la journée pour te réconforter. Du genre « un de perdu, dix de retrouvés » ou « quand on tombe de cheval… ». J'avais aussi « de toute façon, tu méritais mieux ».

— Oh ! Olivier a participé.

— En effet. « Le meilleur reste à venir », lança-t-elle tout sourire.

— Je garde celle-ci. Maintenant, est-ce que tu peux me passer le dossier pour la réunion de ce matin ?

Ma collègue finit par obtempérer et me passa l'épais dossier. La semaine dernière, j'avais confié mes dossiers les plus importants à mes collègues en vue de mes vacances. Zélie avait hérité du plus épineux : la soirée de charité. J'avais déjà réglé de nombreuses choses, mais j'étais assez expérimentée pour savoir que la plupart des ennuis arrivaient à quelques jours de l'échéance.

— Du coup, tu le reprends, hein ? m'interrogea Zélie.

— Tu ne veux pas…

— Tu as fait tout le boulot, c'est normal que tu termines. Je t'appuierai sur les détails, si tu veux, mais j'ai déjà la soirée de la fédération des assurances et un déjeuner d'anciens étudiants de Sciences-Po. Oh ! et la soirée de Noël de ce réseau d'agences immobilières.

— Comme tu veux.

— Disons que je me farcis les clients pénibles et inintéressants et que toi, tu gères un concert et un dîner mondain.

— « Le meilleur reste à venir », ricanai-je.

Mon amie leva un sourcil, puis secoua la tête. Je me replongeai dans mon dossier, vérifiant les prochaines échéances. J'avais calé des réunions de travail, et même un déjeuner avec le commanditaire. Après avoir vérifié d'ultimes détails, je fis une liste des prestataires à relancer.

À 9 heures précises, accompagnée de Zélie, je gagnai une des salles de réunion. Je sentis des regards interloqués sur moi, et me contentai de répondre avec un sourire.

— Vous ne deviez pas être en vacances, Juliette ?

Le responsable de l'agence me dévisagea et je fis de mon mieux pour garder une attitude neutre. Avec Simon, si nous avions toujours fait en sorte de conserver une forme de distance polie au bureau, nous n'avions jamais caché notre relation. Tout le monde savait que nous étions censés partir en vacances ensemble.

— J'ai changé mes plans. Je voulais vraiment conserver ce dossier jusqu'à son aboutissement, répondis-je en prenant mon ton le plus professionnel.

Zélie manqua de recracher son café, mais je fis mon possible pour que mon mensonge – aussi énorme pût-il être – reste crédible. Je ne voulais pas étaler ma vie privée auprès de mes responsables. C'était embarrassant et inutile.

— Avec Simon qui prolonge son séjour à Prague, finalement, cela arrange tout le monde.

Je me raidis sur ma chaise et mon cœur, déjà en lambeaux, s'effilocha encore un peu. Il était avec une autre femme, loin, et personne ne lui posait de questions intimes. J'ouvris mon dossier, espérant créer une diversion, et me pinçai les lèvres pour me retenir de pleurer de tristesse et d'humiliation.

— Bien, commençons. Zélie, un point d'étape pour commencer ?

Zélie éteignit la lumière et lança sa présentation. L'obscurité me permit de me reprendre et je me concentrai sur les diapositives qui défilaient. Un peu amère, je constatai que j'avais surestimé mes forces. Le pire était de réaliser qu'ici, Simon conservait le beau rôle et que donner mon point de vue m'aurait fait passer pour une fille aigrie et jalouse.

— Parfait, merci. Juliette, je suis vraiment ravi que vous soyez finalement présente, car nous avons une modification majeure à intégrer.

— Bien. De quel type ?

— Pour le concert, on va ajouter un groupe.

— Je vous demande pardon ? m'étonnai-je, en ravalant un début de panique.

— On ajoute un groupe. Il faut donc décaler le programme d'une bonne demi-heure. Il va falloir aussi rajouter deux tables pour le dîner et…

— Christophe, tu as conscience, que ça bouleverse… disons, à peu près tout ce que nous avions prévu. Le concert, évidemment. Le dîner, la presse, les photos et je ne parle pas des répétitions. Comment est-ce possible ?

— Le patron de la maison de disques du groupe en question est très ami avec le directeur de l'hôpital des enfants. Honnêtement, refuser nous met en risque.

— Accepter est un risque plus conséquent encore, tentai-je. Ça va nous demander des heures de travail et, même avec ça, je ne sais pas si…

— On le fait, Juliette. Ce budget est trop important pour le laisser filer. Sans parler de l'image. Si c'est plus simple pour vous, on vous laisse dispatcher vos autres dossiers. Ou, si vous préférez, on met une équipe entière et…

— Non, ça ira, le coupai-je. Je… je vais me débrouiller.

Je pris une profonde inspiration, et masquai mes doutes d'un grand sourire. En face de moi, mon responsable, et deux autres dirigeants de l'agence se contentèrent de hocher la tête, satisfaits de mon implication. Lançant un regard à Zélie, je remarquai qu'elle me fixait avec stupéfaction. Cette fois, elle devait vraiment être inquiète pour moi. Je la rassurai d'un signe de tête. Même si ce changement représentait un travail conséquent, il m'offrait aussi la possibilité de m'occuper l'esprit.

— Je vais te transmettre tous les éléments. Il faut commencer par contacter un certain Evan, membre du groupe, pour une première prise de contact.

— Je l'appellerai.

— Il faut que tu le rencontres, insista l'un des patrons.

Je le dévisageai, attendant une explication à cette demande. En temps normal, je me contentais de rencontrer le commanditaire de nos événements, qui me fournissait les éléments dont j'avais besoin. Puis, j'échangeais avec les prestataires pour les coordonner. Dans le cas de ce concert, je ne voyais pas pourquoi je devais absolument rencontrer ce Evan.

— Il y a un appel d'offres en cours, expliqua-t-il finalement. Prise en charge de la coordination technique de la section événementielle de la maison de disques pour les trois prochaines années. Ce Evan peut être un sérieux atout.

— Je comprends mieux, souris-je.

— C'est un gros contrat, Juliette. Il faut qu'on mette toutes les chances de notre côté. Tu es l'une de nos meilleures collaboratrices. Je suis certain que tu feras des miracles.

Je me tortillai sur ma chaise, brutalement mal à l'aise. J'aimais mon métier, et je ne pouvais pas nier que j'avais eu de belles réussites professionnelles. Mais me demander d'être plus présente, voire plus conciliante avec un homme que je ne connaissais même pas de nom, me donnait la sensation de jouer la malhonnête. Par ailleurs, cela mettait mon travail sous un contrôle plus pointu, et même si je comprenais l'intérêt de l'agence, je détestais l'épée de Damoclès qui se profilait.

— Je ne suis pas une commerciale.

— Nous le savons, Juliette. Justement, ça pourrait être un excellent exercice pour toi.

Il marqua une pause, puis pivota vers Zélie. Mon sentiment de malaise s'accrut et, avant que je ne puisse réagir, Zélie quittait la salle de réunion à la demande de Christophe. Je rassemblai mes affaires et fis un effort démesuré pour ne pas montrer mon anxiété.

— Écoute, Juliette, nous savons que Simon ne reviendra pas tout de suite à Paris.

Je baissai les yeux sur mes mains, bataillant contre ma

propension à pleurer dès que le prénom de Simon était prononcé. Qu'ils soient au courant rendait la situation encore plus humiliante.

— En effet, avouai-je, dans un souffle à peine audible.

— À sa demande, il souhaite rester à l'agence de Prague.

— Je suis au courant.

J'appréciai presque leurs manières polies et douces. Sans entrer dans mon intimité, ils parvenaient tout de même à me rappeler que Simon appartenait désormais à mon passé. Pourtant, le regard fuyant de Christophe m'indiquait qu'il était tout aussi gêné que moi.

— Simon nous a toujours dit que tu faisais un excellent travail. Nous voulions attendre un peu, mais finalement, nous sommes pris de court.

Il jeta un regard à ses deux acolytes, comme pour leur demander leur permission. La tristesse laissa place à la nervosité. Je refusais de croire que ma place ne tenait qu'à la présence de Simon dans l'agence. J'avais fait mes preuves, j'avais travaillé sans compter. Je ne pouvais pas subir une vie privée en ruines et une vie professionnelle catastrophique. C'était injuste.

— Je… Christophe, est-ce que je dois…

— L'agence de Montréal cherche une nouvelle coordinatrice. Notamment sur le portefeuille culturel.

Je relâchai l'air que je gardais précieusement dans mes poumons. Je devais avoir une expression inquiétante car Christophe, incertain, reprit :

— Tout va bien ?

— Oui, je… Pardon, j'ai été surprise.

Je me rejouai la réunion à toute vitesse, comprenant que ce concert représentait un examen de passage. Ils me prenaient au dépourvu ; je n'avais jamais songé à changer de poste, encore moins à changer de pays. Parce que mes amis étaient à Paris, parce que j'étais avec Simon, parce que mon travail me plaisait : je n'avais aucune bonne raison de vouloir quitter l'agence.

Évidemment, maintenant, tout était différent. Simon n'était plus avec moi.

— Nous avons pensé que cette opportunité vous intéresserait compte tenu de votre... situation.

— Je... je n'y ai jamais réfléchi, à vrai dire. Je suis très contente de travailler ici, et...

— Nous le savons. Mais l'agence canadienne est à consolider. Vous avez un potentiel énorme, Juliette. C'est pour cette raison que nous vous avions confié la soirée de charité. Ce que je vous propose, c'est que vous preniez le temps d'y réfléchir. Si cela vous intéresse, nous pourrons acter votre mutation là-bas début janvier.

— Je... merci de votre confiance.

Ce petit délai me permettait au moins d'y réfléchir. Ma vie tout entière était ici. Mes amis, mon travail, mon appartement. J'avais tout construit à Paris. Néanmoins, j'avais toujours regretté de ne pas avoir vécu une expérience à l'étranger, histoire de me confronter à mes propres démons. De voir si j'aurais été capable de me refaire des amis, d'accepter que de nouvelles personnes entrent dans ma vie.

Peut-être que c'était le moment, après tout. Peut-être que je devais prendre mon envol, loin de mon environnement rassurant. Repartir de zéro. C'était tentant.

— On va te laisser travailler, lança Christophe.

Ils se levèrent et je les laissai sortir de la salle avant moi. J'avais besoin d'un moment de solitude et je savais déjà que Zélie allait me bombarder de questions. Je pressai mes doigts sur les tempes pour les masser. Un début de migraine me guettait. Mon téléphone vibra et je reconnus le numéro d'Olivier ; j'avais coupé mon portable personnel tout le week-end pour éviter d'être importunée et Olivier devait s'inquiéter puisqu'il essayait ma ligne professionnelle.

Je secouai la tête, renonçant à ma minute de calme. D'un pas lourd, je rejoignis mon bureau, encore perdue dans mes pensées. Zélie était engagée dans une conversation animée au téléphone et se contenta de froncer les sourcils.

J'allumai mon portable personnel, qui, immédiatement, signala l'arrivée de nombreux messages.

Zélie. Olivier. Clémence. Lucas. Tous avaient voulu prendre de mes nouvelles pendant le week-end. Cela me tira un sourire : j'avais toujours pu compter sur eux. Je fermai leurs messages au fur et à mesure, puis effaçai les messages publicitaires et toutes mes notifications de réseaux sociaux. Retournant sur ma liste de messages, je remarquai un numéro non enregistré.

Prérequis ?

Perplexe, je cherchai une explication rationnelle à ce message sorti de nulle part. Le message précédent m'éclaira finalement et je contins difficilement un gémissement embarrassé. J'allais tuer Clémence. Je prendrais mon temps et je lui ferais avaler mon téléphone, pièce par pièce.

Le concours de baisers. Elle avait osé envoyer un message à un inconnu. J'hésitai à effacer la conversation aussitôt, pour oublier ce petit moment d'humiliation. Cependant, ce n'était pas très juste pour mon interlocuteur. Il était tout aussi victime que moi. En revanche, rien ne m'empêchait de le repousser. Pour son bien.

Mes excuses pour ce message. Mes amis sont cinglés. Ma vie est un désastre. Mon boulot est un enfer. Je suis le genre de fille qui attire la poisse. Prenez la fuite avant qu'il ne soit trop tard.

Satisfaite, je posai mon téléphone près de mon écran et ouvris mon dossier. J'eus à peine le temps de vérifier la première version du planning qu'un nouveau message arriva.

La poisse ? Et le concours ? J'ai l'esprit de compétition. Donc, je crois qu'il est déjà trop tard. Je ne déclare jamais forfait. Et je me réjouis que vous soyez une fille : c'était un de mes prérequis.

Je ravalai un rire. Évidemment, j'étais tombée sur un obstiné, légèrement arrogant. Je vérifiai que Zélie était toujours occupée. Son appel s'éternisait et je notais qu'elle n'avait pas l'air ravie de la tournure de sa conversation. Je pris une seconde pour réfléchir et répondis :

Je n'embrasse pas au deuxième message.

Me mordant la lèvre inférieure pour ne pas rire, j'ajoutai :

Par principe.

Je n'avais aucune idée de ce que je faisais. Mais après une rupture, un week-end désastreux et une réunion matinale étonnante, ce court échange avait le mérite de me distraire. C'était mon premier véritable sourire depuis quatre jours, le premier échange où on ne s'inquiétait pas de mon moral, la première conversation qui me semblait normale et facile. Mon téléphone vibra entre mes mains, et un nouveau message apparut.

J'offre un verre avant d'embrasser. Par principe.

— À qui tu souris ?

Je relevai les yeux vers Zélie, tentant de chasser le sourire qui flottait sur mes lèvres. Je n'aurais pas dû être si troublée par quelques messages. Après tout, quelques jours plus tôt, j'étais en couple avec Simon. Pourtant, c'était plus fort que moi, mes lèvres se soulevaient et le poids sur mes épaules paraissait un peu plus léger.

— Juliette ? insista Zélie.

— Personne.

— Et la réunion ? Tu me racontes ?

Mon doigt flotta au-dessus de l'écran de mon téléphone. Je savais que Zélie n'allait pas me laisser tranquille. Aussi, je l'invitai à prendre un café en salle de pause, lui répétant les derniers éléments dont elle n'avait pas été témoin. Volontairement, j'oubliai de lui parler du Canada. Je ne voulais pas que ce sujet devienne sa principale préoccupation et je devais prendre une décision seule. Mon téléphone vibra, annonçant un nouveau message :

Aux dernières nouvelles, je fais ça très bien. Et je veux creuser les prérequis : si vous habitez à l'autre bout du monde, je vais avoir du mal à me libérer.

— Tu veux de l'aide pour gérer ce fameux Evan ? proposa Zélie.

— Non, je vais m'en occuper. Je vais l'appeler pour la prise de contact et le questionnaire VIP.

— J'espère qu'il n'est pas du genre à réclamer des fraises en décembre ou une chambre bleu ciel avec le lit orienté au nord…

— Espérons, oui. S'il pouvait être sympa, ça me faciliterait le travail.

Zélie se réinstalla à son bureau et vissa son casque sur les oreilles. Je profitai de ce moment pour reprendre mon téléphone et écrire à mon correspondant anonyme. Lui laisser le dernier mot revenait à lui faire comprendre qu'il avait gagné. En posant les yeux sur la photo que Zélie m'avait donnée, une idée me vint. Il fallait quand même que je vérifie qu'il répondait au prérequis de base : être un homme.

Soit vous êtes fêlé ; soit vous êtes désespéré. J'hésite donc entre avoir peur et être admirative. Dans tous les cas, je crois qu'il faut que je cherche un autre volontaire. D'ailleurs vous êtes bien « un » volontaire au moins ?

Chapitre 8

En sortant de la maison de disques, j'avais invité Nicolas et Maxime à venir dîner à la maison. La mort de Michael avait creusé un fossé de chagrin entre nous mais les contraintes de l'enregistrement de l'album nous avaient heureusement permis de conserver le contact. Je les considérais comme mes frères, mais je refusais d'être le seul à prendre des décisions.

Ce concert, c'était un bon moyen de retrouver nos marques, et de créer une nouvelle énergie. Évidemment, Michael allait nous manquer ; nous n'aurions plus notre chanteur dédié, sautillant le long de la scène et haranguant les foules. Il ne serait plus le clown de la bande, et j'arrêterais de craindre que mes sweats soient planqués dans une boîte à instrument. Mais je savais qu'il nous aurait botté les fesses pour qu'on reprenne.

J'essuyai la bouche de Gloria, récoltant un grognement de désapprobation. Je lui posai un biberon de lait sur sa tablette de chaise haute, espérant que cela suffise à l'occuper le temps que je prépare un dîner.

— Bon, Gloria, maintenant que tu as dévoré ta purée de potimarron, je propose que tu boives ton biberon tranquillement pendant qu'oncle Evan tente de faire un truc mangeable.

Elle m'adressa un sourire édenté que je pris pour de la provocation. Cette enfant savait déjà que mes talents en cuisine étaient très limités. Par chance, mes collègues du groupe étaient capables de manger à peu près n'importe quoi. Je sortis un paquet de pâtes, vérifiant le temps de cuisson. Derrière moi, j'entendis Gloria se servir de son biberon comme d'un marteau. Je lui lançai un regard, vérifiant qu'elle n'était pas en train de se faire mal.

La sonnette à la porte retentit, annonçant l'arrivée de Nicolas et Maxime. Gloria tapa des mains, en les voyant entrer. C'était la première fois depuis la mort de Michael, que je les recevais chez moi. Aussi, nous nous saluâmes chaleureusement, en nous étreignant, comme nous l'avions toujours fait.

— Ta période « ermite » est terminée ? demanda Maxime.

— Je vais rajouter de l'arsenic dans ton assiette, le menaçai-je.

— Inutile, c'est naturellement infect de toute façon, répondit Nicolas.

— Je vais finir par ne rien faire du tout ! contrai-je, un peu vexé.

— On a atteint notre objectif plus vite que prévu, s'esclaffa-t-il. Laisse tomber la bouffe, on va juste se boire une bière.

Il n'attendit pas ma réponse et ouvrit la porte du réfrigérateur. Un nouveau rire le secoua en voyant les étagères garnies de petits pots de légumes et autres compotes.

— Tu t'es décidé à manger équilibré ?

Maxime jouait avec Gloria, qui gloussait sous ses attaques de chatouilles. Je n'eus pas le temps de le prévenir qu'elle venait de dîner qu'elle régurgita sur son épaule. Je retins un rire pendant qu'il grimaçait de dégoût.

— Potimarron, soufflai-je.

— Génial. Gloria, je t'aime ma puce. Vraiment. Mais il faut que tu apprennes très vite que tout ce qui rentre par cette bouche ne doit jamais, au grand jamais, faire demi-tour. Tu me remercieras à ta première cuite.

— Elle a neuf mois, lui rappelai-je.

— Max, on partage une bière ? demanda Nicolas en exhumant la seule bouteille de mon réfrigérateur.

Apparemment Evan a décidé de vivre comme un moine, en se nourrissant de compotes bio.

— Ça ira, souffla Maxime en me tendant Gloria qui gigotait.

— Je vais la changer et la mettre au lit, je reviens dans quinze minutes, annonçai-je.

J'avais déplacé l'un des fauteuils de mon salon dans la chambre de Gloria ; il était parfait pour la bercer pendant ses insomnies.

— Allez, rayon de soleil, oncle Evan est attendu pour une réunion familiale.

Elle posa sa main sur ma joue, avant de poser sa tête contre mon torse. Je respirai son parfum de savon et lui frottai doucement le dos. Je l'embrassai sur le front, puis l'allongeai dans son lit. Je lui donnai sa peluche préférée, vérifiai sa gigoteuse et lui souhaitai une bonne nuit avant de quitter sa chambre. Je tendis l'oreille quelques secondes, attendant une éventuelle protestation mais Gloria avait l'air de vouloir coopérer. Je rejoignis le salon, trouvant Maxime et Nicolas en pleine conversation autour d'un saladier de chips que j'ignorais même avoir.

— Tu as toujours su recevoir, se moqua Maxime.

— Je ferai mieux la prochaine fois.

Un silence s'installa. Combien de soirées avions-nous passées ici ? Combien de chansons avions-nous composées ou écrites dans ce salon ? Combien de rires, de blagues, de conversations sérieuses et de fous rires ? Depuis la mort de Michael, la solitude m'accompagnait. Il m'arrivait encore de prendre mon téléphone pour appeler mon frère, avant de me rendre compte que ce n'était plus possible. Ce soir, avec les autres membres du groupe, son absence se manifestait autrement ; et ça faisait un mal de chien, à croire qu'on pressait mon cœur dans un étau.

— Alors, tu as fini d'enregistrer tes parties pour l'album ? demanda finalement Nicolas. On a bouclé les nôtres, il y a plusieurs semaines déjà.

— Euh, oui, j'ai presque terminé. On pourra commencer le mixage sous peu.

— Bien. C'est chouette.

J'ignorai le regard soulagé qu'il échangea avec Maxime. Je compris alors ce qu'ils attendaient de moi : nous devions remettre les choses à plat pour repartir sur de bonnes bases.

— Écoutez, je voulais m'excuser pour les dernières semaines. J'ai été difficile et compliqué… et très absent.

Je scrutai leurs réactions, en vain. Ils restèrent silencieux, sirotant leur moitié de bière sans émotion. Maxime saisit le bol de chips et, d'un geste de la main, m'encouragea à continuer.

— J'ai toujours trouvé ces petites séances d'autoflagellation très distrayantes.

— C'est vrai. Ça nous avait manqué, renchérit Maxime.

— Je tente de vous présenter des excuses, ronchonnai-je. Je sais que j'ai agi comme un ours de mauvais poil. Mais… comme vous l'avez vu, Gloria habite ici maintenant et je crois qu'il faut reprendre nos vies.

— Ta nièce a l'air en forme, commenta Maxime.

— Elle l'est. Même si elle dort beaucoup moins que son père.

Nicolas, assis près de moi, posa sa main sur mon épaule. Cela signifiait tout pour lui : le soutien, les excuses acceptées, la compassion. Tout. Nous n'avions jamais été du genre à nous faire de grandes déclarations, mais nous avions toujours su que nous pouvions compter les uns sur les autres.

— Tu avais le droit de faire l'ours, ajouta-t-il. Nous avons tous réagi à notre façon.

— Je travaille encore sur… disons, sur certaines choses. La musique, ça reste encore un peu compliqué.

— Ne t'inquiète pas pour ça, balaya Maxime. Ça reviendra.

— Qu'est-ce qui me vaut autant de mansuétude de ta part ? demandai-je, partagé entre rire et inquiétude.

— C'est bientôt Noël, Evan. Il m'arrive d'être charitable.

Et puis, je ne peux pas t'en vouloir pour tout ça. Ce qu'on a vécu pendant les six derniers mois était insupportable. Je t'assure.

Il planta son regard dans le mien et j'y vis la même douleur que dans mes yeux. Je me contentai de hocher la tête, soulagé de leurs réactions. Je m'en voulais de les avoir écartés de ma vie si vivement mais, après la mort de mon frère, j'étais incapable de gérer mes émotions. Je n'aurais sûrement pas pu m'occuper de celles des autres.

— Donc, est-ce que je considère que mes excuses sont acceptées ? demandai-je.

— J'hésite. Il me reste des chips et tu es vraiment doué pour te culpabiliser pour rien, répondit Maxime.

— Tu pourrais sûrement en faire une chanson, non ? continua Nicolas.

— Profitez bien de votre bière et de vos chips parce que je ne suis pas près de vous réinviter ici.

Ils rirent et, d'un seul coup, l'ambiance lourde de ce début de soirée s'allégea. Mes deux amis me posèrent quelques questions sur Gloria et j'étais ravi de partager avec eux ce que je vivais avec elle. L'effet Gloria fonctionnait même quand elle n'était pas là : elle parvenait à soutirer des sourires à tout le monde.

— Il y a un autre sujet dont je voudrais vous parler.

Ils opinèrent à nouveau et je leur fis un point complet sur ma réunion de l'après-midi. Ils m'écoutèrent religieusement pendant de longues minutes, alors que je leur donnais les prochaines échéances.

— Dans trois semaines ? s'exclama Nicolas.

— Il n'y aura que cinq ou six morceaux, au plus, me justifiai-je.

— Ça veut dire qu'il faut qu'on commence les répétitions dès que possible, et avec tous les ajustements à prévoir...

Il ne termina pas sa phrase et se perdit dans ses pensées. Je savais exactement ce qu'il voulait dire. Avec la disparition de Michael, il fallait nous répartir le chant autrement. Je pivotai vers Maxime et lui demandai :

— Ton avis ?

— C'est fou mais, après tout, nous avons toujours été un peu cinglés, commenta-t-il en haussant les épaules.

— On n'a rien joué ensemble depuis des semaines, lui rappela Nicolas.

— Et on se connaît depuis quinze ans. On pourrait tout à fait improviser un concert demain soir, déchaîner les foules et ramener une fan ou deux à la maison, s'enflamma Maxime. Je veux faire ce truc. On a besoin de faire ce truc.

— Mathilde sera avec nous.

Je douchai son enthousiasme dans la seconde et Maxime se réfugia dans son verre. J'échangeai un regard avec Nicolas, résistant à l'envie d'en rajouter. Il se passait définitivement quelque chose entre lui et Mathilde et c'était suffisamment intéressant pour le mettre mal à l'aise.

— Chouette. J'adore cette fille, lança Nicolas.

Je retins un rire, observant Maxime se tortiller sur le canapé. Je me promis de démêler cette histoire.

— Donc, ça vous va ? Je vais sûrement avoir un appel de l'organisation sous peu, j'ai besoin de savoir si vous êtes d'accord. Je ne voudrais pas prendre des décisions…

— Tu as toujours fait ça mieux que nous, on te laisse gérer.

— Vous me laissez le sale boulot ?

— Tu as dit qu'on devait reprendre nos vies, donc on garde nos habitudes. Tu gères les trucs pénibles, et nous, on se contente de se pointer pour faire un peu de musique.

— Super, râlai-je. Merci beaucoup.

— À ton service. Tu sais, j'ai vu que tu avais aussi des olives dans un placard. Ça nous permettra de fêter ça !

Je n'eus pas le temps de protester – il n'y avait aucune chance que ma cuisine recèle des olives – que Nicolas était déjà en train de fouiller dans mes placards. Soudain, il poussa un cri de joie et déboula dans le salon avec une grosse conserve de raviolis.

— Tu sais, je crois que je l'ai depuis… plus de cinq ans, le prévins-je.

— C'est sans risque. Et ça nous rappellera le bon vieux temps ! Je nous prépare ça.

Après avoir dîné gaiement de raviolis douteux et d'olives, Maxime et Nicolas rentrèrent dans leurs appartements respectifs. J'étais soulagé et heureux que notre relation soit intacte malgré les heurts des derniers mois. Je rangeai le salon et me promis de vérifier les placards de ma cuisine pour éliminer les denrées périmées et les remplir de choses plus saines. Quand tout fut terminé, je m'installai sur le canapé et réfléchis aux semaines à venir.

Noël se dessinait. Peut-être que je devais épouser la tradition en achetant un sapin et de la décoration ? Dans tous les cas, je devrais affronter les rayons des magasins pour trouver des cadeaux pour tout le monde.

« C'est quoi ça ? avais-je demandé à mon frère en déballant mon cadeau de Noël.

— Un plan d'urgence »

Je l'avais fixé, perdu.

« Il faut que tu apprennes à cuisiner, mec. On ne va pas manger des biscottes après chaque concert. On a pris cuisine italienne avec Lucie, mais tu peux changer. Tu aimes le thaï, aussi, je crois.

— Et pourquoi moi ? Maxime peut aussi… »

Michael avait juste haussé les épaules, avant qu'un sourire démoniaque ne s'affiche sur ses lèvres.

« Il y a plein de filles dans ces cours. Tu pourrais peut-être rencontrer quelqu'un.

— Bien sûr. Tu t'es dit que me mettre devant des casseroles et une planche à découper allait me mettre en valeur devant une femme ?

— Les femmes aiment les maladroits, avait renchéri Lucie, en s'asseyant sur les genoux de son mari. Elles trouvent ça très touchant, la plupart du temps.

— Je vais sûrement être très touchant quand je m'entaillerai un doigt. L'évacuation par les pompiers, l'humiliation des points de suture : ça fera de chouettes souvenirs à raconter aux réunions de famille, avais-je ironisé.

— Je savais que ça te plairait. »

Je n'avais aucune idée de l'endroit où était ce cadeau désormais. J'avais dû le cacher en me jurant de ne jamais l'utiliser. Ce dont j'étais certain, c'était que des raviolis maison étaient sûrement meilleurs que ces trucs infâmes en boîte.

Après avoir pris une douche brûlante et enfilé un short, je vérifiai que Gloria dormait à poings fermés. Ma nièce avait roulé sur son côté droit et sa tétine était au sol. Elle adorait jouer à ça : elle lançait des trucs et se réjouissait que quelqu'un les lui rende. Je rinçai sa tétine et la reposai près de sa tête avant de retourner dans ma chambre, pas réellement fatigué. Avoir discuté avec Maxime et Nicolas et retrouvé une relation presque normale avec les producteurs avait apaisé mes inquiétudes.

Armé de mon téléphone, allongé dans mon lit, la tête parfaitement calée sur mes oreillers, je vérifiai mes derniers mails et messages. Je réalisai alors que je n'avais pas répondu au dernier message offensant de ma correspondante inconnue. Je l'avais lu en sortant de réunion, mais entre Mathilde et Gloria, je n'avais pas pris le temps de répondre.

Je me souvenais parfaitement d'avoir laissé échapper un rire et de m'être promis de ne pas la laisser faire. Je relus son message et un bref sourire éclaira mon visage.

Soit vous êtes fêlé ; soit vous êtes désespéré. J'hésite donc entre avoir peur et être admirative. Dans tous les cas, je crois qu'il faut que je cherche un autre volontaire. D'ailleurs vous êtes bien « un » volontaire au moins ?

Vexé, oui. C'était ça. Je me sentais vexé. Je n'avais même pas vraiment eu ma chance qu'elle me jetait déjà comme un malpropre. Je vérifiai l'heure, estimant que même s'il était tard, je pouvais tenter ma chance.

Instant révélation. Oui, je suis bien « un » volontaire. Rassurez-moi et dites-moi que c'était un de vos prérequis.

J'envisageai de faire toute une liste de mes propres prérequis. Je n'avais pas des souhaits extravagants. Je savais déjà que c'était une femme. Il me restait à prier pour qu'elle habite dans le coin, qu'elle ait à peu près mon âge et, surtout, qu'elle soit célibataire.

Ce qu'elle devait être… Sinon, logiquement, elle ne chercherait pas un volontaire.

En effet. Et j'habite à Paris. Si vous me dites que vous êtes dans le coin, je vais regarder tous les hommes dans la rue en me demandant si ce n'est pas vous. Du coup, ça m'arrangerait que vous soyez… au fin fond du bush australien. Et cela me conforterait dans l'idée de chercher un autre volontaire.

Une femme. Dans Paris. C'était un bon début. C'était même le meilleur début que j'avais eu avec une femme depuis bien longtemps.

Un autre volontaire ? Je me sens… offensé. Vous ne m'avez pas laissé une chance. Franchement, j'ai de multiples talents, et je me sens totalement capable d'assurer ce concours de baisers. Grosse expérience dans ce domaine. Et, oui, je suis parisien. Vous êtes une petite veinarde !

J'eus à peine le temps de répondre à un message de Mathilde que mon téléphone vibra dans ma main. Ma légère offense venait d'être gommée par sa réactivité. Si elle avait vraiment voulu couper court, elle n'aurait pas répondu immédiatement. Surtout à une heure si tardive.

Offensé ? Votre ego est donc aussi gros que votre « expérience » ? Autant vous dire que ce dernier point n'est pas forcément le plus séduisant. Et de multiples talents ? J'avoue, je suis un peu curieuse.

Je me redressai dans mon lit, plus attentif et concentré. Bien. Peut-être que je n'aurais pas dû me vanter. La difficulté avec les messages, c'est que le second degré ne passe pas. Si j'avais rencontré cette fille dans un bar, je lui aurais offert un verre et j'aurais fait mon possible pour la séduire sans passer pour un crétin.

Et vous avez vu l'heure ?

Je tendis l'oreille, craignant d'avoir entendu Gloria. J'ignorai les deux messages de Mathilde qui venaient d'arriver et me concentrai sur une réponse intelligente à formuler.

C'est vrai, il est tard. Mais, de toute évidence, vous ne dormez pas non plus. Parmi mes multiples talents : je sais écrire de la main gauche, je tire les chaises aux dames, je sais choisir la file la plus rapide aux caisses des magasins, je fais de la musique. Et ma plus grande qualité, c'est la loyauté.

J'envoyai mon message, puis le relus. Il n'y avait aucune chance qu'elle me réponde. Cette fille aimait visiblement être défiée et avoir le dernier mot ; mon message ressemblait à un CV inintéressant et passe-partout. Je pris quelques secondes pour réfléchir, et ricanais déjà en lui transmettant un nouveau message.

En fait, je me demande si vous méritez un type comme moi. Peut-être que JE devrais trouver quelqu'un d'autre pour ce concours. Quels sont vos talents à vous ?

C'était un coup de poker : soit elle me répondait, soit… elle décidait que j'étais un abruti. Je ne comprenais toujours pas pourquoi j'attachais autant d'importance à ses messages. Peut-être parce qu'elle n'était pas en lien avec mon passé et qu'elle m'aidait à penser à autre chose. J'attendis de longues secondes, mais mon téléphone resta inerte. Je secouai la tête, et posai le téléphone sur mon chevet, m'enfonçant entre les draps. Je cherchai le sommeil pendant ce qui me parut une éternité et finis par abandonner la lutte en me relevant. J'errai dans mon appartement, admirant les lumières de la ville. Ma vie était un paradoxe : le groupe fonctionnait bien, les concerts étaient pleins et je gagnais de l'argent… mais, fatalement, je me retrouvais toujours seul. Je n'avais pas banni les relations amoureuses de ma vie mais trouver quelqu'un qui comprenait la folie qui m'entourait sans vouloir en profiter relevait de l'exploit.

Je me souvenais à quel point j'avais envié Michael et Lucie. Combien de fois m'avait-il dit qu'elle était géniale, dès le premier jour !

Je terminai mon verre d'eau en refoulant une nouvelle vague de souvenirs. Pendant longtemps, c'étaient les souvenirs de l'hôpital et de l'annonce de la mort de mon frère qui m'avaient hanté. J'étais soulagé que des images heureuses les remplacent maintenant. Je retournai dans ma chambre et vérifiai l'heure sur mon portable. Mon regard fut aussitôt attiré par la notification de message de l'inconnue.

En fait, j'attendais des talents en rapport avec ce concours. Vous me direz comment vous faites pour les files d'attente aux caisses ?

Je répondis aussitôt.

De l'instinct. Et le goût du risque. Ce concours, on peut le gagner, je n'ai aucun doute.

J'hésitai une seconde, avant de jouer franc jeu.

Je sais que ça va vous paraître dingue… mais vous m'avez fait plus sourire en deux jours que n'importe qui en six mois.

Après ça, j'étais quasi certain qu'elle ne répondrait pas. Ça faisait trop émotif, trop fragile. Personne ne se confiait comme ça après quelques messages et une proposition de concours de baisers. De toute façon, personne d'équilibré n'aurait vraiment pris au sérieux cet échange. Ça n'aurait pas dû aller aussi loin et aussi vite ; pourtant, parler avec cette fille me faisait vraiment du bien.

Je sais que ça va vous paraître dingue… mais j'ai passé ma journée à vérifier mes messages.

Chapitre 9

— Bientôt la période des conseils de classe, non ?

Olivier but une longue gorgée de son café, emprisonné dans un gobelet, avant de secouer la tête. C'était notre rituel hebdomadaire ; chaque mardi matin, il venait à mon appartement, nous prenions un café à emporter et nous marchions jusqu'à mon bureau. Nous parlions de nos métiers, de nos activités à venir, des concerts que nous avions vus, des expos qui nous intéressaient. Si j'étais proche de Clémence depuis le lycée, Olivier était devenu un vrai confident.

— M'en parle pas ! Je déteste les profs encore plus que les élèves, tu sais.

— Je sais, souris-je.

— Et être prof de sport ne m'aide pas. Personne ne me prend jamais au sérieux.

— Ne me dis pas que tu me fais une petite crise de confiance en toi ? Ça ne te ressemble pas du tout ! Et cette prof de latin ?

— Point mort, soupira-t-il. Je lui ai proposé de venir boire un verre et elle m'a regardé comme si j'étais une espèce de crétin fini.

— Dis-lui de venir jeudi : on sera en groupe, ça fera moins rencard.

Olivier me lança un regard dubitatif, avant de finir son gobelet de café. Je terminai mon *latte* et accrochai mon bras au sien. Le froid avait gagné Paris et, malgré mes gants et une grosse écharpe, j'avais la sensation que le gel pénétrait même mes os. En me rapprochant d'Olivier, j'espérais faire barrière à la météo.

— Et toi, ça va ? demanda-t-il finalement.

Je haussai les épaules. Passé le choc de la rupture et les larmes, je tentais de reprendre pied. Je devais tourner la page, et le travail était ce qui m'y aidait le plus.

Le travail et les messages d'un parfait inconnu.

— Ça va. Je me concentre sur le travail. J'ai un gros projet dans trois semaines, et ça va me prendre tout mon temps.

— Tu veux qu'on dîne ensemble dans la semaine ? Ou qu'on aille voir un film ?

— Je t'assure, je vais bien. Et on se voit tous jeudi soir, de toute façon. On boira un verre en disant du mal d'Hemingway, plaisantai-je.

Olivier s'arrêta et planta son regard dans le mien. Il tira mon bonnet un peu plus fermement sur mes oreilles puis, avec un air désolé, reprit :

— Je ne voulais pas… ce que j'ai dit l'autre soir sur votre histoire et sur lui. Je me sens un peu mal à l'aise. J'ai l'impression d'avoir été l'oiseau de mauvais augure, tu vois ?

— Mais tu le pensais, non ?

— Je le pensais, et je le pense toujours. Je sais que ça paraît cliché, mais je reste persuadé que tu mérites mieux que Simon. De toute façon, s'il n'est pas assez futé pour comprendre qu'il sort avec une fille géniale eh bien…

— Sortait. Ne t'en fais pas, je t'assure. Peut-être que tu avais raison dans le fond, peut-être que c'était un peu trop lisse ou parfait. Peut-être aussi que… peut-être que je ne l'ai pas totalement laissé entrer dans ma vie. Peut-être que mon côté iceberg a fini par le lasser.

Les larmes menaçaient de resurgir. Pourtant, je n'avais pas la sensation de mentir à Olivier : je n'étais pas au mieux, mais je remontais doucement à la surface.

— Tu le penses vraiment ? s'étonna Olivier.

— J'ai le choix entre me lamenter et aller de l'avant. Se lamenter demande un peu trop de larmes et d'énergie.

— Bien. Mais si tu veux te lamenter, j'ai deux formidables épaules musclées et une recette incroyable de pain perdu. Et tu n'es pas un iceberg, protesta-t-il. C'est ce que tu cherches à faire croire à tout le monde. Non, tu es… Tu es une crème brûlée : il faut fendiller la carapace de sucre pour t'apprécier.

— Je suis un iceberg. Je le sais. Je me protège, Olivier. C'est même ce que je fais de mieux, mettre les gens à distance.

— Je serai toujours là, si tu as besoin.

— Merci. Parle-moi des exploits de tes élèves, je suis certaine qu'ils ont encore brillé.

— Je t'ai parlé de celui qui a lancé son poids de 4 kilos sur le pied de son ex ?

Nous reprîmes notre marche, Olivier me détaillant ses dernières mésaventures scolaires. Il me tira plusieurs rires qui me firent oublier le froid et nous arrivâmes bientôt à mon bureau. Olivier me serra dans ses bras et, quand je m'écartai, je remarquai qu'il avait toujours cette pointe d'inquiétude dans le regard. J'avais hésité à lui parler des messages que j'échangeais avec l'inconnu du concours. Parce que j'avais peur de passer pour une folle furieuse et que j'avais vraiment envie de garder cette histoire pour moi, je renonçai. Olivier m'aurait sûrement mise en garde. Il était la rationalité incarnée et ce que je ressentais avec cet inconnu n'était ni rationnel ni explicable.

— Fais attention à toi, d'accord ? fit-il, concerné.

— Je vais m'engloutir sous trois tonnes de travail.

— Ton concert ?

— C'est ça. On reprogramme tout pour insérer un groupe en plus. Et quand j'aurai fait ça, il faudra encore refaire tout un plan de table et espérer que les journalistes acceptent eux aussi de revoir leurs plans.

— Moi, je vais juste faire en sorte qu'aucun ballon de volley ne brise de nez. Et juste après ça, j'essaierai d'expliquer à des collégiens azimutés par les hormones que courir derrière les filles pour mater leurs derrières n'est pas ce qu'on appelle « du sport ».

— Je t'envierais presque, souris-je. On se voit jeudi ?

— Sans faute. Au fait, tu ne m'as pas dit : tu as eu une réponse pour le concours de baisers ?

— Pourquoi ? Tu veux candidater ? J'avais cru comprendre que tu n'embrassais pas les potes.

— Toujours pas. Je me posais juste la question. Je pourrais peut-être utiliser cette technique pour attirer la prof de latin dans un guet-apens.

— Parce que tu penses qu'elle tomberait sous ton charme avec un baiser… factice ?

— Qui a dit qu'il serait factice ? fit-il en arquant un sourcil. Tu manques cruellement de romantisme.

— La crème brûlée n'est pas vraiment romantique, m'esclaffai-je.

Je l'embrassai sur la joue et je rejoignis l'immeuble de l'agence. Dans l'ascenseur, je vérifiai mes messages, un peu déçue de ne pas avoir de nouvelles de l'inconnu. Je m'interrogeai brièvement sur la manière de relancer la conversation. Ça me ferait sûrement passer pour une tarée mais je me lançai quand même.

Hey ! Vous êtes vraiment musicien ? Ou c'est un truc que vous dites aux filles pour les séduire ?

Je m'installai à mon bureau, espérant une réponse immédiate. Après trois minutes de silence, je me résignai. Je me concentrai sur mes mails, imprimant le message de la direction concernant le groupe à rajouter. Zélie arriva peu après, maudissant le froid parisien.

— C'était au moins ma quatrième paire de gants, râla-t-elle en cherchant cette fameuse paire dans son tiroir.

— Tu as dû les laisser au bar. Sûrement dans le vague espoir que Julian les trouve et te rappelle, non ?

Elle me dévisagea, avant d'étrécir le regard. Je savais que j'avais visé juste. Les yeux rivés sur l'écran, je réprimai un rire tandis que Zélie, défaite, s'effondrait sur sa chaise avant de demander :

— Il ne me regardera jamais, hein ?

— Joue les indifférentes. Ou rends-le jaloux, tu verras bien.

— Il me plaît vraiment…

J'envoyai un mail à mon responsable, lui promettant un nouveau planning prévisionnel pour le lendemain. Zélie dut interpréter mon silence comme un manque d'intérêt car elle poussa un soupir théâtral et fit volontairement du bruit en empilant des dossiers déjà rangés.

— Tu trouves ça dingue, je sais, continua-t-elle.

— Je n'ai pas dit ça.

— Non. Mais tu le penses. Je sais que nos échanges se résument à prendre des paris ou des commandes mais je me sens tellement… proche de lui.

Mon téléphone personnel vibra et mon cœur s'accéléra. Un peu fébrile, je vérifiai le message qui venait d'arriver. Je retombai dans les limbes de la déception, en constatant qu'il s'agissait d'un rappel pour retirer un colis. Je relevai les yeux vers Zélie et murmurai :

— Parfois les choses ne s'expliquent pas.

— Ça va ? s'inquiéta-t-elle.

— Oui. Juste… il faut que j'appelle ce type, Evan, pour caler un premier entretien.

Elle acquiesça et riva ses yeux sur son écran d'ordinateur. Pendant de longues secondes, je fixai mon téléphone, déçue et frustrée de n'avoir aucune réponse de mon inconnu. Le pouce au-dessus de l'écran, j'envisageai même de l'appeler, mais le courage me manquait. Je ne trouvais même pas une phrase d'accroche acceptable. Je finis par ranger mon téléphone dans mon sac et fis en sorte d'oublier cette histoire.

Après avoir travaillé pendant près de deux heures sur un nouveau planning pour le concert, je me décidai à composer le numéro d'Evan. Je vérifiai mon agenda, prête à lui proposer plusieurs créneaux pour le rencontrer, mais tombai immédiatement sur le répondeur et grognai de frustration.

— Bonjour, Evan, je suis Juliette et je suis en charge de l'organisation du concert de charité auquel vous allez participer. J'aimerais qu'on puisse se rencontrer pour faire un point ensemble et discuter de vos éventuels impératifs. C'est assez urgent donc, si vous pouviez me rappeler. Merci.

Je réitérai mon appel trois fois. La quatrième, lasse et agacée, je sentis que mon sens de la diplomatie était plus discret.

— Bonjour Evan, c'est encore Juliette pour l'organisation du concert. Écoutez, je ne doute pas que vous avez sûrement mieux à faire et que parler logistique n'est pas votre tasse de thé, cependant, il faut vraiment que nous discutions de cette soirée. J'ai épluché votre fiche sur Wikipédia. Je sais donc que vous souffrez de rhume des foins, que vous êtes Gémeaux, ascendant Poisson. Malheureusement, ça ne m'aide pas beaucoup à organiser votre concert, soupirai-je. Alors rappelez-moi, s'il vous plaît, sinon je vais finir par débarquer chez vous. Comme ça, vous ne pourrez pas me filtrer et vous aurez enfin le plaisir de subir mon torrent de questions.

Je raccrochai rageusement, marmonnant un « foutue rock-star » rageur, sous le regard stupéfait de Zélie.

— C'est un client, quand même, remarqua-t-elle.

— C'est un prestataire. Mon client, c'est la Fondation. Je ne supporte pas ces rock-stars persuadées d'être mieux que tout le monde et qui ne rappellent jamais.

— Quatre appels en moins de deux heures, s'il ne rappelle pas, c'est qu'il a la trouille, plaisanta Zélie.

— Il peut. Je vais lui botter les fesses.

Quinze minutes plus tard, j'étais vraiment énervée. Je tentai de m'occuper l'esprit mais, invariablement, je tombais sur la fiche de renseignements à remplir de ce fameux Evan ; à cause de son manque de réactivité, il bloquait toute la réorganisation de la soirée et je me surpris même à vérifier le bon fonctionnement de mon téléphone et de ma connexion Internet.

Puisqu'il filtrait mes appels, j'optai pour une nouvelle méthode : je me décidai à lui écrire. Mon mail fut glacial et sec. Apparemment, ma transformation en iceberg était totale.

Je déjeunai avec Zélie, discutant de nos cadeaux de Noël à faire. En milieu d'après-midi, toujours sans nouvelles d'Evan, je repris mon téléphone.

— Faut que je rappelle ce mec. Bon sang, c'est le seul homme sur terre à ne jamais répondre à ses appels ? m'agaçai-je.

— Tu as essayé un SMS ? Il est peut-être trop occupé. Répondre à un SMS est beaucoup plus faisable.

— Quatre appels, un mail. Et maintenant un SMS ? C'est quoi la prochaine étape ? Le sit-in devant son immeuble ?

Malgré tout, je l'écoutai et rédigeai un SMS qui tenait en deux mots : rappelez-moi. Tout en tapotant mes doigts sur le bureau, je scrutai l'écran de mon téléphone. Rien. Aucune réaction. Après quelques instants, furieuse, je recomposai le numéro de mon client. Au bout de deux sonneries, un déclic m'indiqua qu'il avait décroché. Les dents serrées, je levai un poing victorieux et pris une profonde inspiration avant de me présenter.

— Bonjour, je suis Juliette et je suis en charge de l'orga…

— Combien de café avez-vous dans les veines au juste ? fit une voix grave à l'autre bout du fil.

— Euh. Trois, je crois, répondis-je après une seconde de réflexion.

— C'est trois de plus que moi.

Sa voix était rauque, comme s'il venait de se réveiller d'une bonne sieste. Je vérifiai l'heure et secouai la tête. Ces foutues rock-stars menaient une vie bien trop dépravée ; travailler avec lui allait me coûter pas mal d'énergie.

— J'ai laissé deux messages sur votre répondeur, continuai-je.

— J'ai vu. Quatre appels manqués, un mail, un SMS. J'attendais le pigeon voyageur, voire la visite à domicile d'ici deux heures.

Ma conscience professionnelle me rappela que j'avais besoin de sa coopération et je retins un juron, doublé d'une vague insulte. J'inspirai profondément, comptai jusqu'à trois et répondis aussitôt, nullement ébranlée par son ironie mordante.

— Une heure, pas plus, corrigeai-je. Vous êtes particulièrement difficile à joindre, c'est une habitude ?

— Non, juste avec vous.

— C'est urgent, plaidai-je.

— C'est ce que j'ai compris. J'en ai déduit que la foutue rock-star que je suis était la priorité de votre journée.

Je fermai les yeux, mortifiée. Évidemment, il avait fallu qu'il m'entende pester contre lui. Un silence embarrassant s'installa. Vingt secondes de conversation avec lui, et j'allais déjà devoir présenter des excuses.

— Parce que si ce n'est pas le cas, je plains celui qui est réellement votre priorité de la journée. Vous êtes du genre insistant.

— Je… c'est vrai, vous avez raison, dis-je pour couper court. Écoutez, pour ce que vous avez entendu, j'étais juste agacée.

— Tant que j'y pense, ma fiche Wikipédia est fausse. Je suis ascendant Capricorne et je suis allergique aux piqûres d'insectes, en particulier les moustiques et les guêpes.

— Génial, marmonnai-je, en biffant d'un geste sec la fiche de renseignements.

— Il ne faut pas se fier à ce qu'on trouve sur Internet, vous savez. Rassurez-vous, je n'ai pas d'enfants illégitimes. Enfin, je crois ! Et ces photos intimes qu'on voit partout…

Je coinçai mon téléphone contre mon oreille, tapant à toute vitesse le nom d'Evan dans la barre de recherche

Internet. Je me concentrai sur les magazines à scandale, découvrant une série de photos où il apparaissait nu, marchant au bord de l'eau sur une plage. J'approchai le nez de l'écran, tentant de déterminer si c'était bien lui. Les images étaient floues et prises de loin.

— Ce n'était pas moi, finit-il.

Je me désintéressai aussitôt des photos et les fis disparaître de mon écran. J'avais besoin de lui parler et de lui poser un million de questions. Si nous débutions notre relation professionnelle de manière chaotique, les trois prochaines semaines allaient être très pénibles. Un de nous deux devait faire un effort. Dans la mesure où je tenais à mon boulot, ça ne pouvait être que moi.

— Écoutez, je vous appelle car vous participez au concert de charité dans trois semaines. J'ai besoin de vous voir pour caler avec vous l'organisation.

Mon interlocuteur poussa un soupir las, pendant que j'ouvrais mon dossier pour prendre des notes. Le silence dura et je tentai de détendre l'atmosphère.

— Généralement, après la phase de harcèlement, je passe à la phase interrogatoire.

— Et après ? fit-il, curieux.

— Après, je passe mon temps à me répéter pour m'assurer que vous n'oubliez rien. J'excelle pour tourmenter mes clients et leur botter les fesses.

— Je salue votre honnêteté. D'habitude, on cherche à me faire avaler des couleuvres ou à me flatter.

— Je crois que j'ai besoin de connaître un peu les gens avant de les couvrir d'éloges. Et c'était justement l'objet de mon appel : vous connaître.

— D'accord. Alors, commençons tout de suite : la dernière fois qu'on m'a botté les fesses, j'avais huit ans et j'avais volé le vinyle des Beatles qui appartenait à mon père.

Sa voix rauque s'était adoucie. Je retins un rire et me détendis un peu. Je m'enfonçai dans mon fauteuil de bureau, rassurée d'avoir rétabli la situation. S'il avait un peu d'humour, les trois semaines à venir se passeraient peut-être mieux que prévu.

— Et ça valait le coup ? demandai-je.

— *Sergent Pepper* vaut toujours le coup. Écoutez, je suis désolé. J'ai eu une journée longue et pénible.

— Et je m'excuse pour le « fichue rock-star ». C'était déplacé et absolument pas professionnel de ma part.

— Comme ça, on est deux à avoir eu une journée longue et pénible. Je ne voulais vraiment pas me défouler sur vous.

— Aucun problème. Ça m'arrive assez souvent, j'ai l'habitude d'essuyer les colères et les exigences.

— Vous devriez perdre cette habitude, Juliette. Parce que je n'aime pas l'idée qu'on vous traite ainsi.

Je restai muette, touchée par ce qu'il venait de me dire. Ce métier m'avait tellement appris à encaisser sans broncher et à supporter des remarques acerbes que je n'y faisais plus attention. C'était devenu normal. Qu'Evan me demande de ne plus l'accepter après quelques minutes de conversation était improbable.

— Je… Je crois qu'on devrait trouver un créneau dans nos agendas pour commencer à travailler ensemble, repris-je pour revenir sur un sujet plus professionnel.

— Je suis assez occupé, entre le studio et les répétitions.

— Je peux m'adapter.

Je l'entendis rire et je me demandai pendant une seconde ce qui était si drôle. Cette conversation était déroutante. Alors que je pensais l'avoir remise sur les rails, Evan se débrouillait pour nous faire dévier. Je retins la question qui me brûlait les lèvres, et décidai de garder ma ligne de conduite habituelle.

— Ça peut être un rendez-vous tardif, ou sur la pause déjeuner, proposai-je. Ce qui vous arrange, en fait.

— Vous êtes très dévouée.

— Comme je vous l'ai dit, ça fait partie de mon travail, Evan.

— Je n'aime pas beaucoup cette idée non plus. Vous

ne devriez pas laisser le travail passer avant votre vie, Juliette.

Il avait prononcé mon prénom un ton plus bas. Sa voix rauque et fatiguée s'était estompée au profit d'une voix profonde et chaude. Je me redressai, soudain nerveuse. Zélie me lança un regard perplexe, me demandant dans un murmure si tout allait bien. Je hochai la tête mécaniquement, mais j'étais perdue, incapable de comprendre pourquoi cette conversation me perturbait autant.

— Mercredi soir, si vous voulez ? J'avais un rendez-vous, mais je peux l'annuler.

J'ignorais pourquoi je me justifiais ainsi. Peut-être pour couper court, peut-être pour éviter que cette conversation ne glisse encore. La plupart de mes clients ne se préoccupaient pas de ma vie, ils ne posaient aucune question et prenaient pour acquis que j'étais à leur disposition. Je n'étais qu'un élément pratique, commode et à durée déterminée au service de leur réussite.

— Mercredi soir, alors. Vous m'enverrez l'adresse ?

— Je pensais… Je vous enverrai l'adresse de l'agence, répondis-je, déstabilisée.

— Juliette, je suis certain que nous pouvons faire mieux que ça, non ? Trouvez-nous un endroit agréable, parce que je sens que vous allez me bombarder de questions en me braquant une lampe dans les yeux, non ?

— Non ! Absolument pas !

— Vous n'allez pas me bombarder de questions ?

— Si. Je parlais de la lampe, en fait.

Son rire fit écho au mien et un sentiment diffus de chaleur et d'embarras me gagna. Je me trouvais ridicule à réagir ainsi à quelques remarques et à une simple voix. C'était presque un client, qu'est-ce qui me prenait ?

— Écoutez, Evan, je… je vais trouver mieux. Je vous envoie tous les détails par message, d'accord ? Merci d'avoir décroché.

— Merci de m'avoir harcelé.

Je raccrochai avec un stupide sourire aux lèvres. Je

croisai le regard de Zélie, qui oscillait entre inquiétude et incompréhension et notai le rendez-vous dans mon agenda, sachant déjà où j'allais emmener Evan. J'étais décidée à lui prouver que j'avais une vie personnelle en dehors du travail.

— Alors ? Ça s'est bien passé ? me demanda ma collègue.

— Euh… oui. Disons que c'était inattendu.

Un rire m'échappa alors que je me refaisais en accéléré cette conversation décousue. Étonnamment, c'était le son de sa voix qui m'avait marquée, cette vibration profonde et puissante.

— Il est comment ? demanda Zélie. Sympa, j'espère ?

— Sympa, oui. Sympa, sans nul doute.

Dévorée de curiosité, je tapai le nom de son groupe sur Internet. Des centaines de photos apparurent sur l'écran et je le scrutai plus attentivement que je ne l'avais fait en début de journée. Grand, brun, des yeux aussi sombres que la nuit et une carrure qui trahissait des séances de sport régulières : Evan était loin d'être repoussant. Je passais dix minutes à faire défiler les photos, notant le détail d'une fossette, masquée épisodiquement par une légère barbe. Sa garde-robe semblait minimaliste : des jeans à profusion et des sweats à capuche qui lui donnaient l'air d'être un éternel adolescent.

— Pas mal, souffla Zélie, en arrivant par surprise derrière moi.

— Je regardais pour le… reconnaître.

À l'instant où les mots sortirent de ma bouche, je compris que je m'étais trahie. En temps normal, je ne me serais jamais justifiée sur des recherches. Je m'agitai dans mon fauteuil de bureau et cherchai un moyen de changer de sujet.

— Je trouve ça chouette, tu remontes vite sur le cheval, se moqua-t-elle.

— C'est un client, Zélie.

— Prestataire, corrigea-t-elle, me rappelant sournoisement que j'avais moi-même fait cette distinction.

— Et je ne suis pas du tout dans cet état d'esprit. Tu sais bien que la situation est…

— Respire, Jul'. Et si tu n'es pas intéressée, pense aux copines. Je suis à peu près certaine que ce sweat vert cache un corps de rêve.

— Zélie !

— Tu me raconteras ? Je veux tous les détails, surtout les trucs croustillants.

Elle parvint à me tirer un rire avec une de ses grimaces suggestives. Elle se réinstalla à son bureau et je me perdis pendant encore de longues minutes sur Internet, scrutant les photos d'Evan. Zélie avait certainement raison : vu sa carrure et les rares photos où il portait une chemise, je ne doutais pas que ses muscles devaient être parfaitement dessinés.

Absorbée par ce dossier, je rentrai chez moi assez tard. Je dînai et après une douche brûlante, je m'installai sur mon canapé avec mon ordinateur portable. Je devais encore lister les questions que je devais poser à Evan – questions qui allaient de ses préférences alimentaires à la liste des personnes avec qui il souhaitait impérativement travailler, en passant par un point rapide sur sa vie amoureuse – et établir la liste des personnes à contacter pour reboucler l'organisation.

En consultant mes messages professionnels, je réalisai que je n'avais pas vérifié mon téléphone personnel depuis la fin de la matinée. Je tentai de chasser cette idée : je devais me concentrer sur mon travail et cesser de m'investir émotionnellement dans cette histoire ridicule. Pourtant, malgré toute ma bonne volonté et mon esprit rationnel, j'abandonnai rapidement mon ordinateur et récupérai mon téléphone au fond de mon sac. J'avais plusieurs notifications, notamment de mes amis, mais ce fut celle provenant d'un numéro non enregistré qui me tira un sourire.

Je suis vraiment musicien ET c'est effectivement un truc que je dis aux filles pour les séduire. Maintenant, je me demande si c'est la musique qui vous intéresse ou… le reste ?

Je remarquai un autre message et, cette fois, éclatai de rire.

Pitié, dites-moi que c'est le reste. Ça rendra nos conversations beaucoup plus agréables.

Je ne résistai pas à l'envie de lui répondre. Je me mordis les lèvres, sentant une vague d'adrénaline mâtinée d'excitation se déverser dans mes veines. J'avais attendu cet échange toute la journée.

Et cette technique fonctionne ? Je veux dire, est-ce que les femmes sont toujours sensibles à votre tempérament artistique ?

J'eus à peine le temps de rejoindre mon canapé que la réponse s'afficha. Je repoussai mes dossiers, désormais loin d'être prioritaires.

Disons que c'est une technique que j'ai pu vraiment éprouver et que je n'ai eu que très peu de réclamations.

J'écarquillai les yeux devant son message. Il m'avait accusée d'écorner son ego mais, de toute évidence, il faisait la taille d'un arrondissement. Il était temps de le ramener sur terre.

Vraiment éprouver ? On parle en volume ou en longévité ?

Soit j'étais tombée sur un séducteur, soit… j'étais tombée sur un type qui avait l'âge de mon père. Dans tous les cas, ça ne me plaisait pas vraiment. Je grimaçai, attendant sa réponse.

En volume. En tout petit volume. Et, non, je ne fais pas d'encoche sur ma tête de lit.

J'en déduisis qu'il était jeune ; peut-être mon âge. Et parisien. Et volontaire. Cet inconnu remplissait toutes les conditions pour le concours de baisers. Quelqu'un là-haut avait dû décréter que j'avais suffisamment morflé et que je devais avoir un retour positif de karma. Cela me tira un sourire, mais, très vite, je secouai la tête : je n'avais aucune intention de rencontrer ce type, et encore moins l'intention de participer à ce concours.

Je vous assure, ce truc avec la musique, ça fonctionne la plupart du temps, sur la majorité des femmes.

Je ne dois donc pas être la majorité des femmes. Et si ça se trouve, en bon imposteur, tu joues du tuba dans une fanfare.

Une fois mon message envoyé, je réalisai que je l'avais tutoyé. Je haussai les épaules : ça n'avait aucune importance. Il n'était plus vraiment un inconnu, c'était un joueur de tuba prétentieux et séducteur, répondant à mes messages avec un décalage horaire transatlantique.

Et surtout, il me faisait rire. Rien que pour ça, il avait ma reconnaissance.

Je vais faire comme si je n'avais pas lu cette histoire de tuba. Parce que si tu es insensible à mon talent pour la musique, c'est que tu es intéressée par le reste.

Mon cœur manqua un battement et je relus son message plusieurs fois, sous le choc. En quelques mots, il venait de retourner la situation à son avantage. Je passai mon index sur mes lèvres, cherchant une réponse adaptée.

Peut-être juste que je ne suis pas la plupart des femmes et que t'opposer un peu de résistance pourrait te faire du bien.

Je réprimai un bâillement, me promettant d'aller au lit d'ici cinq minutes. Mon week-end de larmes avait laissé des traces et j'étais fatiguée. J'avais besoin de force pour tenir jusqu'aux vacances de Noël.

Tu veux le reste. Et tu n'es pas la plupart des femmes.

Un autre message apparut immédiatement.

Oppose-toi autant que tu veux : c'est vrai, ça me fait beaucoup de bien.

J'étais à peu près certaine que ce seul message m'avait fait encore plus de bien.

Chapitre 10

— Je vous fais visiter ?

La jeune femme devant moi m'offrit un sourire avenant. Cela faisait une bonne heure qu'elle me présentait sa crèche. Ma mère avait pris le temps de passer quelques coups de fil et avait organisé ce rendez-vous.

En accueillant Gloria chez moi, j'avais géré l'urgence. Maintenant que ma nièce et moi avions pris nos marques – des nuits courtes, des séances de chatouilles et des balades quotidiennes –, je devais affronter la réalité pratique. Si mon métier m'offrait actuellement du temps libre, je savais aussi qu'il pouvait m'engloutir tout entier. Ma mère n'était plus assez en forme pour s'occuper d'un bébé et, surtout, Gloria avait besoin de voir d'autres enfants.

« Tu crois qu'elle pourra avoir une vie normale ? avais-je demandé à Lucie, alors que nous regardions Gloria en train de dormir.

— Aussi normale que possible. On improvisera, cette méthode nous a plutôt réussi pour le moment.

— Je lui apprendrai la guitare, avais-je promis.

— Apprends-lui à frapper. Je crois que ton frère envisage de tuer tous les garçons qui finiront par lui rôder autour.

— Je les frapperai aussi ! Je ne veux pas que cette douce jeune fille se fasse draguer par un bon à rien de musicien. Dieu seul sait où ça pourrait la mener ! »

En retour, Lucie m'avait asséné une tape sur le bras. Nous avions ri et échangé un sourire complice. Je considérais Lucie comme ma sœur et j'aurais pu lui confier tous mes secrets. J'ignorais comment elle avait dompté mon frère, comme j'ignorais comment elle parvenait à s'adapter à notre mode de vie. Mais elle souriait, en permanence.

« Tomber amoureuse de ton frère est la meilleure chose qui me soit arrivée, avait-elle finalement murmuré, en caressant la joue de leur bébé.

— C'est un affreux veinard. »

J'avais ri puis j'avais attiré Lucie contre moi et j'avais déposé un baiser sur son front. Nous avions regardé Gloria dormir, et, pendant quelques instants, nous avions oublié la folie perpétuelle qui nous entourait : les répétitions, la tournée, la musique, les interviews, les fans. C'était un tourbillon sans fin.

« Je l'amènerai au square. Ou je te la garderai, si un jour Michael pense à fêter ton anniversaire à la bonne date.

— Je vais te présenter quelqu'un, Evan, avait-elle ri. Quelqu'un qui méritera tout ça et qui retiendra ta date d'anniversaire.

— Mais tu viens de le faire. Tu nous as amené Gloria. »

Je chassai mes souvenirs en suivant la directrice de la crèche dans les escaliers. Aux murs, des quantités de dessins étaient affichés, tous en rapport avec Noël. Gloria nicha sa tête dans mon cou et je resserrai ma prise sous ses fesses.

— On peut la laisser quelques minutes avec les autres enfants, si vous voulez.

— Je ne sais pas, elle n'est pas vraiment habituée à fréquenter d'autres enfants.

— Vous savez, ils s'adaptent très vite à cet âge.

Elle me dirigea vers une grande salle d'activité, occupée par une dizaine d'enfants. Ces derniers tapaient dans leurs mains, sur un rythme incertain, pendant qu'une animatrice récitait avec entrain une comptine.

— Une vie normale, murmurai-je pour moi-même.

— Votre mère nous a dit ce qui s'était passé, reprit la directrice avec une mine compatissante. Nous ferons de notre mieux pour que Gloria se sente bien ici.

— Disons que… elle n'a pas vraiment une vie ordinaire.

Ni un entourage très ordinaire. Je vais partir en tournée prochainement et…

— Monsieur MacNeil, je vous assure que nous ferons au mieux. Nous savons que vous avez un métier… atypique. Mais nous offrons tout un éventail de services : horaires à la carte, activités à la demande, service de baby-sitting d'urgence. Je suis persuadée que Gloria s'épanouira parfaitement ici.

J'en étais aussi convaincu. Gloria devait rencontrer d'autres enfants. J'aimais m'occuper d'elle mais nos balades quotidiennes ne suffisaient pas. La reprise des répétitions allait me prendre tout mon temps, et je n'imaginais pas Gloria patienter dans une salle de concerts qui la rendrait sourde avant ses deux ans.

— Tu veux essayer, rayon de soleil ? proposai-je à ma nièce en passant une main réconfortante sur son dos.

Elle tourna la tête, attirée par la musique. Je m'approchai de la porte vitrée, la laissant regarder les enfants se défouler sur des tambours et des xylophones en bois. Je scrutai son attitude : Gloria semblait fascinée par ce qu'elle voyait.

— Gloria, je vais aller visiter la crèche avec la directrice pendant que toi, tu vas t'amuser à faire de la musique, d'accord ?

Évidemment, je n'eus aucune réponse de sa part. Elle garda les yeux rivés sur la salle, dévorée de curiosité. Une des animatrices nous vit et approcha de la porte. Je lui confiai Gloria, l'embrassant sur le front avant de lui promettre un retour rapide. Quelques secondes plus tard, je suivais la directrice dans la crèche, découvrant d'autres salles d'activités, les cuisines et le jardin attenant. En dernier lieu, elle me fit découvrir les préparatifs de leur fête de Noël, avec des décorations en papier.

— On fait un goûter pour réunir les enfants et les parents. J'espère que vous pourrez venir.

M'imaginer entouré d'inconnus qui, eux, me connaissaient peut-être me tira une grimace. J'aimais vivre discrètement, loin de l'agitation et je souhaitais que Gloria reste à l'écart de la spirale des médias.

— Je vais y réfléchir.

— Est-ce que vous avez des questions ? On peut l'accueillir dès demain, petit à petit et dès la semaine qui suit, nous pourrons la prendre à plein temps.

— Parfait, oui.

Cette visite m'avait donné une sensation étrange. Je m'occupais de Gloria, je prenais des décisions importantes pour ma carrière mais venir ici, cerné d'inconnus, et parler de goûter me rappelait la triste réalité de ma vie. J'étais seul, et j'élevais ma nièce. Je n'aurais pas dû être ici, à parler à cette femme des personnes autorisées à venir chercher Gloria.

— Votre femme, peut-être ?

— Oh. Non. Je ne suis pas marié.

Nous étions revenus devant la salle où j'avais laissé ma nièce. Je rivai les yeux sur elle, réprimant de nouveaux souvenirs de Lucie. Aurait-elle fait ça ? Sûrement que non : elle aurait gardé jalousement sa fille auprès d'elle. Tout ce qui arrivait était profondément injuste.

— Il n'y a que Gloria et moi, dis-je finalement. Ma mère viendra à l'occasion.

— D'accord.

— Et, si ça ne vous ennuie pas, je recherche une baby-sitter pour garder Gloria certains soirs, si vous avez quelqu'un à me recommander.

Gloria jouait avec les instruments et riait aux éclats. Je me demandais vaguement si elle finirait par avoir le même sens de l'humour que Michael. Il n'y avait que ses propres blagues qui le faisaient rire.

— Je vais vous donner une liste. Vous me rejoignez dans le bureau ?

Je hochai la tête et entrai dans la salle pour récupérer Gloria. Contrairement à moi, cette visite semblait lui avoir beaucoup plu. Je la pris dans mes bras, saluai l'animatrice et filai vers le bureau de la directrice. Après avoir récupéré tout un dossier administratif à remplir et la liste des baby-sitters recommandées, je rentrai à l'appartement.

Gloria montrait des signes de fatigue, aussi j'enchaînai rapidement les rituels de soirée : bain, dîner et coucher. Au moment où je l'allongeais dans son lit, je me décidai à lui parler à cœur ouvert :

— Tu sais, rayon de soleil, ton père te regarde de là-haut et je dois moi aussi veiller sur toi. Ton père était guitariste. Et je suis aussi guitariste et bassiste. Donc, la prochaine fois que je te vois taper dans un truc qui ressemble à une batterie, je te prive de compote de poires, d'accord ?

Elle se contenta de me regarder, serrant son doudou contre elle.

— Pas de batteur dans cet appartement ! répétai-je dans un sourire.

Je caressai sa tête et relevai les yeux vers la photo de ses parents. Je ne ferais certainement pas aussi bien qu'eux, mais j'espérais faire de mon mieux.

— Bonne nuit, Gloria.

Je refermai la porte derrière moi et filai dans la salle de bains pour m'autoriser une douche rapide. Mathilde devait arriver dans moins de quinze minutes pour veiller sur Gloria pendant mon rendez-vous avec l'agence d'organisation du concert. En sortant de la salle de bains, je fonçai vers ma chambre et récupérai un jean et un sweat-shirt. Je me surpris à tendre l'oreille, mais Gloria semblait déjà partie au pays des rêves. Je retournai au salon, rangeai rapidement ce qui traînait et vérifiai mon téléphone. Mathilde avait convenu de me faire un message pour prévenir de son arrivée. En l'attendant, je commandai un taxi pour rejoindre le bar indiqué par la fameuse Juliette de l'agence.

Le souvenir de notre échange me tira un sourire. Cette fille semblait hyper professionnelle. Dans l'absolu, ça ne me gênait pas mais j'avais beaucoup de difficulté avec ce type de relations très formelles ; on pouvait tout à fait travailler efficacement, en partageant des moments agréables et en apprenant à connaître les gens. Il y avait un tas de trucs agréables dans mon métier : les fans, les concerts, les disques… mais ça me permettait aussi de rencontrer d'autres personnes qui n'avaient rien à voir avec mon entourage habituel.

J'entendis des coups frappés doucement contre la porte. J'enfilai des chaussures et fonçai ouvrir à Mathilde.

— La porte de l'immeuble était ouverte, expliqua-t-elle en entrant dans le salon.

— Mon taxi arrive dans cinq minutes, dis-je en déposant une bise sur sa joue glacée. Gloria est au lit et elle dort. Donc, tu as juste à t'asseoir sur ce canapé et à attendre mon retour.

— D'accord. C'est un rendez-vous professionnel ou personnel ? demanda-t-elle en détaillant ma tenue.

— Pro. Organisation du concert.

— À cette heure ?

— Je ne pouvais pas vraiment avant. Et cette fille est hyper insistante. Tout semble urgent donc j'ai préféré couper court. En tout cas, c'est vraiment sympa de me dépanner pour ce soir. Dès demain, je vais appeler des baby-sitters pour trouver quelqu'un qui…

— Tu rigoles ? J'adore Gloria et ma vie privée ressemble au désert de Gobi. Et, à vrai dire, j'espérais fouiller dans tes affaires pour trouver quelques nouveaux morceaux, sourit-elle. Pour… l'inspiration, tu vois ?

— Je n'ai rien composé depuis des semaines. Il y a de quoi manger dans le réfrigérateur.

Mathilde haussa un sourcil, clairement dubitative. Elle avait été suffisamment invitée dans cet appartement pour savoir que je n'étais pas un spécialiste de l'intendance.

— Pizza d'hier soir.

— Ah, tu me rassures, fit-elle, une main sur le cœur. Pendant une seconde, j'ai cru qu'il y avait une faille spatio-temporelle… ou un miracle de Noël en avance.

Je ravalai un grognement et décidai d'ourdir une vengeance en règle et immédiate. Mathilde adorait me taquiner, et je devais avouer que nos petites joutes verbales me manquaient. Puisqu'elle allait de nouveau travailler avec le groupe, autant la remettre dans le bain tout de suite.

— Au fait, j'ai eu des nouvelles de Maxime, dis-je avec une innocence parfaitement feinte.

— Ah oui ?

Je relevai les yeux vers elle. Son air confiant et amusé avait disparu et elle cherchait un endroit où poser les yeux, certainement pour changer de sujet. Regarder Mathilde et Maxime se tourner autour était un spectacle aussi désolant qu'irrésistible. Et ils pensaient que personne ne savait…

Je sentis mon téléphone vibrer, m'annonçant l'arrivée de mon taxi. Je vérifiai mon reflet dans le miroir accroché près de la porte. Mes cheveux étaient encore humides ; aussi, je passai ma main dans mes mèches courtes, les frictionnant avec vigueur. J'ajoutai :

— Il va bien. Je pensais que tu l'avais vu, d'ailleurs.

— Pourquoi l'aurais-je vu ?

— Aux dernières nouvelles, il rôdait dans le désert de Gobi, plaisantai-je en enfilant mon caban.

Elle secoua la tête en rougissant légèrement. Elle leva les mains devant elle en signe de défaite et s'assit sur le canapé, pendant que je vissais mon bonnet sur la tête. Je vérifiai que j'avais toutes mes affaires. Mon téléphone vibra à nouveau et j'embrassai rapidement Mathilde sur la joue.

— Je ne devrais pas rentrer tard.

— Amuse-toi, Evan. Tu en as besoin aussi !

— C'est juste du boulot.

— Plus de la moitié des couples se sont rencontrés au travail !

— Et tu en sais quelque chose, n'est-ce pas ? Je file avant que le taxi me plante.

Mathilde m'adressa un petit signe de la main et je fonçai vers mon rendez-vous. J'eus à peine le temps de claquer la portière que le taxi démarra. Juliette m'avait donné rendez-vous dans un bar du centre de Paris et m'avait assuré qu'elle me reconnaîtrait. Je vérifiai mes notifications et un sourire barra mon visage en découvrant un message de mon inconnue. J'avais songé à lui écrire dans la journée, mais Gloria m'avait pris tout mon temps.

Voilà deux heures que je cherche un prétexte pour t'écrire.

Et j'espérais que tu me répondes un truc vaseux pour ne pas passer pour une fille désespérée.

Le second message avait été envoyé quelques minutes après le premier. Si cette fille savait à quel point ma vie était un tsunami permanent, elle comprendrait peut-être pourquoi mes messages n'étaient pas réguliers.

Tu ne m'apprends rien. Envoyer un message à un inconnu pour un concours de baisers ressemblait déjà beaucoup à du désespoir.

Je ne lui laissai pas le temps de répondre et lui offris une réponse plus douce.

Tes messages m'ont manqué. Ce qui fait que je dois peser plus lourd que toi sur la balance du désespoir.

Je tournai mon visage vers la vitre, admirant les décorations de Noël. Malgré la nuit, les rues étaient encore animées, les passants chargés de paquets. Je vivais renfermé depuis si longtemps que j'en avais oublié ce que ça pouvait faire de déambuler le soir dans Paris. Mes balades avec Gloria me permettaient de m'aérer, mais je ne parvenais à penser qu'aux changements que subissait ma vie.

Mon petit ami m'a quittée du jour au lendemain après deux ans de relation. Je gagne.

Je grimaçai. Vu ma situation, j'étais certain d'être champion toutes catégories des situations désespérées. Mais je ne voulais pas l'apitoyer. J'avais reçu assez de compassion et de regards tristes pour les dix prochaines années. Confier ce que je vivais, même à une inconnue, me ferait perdre ce que j'appréciais dans nos échanges : la spontanéité et la légèreté.

J'aimerais dire que ça me désole, mais je n'aime pas mentir. Et ça me laisse le champ libre pour le concours.

J'étais sincère. Ce que je ressentais en parlant à cette fille était insensé. Elle me faisait sourire, elle m'offrait un sas d'oubli, et surtout, elle me parlait à moi. Pas au musicien, pas à la star, pas au mec en deuil. Juste à moi. Et parce qu'elle ne réalisait pas le bien que cela me faisait, ça rendait notre relation encore plus précieuse.

J'aime les hommes déterminés. Je rajoute ça à la liste de tes talents.

J'éclatai de rire dans le taxi. Ma réponse fusa dans la seconde.

Parle-moi des tiens. J'aimerais vraiment en savoir plus sur la fille qui vient de se faire larguer.

— Je vous dépose à l'angle de la rue ? demanda le chauffeur.

— Oui, ça ira.

— C'est sur la gauche en sortant.

Comme d'habitude, le centre de Paris grouillait de monde. Des touristes prenaient des photos des illuminations, pendant que de petits groupes d'amis se formaient sur les trottoirs. En sortant de la voiture, je compris que le bar où nous avions rendez-vous était tout proche du studio d'enregistrement.

Je sentis mon téléphone vibrer dans ma poche et pris le temps de lire mon message avant d'entrer dans le bar.

Je sais danser la Macarena. Je réussis plutôt bien les moelleux au chocolat et je connais sur le bout des doigts mes verbes irréguliers en anglais. Impressionné ?

J'ignorais comment elle parvenait à me faire sourire avec ce type de message. Mais elle y arrivait. J'étais effectivement impressionné d'en apprendre autant en si peu de temps. Je vérifiai l'heure à ma montre : j'avais déjà presque dix minutes de retard. Une de plus ne changerait rien. Réprimant un frisson, je tapai mon message.

Ton ex est un crétin, et je vais donc devoir te demander en mariage. Je ne voudrais pas que tous ces talents finissent entre des mains malintentionnées.

Je poussai la porte du bar, reconnaissant l'endroit que j'avais repéré en sortant du studio dernièrement, et ravi de retrouver un peu de chaleur. Il était très fréquenté, notamment par des gens de mon âge sortant vraisemblablement du bureau. Mon téléphone vibra dans ma poche, mais je l'ignorai et bravai la foule pour rejoindre le fond de la salle. Tout le bar avait été décoré pour les fêtes et embaumait la résine. Sur les fauteuils, des plaids multicolores avaient été étalés. La plupart des tables étaient occupées et je perçus des éclats de rire ici et là. Encore un truc qui me manquait.

Enfin, sur la banquette, je vis une jeune femme aux cheveux châtains, le regard rivé sur son téléphone, seule. Je retirai mon bonnet et décidai de faire amende honorable.

— Toutes mes excuses, je suis en retard, dis-je en tendant la main vers elle.

Elle sursauta presque, avant de se lever précipitamment, manquant de renverser toute la table. Je reculai et il y eut une seconde de flottement pendant laquelle je tentai de capter le regard de mon interlocutrice.

— Euh. Juliette, fit-elle en prenant ma main dans la sienne.

— Evan. Vraiment désolé pour le retard. J'ai pris un taxi, mais il y avait du monde et…

— Sans problème. Installez-vous. Je vous offre quelque chose à boire ?

— La même chose que vous, dis-je en avisant son verre de vin.

Elle fit un signe au barman et d'un geste de la main, m'invita à nouveau à m'asseoir face à elle. Juliette avait tout l'attirail de la bonne élève : bloc-notes, stylo, dernier album du groupe. Elle avait aussi apporté quelques documents imprimés, sûrement nos dernières actualités. Pour la mettre à l'aise, je lançai :

— C'est beaucoup plus sympa qu'une salle de réunion.

— C'est vrai. C'est mon bar de prédilection, précisa-t-elle en ouvrant son bloc-notes.

Elle ramena ses cheveux derrière ses épaules et releva son visage vers moi. Je remarquai ses magnifiques yeux bleus et son sourire professionnel. Dans un autre contexte, il est certain que je l'aurais abordée. Il y avait pourtant quelque chose dans son attitude – peut-être ses mains sagement croisées sur la table ou son dos droit et raide – qui posait immédiatement une limite. Juliette était là pour le travail et il n'y avait aucune chance de la faire dévier.

— Si cela vous va, on va commencer ? Comme je vous l'ai dit au téléphone, je m'occupe de l'organisation de la soirée de charité, du concert au dîner de gala.

Toujours très professionnelle, elle dégaina sa carte de visite et la glissa dans ma direction.

— Vous pouvez m'appeler quand vous voulez, ajouta-t-elle.

— J'avais oublié votre dévouement.

Juliette se contenta de sourire, alors que le serveur nous apportait deux verres de vin.

— Je serai un mec raisonnable et je ne vous appellerai pas après 18 heures, d'accord ? Je refuse d'empiéter sur la vie des autres.

— Je crois que je vais vouloir plus de clients comme vous, dit-elle en riant. On y va ?

Elle sortit une feuille d'un dossier, déjà préremplie, avec une multitude de lignes à compléter ou de cases à cocher. Je remarquai le nom du groupe, nos dates de naissance, nos instruments de prédilection… et une flopée de cases vides qui me collait déjà la migraine. J'allais devoir répondre à tout ça ?

— Faites feu, l'encourageai-je en prenant une gorgée de mon vin.

— Bien. Donc, je crois que vous avez des séances de répétition prévues dès demain. Est-ce que vous autorisez des interviews ou des prises de vues ?

— Au compte-gouttes. Et dans tous les cas, je refuse d'évoquer mon frère ou ma nièce.

Juliette hocha la tête, nullement surprise. Ses recherches avaient dû lui en apprendre beaucoup sur ma vie des dernières semaines. Elle n'eut aucun mot de compassion ni de moue contrite. Pour elle, c'était une information comme une autre. Elle la nota religieusement, avant d'enchaîner :

— Avez-vous un photographe attitré ?

— Oui. Mathilde, elle travaille à la maison de disques. Je veux qu'elle fasse nos photos et vidéos. Elle est… c'est une proche du groupe.

C'était ma façon de garder le contrôle. Mathilde savait comment nous fonctionnions et j'étais certain qu'elle prendrait notre parti en cas de difficulté. Si Juliette voulait travailler en bonne intelligence avec nous, elle devait comprendre que Mathilde n'était pas qu'une photographe.

— C'est compris. Vous me donnerez son numéro ? On pourra peut-être travailler avec elle en parallèle. Avez-vous des exigences particulières ? Quand je dis « vous » je parle autant de vous que du groupe.

— Des exigences ?

— Des manies, souhaits, desiderata, habitudes, tics, routines. Les joueurs de foot veulent toujours la même place dans le vestiaire, certains peintres ne veulent que des spots blancs pour éclairer leurs toiles et, dernièrement, j'ai bossé avec un acteur qui refusait d'être filmé sur sa gauche parce qu'il pensait que ça portait malheur. Donc, Evan, avez-vous des exigences particulières ?

— C'est ça votre job ? l'interrogeai-je, amusé. Remplir des fiches d'informations ?

— Mon job est de faire en sorte que cette soirée se passe bien. Le concert, comme le dîner. Donc, oui, votre vie entière est résumée dans cette fiche. Je n'aime pas les mauvaises surprises et je préfère anticiper.

— Eh bien, disons que je suis plein de bonnes surprises, alors, souris-je.

Elle planta son regard dans le mien, hésitante. Ses lèvres se soulevèrent à peine. C'était un peu décevant : j'aurais bien aimé voir un vrai sourire fleurir sur ses lèvres. Cette femme était bien trop sérieuse et polie ; distante et rigoureuse, elle faisait tout pour garder une attitude professionnelle.

— J'ai besoin d'une personne qualifiée pour ma nièce, dis-je finalement. Elle va en crèche, mais je veux être certain que quelqu'un puisse aller la chercher si les répétitions sont retardées.

— Très bien. Je vous trouverai quelqu'un de confiance.

Elle enchaîna sur des questions anecdotiques : nos allergies alimentaires, si nous préférions le poisson à la viande ou le veau à l'agneau. Je passai presque vingt minutes à répondre à ses questions, scrutant la moindre de ses réactions. Je n'avais aucune idée de ce que j'attendais. Un signe de vie, peut-être, quelque chose qui la rendrait un peu plus humaine.

— Pour le dîner, vous viendrez accompagné ? demanda-t-elle.

— Vos recherches n'ont pas été assez fructueuses pour avoir la réponse à cette question ?

— Je vérifie.

— Vous… vous vérifiez ? Quel genre d'info avez-vous là-dessus ?

Elle parcourut des yeux sa fiche, avant de s'arrêter sur ce qu'elle cherchait. Je risquai un coup d'œil ; apparemment, ma vie privée ne méritait pas plus de deux lignes. Dire que je me moquais de Mathilde et Maxime…

— Relation épisodique avec une certaine Marion. Elle travaille à la maison de disques, débita Juliette.

— Elle n'est plus épisodique.

— Ah. Donc, elle viendra ?

— J'espère que non. J'ai rompu. Ça serait un peu embarrassant qu'elle vienne. Il n'y a personne, Juliette.

— Oh. D'accord.

— Voyons le bon côté des choses : je n'aurai pas à me creuser la tête pour un cadeau de Noël et j'aurai le plaisir de vous voir à ce dîner.

— Euh… non, fit-elle, dans un rire. Je me contente d'organiser.

Son regard trouva le mien et à ce moment, je compris qu'elle paniquait. Elle riva ses yeux sur sa fiche tandis que je cherchai la raison de son brusque changement d'attitude.

— Je… je ne mélange pas, souffla-t-elle finalement. Le travail reste du travail.

— On peut travailler en dînant. Ou en buvant un verre comme maintenant. Enfin, je vous croiserai peut-être.

Elle se détendit légèrement et cacha son sourire dans son verre de vin. Pour la première fois depuis le début de notre entretien, son regard s'éclaira. Elle ancra ses yeux aux miens et soudain, j'eus du mal à reprendre mon souffle. Sa longue chevelure cascadait sur ses épaules. Elle était à peine maquillée, laissant transparaître quelques taches de rousseur.

— Je serai au dîner, pour travailler, admit-elle finalement.

— Et vous serez accompagnée ? l'interrogeai-je.

Elle m'offrit un vrai sourire, à découvert, et un peu embarrassé. Je n'avais pas envisagé d'être si franc, mais ce qu'elle m'avait offert pendant ces quelques secondes de relâchement me donnait envie d'en savoir plus. J'aurais tout donné pour la voir sortir davantage de sa retenue et l'entendre rire aux éclats.

— Vous savez tout de ma vie, continuai-je devant son silence. Le tout est consigné religieusement dans une fiche. Nous allons passer de nombreux moments ensemble alors autant savoir si je vole ce temps à quelqu'un ou pas.

— La culpabilité vous assaillirait si c'était le cas ?

— Sûrement. Je vous l'ai déjà dit : ne laissez pas le travail empiéter sur votre vie. Elle est bien trop courte.

— Ne culpabilisez pas. Je n'ai plus personne. C'est très récent.

— Récent ? Sur une échelle qui va du pot de glace à l'incinération de ses pulls, vous vous situez où exactement ?

Elle baissa les yeux sur ses mains et je m'en voulus de l'avoir embarrassée. J'avais espéré la faire rire, mais je soupçonnais que sa rupture était trop récente pour pouvoir en plaisanter. Elle but une gorgée de son vin, prenant un instant de réflexion.

— J'ai mis ses affaires sur le trottoir, avoua-t-elle dans un rire. Par principe.

— Par principe ?

— C'était une décision… improvisée.

Sa réponse me tira un sourire, mais je n'eus pas le temps de l'interroger car le barman surgit à notre table et Juliette lui adressa un sourire complice.

— Je compte toujours sur toi pour samedi soir ? demanda-t-il. Je veux être certain d'avoir un maximum de participants.

Le regard de Juliette passa du barman à moi, avant de revenir au barman. De toute évidence, il n'avait pas compris que nous étions en plein rendez-vous professionnel. Juliette se mordit les lèvres et je ravalai un rire en la voyant perdre le contrôle. Toute son attitude raide et distante venait de disparaître sous mes yeux.

— Julian, je te présente Evan. Je… je vais travailler avec lui pour une soirée de charité.

Le grand brun se tourna vers moi et tendit sa main pour me saluer.

— On se connaît, non ? Votre visage me dit quelque chose, lança-t-il, les sourcils froncés.

— On me dit ça très souvent. J'ai un visage assez banal, éludai-je en serrant sa main.

Il risqua un sourire, mais il me semblait entendre les rouages de son cerveau fonctionner. Il finirait par retrouver où il m'avait vu. J'avais l'habitude de ces réactions à retardement, et j'en étais ravi : cela me permettait de vivre presque normalement.

— Allez, tu viendras ! décréta-t-il. Et il faut que tu participes, vraiment !

— Julian, je n'ai pas exactement…

— Je pourrai être ton partenaire, si tu veux.

Devant moi, Juliette blêmit aussitôt et ses doigts s'agitèrent sur le pied de son verre de vin. À nouveau, son regard papillonna autour d'elle. Elle donnait l'impression de suffoquer après avoir reçu un coup.

— Je t'assure qu'on peut gagner, toi et moi, ajouta-t-il. Ce concours est pour nous !

Si elle avait pu se terrer dans un coin pour disparaître, elle l'aurait fait dans la seconde. Juliette avait l'air désemparée, à des années-lumière de son professionnalisme affiché au début de notre rencontre. Sans réfléchir, j'intervins :

— J'ai proposé à Juliette de le faire avec moi.

Elle écarquilla les yeux et le sang afflua à son visage aussi brutalement qu'il l'avait quitté. Je n'avais aucune idée de ce dans quoi je m'engageais, mais Juliette avait l'air d'avoir besoin d'aide pour se dépêtrer du barman.

— Vraiment ? s'étonna-t-il.

— Vraiment. Et elle a accepté immédiatement.

Juliette porta une main sur son front et il me sembla entendre un gémissement s'échapper de ses lèvres. Elle secoua la tête, comme pour m'indiquer d'arrêter. Mais c'était trop tard et je trouvais ce Julian beaucoup trop insistant.

— Oh. Bon, eh bien parfait. Je mets vos deux noms sur l'ardoise alors.

Il masquait très mal sa déception. Juliette termina son verre d'un trait et j'en profitai pour me débarrasser définitivement de l'importun.

— On reprendra deux verres de vin. Maintenant, appuyai-je alors qu'il hésitait.

Il quitta notre table, jetant un dernier regard en direction de Juliette. Cette dernière reprenait des couleurs, mais se tortillait sur la banquette. Je me redressai et, les avant-bras appuyés sur la table, je me penchai vers elle.

— Alors ? Qu'est-ce qu'on doit faire ensemble ?

— Ce n'était pas nécessaire.

— Il était insistant et vous mettait mal à l'aise. Par ailleurs, je l'ai trouvé assez impoli de nous interrompre. Alors ? Dites-moi ! Il avait l'air sûr de gagner, je ne vois pas pourquoi je ne ferais pas aussi bien.

— C'est un cauchemar, soupira-t-elle à voix basse. Un véritable cauchemar !

— Juliette ?

— Vous venez d'accepter de participer à une des animations du bar pour Noël, lâcha-t-elle finalement, avec un regard peu amène dans ma direction.

— Oh. J'adore Noël. C'est quoi ? Décoration de sapin ? Recette de vin chaud ? Chants de Noël ?

Juliette fut secouée d'un rire irrésistible. Ce rire que j'avais tant attendu était enfin là. Évidemment, j'aurais préféré qu'elle ne rie pas à mes dépens. Un serveur nous apporta nos deux verres et j'étais reconnaissant que le barman ne soit pas revenu.

— Evan, vous venez de donner votre accord pour participer à un concours de baisers.

Chapitre 11

Dire que j'étais mortifiée était loin du compte. J'avais envie de m'enterrer vivante sous l'intégralité des plaids dispersés dans le bar. Puis disparaître. Prendre la fuite. Courir à toutes jambes. Quitter Paris. M'exiler dans un pays lointain. Changer d'identité. En moins de dix secondes, je balayai toutes les possibilités. Évidemment, c'était sans espoir. Face à Evan, dans ce bar, j'étais prise au piège. Je n'aurais jamais dû l'écouter. J'aurais dû planifier cet entretien dans nos bureaux, à l'abri des regards.

Ça aurait évité que Julian interrompe notre conversation.

Ça aurait évité qu'il me propose l'impensable.

Ça aurait évité que je me ratatine sur mon siège.

Et surtout, ça aurait évité qu'Evan – un quasi-client de l'agence – joue les chevaliers servants en se sacrifiant aveuglément.

Le silence qui avait suivi ma révélation était insupportable. J'entendais le bruissement des conversations, les rires autour de nous, le tintement des verres et les battements irréguliers et fous de mon cœur. Devant moi, Evan était resté stoïque, ses yeux accrochés à la table entre nous. Finalement, il lâcha :

— C'est original.

— Euh… oui. Écoutez, c'est vraiment embarrassant. Je vais aller voir Julian et lui dire que…

J'eus à peine le temps de me lever qu'Evan m'agrippa le poignet pour me retenir. Une nouvelle vague de panique me submergea et il me libéra immédiatement, un peu confus.

— Laissez-le. Sinon, il va revenir à la charge et je ne pourrai pas jouer les sauveurs à nouveau sans que ça paraisse suspect.

Je me rassis sur la banquette, réfléchissant à ce qu'il venait de dire. Il avait raison sur un point : je ne voulais pas voir Julian me refaire cette proposition. J'avais trop d'affection pour Zélie pour faire ce concours avec lui. Et puis, je n'avais aucune envie d'embrasser Julian, même pour un concours.

— Je… je ne m'y attendais pas. Je ne sais pas pourquoi il a fait ça.

— Peut-être parce qu'il sait que vous êtes seule depuis peu ?

— Vous croyez vraiment qu'il me draguait ?

— Je le crains oui.

Evan se pencha vers moi et nos visages se retrouvèrent à quelques centimètres l'un de l'autre. Je retins mon souffle. Entre le choc de la proposition de Julian et le regard sombre d'Evan planté dans le mien, j'étais sonnée. Mon cœur battait la chamade, mais la panique avait reflué. Je devinai le parfum de mon vis-à-vis, remarquai une cicatrice près de son œil droit et surtout, je me perdis dans ses yeux noirs comme la nuit. Les photos que j'avais parcourues sur Internet ne lui rendaient pas justice.

Evan était séduisant, avec ses épaules carrées et une mâchoire ciselée. Il me fit un petit sourire et un doux frisson me parcourut. Il aurait pu jouer les arrogants ou établir toute une liste d'exigences, mais Evan agissait avec une normalité déroutante et une agréable douceur. Ça le rendait encore plus charmant et cela me rassura sur les semaines à venir : certes, j'aurais du travail, mais il ne ferait rien pour me rendre la tâche encore plus difficile.

— C'est simple à vérifier, continua-t-il.

Sa voix. C'était ce qu'il y avait de plus troublant chez lui. Une voix profonde, grave, vibrante qui me touchait plus que je ne l'avouerais jamais. Dès qu'il avait surgi dans le bar et s'était excusé pour son retard, me surprenant alors que j'attendais une réponse de mon correspondant inconnu, sa voix m'avait saisie. Je m'étais promis d'écouter quelques morceaux à mon retour à la maison.

— Une de mes meilleures amies a une sorte de… béguin pour lui. Je ne vais quand même pas…

Evan se pencha davantage, et pendant une seconde, je crus qu'il allait m'embrasser. Le souffle court et le cœur frappant dans ma poitrine à m'en faire mal, je fus soulagée quand il approcha sa bouche de mon oreille.

— Faites comme si je vous racontais un truc vraiment marrant et souriez. Jetez un œil par-dessus mon épaule, s'il regarde vers nous, c'est qu'il est vraiment contrarié.

Je n'eus pas besoin de simuler pour sourire. Sa voix vibrait agréablement contre la peau de mon cou. Il aurait pu me réciter l'alphabet ou se fendre d'un chant de Noël, que j'aurais été ravie ! Je relevai les yeux discrètement en direction du bar, trouvant effectivement Julian en train de nous regarder.

— Il nous regarde, chuchotai-je.

— Sans surprise. Je peux ? demanda-t-il en désignant ma chevelure.

Je hochai la tête, sans comprendre. Evan prit une de mes mèches de cheveux entre ses doigts et joua avec pendant quelques secondes. Je lui lançai un regard stupéfait, et, à nouveau, il murmura à mon oreille.

— Et là, je pense qu'il veut me tuer, non ?

Son index s'enroula autour de ma mèche et il m'adressa un sourire lumineux. Mon estomac se tordit, pendant qu'une bouffée de chaleur m'étreignait. Ma conscience me rappela sournoisement que nous étions en rendez-vous professionnel et que la situation avait déjà trop dérapé. Mais c'était plus fort que moi, Evan m'attirait.

— Alors ? fit-il, me ramenant à la réalité.

Je me redressai légèrement, juste assez pour voir Julian, les yeux rivés sur nous, mâchoires serrées et en train de malmener un citron. Son sourire habituel avait disparu.

— Il… il a l'air agressif, oui. Vous croyez vraiment que…

— Je crois oui. Et je comprends sa réaction.

Il libéra ma mèche de cheveux et reprit sa position initiale, le dos parfaitement calé sur le dossier de sa chaise. Je retrouvai une respiration normale et ignorai la pointe de déception qui me piquait le cœur. Je ne voulais pas qu'il s'éloigne.

— Vous comprenez ? répétai-je.

— Eh bien, si j'avais des vues sur une fille et qu'elle se pointait chez moi avec un autre, j'aurais aussi envie de le tuer.

— C'est ridicule. Je connais Julian depuis des mois et…

— Et vous êtes célibataire. Et séduisante. Et je lui ai grillé la priorité à un concours de baisers, ajouta-t-il, en sortant un portefeuille de sa poche.

— Oh ! non. C'est pour moi, nous sommes en rendez-vous et…

— Si vous payez, je vais passer pour un goujat impoli et ce Julian s'enfoncera dans cette brèche pour revenir à notre table. C'est ce que vous voulez ?

— Pas vraiment.

Il régla l'addition, pendant que je rassemblais mes affaires. Ce rendez-vous n'avait pas vraiment pris la direction que j'avais imaginée. Néanmoins, Evan avait répondu à toutes mes questions et dès demain, je pourrais commencer à travailler un nouveau planning.

— Je vous raccompagne ? proposa-t-il en se levant de sa chaise.

— Oh ! j'habite à deux pas.

— Justement. Marcher me fera du bien.

Galamment, il m'aida à ajuster mon manteau sur mes épaules. Malgré moi, je me surpris à jeter un œil vers Julian. Il ne nous regardait plus, mais je culpabilisais d'avoir agi de la sorte. Il aurait juste fallu que je refuse sa proposition pour éviter ce marasme. Je pensai brièvement à Zélie : j'espérais qu'elle n'apprendrait jamais ce qui venait de se passer.

Je glissai la bandoulière de mon sac à main sur mon

épaule et fichai mes mains dans mes poches. D'un geste de la main, Evan m'invita à passer devant lui avant de me suivre jusqu'à la sortie. Dehors, le froid nocturne était mordant et je frissonnai en remontant le col de mon manteau.

— C'est par ici, dis-je en désignant la rue sur notre gauche.

Nous restâmes silencieux pendant de longues minutes. Je tentai de garder les yeux rivés sur le trottoir mais, plusieurs fois, je jetai un coup d'œil vers Evan. Son bonnet sur la tête, il admirait les vitrines devant lesquelles nous passions.

— On ne vous reconnaît jamais ? demandai-je finalement.

— Ça arrive. Mais ça reste raisonnable ; les fans ont tendance à respecter notre vie privée.

— C'est bien. Vous savez, j'ai lu… enfin, pour votre frère, j'ai lu l'histoire. Je vous promets de faire en sorte que les journalistes ne vous posent aucune question.

— Ils n'en poseront pas. Ils savent déjà tout, ou presque. Ils étaient même les premiers sur les lieux de l'accident, ajouta-t-il, avec amertume.

Je m'en voulais d'avoir abordé un sujet si lourd, mais je voulais rassurer Evan. Mon rôle était de faire en sorte que tout se passe au mieux. J'avais été émue par tout ce que j'avais lu et par l'histoire de sa nièce ; il méritait qu'on le protège.

— On devrait se tutoyer, suggéra-t-il subitement.

— Se tutoyer ? Euh, oui, pourquoi pas ?

— Dans la mesure où je vous ai offert un verre, où je vous ai aussi sauvée d'un barman entreprenant pour me retrouver dans un concours de baisers et surtout, vu que je brave ce froid glacial pour vous raccompagner, on peut estimer que nous sommes… proches ?

Je restai muette, essayant de démêler la situation.

— Sauf si, évidemment, vous refusez. Par principe, ajouta-t-il avec un sourire.

— Non, non. Disons que… Vous savez que vous ne ressemblez pas du tout à ce qu'on attend de vous ? Oh ! c'est à droite, troisième immeuble.

Malgré le froid qui mordait atrocement mes joues, notre petite marche avait été bien trop rapide. J'aurais aimé qu'elle dure encore un peu, histoire de discuter avec lui.

— Ce qu'on attend de moi ? Du genre ?

— Arrogance, égocentrisme, caprices, impolitesse.

— J'ai conscience d'être très décevant. On se connaît encore peu, tu finiras par me trouver une ou deux qualités.

Nous échangeâmes un sourire, à peine masqué par l'obscurité. Après le brouhaha du bar et l'attitude de Julian, parler et marcher avec Evan était apaisant. Je culpabilisais de l'entraîner dans cette histoire de concours.

— Vous savez…

— Tu sais, corrigea-t-il. Tu.

— Tu, oui ; je vais m'y faire. Pour le concours de baisers, je dirai à Julian que vous… que tu as décommandé, d'accord ? Je pense que devant mes amis, il n'osera sûrement pas revenir à la charge.

— Pourquoi je décommanderais ?

— Euh… parce que tu ne voulais pas vraiment le faire ?

— Et pourquoi ne voudrais-je pas vraiment le faire ? Si j'ai bien compris, tu serais ma partenaire. Ce que je considère comme un avantage indéniable dans la mesure où tu en sais plus sur moi que n'importe qui.

Cette conversation prenait une direction déroutante. Je voulais lui faciliter la vie et l'assurer que j'avais bien compris que sa proposition n'était qu'un stratagème. Je n'attendais rien de sa part, et surtout pas qu'il participe à ce concours. C'était hors de question et à l'encontre de ma nouvelle éthique professionnelle.

— Evan, ça serait beaucoup trop bizarre. Je ne peux pas travailler avec toi et… t'embrasser pour un concours. Ce n'était qu'une manœuvre pour m'éviter une situation désagréable.

— En effet. Des remerciements seraient appréciés, plaisanta-t-il.

— Merci, Evan.

— Tout le plaisir sera pour moi. En particulier samedi !

Evan s'arrêta devant mon immeuble et je grimpai sur la première des quatre marches qui menait au hall de la résidence. Ainsi, j'étais de la même taille que lui et je pouvais scruter les réactions de son visage. Ses mains étaient enfoncées dans les poches de son caban, et un sourire amusé flottait sur ses lèvres.

— Et si, moi, je ne veux pas le faire ? protestai-je.

— Tu ne veux pas le faire avec moi, ou tu ne veux pas le faire tout court ?

Sa question me laissa sans voix. Je n'avais jamais voulu faire ce concours. Même avec Simon, je ne l'aurais sûrement pas fait : il n'aimait pas se donner en spectacle. Mais je devais admettre que depuis qu'Evan avait parlé d'y participer, ma décision était beaucoup moins certaine.

— De toute façon, tu ne connais même pas les règles de ce concours ! continuai-je, décidée à ne rien lâcher.

— Éclaire-moi, alors.

Je fis comme si son sourire irrésistible ne faisait pas accélérer mon cœur. Le froid m'offrait une excuse parfaite pour mettre un terme à cette conversation. Oui, parfaite. Alors pourquoi mes pieds refusaient de quitter cette marche ?

— Chaque couple, enfin, chaque duo, doit s'embrasser en suivant une caractéristique particulière. Le public choisit le plus beau baiser.

— Quel genre de caractéristique ?

— Eh bien, par exemple… euh… un baiser de cinéma, ou… assis l'un sur l'autre. Ou sans les mains, ajoutai-je précipitamment.

— Tu veux dire, embrasser l'autre sans le toucher ?

Je hochai la tête, fière de constater que son enthousiasme au sujet du concours avait faibli. Il fronça les sourcils, apparemment contrarié. J'étais soulagée : j'avais réussi à repousser l'idée de ce concours de sa tête.

— J'espère qu'on ne tombera pas sur ce type de demande, murmura-t-il, laminant ainsi mes derniers espoirs.

Il releva les yeux vers moi et fit un pas en avant, réduisant ainsi l'espace entre nous. Mon corps se tendit, de plus en plus mal à l'aise. Ses yeux sombres me sondèrent et ma gorge se serra quand il passa pensivement son index sur ses lèvres.

— Qu'en dis-tu ? demanda-t-il.

— De… quoi ?

— De ne pas se toucher. Quand on s'embrasse. Je crois que c'est ce que je préfère, en fait, expliqua-t-il, ses yeux ancrés aux miens. Je veux dire, toucher sans embrasser me semble faisable… mais l'inverse non.

— Euh. À vrai dire, je ne me suis jamais posé la question, avouai-je dans un rire nerveux.

— Serrer la personne contre soi, caresser son dos, sentir son corps réchauffer le mien. C'est essentiel.

Je me contentai de hocher la tête. À chaque détail qu'il évoquait, mon cœur s'accélérait. Je jetai un coup d'œil vers ses mains, ornées de quelques bagues. Un frisson me parcourut, et je tentai de repousser l'image séduisante d'Evan et moi en plein baiser, ses mains partout sur moi. Sentirais-je le métal froid contre ma peau ? Comment serait sa peau sous mes doigts ? Douce ? Rugueuse ?

— Jouer avec les cheveux de l'autre, ajouta-t-il un ton plus bas. Effleurer ses joues et sentir aussi ses mains sur soi. Je trouve qu'un baiser peut être bien plus intime qu'une nuit débridée de sexe.

— Ça fait très… *Pretty Woman*, répondis-je dans un rire.

— N'as-tu pas une once de romantisme en toi ?

— Pas depuis quelques jours.

— Oh. Cette fameuse rupture douloureuse ?

— Rupture. Je cherche encore à trouver le qualificatif adéquat.

— Je propose… « salutaire » ou « bienvenue ». En tout cas, je ferai en sorte de te faire oublier ça, assura-t-il avec conviction.

Je clignai des paupières, sonnée par son franc-parler, puis chassai une nouvelle image d'Evan et moi. Le souffle court, je vacillai, et finis par me retenir à Evan en plaquant mes mains sur ses épaules. Ses mains trouvèrent ma taille, m'évitant de tomber sur lui. Ses pupilles sombres scrutèrent mon visage ; il était visiblement inquiet puisqu'il demanda :

— Ça va ?

Je me redressai, ses mains toujours sur moi, renonçant à compter le nombre de fois où j'avais été dans une situation embarrassante depuis le début de la soirée. J'avais l'impression de me couvrir de ridicule toutes les deux minutes.

— Oui. Je… un peu de fatigue, je pense. Je vais rentrer.

Il resserra sa prise sur moi, ses larges mains fermement accrochées à ma taille, rapprochant son corps du mien.

— Sans problème. Bonne nuit, Juliette.

Evan s'écarta finalement, en m'adressant un timide sourire. Il libéra ma taille et je me pinçai les lèvres nerveusement. Mes jambes tremblaient presque et je priai pour qu'il ne le remarque pas. Je me sentais stupide d'ainsi tomber sous le charme d'un homme que je ne connaissais pas. J'étais censée être malheureuse et amère. Pourtant, ce soir, je n'avais pas pensé une seule fois à Simon.

— Ton appartement donne sur la rue ? demanda-t-il alors que je poussais la lourde porte d'entrée.

— Oui, quatrième étage.

— Je vais attendre que tu me fasses un signe, d'accord ? Je ne voudrais pas que tu te fasses embarquer par un inconnu dans un concours de baisers.

— Evan, tu peux oublier cette histoire et…

— À samedi, Juliette, me coupa-t-il. Travaille ton romantisme !

Je me contentai de sourire, cherchant les clés de la seconde porte dans mon sac à main. Evan fourra ses mains dans ses poches, son regard inquisiteur sur moi. Je n'osai même plus tourner la tête, trop fébrile.

— Et j'espère vraiment qu'on ne tombera pas sur ce truc-là, le « sans les mains », ajouta-t-il avant que la porte ne se ferme.

Malgré la fatigue et l'alcool, j'avais passé une nuit agitée. Mon imagination avait été fleurissante, recréant à l'infini des scènes où Evan m'embrassait – en particulier, des scènes où ses mains me caressaient. J'avais fini par m'effondrer au milieu de la nuit, pour me réveiller à l'aube, groggy et de mauvaise humeur.

Après avoir avalé un café, je décidai d'aller directement au bureau, consultant les messages sur mon portable. Je relus mes derniers échanges avec l'inconnu, qui n'avait donné aucune nouvelle depuis son dernier message de la veille.

> Ton ex est un crétin, et je vais donc devoir te demander en mariage. Je ne voudrais pas que tous ces talents finissent entre des mains malintentionnées.

J'avais tapé ma réponse à toute vitesse. Evan avait surgi dans le bar à l'instant où j'envoyais mon message. J'avais alors remisé mon téléphone dans mon sac et j'avais passé une soirée agréable, à me perdre dans le regard envoûtant d'Evan.

> Aussi tentante qu'elle semble être, je vais devoir décliner cette demande romantique. Merci tout de même. En cas de fin du monde, je sais qui solliciter.

En arrivant au bureau, je vérifiai à nouveau mes téléphones. Je n'avais pas de nouvelles de l'inconnu, et pas plus de nouvelles d'Evan. Je secouai la tête : il n'y avait aucune raison qu'Evan me sollicite. En tout cas, aucune raison professionnelle. Notre rendez-vous avait tellement dérapé, que la frontière entre notre relation professionnelle et notre relation privée avait été totalement gommée.

— Déjà là ? fit Zélie en arrivant à son tour.

— J'ai pas mal de travail, expliquai-je, les yeux rivés à mon écran.

— Comment s'est passé ton rendez-vous avec le fameux Evan ?

— Oh. Bien. Il est du genre facile à vivre, c'est agréable.

— Et il est du genre facile à regarder, aussi, non ?

— Tu as le numéro de l'agence de baby-sitting ? demandai-je pour changer rapidement de sujet.

Zélie me fixa avec curiosité, puis me donna la carte de visite. Il était encore tôt pour les appeler, et je décidai donc de refaire le minutage du concert. Il fallait que je me distraie de toutes mes pensées déviantes.

— Tu es certaine que ça va ? Tu as l'air lessivée, reprit Zélie après quelques minutes de silence.

— Mauvaise nuit.

— Simon ? Est-ce que tu as eu des nouvelles ?

— Non, non, pas du tout. J'ai bu deux verres de vin avec Evan, et je pense que mon estomac n'a pas apprécié, c'est tout.

— Deux verres ? Sympa. Allez, dis-moi ! Tu sais, je pense que les photos ne rendent jamais vraiment justice. Avait-il un de ses sweats horribles ?

— En effet, répondis-je, sans m'étendre.

— Je suis certaine qu'avec une chemise, il pourrait être…

— Zélie, c'est un client. J'ai parlé boulot et j'ai fait le questionnaire habituel. Maintenant, est-ce qu'on peut se remettre au travail ?

Je refoulai un début de migraine. Ce n'était pas Zélie qui m'énervait. Je mentais. Je mentais à une de mes meilleures amies, et à moi-même. Evan était attirant et si j'avais aussi mal dormi, c'était parce que je cherchais à me convaincre qu'il ne l'était pas. Je me souvenais parfaitement de ce que j'avais ressenti en lui adressant un signe de la main de la fenêtre de mon salon : de la confusion. Je m'étais promis de ne plus mélanger travail et amour. Surtout, je m'étais juré de garder mon cœur à l'abri, de le protéger de toute relation. Evan, en quelques heures, me faisait douter de ma décision.

Zélie cessa ses questions et nous nous concentrâmes sur notre travail. En début d'après-midi, une de nos collègues, Caroline, vint se faire confirmer que nous participerions à la fête de fin d'année.

— Ce truc un peu pénible où on nous demande de bien nous tenir alors que l'alcool est à volonté ? fit Zélie en riant.

— C'est ça. Et cette année, vous devrez en plus jouer les Pères Noël surprises pour un de vos collègues.

— Je veux bien offrir un truc à Zélie, tentai-je.

— Trop facile, répondit Caroline. Tu as eu Gilles de la compta et Zélie a récupéré Marine, la nouvelle graphiste.

Je grimaçai. Gilles avait près de soixante ans, des petits-enfants, des pantalons en velours et une haleine douteuse. Zélie était nettement plus chanceuse. Caroline m'adressa un regard désolé et je hochai la tête, notant la date sur mon agenda.

— Tenue de gala, les boss seront présents, me rappela ma collègue avant de quitter mon bureau. Et tu peux venir accompagnée !

J'échangeai un regard avec Zélie. Apparemment, la nouvelle de ma rupture avec Simon avait fait le tour de l'agence et tout le monde était au courant de mon nouveau célibat.

— Je ferai l'effort, soufflai-je finalement.

J'organisais des événements toute l'année, des chics et des moins chics. J'avais l'habitude d'arpenter ces soirées d'entreprise et autres galas, mais je faisais toujours en sorte d'être occupée. J'adressais des sourires polis, je m'agitais en coulisse, je m'assurais qu'aucun grain de sable ne vienne enrayer la machine. C'est pourquoi je détestais autant les soirées de l'agence : je devais rester sans rien faire, en simple invitée, à entretenir des conversations avec des gens que je n'appréciais pas toujours. La plupart du temps, nous finissions par prendre la fuite avec Zélie dans un timing impeccable : discours emballé, deux coupes de champagne, salutations des collègues influents et départ en catimini.

— Un Rubik's Cube, proposa Zélie. Pas cher, intemporel et chiant comme la comptabilité. Tu pourras offrir ça à Gilles. En plus, c'est facile à emballer.

Mon téléphone vibra, et, à mon grand plaisir, je découvris un nouveau message de l'inconnu.

La fin du monde ? Et la fin de la semaine, non ? Alors que je ne faisais ça que pour sauver votre intégrité et votre réputation. Quand et où dois-je me présenter pour le concours de baisers ? Peut-être que ça vous ferait changer d'avis.

J'étouffai un rire, ravie de me voir offrir l'occasion de me changer les idées. Je jetai un coup d'œil vers Zélie qui, face à moi, discutait avec quelques collègues.

Je vais être brutale : mais il se trouve que j'ai finalement trouvé quelqu'un pour le concours de baisers de samedi.

Sa réponse apparut en quelques secondes.

Vous avez trouvé quelqu'un ? On dirait une entreprise sacrificielle. Nouvel ami ? Ancien amant ? Meilleur ami dévoué ? Un voisin voyeur ? Un collègue audacieux ? Je veux tout savoir sur mon ennemi. Qu'a-t-il fait pour vous convaincre ?

— Juliette ?

La voix de mon responsable me fit sursauter. Je reposai mon téléphone et lui accordai toute mon attention. Il jeta un coup d'œil vers Zélie, puis d'un geste de la tête, me fit comprendre que je devais le suivre. Je m'exécutai et nous nous retrouvâmes dans le couloir principal de l'agence.

— Écoute, je sais que c'est délicat pour toi, mais… on va envoyer à Simon ses affaires.

Je le fixai, un peu hébétée. J'avais réussi à me débarrasser des souvenirs de Simon à la maison, mais je n'avais pas pensé à son bureau. Évidemment qu'ils devaient libérer son bureau. Évidemment qu'ils m'en informaient.

— Je me demandais si tu voulais… Enfin s'il y avait des choses que tu voudrais récupérer ou des choses que tu voudrais ajouter, peut-être ?

— Non, rien.

— Je sais que la situation est loin d'être agréable. Simon nous a tous pris au dépourvu et…

— Ça ira. Je n'ai rien à récupérer, ni rien à ajouter. Il

faut que j'y aille, j'ai promis à Evan que j'assisterais aux premières répétitions, mentis-je.

Il fallait que je quitte immédiatement cet endroit, et c'était la première excuse qui m'était venue.

Je retournai à mon bureau à grandes enjambées, glissant mécaniquement mes affaires dans mon sac à main. J'informai Zélie de mon départ pour les répétitions et rangeai mes dossiers. Je devais avoir l'air particulièrement agitée, car elle ne prit même pas la peine de me poser des questions. Le cœur battant et les larmes au bord des yeux, je courus presque dans le couloir pour rejoindre l'ascenseur. J'appuyai frénétiquement sur le bouton d'appel et me réfugiai dans la cabine dès qu'elle s'ouvrit.

Devant l'immeuble, le froid mordant me fit un bien fou et je retrouvai une respiration normale. Je réalisai que j'avais oublié mon écharpe et mon bonnet sur mon bureau ; j'avais à peine pris le temps de ceinturer mon manteau.

Après avoir emprunté un taxi, je rejoignis la salle des répétitions, un local perché au dernier étage d'un immeuble de cinq étages. J'entrai aussi discrètement que possible et observai le groupe finir un morceau. Même si je ne voulais pas l'admettre, Simon rôdait encore dans mes pensées. Le groupe débordait d'énergie et souriait ; peu à peu, la musique parvint à apaiser ma tristesse. Evan croisa mon regard et m'adressa un petit signe de la tête, continuant de gratter les cordes de sa guitare. Sa voix profonde résonna à travers les enceintes et je ne pus m'empêcher de le fixer, le son vibrant agréablement dans tout mon corps. J'avais assisté à de nombreux concerts, arpenté des festivals, travaillé avec d'autres musiciens, mais ce que la voix d'Evan provoquait en moi était inédit.

Je trouvai un fauteuil confortable et m'y installai, retirant même mes chaussures. Au bout de deux chansons, je sortis mon téléphone de mon sac à main, retrouvant le message de mon inconnu, et décidai de lui répondre.

Un nouvel ami, je crois. Il m'a retenue alors que j'allais tomber.

Je relevai les yeux vers Evan, repliant mes jambes sous mes fesses. Le morceau était terminé, mais il pinçait toujours les cordes de sa guitare, perdu dans ses pensées. Il était fascinant de beauté, concentré sur ce qu'il entendait. Je fixai ses mains, ne refoulant plus les images sensuelles que j'avais voulu chasser toute la nuit. La simple perspective de les sentir sur moi, samedi soir, me fit retenir un gémissement.

— Tout va bien ? demanda finalement Evan en avançant vers moi.

— Euh, oui. Je… je réfléchissais.

— On devait se voir ce soir ? Il y a des choses à éclaircir ?

— Non. Je… j'ai juste eu envie de venir. J'avais besoin de me changer les idées et je me suis dit que la musique me ferait du bien.

— Dure journée ? demanda-t-il en me voyant réprimer un bâillement.

— Mal dormi.

Il frotta ses mains l'une contre l'autre et mon regard s'y accrocha, subjugué. Ses bagues, son bracelet en acier… je secouai la tête, consciente que j'étais en train de perdre les pédales, et retrouvai les yeux sombres d'Evan. Mon trouble ne s'estompa pas et mon cœur partit dans une course folle.

— Tu as bien fait de venir. Je pensais justement à toi.

Chapitre 12

« Par principe. »

Ces deux mots m'avaient mis la puce à l'oreille. Ce n'était pas si souvent que j'étais confronté à cette expression. Dernièrement, je l'avais lue dans des messages… et entendue dans la bouche de Juliette. J'avais été sur le point de lui faire part de ce détail amusant, quand le barman avait interrompu notre conversation.

Sans le savoir, il m'avait révélé l'identité de mon inconnue.

« Evan, vous venez de donner votre accord pour participer à un concours de baisers. »

Un concours de baiser.

Je m'étais figé sur mon siège. C'était tellement rare et improbable, qu'il n'y avait aucune chance que ce type de concours puisse exister ailleurs.

Le silence qui avait suivi avait été long. Juliette avait dû le mettre sur le compte de la surprise. Elle n'avait pas tout à fait tort. Mais ce n'était pas tant cette histoire de concours que la découverte de son identité qui m'avait choqué. J'avais détaillé son visage harmonieux, ses yeux azur qui recelaient une pointe persistante de tristesse, ses longues boucles châtains, son sourire discret… Cette femme, glaciale, pointilleuse et pugnace était mon inconnue drôle, enthousiaste et… pleine de talents.

Quelles étaient les chances ?

Quelles étaient les chances pour que Juliette soit justement la fille qui m'écrivait ? Une sur un million ? C'était comme gagner au loto… sans même avoir joué. Ou comme trouver une mélodie du premier coup, sans comprendre d'où elle venait vraiment.

Incrédule, j'avais tenté de glaner d'autres indices, espérant qu'un seul suffirait à démonter cette belle théorie. Parce que maintenant que je savais qui elle était, la perspective de lui écrire des messages me troublait. Ce n'était pas un mensonge, au sens strict du terme, évidemment, mais je n'aimais pas l'idée de lui cacher la vérité.

Si je savais qui elle était, je présumais qu'elle aurait dû savoir qui était l'homme qui lui écrivait.

« Rupture, avait-elle répondu. Je cherche encore à trouver le qualificatif adéquat. »

À son regard fuyant, j'avais compris que la douleur était toujours présente. J'imaginais que cela expliquait cette distance polie qu'elle avait instaurée au début de notre rendez-vous.

Juliette était discrète et réservée ; elle avait parlé de mon frère avec beaucoup de pudeur, sans poser la litanie de questions que j'affrontais habituellement. Elle m'avait assuré qu'elle me protégerait, et Gloria aussi, et je l'avais crue dans l'instant. Elle m'inspirait confiance et sérénité. Je l'avais raccompagnée sur un coup de tête : je voulais quitter ce bar, la sauver du barman trop entreprenant et retrouver une activité normale.

Depuis la mort de Michael, tout mon monde avait été bouleversé. Le deuil m'avait englouti comme une vague violente et dévastatrice. Juliette, elle, avait apaisé cette tempête en une soirée, et marcher dans Paris à ses côtés m'avait fait un bien fou.

La quitter, en revanche, avait été une décision difficile. J'avais résisté à l'envie redoutable de l'embrasser. Elle m'avait prévenu : elle ne mélangeait pas la vie privée et le travail. Surtout, j'avais la sensation d'être un imposteur en ne lui avouant pas que nous nous connaissions plus que ce qu'elle imaginait.

En rentrant chez moi, je retrouvai Mathilde en pleine retouche d'anciennes photos du groupe.

— Alors, ce rendez-vous ? demanda-t-elle.

— Ça s'est bien passé. Juliette est une fille sympa.

J'allai dans ma cuisine et me servis un verre d'eau. J'en proposai un à Mathilde, qu'elle refusa. Je réfléchissais encore à la meilleure attitude à avoir : dire à Juliette que j'étais l'inconnu, me lancer dans ce concours rocambolesque – mais prometteur – de baisers ou garder une distance prudente. Ma seule priorité devait être ma nièce. Si Juliette était encore en pleine rupture, j'étais en pleine reconstruction. Envisager une relation, avec le groupe, la tournée à venir, Gloria, les fans et ma vie en ruine, était de la folie pure et revenait à embarquer Juliette dans un ouragan sans fin.

— Gloria a bien dormi ?

— Comme un ange, répondit Mathilde en rangeant ses affaires. Tu es certain que tout va bien ? Tu as l'air… ailleurs ?

— Oui. C'est la fatigue et j'appréhende un peu les répétitions de demain.

— D'accord. Je passerai prendre quelques photos, si tu veux.

— Plus tard. Je crois qu'on a besoin de se retrouver avec Maxime et Nicolas. De faire corps, sans témoin.

Elle posa une main sur mon bras et m'adressa un sourire empli de compassion et de compréhension. Je savais que ces répétitions seraient difficiles, que faire sans mon frère allait être un défi, que j'allais devoir apprendre à ne plus regarder sur ma gauche pour m'assurer que nous partions sur le même temps.

— Sans problème, murmura-t-elle.

— J'ai prévenu Juliette pour les photos et je dois lui donner ton numéro. Peut-être qu'elle t'engagera pour le concert entier ?

— D'accord. Elle est donc vraiment sympa ?

— Vraiment, oui.

— Qu'en aurait dit ton frère ?

— Sûrement un truc graveleux, répondis-je en souriant. Du genre, jolies jambes et bouche pulpeuse.

— Tu as regardé sa bouche ?

— Elle… elle est vraiment très gentille et…

— Evan, tu as vraiment regardé sa bouche ? s'écria-t-elle, stupéfaite. Elle te plaît ?

Je secouai la tête. Si seulement Mathilde savait à quel point Juliette me plaisait. Elle me plaisait déjà quand nous échangions par messages et la rencontrer – même fortuitement – n'avait fait que confirmer cette attirance. Sous ses dehors rigoureux et pointilleux, j'avais décelé une fragilité qui m'avait ému.

— Elle vient de rompre avec son petit ami, éludai-je.

— Mais elle te plaît vraiment, alors ! Tu adores ce genre de filles !

— Quel genre de filles ? demandai-je, soupçonneux.

— Toutes celles qu'il faut protéger, ou aider. C'est ton truc, ça. Sauf que ça ne marche jamais. Au mieux, tu finis avec « je préfère qu'on reste amis ».

— Et au pire ?

— Au pire ? Tu es comme leur frère. Et les filles normales et équilibrées ne fantasment pas sur leur frère, Evan.

— Je sortais avec Marion, il y a encore peu, protestai-je.

— Tu couchais avec elle. Totalement différent. Je te parle de relation et de sentiments.

— Ai-je vraiment des leçons à recevoir d'une fille qui rôde dans le désert de Gobi ? Et ai-je vraiment des leçons à recevoir d'une fille qui évite toute forme de communication avec son… ex ? Est-ce que vous êtes au moins un truc officiel, Maxime et toi ?

Elle haussa les épaules, sans répondre. D'un geste rapide, elle récupéra son manteau abandonné sur une patère, puis entoura son cou d'une écharpe. Elle m'embrassa rapidement sur la joue, non sans me donner une ultime recommandation :

— Si elle te plaît, ne deviens pas ami avec elle.

— Je ne fais pas exprès, tu sais ! Je n'ai jamais su

séduire. La plupart du temps, ce n'est même pas moi qui fais le premier pas.

— Ce qui explique que tu restes leur bon pote. Prends les choses en main, d'accord ? Si cette fille te plaît eh bien, ne laisse pas passer ta chance. Le mystère, Evan. Le mystère est la clé.

— Rentre chez toi !

— Tu as besoin de moi pour une prochaine séance de baby-sitting ? demanda-t-elle, la main sur la poignée de la porte.

Je secouai la tête. Ce concours de baisers, Juliette, Gloria… tout cela n'avait aucun sens. Juliette me plaisait, mais elle ne méritait pas d'être aspirée dans ma vie de cette façon. Elle voulait une relation professionnelle, je pouvais tout à fait répondre à cette requête. Je garderais mes distances. Parce que c'était ce qu'elle voulait, et parce que c'était cette solution qui s'imposait.

— Je te rappellerai. Bonne nuit, dis-je.

— Je t'appelle ce week-end !

Elle referma la porte derrière elle et je me servis un nouveau verre d'eau. Après avoir vérifié que Gloria dormait à poings fermés, je gagnai ma chambre. Avant de m'endormir, je consultai mon téléphone, découvrant le dernier message de Juliette, celui que je n'avais pas pris le temps de lire en entrant dans le bar.

Aussi tentante qu'elle semble être, je vais devoir décliner cette demande romantique. Merci tout de même. En cas de fin du monde, je sais qui solliciter.

Je me surpris à rire, espérant presque que la fin du monde soit annoncée demain. Je détestais ce que je ressentais. Je détestais qu'elle me plaise autant, mais qu'elle soit hors de portée. Je détestais que ma vie m'échappe.

Plus que tout, je détestais que Michael soit mort. Il aurait su me conseiller et me botter les fesses.

« Je l'ai embrassée », avait-il dit en revenant de son premier cinéma avec Lucie.

J'étais sous la douche, mais Michael s'en fichait. Il avait surgi dans la minuscule salle de bains de la maison de nos parents et, extatique, il m'avait décrit par le menu toutes les qualités de Lucie. J'avais repoussé le rideau de douche, partagé entre inquiétude et exaspération.

« Son père va te tuer, avais-je soupiré.

— Il n'a pas besoin de le savoir.

— C'est notre prof de maths. Et il traîne dans les couloirs du lycée. S'il te voit marcher à moins d'un mètre de sa fille, il va te pourrir la vie. Passe-moi une serviette ! »

Il s'était exécuté et était resté silencieux pendant de longues minutes. Michael n'avait jamais été un bon élève. Au lycée, il se traînait une réputation d'élève rebelle et provocateur. Il était loin d'avoir l'image du petit-ami idéal. N'importe quel père – et je le comprenais d'autant mieux maintenant que Gloria vivait avec moi – l'aurait empêché de fréquenter sa fille.

« Je t'assure, Michael, tu devrais l'oublier. Tu tends le bâton pour te faire battre… et si tu sors avec elle, juste pour les provoquer, c'est…

— Non, m'avait-il coupé, déterminé. Elle est géniale, Evan. Tout simplement géniale.

— Il va quand même te tuer.

— Il peut. Je m'en fous. Rien ne m'empêchera de sortir avec elle. »

Et il l'avait fait. Il avait même été viré du lycée, mais son histoire avec Lucie avait tenu. À l'époque, j'avais considéré toute cette histoire comme de la folie pure. Je me souvenais de ma mère inquiète, cherchant à le faire changer d'avis. En le voyant s'opposer aussi à notre mère, j'avais alors compris qu'il était sérieux et qu'il camperait sur ses positions. La suite de l'histoire avait donné raison à mon frère.

Je savais déjà quel conseil il m'aurait donné ; c'était toujours le même. Michael était une tête brûlée attachante, j'étais juste… moi, avec mes doutes.

Je fermai les yeux, laissant échapper une larme de tristesse. Mon grand frère me manquait. La musique, les rires, les mauvaises blagues, son énergie. Tout. Mais là, ce soir, ce qui me manquait le plus, c'étaient ses encouragements, qu'il aurait accompagnés d'une tape sur les épaules.

« Fonce, Evan. On ne vit qu'une fois. »

Le lendemain, je rejoignis la salle de répétitions en métro. J'avais amené Gloria chez ma mère pour la journée et elle m'avait proposé de la garder jusqu'à la fin du week-end pour que je me concentre sur les répétitions. J'avais accepté avec plaisir, d'autant que, au vu de ses babillements stridents, ma nièce avait l'air ravie de retrouver sa grand-mère. Je lui promis de lui ramener un sac complet dans la soirée avec du change et des jouets.

Au retour de chez ma mère, dans le métro, je me décidai à appliquer le conseil de mon frère. Foncer. Juliette me plaisait et le hasard m'avait offert l'occasion de lui parler d'une façon directe et préservée. Et pour le reste – le concours de baisers, le concert, ma vie compliquée, nous aurions le temps d'en parler plus tard. Pour l'instant, je voulais savoir qui elle était, je voulais découvrir ses secrets, je voulais comprendre pourquoi, en un regard et quelques mots, elle tenait les gens à distance.

Son dernier message me donnait justement l'occasion de connaître son avis sur notre rencontre.

> La fin du monde ? Et la fin de la semaine, non ? Alors que je ne faisais ça que pour sauver votre intégrité et votre réputation. Quand et où dois-je me présenter pour le concours de baisers ? Peut-être que ça vous ferait changer d'avis.

Sa réponse ne tarda pas et l'imaginer en train de la rédiger me fit sourire.

> Je vais être brutale : mais il se trouve que j'ai finalement trouvé quelqu'un pour le concours de baisers de samedi.

— Juliette, tu refais l'histoire, murmurai-je, en haussant un sourcil.

J'aurais aimé lui faire dire que c'était plutôt moi qui l'avais trouvée et sauvée d'une situation pénible. Je jouai donc la surprise, tout en cherchant à avoir ses impressions.

Vous avez trouvé quelqu'un ? On dirait une entreprise sacrificielle. Nouvel ami ? Ancien amant ? Meilleur ami dévoué ? Un voisin voyeur ? Un collègue audacieux ? Je veux tout savoir sur mon ennemi. Qu'a-t-il fait pour vous convaincre ?

— Allez, raconte-moi, Juliette. Dis-moi ce qu'il se passe dans ta tête.

J'attendis sa réponse jusqu'à ce que j'arrive à la salle de répétitions. En vain. Je coupai mon téléphone et, devant la porte du bâtiment, pris une profonde inspiration. Il me semblait encore entendre la voix de mon frère. Alors je me répétai à voix haute :

— Fonce, Evan. Fonce.

Jouer avec Nicolas et Maxime fut moins compliqué que ce que j'avais imaginé. Nous avions discuté quelques minutes, proposant une nouvelle répartition, mais très vite, Nicolas avait proposé qu'on répète. Naturellement, nous avions trouvé nos marques, et nous avions réussi à faire de la musique sans nous laisser gagner par trop d'émotions.

Cette première répétition m'avait fait du bien et m'avait rassuré. Je n'avais évidemment pas retrouvé ni mes sensations, ni même le plaisir d'avant. Mais, même si je ne composais plus, j'arrivais encore à jouer. Dans ces moments-là, j'oubliais presque tout. Je laissais le son transpercer les enceintes et faire vibrer tout mon corps. La colère persistait néanmoins, résistant à toutes mes tentatives pour l'étouffer.

À la fin du dernier morceau et à ma grande satisfaction, je repérai Juliette, assise en spectatrice. Elle était pâle et semblait recroquevillée sur elle-même.

— Tout va bien ? l'interrogeai-je, en allant à sa rencontre.

— Euh, oui. Je… je réfléchissais.

— On devait se voir ce soir ? Il y a des choses à éclaircir ?

J'avais beau réfléchir, je ne me souvenais pas que nous avions fixé un nouveau rendez-vous. D'ailleurs, nous n'avions même pas confirmé le concours de baisers de samedi soir. Je supposais que le flou autour de cette histoire nous arrangeait tous les deux : elle pouvait toujours se cacher derrière son travail, et je pouvais décider de rester dans l'ombre, derrière mon téléphone.

— Non. J'avais envie de venir. J'avais besoin de me changer les idées et je me suis dit que la musique me ferait du bien.

Elle retint difficilement un bâillement. Elle n'avait aucune raison d'être ici, mais qu'elle soit venue me faisait vraiment plaisir. Elle baissa la tête, comme honteuse, et ses cheveux tombèrent sur son visage.

— Dure journée ? l'interrogeai-je.

— Mal dormi.

Elle releva les yeux vers moi et m'adressa un sourire hésitant. Elle avait l'air bouleversée et je me retins de prendre sa main dans la mienne, frottant mes paumes l'une contre l'autre pour chasser cette idée. J'allais finir par l'effrayer avec mon obsession du contact.

— Tu as bien fait de venir. Je pensais justement à toi.

— Vraiment ? s'étonna-t-elle. Tu avais l'air plutôt préoccupé par ta musique et tes répétitions !

— Je suis du genre multitâche. Je me disais… je me disais que j'avais bien aimé parler avec toi hier soir et que j'allais sûrement t'appeler pour prendre un verre.

— Evan, je crois vraiment que… on ne devrait pas.

— Un chocolat chaud. Ça n'engage à rien, non ? C'est absolument sans risque. On parlera musique, ça fait partie du travail, non ?

Elle eut un petit rire, qui eut au moins le mérite de chasser les nuages sombres de son regard azur. Elle repoussa ses cheveux sur son épaule et acquiesça. Je soupirai de soulagement, j'aurais détesté devoir passer pour l'idiot qui insiste.

— Un chocolat ? Le genre de proposition qu'on ne peut pas vraiment refuser, dit-elle en remettant ses chaussures.

— Je promets que je ne veux que ton bien, assurai-je. Je vais chercher mon manteau et je te rejoins dehors.

Elle acquiesça et je retournai dans l'arrière-salle où se trouvaient mes affaires. Par acquit de conscience, je vérifiai les messages sur mon téléphone. Un sourire heureux s'étira sur mes lèvres en découvrant sa réponse.

Un nouvel ami, je crois. Il m'a retenue alors que j'allais tomber.

Un nouvel ami. L'avertissement de Mathilde me revint en tête. Je ne voulais pas qu'on soit amis, c'était une de mes rares certitudes.

J'éteignis mon téléphone en me dirigeant vers l'extérieur, me promettant de lui répondre dans la soirée.

— Tu crois qu'il va finir par neiger ? demandai-je à Juliette en arrivant près d'elle.

— Je refuse qu'il neige avant que je sois chez moi, au chaud, devant un film.

Elle frissonna et je désignai un café au coin de la rue. Je posai ma main dans le bas de son dos pour la guider et nous traversâmes la rue, en faisant comme si le froid ne nous mordait pas le visage.

— Tu veux qu'on reste ici ? demanda-t-elle, en balayant la salle du bar des yeux.

— J'ai bien aimé notre marche d'hier soir. Que dirais-tu de faire quelques pas ?

Elle accepta avec un sourire, et je fus soulagé de constater que ses yeux avaient retrouvé leur pétillant habituel. Je réglai nos boissons à emporter, me promettant de creuser la raison de sa présence ce soir. Je n'y voyais aucun inconvénient – au contraire –, mais je voulais tout faire pour que Juliette m'offre un vrai rire. Je ne supportais pas de la voir aussi minée.

— Bords de Seine ? proposai-je. Il fera sûrement nuit dans vingt minutes, mais ça peut être agréable.

Elle acquiesça, et pendant une seconde, je me demandai si elle allait finir par se détendre. Elle serra le gobelet de chocolat chaud entre ses mains, cherchant à se réchauffer. Je me décidai à lancer la conversation, partant à la pêche aux indices :

— Journée difficile ?

— J'ai connu mieux. Écoute, je suis désolée, je ne sais pas trop pourquoi je suis venue. Je voulais partir du bureau et c'est le premier endroit auquel j'ai pensé.

— J'estime que c'est ta meilleure idée de la journée. Je fais ça aussi.

— Quoi donc ?

— Oublier tout dans la musique. Le son couvre mes pensées sombres. Le gros avantage, c'est que personne n'ose me déranger dans ces moments-là.

— Je ne voulais pas t'interrompre dans ta répétition, s'alarma-t-elle.

Je pivotai vers elle, éclatant de rire face à son visage catastrophé. Je ne savais pour quelle raison elle s'inquiétait ; soit elle craignait que j'en parle à son travail, soit elle redoutait réellement les conséquences sur le concert. Je la rassurai aussitôt :

— Tu n'as rien interrompu. J'ai même trouvé que tu tenais très bien ton rôle de groupie. Tu chantes ?

— Euh… non.

— Les groupies chantent. Elles sont au premier rang, campent deux jours avant devant la salle, portent des T-shirts des anciennes tournées, hurlent nos prénoms et… chantent.

— J'ai toujours détesté le camping, sourit-elle. Désolée, je ne pourrai jamais être une groupie.

— Est-ce que ça signifie que tu ne vas plus débarquer aux répétitions ?

— Tu aimerais que je revienne ? Même sans raison ?

— Viens. En particulier, sans raison. Ça pourrait être une routine très agréable : la musique et toi. Je suis certain d'aimer ça.

Elle baissa les yeux sur son chocolat et un bref sourire

éclaira son visage. Cela me réchauffa instantanément, mais j'étais toujours curieux d'en savoir plus sur ses états d'âme. À l'instant où j'allais lui poser la question, Juliette changea de sujet.

— Je me demandais… Ton nom de famille est anglais ?

— Père écossais, mère française, expliquai-je, laconiquement. Mon père est mort quand j'avais douze ans et on est venus vivre ici. Et toi ?

— Oh ! père français et mère française. Nettement moins exotique. Je ne suis pas très « famille ». Dès que j'ai pu, j'ai déménagé à Paris.

— Je suis très proche de ma mère. Encore plus depuis la mort de Michael.

— Tout se passe bien avec ta nièce ?

— Gloria est… énergique. Elle demande beaucoup d'attention.

— J'ai contacté l'agence pour les baby-sitters, j'attends quelques dossiers.

En deux phrases, Juliette avait réussi à réorienter la conversation sur un sujet moins personnel. Elle s'éloignait. Dès que je faisais un pas vers elle, elle réinstallait de la distance. Je décidai de retenter ma chance ; partir à l'assaut de la citadelle Juliette me demandait de l'énergie, mais j'étais certain qu'elle le méritait.

— Ma mère la garde ce week-end. Vu que je suis assez occupé par un concours samedi soir !

Juliette me lança un regard en biais, secouant la tête.

— Et je compte bien marquer les esprits, appuyai-je.

— Ta seule présence suffira à marquer les esprits. Mais, je te le répète, tu n'es en aucun cas obligé de faire ça.

— J'espère bien. Je n'ai jamais aimé qu'on me force la main.

Je terminai mon chocolat chaud d'un trait et je jetai le gobelet dans une poubelle, rapidement imité par Juliette. Elle releva le col de son manteau. La nuit tombait et elle semblait frigorifiée. Je m'en voulus de l'avoir entraînée ici.

— On devrait faire demi-tour, tu as l'air…

— Je voulais m'échapper, me coupa-t-elle.

Elle releva les yeux vers moi, mais fit l'impossible pour ne pas soutenir mon regard. Son aveu lui coûtait, je le voyais à la manière dont elle se mordait furieusement la lèvre, tout en s'agitant d'un pied sur l'autre.

— C'est pour ça que je suis venue. Je… Mon ex travaillait dans la même agence que moi. Il est à Prague maintenant avec… avec sa nouvelle petite-amie. Bref, ils m'ont demandé si je voulais récupérer quelque chose dans son bureau.

Je n'entendais que la souffrance dans sa voix. Elle avait mal. Mal, au point de se refermer sur elle-même et de laisser la douleur l'envahir.

— Je suis désolé, Juliette. Vous étiez ensemble depuis longtemps ?

— Environ deux ans. Disons que la rupture a été une vraie surprise, dit-elle, avec un rire étranglé dans le fond de sa gorge.

Elle ferma les paupières, refoulant des larmes d'amertume, avant d'avouer :

— J'ai pris la fuite. Je ne pouvais pas rester là-bas et je suis venue aux répétitions parce que je ne savais pas où aller. Je ne voulais pas affronter leurs regards compatissants.

Quand ses yeux trouvèrent finalement les miens, je fis la seule chose qui me semblait utile ; j'enroulai mon bras autour de ses épaules et attirai Juliette contre moi pour une étreinte réconfortante. Elle se laissa faire, ses mains posées sur mon torse, et pendant quelques minutes, son corps se détendit.

Puis elle s'écarta et haussa les épaules, comme si elle s'excusait pour sa tristesse.

— Deux choses à savoir, Juliette : la première, si tu ne sais pas où aller, appelle-moi, d'accord ? Musique, chocolat chaud, balade parisienne. Ça inclut toutes les situations d'urgence, du genre ex abruti, boulot trop exigeant, cavale post-braquage d'une boutique de bonbons. On fera ce que tu veux !

Elle hocha la tête et un éclat de rire lui échappa.

— Je penserai au braquage, souligna-t-elle en souriant.

— Seconde chose : tu es gelée ! Pourquoi n'as-tu rien dit ? Et pourquoi n'as-tu pas l'équipement d'usage ?

Je retirai mon bonnet et le lui mis sur la tête, repoussant ses cheveux derrière ses épaules, tout en m'assurant que ses oreilles étaient convenablement couvertes. J'ajustai son col pour protéger son cou.

— Donne-moi tes mains.

Elle obtempéra, non sans avoir levé les yeux au ciel. Elle tendit ses mains devant elle et je les frictionnai.

— Tu comprends maintenant pourquoi je déteste la neige ? fit-elle.

— Je déteste t'avoir fait marcher dans le froid, murmurai-je, en colère contre moi-même.

J'approchai sa main de ma bouche et soufflai dessus, espérant que ça l'aide. Elle rit à nouveau et je réitérai mon geste avec son autre main. Mes bagues glissaient contre sa peau et son regard dardait sur nos mains jointes. Je tentai de la réchauffer pendant de longues minutes, son visage diaphane à quelques centimètres du mien.

— Du coup, on va retirer la balade parisienne de tes propositions d'activité ? demanda-t-elle.

— Je l'envisage, oui. D'un autre côté, dis-je après une courte pause, j'aime assez ça.

Je collai mon corps au sien et approchai sa main de mes lèvres. Je plongeai mon regard dans celui de Juliette, cherchant un signe d'encouragement. Elle me plaisait. Elle me plaisait vraiment. Ses failles, sa douleur, ses doutes, ses rires, ses yeux azur, ses mains froides. Je voulais tout, sans condition, si elle m'en laissait la chance.

J'embrassai le creux de sa paume, puis entrelaçai nos doigts. Nous échangeâmes un sourire et, pour la première fois depuis notre rencontre, Juliette n'eut aucun mouvement de recul. Je glissai nos mains nouées dans la poche de mon caban, et nous rebroussâmes chemin.

— Tu fais quoi demain ? demandai-je.

— Pas grand-chose. Hormis le bar, en soirée.

— J'ai une idée : je te récupère chez toi vers 16 heures, d'accord ?

— Je n'aime ni la neige ni les surprises, Evan.

— Tu ne risques rien, promis-je avec sincérité.

— C'est aussi ce que tu m'as dit avec le chocolat chaud.

— Et ?

— Et maintenant tu me tiens la main, comme si c'était normal et naturel.

Elle émit un petit gloussement adorable, alors que je m'arrêtais net, indifférent aux derniers passants que je gênais. Face à moi, Juliette fut secouée d'un frisson. Je m'assurai que mon bonnet couvrait toujours ses oreilles, tirant même dessus pour en être totalement certain.

— Pour moi, c'est normal et naturel. Et je serai très heureux que cela le devienne aussi pour toi.

Chapitre 13

Evan n'avait lâché ma main qu'une fois devant mon immeuble. Comme la dernière fois, il attendit que je lui fasse signe à la fenêtre de mon appartement avant de remonter dans son taxi. Je dînai et regardai, sans vraiment les voir, les informations en boucle ; je faisais mon possible pour m'occuper l'esprit et éloigner à la fois Simon et Evan de mes pensées.

Malgré tout, je me sentais apaisée. Peut-être parce que j'avais parlé avec Evan et que je lui avais fait part de ce qui me rongeait. La douleur. L'humiliation. Le jugement.

Je n'arrivais toujours pas à comprendre pourquoi j'avais été le voir. Ce n'était franchement pas dans mes habitudes de me rapprocher autant de quelqu'un que je venais de rencontrer et qui plus est, avec qui j'allais travailler. Habituellement, je conservais une distance polie, souriant quand il le fallait et gardant mes pensées intimes pour moi. Mais, je devais admettre que parler avec Evan m'avait fait beaucoup de bien. Sa voix grave me faisait toujours autant d'effet et cela valait cette marche glaciale le long de la Seine.

Je saisis mes écouteurs et les branchai à mon téléphone. En quelques secondes, je trouvai la discographie intégrale du groupe d'Evan, et la lançai. J'espérais que la musique ait le même effet sur moi que lors de la répétition.

Ses mains. Ses mains sur moi. Ses paumes chaudes avaient emprisonné les miennes et cela avait suffi à chasser le froid pernicieux qui me saisissait jusqu'aux os depuis que nous étions sortis de la salle de répétitions. Il avait l'air sincèrement inquiet pour moi, alors que je me sentais vraiment embarrassée.

— Bon sang, mais qu'est-ce qui m'arrive ? soufflai-je, les joues écarlates.

Je fermai les yeux, mais aussitôt le souvenir du contact de ses larges mains rugueuses contre les miennes refit surface. Ses bagues avaient frotté agréablement contre ma peau et, alors que nous marchions pour trouver un taxi, son pouce avait tracé de délicieuses arabesques dans le creux de mon poignet. Je n'avais jamais ressenti un tel mélange de sentiments. Penser à ma déception avec Simon me faisait mal, passer du temps avec Evan agissait comme un baume apaisant, sentir sa main dans la mienne poussait ma culpabilité au dernier degré, mais l'excitation que cela provoquait l'effaçait aussitôt.

C'était ridicule : je n'avais pas à culpabiliser parce que je me faisais un nouvel ami. Evan était un mec sympa, prévenant et il m'avait écoutée quand j'en avais besoin. C'était tout.

Je vérifiai l'heure sur mon téléphone. Consternée, je constatai que je venais de passer une heure à penser à Evan. Ou à ses mains. Je pris mon téléphone, hésitant à contacter Zélie ou Olivier. Vu l'heure, ils devaient sûrement dormir. Je relus mon dernier message à l'inconnu, toujours sans réponse. Son délai de réponse était abyssal.

Je cherche un prétexte.

Il comprendrait.

Je gardai mon téléphone près de moi, fixant le plafond, enroulée dans ma couette. Malgré tous mes efforts, les images d'Evan revenaient sans cesse, malmenant ma nouvelle promesse éthique de ne pas mélanger le travail et la vie privée. Mais est-ce que cette règle s'imposait aussi pour l'amitié ? On pouvait tout à fait n'être que des amis.

La vibration de mon téléphone coupa mes pensées délirantes. Il fallait que je me calme.

Prétexte est mon deuxième prénom.

J'éclatai de rire, ravie de voir que nous étions sur la même longueur d'onde. Cette facilité avec laquelle nous avions noué un lien me fascinait. C'était fluide et simple.

Début d'insomnie.

— Ne me demande pas d'explication, ajoutai-je pour moi-même.

Je n'étais pas certaine de vouloir exprimer par écrit ce que je ressentais. J'étais de toute façon incapable de tout démêler. À la pensée fugace que j'allais devoir me confronter à Evan demain, j'enfonçai ma tête dans l'oreiller pour camoufler un grognement.

J'ai cru que c'était un appel à l'aide et qu'il fallait que je te sauve d'un rendez-vous foireux, ou d'une gueule de bois monumentale.

J'arquai un sourcil, amusée par sa réponse.

Tu serais venu ?

Sa réponse arriva dans les dix secondes qui suivirent.

Évidemment. Même si ça aurait été la première rencontre la plus embarrassante de tous les temps. Je suis à ta disposition pour les gueules de bois, plans de sauvetage, serrures défaillantes, pannes de voiture, urgences médicales.

Un sourire barra mon visage. Je réprimai un bâillement, sentant le sommeil me gagner peu à peu. Je pris tout de même le temps de lui répondre.

Un large éventail de prestations… je suis impressionnée. Je suis juste chez moi, au chaud, sous ma couette.

Je bâillai à nouveau et sentis mes paupières s'alourdir. Le téléphone vibra entre mes mains, et j'eus juste le temps de le lire, avant de m'endormir pour de bon, un sourire aux lèvres, la voix d'Evan en guise de berceuse.

Pour ça aussi, je peux intervenir.

Malgré mes difficultés à trouver le sommeil, je passai une nuit relativement calme. Pour éviter de vérifier l'heure toutes les cinq minutes, je décidai de me lancer dans un grand ménage d'hiver, m'agitant dans mon appartement jusqu'à épuisement. Jamais il n'avait été aussi rutilant. Après une douche rapide, je me préparai avec plus d'application que d'habitude. En temps normal, j'aurais jeté mon dévolu sur un jean et le premier pull de mon placard. Mais, évidemment, avec Evan qui m'accompagnait, je me décidai pour une jupe en cuir et une blouse en soie.

Devant le miroir, un constat s'imposait : j'allais avoir froid.

— Il me faut une bonne paire de collants, murmurai-je.

À 16 heures précises, la sonnette de la porte principale retentit. Je pris mon sac, mon manteau et gardai le bonnet d'Evan à la main ; je regrettais vraiment d'avoir laissé le mien au bureau. Evan, séduisant comme jamais, m'attendait devant l'immeuble, appuyé à un taxi, un sac à la main. Son regard ébène glissa sur moi et un agréable frisson me parcourut. Son caban ouvert laissait apparaître une chemise grise. J'eus une brève pensée pour Zélie qui avait, elle, tout de suite remarqué qu'une chemise sur lui serait du plus bel effet.

— Pile à l'heure, le complimentai-je.

— Ça fait une demi-heure que je suis arrivé.

— Vraiment ? Et tu as fait attendre le taxi ?

— Ça valait le coup, répondit-il en faisant à nouveau courir ses yeux sur moi.

— Tu aurais pu sonner. J'étais prête.

— Donc, je n'étais pas le seul à être impatient ?

— Peut-être, murmurai-je en m'installant sur la banquette arrière tandis qu'il me tenait la porte du taxi.

Evan s'assit près de moi et le chauffeur démarra, s'engouffrant dans la circulation. Je rendis le bonnet à son propriétaire et Evan le plia dans sa poche. Le taxi était surchauffé ; j'ouvris mon manteau pour mieux respirer.

— J'ai quelque chose pour toi, dit-il en me désignant le sac qu'il avait disposé entre nous.

Je jetai un regard au sac et le pris avec circonspection.

— Tu ne risques rien, fit-il dans un sourire.

— Je pense qu'il faut qu'on rediscute de cette notion de risque parce que je commence à te trouver particulièrement dangereux.

Je détaillai sa mâchoire ciselée, puis mes yeux accrochèrent ensuite ses mains, au moment où, perdu dans ses réflexions, il passa son pouce sur ses lèvres.

Evan était dangereux. Et parce qu'il ne s'en rendait pas compte, ça le rendait redoutable.

— Et pourquoi me trouves-tu si dangereux ?

— J'étais prête à 15 heures.

Il se tourna vers moi, un sourire ravi dansant sur ses lèvres. J'ouvris le sac et fus secouée d'un rire en sortant un bonnet à l'effigie du groupe d'Evan, puis un sweat à capuche, avec des dates de concert dans le dos.

— Une tenue de groupie ?

— Le bonnet peut te servir dès aujourd'hui et il est neuf.

— Et le sweat ?

— Il n'y en avait plus nulle part, alors… c'est le mien. Il est un peu abîmé au niveau du col, mais il reste tout à fait portable. J'aurais dû l'emballer, mais je…

— Merci, le coupai-je. Je trouve ça fantastique.

Nous échangeâmes un nouveau sourire et je réalisai que nous remontions vers l'ouest de Paris. Je n'avais aucune idée de l'endroit où nous allions. Je rangeai les affaires dans le sac, quand soudain, prise de panique, je bégayai :

— On ne va pas faire du camping, n'est-ce pas ?

Il éclata d'un rire sonore et incontrôlable. Le regarder

rire était captivant : de petites rides de joie apparaissaient au coin de ses yeux, son sourire était éclatant, son visage détendu. Au bout de quelques secondes, il se calma et reprit sa respiration avant de me rassurer :

— Non. Je m'en veux encore de t'avoir fait marcher dans le froid hier soir, je ne vais pas t'emmener camper. On va faire une activité beaucoup plus agréable et moins dangereuse pour ta santé.

— Maintenant, je m'inquiète.

Je jetai un coup d'œil vers la fenêtre, reconnaissant l'endroit où nous étions. Le taxi s'arrêta en double file, et Evan remit son bonnet. La foule était dense : nous étions samedi, à trois semaines de Noël.

— Evan, ça grouille de monde. Je ne veux pas que ça finisse en émeute ou en course-poursuite.

— Aucun risque. Plus il y a de monde, moins on me reconnaît.

— Tu en es certain ?

— Absolument pas. Tu viens ? N'oublie pas ton sac de groupie, ajouta-t-il avec un sourire.

Il ouvrit la portière et tendit la main dans ma direction, attendant patiemment que je me décide. Le quartier des Grands Magasins parisiens était toujours très fréquenté. À quelques semaines de Noël, les familles s'agglutinaient devant les vitrines décorées, les touristes faisaient leurs achats de luxe et les Parisiens s'entassaient dans les rayons en quête du cadeau idéal.

— Tu m'expliques maintenant ? demandai-je.

— Le concert, c'est bien un événement de charité, c'est ça ?

J'opinai, alors que sa main se posait dans le bas de mon dos pour m'entraîner vers l'entrée principale du magasin. Le bruit et la chaleur intenses me firent l'effet d'une agression après le silence du taxi. Evan me conduisit jusqu'à l'escalator, s'assurant que je monte sur la marche devant lui. Je pivotai vers lui, espérant une explication. Ses mains avaient retrouvé ses poches, et je n'avais pas l'audace de lui dire que les miennes étaient gelées.

— Septième étage, annonça-t-il, alors que nous enchaînions les escaliers automatiques.

— Tu veux faire tes emplettes de Noël ?

— Le concert est pour les enfants. Je me suis dit qu'ils seraient contents d'avoir quelques cadeaux.

Je le fixai, éberluée. Cet homme était trop idéal, trop parfait. Je pensai brièvement à Olivier, envisageant qu'il le rencontre pour avoir son avis objectif. Evan finirait par se casser les dents sur Hemingway ou sur *Taxi Driver.*

— Tu trouves que c'est une mauvaise idée ? demanda-t-il devant mon silence.

— Non. Je… je réfléchissais, en fait.

Nous atteignîmes le dernier étage, celui des jouets, assourdis par de la musique de Noël et quelques cris d'enfants. Des peluches, des jeux de société, des poupons, des déguisements ; tout l'étage était envahi de jeux. Le magasin avait aussi misé sur la décoration de saison, créant des îlots thématiques autour de sapins naturels décorés de jaune et de rouge. C'était magique et incroyable.

— C'est à ça que doit ressembler l'atelier du Père Noël, dis-je, émerveillée.

— Sûrement. À quoi tu réfléchissais ?

— À toi. Tu es en avance en bas de chez moi, tu m'offres… tu m'offres mon kit de groupie, tu m'amènes ici. Le chocolat chaud, la balade d'hier. Je te cherche un défaut, Evan.

— Je cuisine très mal, je suis possessif avec mes proches, avec une tendance à la surprotection, je suis hésitant souvent, plein de doutes sur ce que j'écris ou compose. Je ne sais pas m'habiller autrement qu'avec un jean et un sweat. Oh ! et les femmes qui me plaisent finissent invariablement par me dire qu'elles préfèrent qu'on reste amis.

J'éclatai de rire et nous déambulâmes au milieu des rayons débordants de produits. Très vite, nous fûmes repérés par une vendeuse et Evan lui exposa son plan : acheter une cinquantaine de jouets et les faire envoyer sur les lieux du concert à venir. Nous nous y employâmes pendant presque deux heures, accumulant les peluches, les figurines, jeux éducatifs et instruments de musique en bois.

— En même temps, tu tiens très bien ce rôle d'ami : tu es prévenant, tu offres des cadeaux, tu es fiable, on peut se confier à toi. Vraiment, tu fais un ami idéal.

— Fiable ? répéta-t-il.

— Tu es venu en avance à notre rendez-vous. Tu m'as prêté ton bonnet, tu m'en as même offert un autre. Tu m'écoutes, tu me consoles, même.

— Tu vois, c'est ça que je ne comprends pas : pourquoi j'en arrive toujours à « rester amis » ? Est-ce que je devrais devenir un crétin doublé d'un goujat pour plaire aux femmes ?

— La surprise, Evan. Il faut que tu surprennes. Si tu deviens prévisible, ça ruine toute tentative de séduction.

Il hocha la tête, comme s'il assimilait lentement cette information. Je me mordis les lèvres pour éviter de rire et décidai d'orienter la conversation vers un sujet moins glissant.

— C'est comme ça que tu as commencé ? lui demandai-je en désignant une minuscule guitare blanche.

Evan se posta près de moi, ses yeux accrochant l'instrument devant nous.

— Non. J'ai appris sur le tard, à l'adolescence. Mon frère a commencé très tôt et très vite, il n'y avait plus que la musique pour lui.

Un sourire nostalgique étira ses lèvres et je m'en voulus d'avoir ravivé des souvenirs de son frère. Je ne voulais pas ruiner l'atmosphère joyeuse de l'après-midi.

— Il m'a beaucoup appris. Mais il était beaucoup plus talentueux. Quand j'ai finalement compris que jouer d'un instrument allait attirer les filles, je m'y suis mis plus sérieusement.

— Et dire que j'attendais un discours sur la passion de

la musique, ou… l'envie de faire des chansons. Juste pour les filles, alors ?

— Tu me cherchais bien un défaut, non ? Tu joues de quelque chose ?

— Oh ! non. Surtout pas. Je n'ai aucun talent artistique, je crois. Ce qui me rend d'autant plus admirative de ceux qui en ont. Ça a marché avec les filles ?

— Pas tant que ça. Je… j'avais des doutes sur ce que je composais. Il a fallu que Michael me force à signer le contrat pour m'embarquer dans le groupe. J'étais du genre renfermé. Il n'y a que sur scène que je deviens plus expansif.

— J'ai hâte de voir ça. Je mettrai ma tenue de groupie.

Il m'adressa un regard brûlant accompagné d'un sourire heureux et je retins mon souffle tandis que mon estomac se tordait dans une douce anticipation.

— Maintenant, c'est moi qui ai hâte de voir ça ! dit-il un ton plus bas.

Ses yeux trouvèrent les miens et pendant un court instant, ils s'abaissèrent sur mes lèvres. Ma gorge se serra et je haletais déjà quand Evan repoussa une mèche de cheveux derrière mon oreille. Mon cœur s'élança dans une course frénétique et j'en oubliai que nous étions en public. Malgré mes promesses de la nuit dernière et ma volonté farouche de garder une distance respectable entre lui et moi, je devais admettre qu'Evan m'attirait beaucoup. Beaucoup plus qu'un ami.

Ses doigts s'égarèrent sur ma joue et son pouce effleura ma bouche. Son regard noir s'assombrit davantage et je me retins d'agripper le col de son manteau pour l'attirer contre mes lèvres. Je le désirais tellement que cela devenait insoutenable.

— Vous avez terminé ? fit une voix derrière nous.

Je sursautai et Evan s'éloigna de moi comme s'il avait été pris en faute. La vendeuse nous regarda alternativement, attendant une réaction. Je jetai un coup d'œil vers Evan, qui m'adressa un sourire désolé. Il ignorait totalement que j'étais sans doute la plus frustrée de nous deux.

— On va prendre… la guitare, dit-il finalement, en gardant ses yeux sur moi.

Il se pinça les lèvres, braquant ses prunelles noires sur ma bouche. L'air crépita autour de nous, et un frisson agréable me traversa. J'étais en train de perdre les pédales pour de bon, envoûtée par un homme que je connaissais depuis quelques jours seulement.

— J'aurai aussi besoin de quelques renseignements pour la livraison, continua la vendeuse.

— On arrive, dit-il.

Il ne prit même pas la peine de se tourner vers elle ; son regard étincelant de désir était soudé au mien. La vendeuse s'éloigna et Evan réduisit l'écart entre nous pour poser ses lèvres contre mon front. Je fermai les yeux, à la fois soulagée et frustrée par ce baiser trop fraternel.

— Partie remise, murmura-t-il contre ma peau.

Et ça sonnait comme une promesse.

À peine avais-je franchi la porte du bar que les regards de mes amis, installés à notre table habituelle, convergèrent vers Evan et moi.

— C'est ma tribu d'indéboulonnables fous furieux, dis-je à Evan en slalomant entre les tables.

— Je vais tenter de faire bonne impression alors. Ils sont au courant pour le concours ?

— Faisons-leur la surprise !

Ça m'éviterait de me répandre en explications fumeuses et de mentir à Zélie sur la manière dont les choses s'étaient passées. Je saluai Julian d'un bref signe de la main mais à son sourire forcé, je compris qu'il était toujours contrarié.

— Salut tout le monde ! lançai-je avec enthousiasme.

Olivier me détailla en fronçant les sourcils. J'eus un moment d'hésitation. Est-ce qu'on présentait quelqu'un qui était déjà potentiellement… connu ? J'optai pour la solution la plus simple.

— Evan, je te présente Clémence et Lucas, son petit-ami. Olivier et Zélie, qui travaille à l'agence aussi.

Ils levèrent successivement la main, me donnant la sensation d'être une maîtresse faisant l'appel de sa classe. Mal à l'aise, et ignorant le regard inquisiteur de mes amis, je terminai les présentations.

— Et voici donc Evan. Il participe au concert que je coordonne avec l'agence.

— Enchanté, lança Lucas en tendant sa main vers lui.

Son attitude amicale et normale me soulagea. Clémence et Zélie échangèrent un regard entendu et je savais qu'à la première occasion, elles allaient me bombarder de questions. Evan tira une chaise et m'invita à m'asseoir. J'étais nerveuse. Et c'était ridicule. Je n'avais pas à être nerveuse devant eux, je n'avais pas à justifier la présence d'Evan.

On ne justifie pas la présence d'un ami, n'est-ce pas ?

— Joli bonnet, me complimenta Olivier, en désignant ma tête.

— Oh. Euh… oui.

Je retirai à la va-vite le bonnet qu'Evan m'avait offert et le fourrai dans la poche de mon manteau.

— Evan, tu veux boire quelque chose ? proposa Olivier.

Je lançai un regard dur à mon meilleur ami pour qu'il arrête tout de suite. Il était en train de le tester ; je le voyais à la manière dont il souriait, se régalant d'une bonne blague. Lucas lança une conversation sur sa journée chargée à la boutique, et Clémence et Zélie échangèrent avec lui.

— La même chose que toi, répondit Evan.

Je retins un soupir de soulagement et lançai un regard plein de gratitude à Evan : sans le savoir, il avait donné la bonne réponse à ce début d'interrogatoire. Olivier héla un serveur et, à mon grand désespoir, Julian se présenta pour prendre nos commandes. Il nous dévisagea et sortit sa tablette pour noter nos boissons.

— Bière, annonça Olivier.

— Vin chaud, soufflai-je.

Une dose de courage ne me ferait pas de mal. Je pris une

profonde inspiration et tentai de me raisonner. Il n'allait rien se passer de grave, et même si mes amis finissaient par me poser des questions embarrassantes, je parviendrais à y répondre : Evan était un client – enfin presque –, j'étais juste professionnelle et appliquée. Et au pire, je me montrais simplement amicale.

— Tu participes toujours au concours ? m'interrogea Julian.

Ma belle excuse venait de s'envoler en fumée. Je baissai les yeux sur la table, incapable de me confronter à mes amis. J'imaginai une Zélie ébahie, pendant que Clémence secouait la tête en souriant. Je priai pour que Julian n'en dise pas plus : je n'étais pas assez en forme pour une explication avec Zélie.

— Tu fais le concours ? fit Olivier, sans masquer sa surprise.

— Mais avec qui ? enchaîna Clémence.

— Avec moi, répondit Evan.

— Tu… quoi ? bégaya Zélie. Avec lui ?

— Un pari qui a dérapé, expliqua Evan avec naturel.

Je le remerciai de me tirer de ce mauvais pas. Apparemment, ça devenait une habitude de sa part de me sauver de situations hasardeuses. Pour autant, ce n'était pas juste qu'il passe pour le goujat de service, il ne le méritait certainement pas. Cette justification eut pourtant le mérite de satisfaire mes amis ; que je perde un pari ne les surprenait plus.

Mon sentiment de malaise persistait, et entre les regards appuyés de mes amis, la présence de Julian et le bras d'Evan posé sur le dossier de ma chaise, j'avais la sensation désagréable d'être examinée au microscope.

— Vous devez tirer au sort une particularité, reprit Julian en tendant une corbeille remplie de petits papiers pliés.

— Tu veux le faire ? proposa Evan.

Je secouai la tête, me souvenant clairement de ce qu'il souhaitait… ou du moins, de ce qu'il ne souhaitait pas. Il voulait pouvoir me toucher et, honnêtement, j'en crevais d'envie aussi. Que ça se passe en public n'était pas vraiment dans mes plans ; ce n'était pas comme ça que j'avais imaginé embrasser Evan.

Je me repris immédiatement : je n'étais pas censée l'imaginer en train de m'embrasser. Les amis ne s'embrassent pas. Normalement.

— « Quartier libre », murmura ce dernier près de moi.

— Vous êtes libres de faire ce que vous souhaitez, expliqua Julian.

Evan et moi échangeâmes un regard complice. Mon cœur s'accéléra quand je vis l'étincelle de joie dans son regard. Mes joues chauffèrent et je remarquai qu'Evan frottait ses paumes contre son jean.

— Je vous apporte vos verres. Clémence, Lucas, vous devez aussi tirer un papier.

Ces derniers s'exécutèrent et grognèrent en découvrant qu'ils allaient devoir s'embrasser sans les mains. Leurs récriminations permirent de détourner l'attention du groupe d'Evan et moi. Je tentai de participer à la conversation, espérant retrouver un comportement normal. Evan se pencha à mon oreille et chuchota :

— On va gagner. Tu m'excuses quelques minutes ? Je reviens.

Il s'éclipsa et ce fut le signal de départ du grand interrogatoire. Clémence et Zélie se penchèrent au-dessus de la table et firent feu.

— Tu sors avec lui ? commença Clémence.

— Mais depuis quand ? Bon sang, c'est pour ça que tu es partie si vite hier, enchaîna Zélie.

— Non, je… Il n'y a rien. C'est un concours de circonstances. De toute façon, on va sûrement perdre dès le premier tour.

C'était un pieux mensonge : ce baiser serait à coup sûr réussi et j'étais déjà volontaire pour le prochain tour, la semaine prochaine. Zélie et Clémence éclatèrent de rire, nullement convaincues par ma réponse.

— Et le bonnet ? intervint Olivier.

— C'est… hier on a marché le long de la Seine, j'ai eu froid et il m'a réchauffé les mains puis offert ce bonnet.

— C'est pour ça que tu as mis cette jupe ? Tu t'es dit que si tu avais froid aux fesses, il interviendrait aussi ? demanda Zélie.

— Cette jupe est canon, me félicita Olivier. Il boit de la bière et il prend soin de toi : je l'aime bien.

— Il fait quoi dans la vie ? demanda Lucas.

Sa petite amie le considéra avec une moue incrédule, avant de lui asséner une tape sur le crâne. Il étouffa un juron de douleur, pendant que Clémence menaçait de le faire dormir dans le salon.

— Il est guitariste, idiot.

— Dans un groupe, continua Zélie.

— Qui a rempli le Zénith pendant une semaine l'an dernier, terminai-je.

— Musicien, quoi. Pas de quoi fanfaronner, ironisa-t-il.

La voix de Julian résonna dans tout le bar à l'instant où nos boissons étaient servies. L'éclairage changea : la salle fut plongée dans une quasi-pénombre où seules les guirlandes lumineuses luisaient, pendant qu'un espace restreint et surélevé au milieu du bar était illuminé par un spot blanc. Une nouvelle vague de nervosité m'assaillit et j'écoutai d'une oreille distraite les explications de Julian.

— Notre premier couple est Lucas et Clémence, annonça-t-il.

À l'instant où ces derniers se levaient de la banquette, Evan réapparut. Nous changeâmes de place, laissant nos chaises qui faisaient dos au centre du bar pour la banquette fraîchement libérée. Dans la demi-obscurité, la présence d'Evan près de moi était encore plus palpable ; je n'osais même plus le regarder tant il me troublait.

Sur la petite scène, Clémence et Lucas s'embrassèrent aussi adroitement que possible, leurs mains bien visibles et éloignées de leur corps. Je ne pus m'empêcher de rire en les voyant conserver un équilibre précaire, tandis qu'ils se souriaient plus qu'ils ne s'embrassaient vraiment.

— Ils sont ensemble depuis longtemps ? demanda Evan près de moi.

— Une éternité.

Leur baiser récolta quelques applaudissements et sifflets et ils saluèrent la foule comme l'auraient fait des comédiens. Cinq autres couples s'embrassèrent, pendant que le trac me retournait l'estomac. À mes côtés, Evan avait pris soin de retirer son manteau et m'aida ensuite à retirer le mien.

Quand Julian annonça nos noms, je crus que mon cœur allait me lâcher. Le mélange de tension, de trac et de désir était en train de me rendre cinglée ; ce baiser aurait au moins le mérite de m'aider à passer à autre chose. Evan me lança un regard encourageant, puis se leva pour rejoindre la microscène. Nous nous retrouvâmes face à face. Pétrifiée était un doux euphémisme pour me décrire. Evan, lui, arborait un sourire heureux, comme s'il venait de découvrir ses cadeaux sous le sapin. Quelques applaudissements retentirent et je fis comme si mes amis n'étaient pas en train de hurler mon prénom pour m'encourager.

— Alors, tu le veux comment ? demanda Evan.

— Comment ça, « je le veux comment » ?

Je tentai d'ignorer les dizaines de regards dardés sur lui. Ou peut-être étaient-ils pointés vers nous ? J'avais les idées trop embrumées pour y voir clair. Evan fit un pas dans ma direction, un sourire déterminé sur ses lèvres ourlées et tentantes.

— Alors ? m'encouragea Evan. On fait ça comment ?

— Ne tente pas de me faire croire que tu n'as jamais embrassé une fille, ironisai-je en ignorant les encouragements impatients de nos spectateurs.

— Jamais pour gagner un concours. Habituellement, c'est plutôt un geste spontané et volontaire.

— Tu es libre de retrouver ta bière, lui- fis-je remarquer, un peu vexée.

— Et décevoir notre public ?

— Tu peux abandonner.

— Je n'abandonne jamais.

Il secoua la tête et, à nouveau, fit un pas dans ma direction. D'une voix grave qui me caressa, il avoua :

— Et j'attends ça depuis quelque temps.

Mon corps frôlait le sien et son parfum boisé m'enveloppa. Il était éblouissant avec ce sourire lumineux. Je cachai mes mains nerveuses dans mes poches, réalisant pleinement que j'allais devoir l'embrasser.

En public.

Devant mes amis.

Les battements de mon cœur s'accélérèrent et, devant moi, Evan prit une profonde inspiration. Cela me rassura presque : je n'étais pas la seule à trouver la situation complètement folle. Je relevai les yeux vers ses iris sombres. Son sourire avait disparu, mais son regard irradiait au point de me faire frissonner.

— Alors ? murmura-t-il. On fait ça comment ?

Je haussai les épaules, incapable d'articuler le moindre son. Tout mon trac était logé dans ma gorge. J'aurais aimé prendre la fuite, mais Evan, sans même me toucher, réussissait à me retenir près de lui. J'imaginais que son tempérament de musicien adorant la scène reprenait le dessus : il devenait une force d'attraction irrésistible. Mes yeux quittèrent les siens pour tomber furtivement sur ses lèvres.

— Tu as une idée ? demandai-je d'une voix enrouée.

— Non. J'en ai des tonnes.

— Une suffira.

— Je suis persuadé que non.

Il leva sa main avec précaution et la posa délicatement sur ma joue. Nous échangeâmes un nouveau regard : il me demandait silencieusement la permission et j'étais ravie de la lui donner. Un nouveau frisson me parcourut et mon cœur menaça de sortir de ma poitrine. Une vague de chaleur me submergea et je n'étais même plus certaine de sentir mes jambes flageolantes. Cette réaction inédite me fit presque chanceler et mes mains agrippèrent sa chemise.

— Doux ? Enfiévré ? Sensuel ? Chaste ?

Il égrena ses propositions dans un doux murmure. Je

pinçai mes lèvres, réprimant une salve de désir à chaque nouvelle proposition.

— Oublie la dernière possibilité, corrigea-t-il.

Je camouflai ma satisfaction dans un sourire. Ses doigts effleurèrent mon cou, comme s'ils reconnaissaient un nouveau territoire. Le souffle court, je relevai la tête et fixai sa bouche avec envie. Si le simple contact de ses doigts sur ma peau me faisait perdre les pédales, je n'osais imaginer ce qu'allaient provoquer ses lèvres sur les miennes. Il eut un ultime sourire, aux allures de victoire.

— Doux, susurra-t-il contre mes lèvres.

L'instant suivant, elles se posaient sur les miennes. Mes doigts se refermèrent sur sa chemise, se cramponnant à lui de toutes leurs forces. Sa bouche se pressa à peine contre la mienne, tandis que sa main posée sur ma joue s'assurait que je ne m'échappais pas. Je sentis à peine le goût de ses lèvres qu'il s'écarta de quelques millimètres, avant de m'embrasser à nouveau, avec une tendresse qui me fit gémir de frustration. J'en voulais tellement plus, je voulais qu'il me dévore les lèvres et qu'il apaise le feu qui m'embrasait.

Son corps se pressa contre le mien, sa bouche délicatement moulée à la mienne. Mon cœur eut un raté, ou même deux, et je haletais déjà. Je me hissai sur la pointe des pieds et accentuai notre baiser, laissant le bout de ma langue errer sur ses lèvres closes. Aussitôt, ses doigts s'enfoncèrent dans ma chevelure et se refermèrent sur mes mèches. Pour autant, il ne m'autorisa pas à prendre possession de sa bouche et se contenta, à son tour, de glisser furtivement la pointe de sa langue entre mes lèvres.

Quand finalement je m'écartai de lui, je ne percevais plus que les battements frénétiques de mon cœur dans ma poitrine. J'avais la sensation d'avoir fait un tour de grand huit, avec cette succession d'accélérations, de décélérations et de courbes inversées, qui vous fait perdre toute notion d'espace.

Evan me libéra, ses yeux plantés dans les miens. J'y lus

que l'incrédulité le disputait au désir et l'embarras me gagna. Peut-être que je m'étais laissé un tout petit peu emporter.

Je passai mon pouce sur mes lèvres, partagée entre frustration et consternation. Je me tournai vers notre public, qui, après quelques longues secondes de silence ébahi, s'enflamma d'applaudissements. Je jetai un œil vers mes amis, remarquant Zélie et Clémence, abasourdies sur la banquette. Je les rejoignis, affichant un air aussi détaché que possible.

Je pris mon mug de vin chaud et m'installai sur une chaise, face à elles.

— Tu couches avec lui ? demanda Clémence.

— Non ! m'écriai-je, choquée. Je ne couche absolument pas avec lui.

— Tu devrais, dit Zélie. Ce baiser était indécent.

— Il était chaste, contrai-je. Et c'est comme si c'était un client.

— Je crois que vous êtes qualifiés haut la main pour la semaine prochaine.

Evan trouva place en face de moi et nos regards se croisèrent. Je risquai un sourire, me sentant désormais plus détendue maintenant que j'avais évacué la tension. J'espérais qu'il avait apprécié ce baiser aussi mais je n'eus pas le temps de m'appesantir sur la question : son téléphone sonna et il sortit du bar, trop bruyant, pour prendre son appel. Je le suivis du regard, inquiète de sa mine concernée. Gloria, sûrement.

— Désolé, il faut que j'y aille, annonça-t-il en revenant à notre table. Petite urgence.

— Rien de grave ? demanda Olivier.

— Non, rien du tout. Tu pourras raccompagner Juliette ?

Mon ami sembla surpris et ses yeux passèrent d'Evan à moi. Il finit par acquiescer, toujours dérouté. Evan approcha de moi et déposa un baiser sur mon front, comme s'il s'agissait d'une habitude entre nous.

— Partie remise, murmura-t-il contre ma peau.

Chapitre 14

Laisser Juliette dans ce bar m'avait coûté, surtout après ce baiser. Court, frustrant, excitant, prometteur… Les qualificatifs ne manquaient pas pour ce moment aussi surprenant qu'agréable. Juliette n'avait pas caché sa nervosité et j'avais tenté de canaliser le désir et l'envie qu'elle m'inspirait. Me détacher de ses lèvres avait été douloureux mais j'avais été sur le point de craquer et j'avais jugé plus sage d'arrêter là. Pour l'instant. J'aurais certainement été capable de la propulser contre le mur pour laisser mes mains parcourir son corps. Cette seule idée me tira un grognement. J'avais clairement dépassé le stade de la curiosité : je voulais cette femme, plus qu'aucune autre.

Je secouai la tête, vérifiant au passage si Mathilde ne m'avait pas rappelé. Sa voix tremblante au téléphone m'avait aussitôt alerté. Je me promis d'appeler Juliette pour rattraper notre soirée avortée. Le taxi se gara et j'en sortis en trombe.

— Vous m'attendez ? J'en ai pour quelques minutes.

Le taxi hocha la tête et je courus jusqu'à l'entrée du commissariat. Je trouvai immédiatement Mathilde, qui bondit de son siège. Je la pris dans mes bras, l'entendant pleurer contre ma poitrine. Quand elle s'écarta, ses yeux étaient rougis et son visage strié de traînées noires.

— Tu vas bien ? m'inquiétai-je, en l'examinant avec attention.

Elle reprit son souffle et essuya les larmes de ses joues.

— Oui. Ils ont… ils ont juste tout pris et…

— J'ai un taxi qui m'attend. Est-ce que tu as fini ta déposition ?

Elle hocha frénétiquement la tête. Je retirai mon manteau et lui couvris les épaules ; elle avait l'air frigorifiée et plus vulnérable que jamais. Elle s'agrippa à mon bras et, tremblant de tous ses membres, me suivit dans le taxi.

— Tu vas dormir à la maison, dis-je, et demain, on fait le nécessaire pour tes clés.

Le trajet jusqu'à mon appartement se fit dans le silence. Mathilde appuya sa tête contre la vitre du taxi et j'hésitai à rappeler dès maintenant Juliette. La soirée qui m'attendait n'était pas du tout celle que j'avais imaginée.

Mathilde sembla reprendre des couleurs après une longue douche au terme de laquelle je lui prêtai un vieux survêtement. Elle s'effondra sur mon canapé et s'empara de la bouteille d'eau que je lui tendis.

— Comment te sens-tu ?

— Dépouillée, soupira-t-elle. J'ai l'impression… je n'ai plus rien et j'étais tellement paralysée que je n'ai même pas réagi.

— Tu n'as pas à culpabiliser. C'est toi la victime.

— Je sortais du studio et… ils me sont tombés dessus. Ils m'ont pris tout mon matériel, mon sac, mes clés. J'avais de vieilles photos de mes parents et de… toi et Michael dans mon portefeuille.

Elle laissa les larmes couler et je l'attirai dans mes bras pour la consoler. L'argent, les clés, son matériel, tout ça était sans importance. Mais les photos, les souvenirs, la collection de badges de concert qu'elle conservait jalousement : elle y tenait plus que tout. On lui avait volé une partie de son intimité.

— Je sais, murmurai-je.

— Et je n'ai pas d'argent pour me rééquiper. Vous allez devoir trouver quelqu'un d'autre pour le concert et la tournée.

— Ne dis pas de bêtises, on trouvera une solution. Je ne veux personne d'autre que toi sur cette tournée. Tu sais toujours prendre mon meilleur profil, plaisantai-je pour détendre l'atmosphère.

Elle eut un bref sourire et j'embrassai le haut de son crâne. Elle se lova un peu plus contre moi et ses larmes se tarirent.

— Je ne savais pas qui appeler, murmura-t-elle. Tu es le rare numéro que je connaisse par cœur.

— Tu aurais pu appeler Maxime.

— Je l'ai fait. Il n'a pas répondu. Tu as donc été mon fabuleux plan B. J'étais certaine que tu viendrais.

— Pour mes amis, toujours. J'ai laissé Juliette dans un bar.

Elle se redressa et m'offrit un sourire désolé. Elle ne pouvait pas l'être plus que moi ; je revoyais encore le visage triste de Juliette au moment où je l'embrassais sur le front. Je savais que nous nous reverrions mais avant, j'aurais voulu discuter avec elle de ce baiser qui avait été tout à la fois, honteusement volé et incroyablement agréable.

— Juliette ? La fille avec qui tu avais rendez-vous l'autre soir ?

Je hochai la tête, souriant en voyant Mathilde écarquiller les yeux, stupéfaite.

— Deux rendez-vous ? Merde… j'ai interrompu un truc, c'est ça ?

— Peut-être. Je ne sais pas trop.

— Tu as laissé cette fille pour moi ? T'es cinglé, Evan. Elle ne va jamais te rappeler !

— Elle va forcément me rappeler, elle travaille sur le concert.

— Evan, gémit-elle, désespérée de ce qu'elle entendait. Tu vas finir par devenir son ami. Ou un collègue. Tu n'aurais jamais dû la laisser comme ça. Elle doit croire que tu as monté un plan pour t'enfuir !

— Elle ne pense pas ça, j'en suis certain. Enfin, je crois.

Je n'avais même pas envisagé cette possibilité. J'étais parti précipitamment, m'assurant seulement que Juliette rentre chez elle en sécurité. En entendant Mathilde sangloter, je n'avais pas hésité une seconde. C'était évident pour moi que je devais aller l'aider et c'était tout aussi évident que Juliette comprendrait.

— Evan, tu devrais être avec elle. À faire… je ne sais pas, des trucs cochons, ou à la tripoter sur ton canapé. Tu devrais l'appeler.

— Quoi ?

— Elle doit sûrement être chez elle, à imaginer tout un tas de scénarios improbables pour expliquer ton départ précipité. Appelle-la.

— Je l'appellerai demain. Je vais commander une pizza, tu en veux ?

— Evan ! protesta-t-elle.

— Hawaïenne ? Quatre fromages ?

Je ne voulais pas parler de Juliette. Je n'avais jamais été du genre à me répandre sur ma vie privée. Ce qui se passait entre elle et moi devait rester entre elle et moi. Je savais qu'elle comprendrait pourquoi j'étais parti aussi vite ; sa tribu d'amis comptait beaucoup pour elle, elle aurait sûrement fait la même chose pour Zélie ou Clémence. J'appelai ma pizzéria habituelle et passai ma commande.

— Je vais te faire un mot d'excuse, proposa Mathilde. Et je vais lui dire à quel point tu es un mec bien. Et aimant. Et loyal. Je lui dirai, d'accord ?

— Ne t'en fais pas. Allez, mets-nous un vinyle, on mange dans vingt minutes.

Je profitai que Mathilde utilise mon ordinateur pour reprendre ma correspondance avec Juliette. J'avais besoin de lui parler, même à distance, pour être certain que tout allait bien.

Est-ce qu'on pourra raconter cette histoire à nos enfants dans dix ans ? Je veux dire, est-ce qu'on leur dira que notre rencontre ne doit qu'au hasard et à une série de chiffres ?

Sa réponse apparut l'instant d'après.

NOS enfants ? J'ai dû louper quelques épisodes à notre histoire…

Je grimaçai. Gloria était la personne la plus importante dans ma vie ; si j'appréciais vraiment Juliette, je ne pouvais pas la laisser entrer dans ma vie si elle avait une aversion pour les enfants.

Tu ne veux pas d'enfants ? De réveils nocturnes ? De fêtes des mères en papier crépon ? De cris de joie le matin de Noël ?

Je ne cherchais pas une mère pour Gloria. Je cherchais juste quelqu'un qui était capable d'accepter ma vie hors norme, qui pouvait comprendre mes déplacements fréquents, ma vie en décalage et la présence de Gloria.

Si, je veux des enfants. Je n'avais juste pas compris qu'on devait les avoir ensemble.

Je me surpris à sourire, soulagé par sa réponse, puis je répondis.

Ça fait partie de mon plan : te convaincre.

Pour les enfants ?

Entre autres.

Je passai mon dimanche à aider Mathilde à gérer les urgences – serrurier, commande de matériel, achat d'un nouveau téléphone. Elle protesta en disant qu'elle ne pourrait jamais me rembourser, mais je rejetai toutes ses objections. Je la considérais comme ma sœur et j'avais suffisamment d'argent de côté pour vivre deux ou trois vies successives ; autant en faire profiter mes proches.

En fin de journée, je récupérai Gloria chez ma mère. Ma nièce m'accueillit avec de grands cris et serra ses petits bras autour de ma nuque pour m'offrir un câlin. Je refusai l'invitation à dîner de ma mère, lui assurant que j'étais trop fatigué pour ça. Gloria commençait à aller à la crèche le lendemain et je ne voulais pas qu'elle soit trop décalée.

— Est-ce que tu pourrais me rendre un service ? m'avait-elle demandé.

— Bien sûr, maman. Tout ce que tu veux.

— J'aimerais récupérer… Tu te souviens, Michael avait fait des photos avec Lucie et Gloria ; est-ce que tu crois qu'elles sont à son appartement ?

— Certainement. Je te les rapporterai. De toute façon, je voulais récupérer une guitare et quelques trucs aussi pour Gloria. Je crois que Lucie avait acheté tout un tas de vêtements pour elle.

Ma mère m'avait souri, mais cela n'avait pas dissimulé les larmes dans ses yeux. C'était son premier anniversaire sans son fils aîné ; bientôt, nous fêterions notre premier Noël, sans lui. Cela faisait beaucoup de premières fois douloureuses.

— Je t'invite à dîner dans ce restaurant que tu aimes tant la semaine prochaine, d'accord ? On fêtera ton anniversaire.

— Evan, tu n'es pas obligé.

— En effet, mais j'en ai très envie. Depuis le temps que les journalistes me demandent si j'ai une femme dans ma vie… Regarde, j'en ai deux maintenant, Gloria et toi.

En rentrant à l'appartement, j'avais repris mes habitudes avec ma nièce : son bain, son dîner, son rituel du coucher. En la berçant, je réalisai que je n'avais toujours pas pris le temps d'appeler Juliette. J'avais été tellement absorbé par Mathilde et ma mère que je n'avais pas eu une minute pour penser à elle.

— Qu'est-ce que tu en penses, rayon de soleil ?

Je caressai distraitement l'arrière de sa tête et fredonnai une vieille chanson que Michael avait écrite pour notre tout premier album. Gloria somnolait contre moi, sa tétine coincée dans sa bouche et son doudou contre sa poitrine.

« Qu'est-ce qu'il fait ? avais-je demandé à Lucie, en voyant la joue de Michael collée au ventre rebondi de sa femme.

— Il parle au bébé.

— Je chante au bébé, avait-il corrigé. Quand je chante, il donne des coups.

— Et tu l'encourages ? avais-je dit à Lucie. Tu réalises que cet enfant risque d'avoir son énergie légendaire.

— C'est comme ça qu'il m'a séduite, tu sais. Énergie, chansons, accès de folie, sandwich à la confiture à 2 heures du matin, discussions interminables dans des magasins de musique. Comment était ton rencard ?

— Elle préfère qu'on reste amis », avais-je soupiré, avant de m'asseoir près de Lucie.

Elle m'avait adressé un sourire compatissant, pendant que Michael s'était assis au sol avec sa guitare, abandonnant le bébé pour quelques minutes. Lucie avait posé ses mains près de son nombril et caressé son ventre avec un sourire heureux aux lèvres. Cet enfant n'était pas prévu, mais mon frère et Lucie avaient géré cette nouvelle avec une sérénité qui m'avait épaté.

« Tu veux essayer ? m'avait demandé la femme de mon frère.

— Oh ! je ne crois pas que… »

Mais Lucie n'avait pas attendu ; elle avait pris ma main et l'avait posée sur son ventre. Michael avait gratté les cordes de sa guitare et j'avais senti Gloria taper contre ma main. Un peu surpris, j'avais tenté de m'écarter, mais Lucie m'avait retenu et un nouveau coup s'était fait sentir.

« C'est fou, avais-je murmuré.

— Génialement fou », avait-elle dit.

Je déposai Gloria délicatement dans son lit. Elle se tourna légèrement sur sa droite et, comme à mon habitude, je la regardai dormir, douce et apaisée, pendant quelques minutes. Gloria et moi avions pris nos marques plus rapidement que ce que j'avais imaginé. Lucie avait raison : tout ça était génialement fou.

Une heure plus tard, je me décidai à appeler Juliette. Des excuses, des explications et une invitation à dîner : j'avais des tas de choses à lui dire. Elle décrocha à la seconde sonnerie et cela me soulagea. J'aurais détesté présenter des excuses à son répondeur.

— Alors, on passe pour le second tour ? demandai-je en m'enfonçant dans le canapé.

Elle eut un petit rire et j'entendis un bruit de vaisselle derrière elle.

— On passe, répondit-elle. Clémence et Lucas aussi.

— Ils ont tellement plus d'entraînement que nous, ça aurait été honteux qu'ils ne soient pas qualifiés.

— C'est vrai. Tu sais que Lucas n'avait aucune idée de qui tu étais ? À croire qu'il vit dans une grotte…

— Tes amis ont l'air sympas. Écoute, je voulais m'excuser d'être parti si vite hier soir.

— Evan, tu n'as aucune explication à me fournir.

— Si, au contraire. Tu me présentes à tes amis, on fait ce concours et je prends la fuite comme un vulgaire malfrat. Franchement… je n'ai même pas eu le temps de te dire que j'avais adoré.

— La soirée ? fit-elle, un peu perdue.

— Le baiser.

Il y eut un silence et je me demandai même si la communication n'avait pas été coupée. Quand finalement, je l'entendis s'éclaircir la gorge, cela me rassura.

— Moi aussi, admit-elle dans un murmure.

— Maintenant, je suis désolé et en colère contre moi, répondis-je, le cœur battant. J'aurais aimé te raccompagner, mais Mathilde m'a appelé et elle avait besoin d'aide.

— Mathilde ? La photographe ?

— Elle a été agressée à la sortie d'un studio photo. Je ne pouvais pas la laisser seule au commissariat. Et aujourd'hui, je l'ai aidée à régler les détails urgents puis je suis allé récupérer Gloria chez ma mère… bref, je n'ai pas vraiment eu le temps de t'appeler et de…

— Mais, elle va bien ? Elle n'est pas blessée ?

— Non, non. Juste… secouée. J'ai fait changer ses serrures et elle a pu racheter ce qu'ils lui ont volé. Je… écoute, Juliette, je sais que ça peut paraître dingue vu qu'on ne se connaît que depuis quelques jours et je sais que tu ne veux pas mélanger le travail avec le reste, mais je voudrais t'inviter à dîner.

— Evan, tu n'as pas besoin de te racheter. J'aurais certainement fait la même chose à ta place. Je t'assure que…

— Je veux qu'on aille dîner. Pas pour me racheter, juste pour passer du temps avec toi. Parce que je crois que j'aime vraiment ça. Et puis, je te l'ai promis.

— Ah oui ? fit-elle en riant.

— J'ai dit « partie remise », et je suis un homme qui tient parole. Sors ton agenda et dis-moi quand tu es libre cette semaine.

Elle rit à nouveau et j'envisageai brièvement de lui commander un taxi pour la faire venir chez moi. Je l'imaginais assise sur ce canapé, riant à gorge déployée, parlant avec animation de son métier, ou regardant un film avec moi.

— Mercredi, si tu veux ? fit-elle.

— C'est l'anniversaire de ma mère. Jeudi ?

— Réunion tardive avec le traiteur pour la soirée. Je suis prise mardi, aussi.

— Et demain ?

— Séance de sport. Je présume qu'on se verra samedi, Evan.

— Pas si tu viens aux répétitions. Je vais y passer mes journées. Si tu as besoin… d'oublier le bureau ou d'être tranquille pour réfléchir. Ou si tu veux qu'on se voie.

— J'y penserai.

Je cachai ma déception ; la perspective de ne revoir Juliette qu'en fin de semaine me minait. Mais je ne voulais pas l'effrayer. Elle sortait d'une rupture qui l'avait fragilisée et j'avais toujours en tête le fait qu'elle ne mélangeait pas le travail avec le reste de sa vie.

À l'instant où je pensais qu'elle allait couper court et me souhaiter une bonne soirée, elle reprit la parole :

— Et la semaine prochaine ? J'adorerais passer une soirée avec toi.

— Et si je veux plus qu'une soirée ?

— Oh. Plusieurs dîners ?

Je pouvais deviner son sourire à l'autre bout du téléphone et, pour une raison que je ne comprenais pas, cela suffisait à me réjouir. Elle n'était pas en face de moi, mais j'imaginais ses yeux pétillants, la façon dont elle se mordait la lèvre quand elle était nerveuse.

— Je veux tout, Juliette, murmurai-je.

— Mardi prochain ?

— Mardi prochain. Je t'en reparle samedi, d'accord ?

— D'accord.

Un nouveau silence s'installa, comme si ni elle ni moi n'étions vraiment prêts à raccrocher. Je m'en voulus encore plus d'avoir quitté le bar si vite. Si j'étais resté, j'aurais probablement fait de mon mieux pour garder Juliette avec moi tout le week-end.

— Juliette, pour ce concours de baisers…

— Je te l'ai déjà dit, Evan, on peut tout à fait arrêter. Je peux gérer Julian. Je ne voulais pas t'entraîner là-dedans, débita-t-elle d'une traite.

— Si samedi, on nous oblige à faire « sans les mains », on finira disqualifiés.

Je l'entendis rire doucement et j'eus alors la certitude que nous étions, elle et moi, sur la même longueur d'onde. J'avais besoin de lui faire comprendre qu'elle comptait pour moi. La mort de Michael m'avait ouvert les yeux sur ma vie ; j'avais toujours été prudent, voire hésitant. Juliette était entrée dans ma vie au moment où je reprenais pied, cela ne pouvait pas être qu'un hasard.

— Je voulais juste te prévenir, précisai-je.

— Merci, dit-elle dans un rire. Je serai bonne perdante.

J'entendis Gloria pleurer et cela me poussa à mettre un terme à cette conversation.

— Ma nièce a décidé qu'elle voulait une autre berceuse. Il faut que je te laisse.

— Bonne nuit, Evan.

Je raccrochai, le sourire aux lèvres, avec la sensation d'avoir marqué des points auprès de Juliette. Elle savait maintenant que notre histoire allait bien au-delà de ce concours de baisers. J'entrai dans la chambre de Gloria, la découvrant assise et les joues barbouillées de larmes. Je la pris dans mes bras et me réinstallai dans le fauteuil, la berçant contre moi.

— Je crois qu'elle m'aime bien, murmurai-je.

Ma nièce releva ses yeux rougis vers moi. Je passai une main dans son dos, connaissant désormais cette imparable méthode pour l'apaiser.

— Je vais te la présenter. Elle est très jolie. Tu vas l'adorer.

Gloria reposa sa tête contre mon torse. Sa respiration s'apaisa, pendant que ma main allait et venait sur son dos. Je fermai les yeux, me laissant absorber dans mes pensées. Juliette était partout, dans le moindre recoin de mon cerveau. Je rejouai notre baiser, la façon dont nos mains s'entrelaçaient parfaitement, son corps pressé contre le mien. J'étais impatient de recommencer.

Je reposai Gloria dans son lit, laissant une veilleuse pour la rassurer.

— Bonne nuit, rayon de soleil.

À mon retour dans le salon, je découvris deux messages sur mon téléphone. Le premier était de ma mère, pour prendre des nouvelles de Gloria, le second de Juliette… La Juliette inconnue, qui n'avait aucune idée de qui j'étais.

Choisis un prétexte vaseux pour discuter : météo / pulls moches de Noël / les sauces pour un plat de pâtes en solo.

Je regrettais maintenant de ne pas avoir suivi ma première idée. J'aurais dû commander ce fichu taxi pour la faire venir ici. J'étais prêt à parier que je n'avais qu'un ancien reste de pâtes au fond d'un placard, mais au moins elle n'aurait pas été seule.

Seule un dimanche soir ? C'est assez triste. Est-ce que tu cherches aussi des volontaires pour ce genre de dîner ?

J'envisageai brièvement de l'appeler pour mettre un terme à cette mascarade. Je trouvais la situation malhonnête, comme si j'étais en train de fouiller dans une partie de sa vie qu'elle ne m'avait pas encore autorisé à voir.

Encore un type d'intervention que tu couvres ? Mais tu dois être un homme très demandé ! Pesto ou bolognaise ?

J'esquissai un rire. Si elle savait… J'aurais pu être l'homme le plus demandé du monde, il n'y avait qu'elle qui captait toute mon attention.

Pourquoi ai-je l'impression de jouer mon destin sur une sauce pour pâtes ? Je ne suis pas si demandé… la preuve, tu as refusé ma candidature pour le concours de baisers.

Je tentai ma chance. Je savais ce que je ressentais, je savais comment mon corps réagissait en sa présence ; je voulais juste déterminer si elle partageait les mêmes sentiments, si elle se rendait compte de l'effet qu'elle avait sur moi.

On s'est qualifiés haut la main. J'ai opté pour le meilleur compétiteur : celui qui existe au-delà d'un écran de téléphone. Carbonara, c'est ça ? Avoue !

Mon pouce flotta au-dessus de l'écran. Je devais l'appeler. L'entendre encore, répondre à ses questions tordues. Lui avouer que j'étais bolognaise jusqu'au bout des ongles, que je décapsulais mes bières avec un rebord de table et que je rêvais de la voir avec mon sweat. Uniquement avec mon sweat.

Haut la main ? Vraiment ? Tu sais ruiner une soirée. Après t'avoir sauvée de l'insomnie, je pensais être mieux considéré. Tu ne m'as donné aucune chance. J'aimerais déposer une réclamation. Il ne peut pas être si intouchable. #TeamBolognaise.

— Allez, Juliette, dis-moi que je suis intouchable, murmurai-je en scrutant nerveusement mon téléphone.

Prometteur. Voilà ce qu'il est. Et intouchable, d'une certaine façon. Et ce n'était pas un vrai baiser, juste un truc de concours.

En une seconde, je passai de l'impatience à la contrariété. Comment pouvait-elle penser que ce n'était pas un vrai baiser ? Je regrettais maintenant d'avoir fait preuve d'autant de retenue.

Peut-être que tu l'intimides. Tu sais danser la Macarena, c'est impressionnant.

Ou peut-être qu'il est juste stupide et qu'il fera mieux la prochaine fois.

Ou peut-être que je devrais lui botter les fesses pour qu'il réalise la chance qu'il a.

J'attendis de longues minutes sa réponse, en vain. Je passai une main sur mon visage fatigué. J'aurais dû l'appeler. J'aurais dû mettre fin à ce double jeu dès que j'en avais eu l'occasion. L'appétit coupé, je me décidai pour une douche, tentant de chasser Juliette de mes pensées. Je me sentais stupide : je pensais avoir sauvé les meubles avec mes excuses et mon invitation à dîner, mais, à la façon dont elle avait parlé de notre baiser – un truc de concours –, je compris que sa rupture récente la rendait méfiante.

À ma grande surprise, mon téléphone vibra aux alentours de minuit, alors que je changeais une corde de ma guitare sèche.

Merci d'être là. #TeamBolognaise.

Je répondis immédiatement, un peu rassuré.

Un baiser, une insomnie. Toujours là pour toi, quoi qu'il arrive.

Chapitre 15

Après deux heures de réorganisation du plan de tables pour le dîner, Zélie me proposa de faire une pause. Je balayai sa suggestion d'un geste de la main, les yeux rivés sur mon écran, en pleine lecture de mes messages.

— Jul', je me suis retenue tout le week-end et je me suis retenue ce matin. Maintenant, je veux savoir !

— Savoir quoi ? marmonnai-je, en tapant une réponse rapide au traiteur.

— Toi. Evan. Baiser. Bonnet. Je ne sais même pas par où commencer !

Je relevai les yeux vers elle ; Zélie semblait sautiller d'excitation devant moi. Je n'avais pas réalisé que le baiser que j'avais échangé avec Evan l'avait autant marquée. Dès mon arrivée, je m'étais volontairement plongée dans le travail pour m'éviter de trop y penser et pour ne pas avoir à mentir à mon amie.

Julian, le poste au Canada… je lui cachais un tas de choses dernièrement.

— C'est un pari, comme Evan l'a dit, éludai-je.

— Mais c'était juste pour samedi… ou vous faites vraiment ce concours ?

— On le fait vraiment. Je crois, ajoutai-je, incertaine. Écoute, c'est un client, donc j'ai juste voulu être…

— … professionnelle ? Vraiment ? Tu vas jouer la carte du professionnalisme pour expliquer ce qui s'est passé samedi soir ? Il te dévorait des yeux et, honnêtement, je suis jalouse.

Je retins un rire et reportai mon attention sur mon écran. Zélie n'était pas dupe. Je pouvais me cacher derrière une façade professionnelle ou faire comme si ce baiser était sans importance mais, depuis samedi soir, je me le rejouais en boucle : du mouvement délicat de ses lèvres à la façon dont sa main s'était enfoncée dans ma chevelure. Ces seuls souvenirs firent accélérer les battements de mon cœur. J'ignorais comment Evan avait fait, mais il avait réussi à se faufiler dans mon cœur calfeutré. Cela m'effrayait : je savais tenir les gens à distance – c'est même ce que je faisais de mieux pour me protéger – mais, avec Evan, c'était comme si les forces me manquaient pour lutter.

— Tu n'as pas à être jalouse, soufflai-je.

— Tu rigoles ? Musicien ? Célibataire ? Attirant ? C'est comme si le Père Noël avait eu ma lettre, mais s'était gouré de cheminée.

— Tu es en plein *fangirling* ! dis-je en riant.

— Absolument pas. Le *fangirling* consisterait à couiner au moment où il t'a embrassée sur le front. C'était… tellement mignon. Dis-moi que tu vas le revoir !

— Je travaille avec lui.

— J'hésite, chantonna-t-elle. Je te gifle maintenant ou j'attends un peu ? Oublie que tu travailles pour lui, d'accord ? Tu l'appelles, tu prends des nouvelles et l'air de rien, tu lui proposes un dîner. Tu peux toujours lui dire que tu veux t'entraîner pour samedi prochain.

— Ce n'est pas très déontologique…

— Tu me parles de déontologie, quand je te parle de soirées torrides et de baisers brûlants ? Tu es irrécupérable !

— Je dîne avec lui la semaine prochaine, lâchai-je, tout en ouvrant un dossier.

Zélie me fixa, bouche bée, stupéfaite d'avoir été coiffée au poteau. Je ravalai difficilement un sourire, aussi ravie de mon dîner que de l'avoir devancée. Elle s'assit sur un coin de mon bureau et, indifférente au fait que je me débattais avec un tableur, reprit la parole :

— Je suis contente. Vraiment, vraiment contente. Mais dis-moi que tu ne fais pas ça pour te prouver quelque chose.

— Hormis me prouver que j'ai encore de la place dans mon agenda, je ne vois pas. Tu sais comment je peux croiser ces deux trucs ? lui demandai-je en désignant mon écran.

— Je parlais de Simon. Je ne voudrais pas qu'Evan soit juste… un pansement.

— Donc, il y a deux minutes, je devais l'appeler sur-le-champ, et maintenant, tu trouves que ça va trop vite ? Simon a fait des choix, et je dois tourner la page. Et on va juste dîner, ajoutai-je pour me justifier.

— Soirée torride et baisers brûlants. Et je veux tous les détails, en particulier ces trucs mignons qu'il risque de faire. Genre te réchauffer les mains !

Zélie me jeta un regard, et laissa échapper un soupir.

— OK, j'admets, je suis en plein *fangirling.*

Je ravalai un sourire, pendant qu'elle levait les mains devant elle, en signe de défaite. Je ne valais guère mieux qu'elle, à écouter les chansons d'Evan en boucle et à penser à ses mains dans les miennes. Zélie se réinstalla à son bureau et j'essayai de conserver un minimum de concentration.

En fin de matinée, un appel de mon responsable me tira de mon bureau. À sa demande, je rejoignis une de nos salles de réunion et me retrouvai nez à nez avec le directeur de la communication et notre responsable grands comptes, trois inconnus et… Evan. En le voyant, mon cœur fit un délicieux looping. Dans son sweat blanc, il était superbe et irrésistiblement sexy. Je lui adressai un sourire timide, auquel il répondit d'un signe de tête. Ses lèvres se soulevèrent discrètement, pendant que son regard sombre détaillait ma tenue.

— Je vous présente Juliette. C'est notre meilleure coordinatrice et c'est donc elle que nous avons choisie pour gérer le concert de charité, indiqua mon responsable.

Je balayai l'ensemble de la table des yeux, m'assurant que chacun obtienne au moins un sourire de ma part.

— Juliette, voici les personnes de la maison de disques,

et les représentants de la Fondation. Et évidemment, tu dois connaître Evan.

— En effet, oui.

Sept paires d'yeux me scrutèrent et je me sentis un peu mal à l'aise, comme si j'avais manqué une information cruciale. Ils m'invitèrent à m'asseoir et je m'exécutai, me retrouvant en face d'Evan. Ils reprirent leurs conversations, discutant des détails du concert, pendant que je faisais de mon mieux pour que mon regard ne retrouve pas systématiquement celui d'Evan. Ses yeux étaient sur moi, je le sentais, et résister à l'envie de m'y perdre était compliqué.

— Juliette, vous avez bien sûr saisi l'importance de ce concert en termes d'image et de publicité. De bonne publicité, précisa l'un des représentants de la maison de disques. Cela va de soi qu'on doit absolument éviter tout ce qui est presse à scandale, articles sulfureux ou photos compromettantes.

Piquée au vif, je remuai sur ma chaise. Sa voix sonnait comme un avertissement. Je repensai à mes moments échangés avec Evan. Le bar, les quais de Seine, devant chez moi. Je n'avais pas une seule seconde songé au statut d'Evan, à la fois bête de scène, et bête de foire des magazines. Je lui lançai un regard, mais il demeurait indéchiffrable.

— Évidemment, oui, soufflai-je, en repoussant une vague d'inquiétude.

— Juliette est tout à fait avisée de ces contingences, indiqua mon responsable.

Je nouai mes mains sur la table, regrettant d'être venue sans aucun dossier et sans préparation. Voilà pourquoi je détestais ce genre de réunion impromptue. C'était un traquenard et mon responsable savait à quel point je n'étais pas à l'aise dans ce type de situation. Une bouffée de chaleur m'étreignit et je secouai la tête, me fustigeant d'avoir été si idiote pour le concours de baisers avec Evan.

— En revanche, de la bonne publicité est ce dont nous avons besoin, reprit l'un des représentants de la Fondation.

Je relevai les yeux vers Evan. Ses prunelles noires

accrochèrent les miennes. Il fronça les sourcils, visiblement concerné.

— Tout va bien ? lus-je sur ses lèvres.

J'acquiesçai et me replongeai dans la conversation qui animait la salle.

— Nous voulons faire parler de la Fondation et nous sommes preneurs de vos idées pour les relayer à la presse.

— Bien sûr, soufflai-je, soulagée de la tournure des échanges.

— Juliette, des idées ? m'encouragea mon responsable. Je sais que je te prends au dépourvu et que rien de tout cela n'était prévu, mais la présence du groupe d'Evan change la donne. Ce concert va être beaucoup plus médiatisé que ce que nous avions tous envisagé.

— On peut partir sur quelque chose d'assez traditionnel, comme un communiqué de presse, ou une liste de vos dernières actions. Les témoignages fonctionnent assez bien pour toucher le public.

— Tu peux organiser ça rapidement ? demanda mon responsable. Je sais, je sais, c'est vraiment à la dernière minute, ajouta-t-il devant mon air ébahi.

— Cela dit, repris-je, plus sûre de moi, je pense qu'il serait plus judicieux de se servir du concert comme base de communication pour valoriser la Fondation. Ça permettrait de rajeunir votre image et d'attirer de nouveaux donateurs.

Les responsables de la Fondation échangèrent plusieurs regards, pas franchement convaincus par mon idée. Maintenant que j'avais retrouvé mes esprits, j'étais prête à reprendre le contrôle de la situation.

— Le concert est déjà très médiatisé, intervint un homme sur la gauche. Ça risque d'éclipser le nom de la Fondation.

— Faites coup double, proposai-je.

Je jetai un coup d'œil vers Evan, qui m'écoutait avec attention. Je prenais un risque, mais je voulais prouver à mes responsables qu'ils avaient raison de me faire confiance. Je n'avais pas encore réellement réfléchi à leur proposition de poste, mais je devais admettre que ça représentait une belle opportunité de tourner la page Simon.

— Coup double ? répéta le responsable de la Fondation.

— Proposons un concours… Par exemple, faire monter quelqu'un sur scène le temps d'un morceau, les participants faisant un don à la Fondation ayant des chances accrues d'être tirés au sort.

Du coin de l'œil, je vis Evan arquer un sourcil. Il devait se douter d'où sortait cette idée : j'avais regardé un paquet de vidéos de ses concerts pour connaître leurs habitudes. Épisodiquement, le groupe faisait monter un spectateur sur scène pour jouer l'une de leurs chansons. J'avais trouvé l'idée fantastique.

— C'est une communication positive, continuai-je. On peut évidemment prévoir des vidéos d'audition pour les candidats, ou de payer les frais de voyage du gagnant.

— C'est un concert de charité, plaida mon responsable. Nous n'avons pas le budget pour financer tout ça.

— Ça permettrait pourtant de faire parler du concert, de la Fondation, du groupe. Et pour le budget, je peux trouver un sponsoring radio d'ici ce soir, assurai-je avec enthousiasme.

La moyenne d'âge des dirigeants de la Fondation devait avoisiner les soixante ans. Ils n'avaient aucune idée du potentiel médiatique d'un tel concours ; pour un musicien, ou pour un fan, c'était l'assurance de passer un moment incroyable.

— Mademoiselle, je ne doute pas que vous soyez très compétente, mais nous souhaitons faire parler de la Fondation et de ses actions. Le concert n'est qu'un prétexte. Aussi, miser notre communication là-dessus ne me semble pas une bonne idée. Passons à…

— Je trouve que c'est une bonne idée, intervint Evan.

Un silence stupéfait s'installa autour de la table. Techniquement, Evan n'était pas décisionnaire, mais son avis avait certainement plus de poids que celui de nous tous réunis.

— Et c'est une communication durable. Les gens filment puis diffusent sur les réseaux sociaux : on en parlera avant, pendant et après.

— Oui, c'est beaucoup plus pérenne qu'un communiqué de presse standard, approuvai-je.

Devant le silence persistant, je m'agitai sur ma chaise. Je voulais les convaincre, mais je risquais tout aussi bien de nous faire rater les prochains budgets. J'échangeai un regard avec mes responsables, cherchant du soutien.

— C'est vraiment une bonne idée, insista Evan.

Après une longue hésitation, les responsables de la Fondation acquiescèrent et je souris de soulagement. Je remerciai Evan d'un hochement de tête et, à son tour, il laissa échapper un sourire.

— Puisque nous sommes d'accord et que ce dernier point est réglé, allons déjeuner. Evan, vous voulez vous joindre à nous ?

— Non, je suis attendu pour une répétition. Merci.

— Juliette ? proposa le directeur de la communication avec un sourire avenant.

— Je vais retourner m'atteler à l'organisation du concours, il n'y a pas une minute à perdre. Merci de votre confiance, dis-je, à l'intention des représentants de la Fondation.

Leurs hochements de tête ne me rassurèrent pas. C'était certainement l'avis d'Evan qui avait pesé dans leur choix, car ils me toisaient comme si j'étais un insecte gênant et pénible. Je leur serrai la main un par un et attendis, debout, qu'ils quittent tous la salle de réunion. Dès que la porte se referma, je sentis Evan derrière moi.

— Ils n'ont pas l'habitude d'être remis à leur place, dit-il doucement.

Je pivotai vers lui, lissant ma blouse en soie bleu marine. Malgré notre conversation de la veille, j'étais nerveuse face à Evan. Il me surplombait, ses prunelles ébène plongées dans les miennes, un petit sourire dansant sur ses lèvres.

— Je ne savais pas que tu serais là ce matin, dis-je.

— Je ne le savais pas non plus. Ce n'était pas prévu, sinon je t'aurais proposé un déjeuner.

— J'ai… j'ai pas mal de travail.

— Est-ce que c'est moi qui te rends si nerveuse ?

— Oui, avouai-je. J'ai… j'ai réalisé que n'importe qui aurait pu nous prendre en photo au bar. Ou devant chez moi. Ou même dans le magasin de jouets.

— C'est vrai. Ça serait tellement humiliant qu'on me voie avec toi, plaisanta-t-il.

— Evan, tu sais ce que je veux dire. La Fondation ne veut pas de mauvaise publicité et je tiens à mon boulot. On ne peut pas faire comme si ta vie était normale.

— Je passe du temps avec une fille qui me plaît. Il n'y a rien de plus normal que ça, Juliette.

Sa main droite se posa sur ma joue et il caressa mes lèvres du pouce. Mon cœur s'emballa immédiatement et je regrettais maintenant d'avoir décliné son invitation à déjeuner. Attendre jusqu'à samedi pour lui voler un baiser me paraissait insoutenable. Je m'approchai de lui et posai mon front contre son torse. Sentir sa chaleur me consola un peu. Evan avait un pouvoir apaisant, qui me faisait oublier la vie autour de moi et la tension palpable dans cette petite salle.

— Partie remise ? murmurai-je en respirant son parfum.

Il étouffa un rire et je m'écartai à regret. J'avais la sensation d'être en permanence sur la trajectoire d'Evan sans que nous parvenions à nous voir réellement. C'était terriblement frustrant.

— Partie remise, confirma-t-il.

Il ouvrit la porte de la salle de réunion et, d'un geste de la main, m'invita à sortir. Je m'exécutai et le raccompagnai jusqu'aux ascenseurs.

— Toutes les femmes du bureau vont me maudire, dis-je, en sentant les regards sur nous.

Evan se contenta de m'adresser un sourire, avant de poser sa main dans le bas de mon dos. À la manière dont ses yeux pétillaient, je compris qu'il jubilait de fierté.

— Maintenant les hommes aussi me détestent, murmura-t-il.

— Je n'ai pas autant de succès que toi, je pense, m'esclaffai-je en appuyant sur le bouton d'appel de l'ascenseur.

— Parce qu'ils ne te voient pas comme je te vois. Je les plains, ils manquent quelque chose.

L'ascenseur s'ouvrit et Evan s'y engouffra. Je le fixai, sonnée et perdue. En une phrase, il parvenait à me donner le sourire et à me faire sentir particulière à ses yeux. C'était si naturel que c'en était désarmant.

— Tu crois que je ne plains pas toutes ces filles ? lui demandai-je dans un rire.

— Mais j'espère bien !

Les portes se refermèrent sur un dernier signe de la main d'Evan. Durant quelques secondes, je restai hébétée, fixant l'ascenseur stupidement, pendant que j'essayais de me rappeler ce qu'il y avait de plus important sur ma *to-do list* que de le suivre en répétitions.

Durant l'après-midi, je parvins à décrocher un sponsoring pour le concours et à monter une page Internet dédiée pour la Fondation. Je transmettais ensuite les éléments à Zélie, comptant sur elle pour piloter ce projet. À dessein, je ne lui parlai pas de la visite surprise d'Evan, je voulais éviter de replonger dans une conversation trop personnelle. Je me posais suffisamment de questions, je n'avais pas besoin de celles de Zélie en plus.

Comme d'habitude, me concentrer sur le travail fit des miracles. J'en oubliai Evan et ses déclarations, ainsi que l'excitation de Zélie. Il était presque 20 heures quand je quittai le bureau. Même si j'avais récupéré mon bonnet et mon écharpe, je me fis un devoir de glisser le bonnet offert par Evan sur ma tête.

> Tu veux que je te dise ? Tu es tellement meilleure que moi en prétextes idiots. Mais je me posais une question existentielle : le lait, avant ou après les céréales ?

J'éclatai de rire en pleine rue, m'attirant des regards curieux. Au milieu de mon marasme personnel – Simon,

Evan, le travail, le Canada – ces messages me faisaient un bien fou. Sûrement parce qu'ils étaient légers et sans conséquence.

Il n'est pas un peu tard pour les céréales ?

Si c'est bon et équilibré pour un petit déj', pourquoi ça ne le serait plus pour un dîner ?

Je haussai un sourcil. Il marquait un point et je n'avais pas de contre-argument.

Certes. Mais le lait se met après. Je n'ai jamais vu personne le mettre avant.

Jamais ? Mais quel genre de vie barbante et sans intérêt mènes-tu ?

L'instant suivant, je reçus une vidéo où mon inconnu versait du lait dans un bol, avant d'y mettre des céréales. Un nouveau rire me secoua et je reçus un nouveau message.

Comme ça, tu l'auras vu au moins une fois et tu penseras à moi chaque fois que tu verras une bouteille de lait.

Je relevai les yeux de mon écran et pris conscience qu'il neigeait ; une fine couche blanche de givre couvrait les trottoirs. Frigorifiée, je remontai prudemment vers la bouche de métro et attendis d'être sur le quai pour répondre à l'inconnu.

Tu pourras te vanter d'avoir changé ma vision des choses. Je suis bouleversée. C'est ça ta passion ? Semer la pagaille dans la vie des gens ?

Le métro arriva dans un couinement métallique insupportable. Par chance, il n'était pas encore trop rempli et je trouvai une place sur un strapontin. Devant moi, je remarquai un jeune couple, hilare, partageant une crêpe au chocolat ; eux, au moins, n'avaient pas l'air d'avoir froid.

Je ne sème pas la pagaille. J'éclaire. On s'enferme trop souvent dans une vie formatée. Parfois, il faut prendre des risques.

Je relus son message plusieurs fois, me demandant quand j'avais pris des risques pour la dernière fois. Le visage d'Evan surgit instantanément. Avec lui, j'avais la sensation de jouer les équilibristes sur un fil ténu tiré entre ma vie privée et mon travail, entre mon cœur en miettes et la chaleur douce que je ressentais avec lui. C'était déroutant.

J'en déduis que tu es du genre : on ne vit qu'une fois, carpe diem… ce genre de trucs ?

Sa réponse apparut dans la seconde.

Ce genre de trucs… la vie est courte.

Bercée par le métro, je glissai mon téléphone dans mon sac à main, avant de me raviser et de rechercher une information. Je descendis du métro à la station suivante, et changeai de ligne. Sûre de ma décision, je me surpris à m'impatienter sur le quai et à compter les stations. Sept.

Sept. Deux minutes par station. En voyant large, j'y serais dans vingt minutes. Je répondis à l'inconnu :

Je vais donc devoir réaliser tous mes plans d'avenir au plus vite.

Je parvins à trouver une place assise dans le métro et attendis patiemment que le réseau me permette de recevoir la réponse de l'inconnu.

Je serai ravi de participer. On fait quoi ? Saut à l'élastique ? Plongée sous-marine dans une île exotique ? Ou peut-être un acte criminel ? Je te vois bien en embrasseuse en série, voleuse de cœur. Une vraie délinquante.

J'éclatai de rire dans le métro, passant pour une ahurie aux yeux des autres passagers. Je me pinçai les lèvres, et un nouveau message apparut.

Ou bien un tatouage ? L'attaque du mont Everest ? Manger des insectes frits ? Apprendre la cuisine coréenne ? Faire un tour du monde ? Braquer une banque ? Tu vois, j'en reviens toujours aux actes criminels.

Un nouvel éclat de rire m'échappa et je fus de nouveau la cible des regards curieux – voire inquiets – des autres passagers de la rame. Je n'avais rien d'une criminelle et la perspective même de ne pas payer le parcmètre m'effrayait.

Et toi ? Quels genres de plans vas-tu réaliser ? Une carrière dans une fanfare ? L'exploration spatiale ? La traversée à la nage du Pacifique ? Faire des enfants ? Un road-trip aux Etats-Unis ?

J'envoyai mon message et vérifiai la station de métro où la rame était arrêtée. Il me restait deux arrêts avant de descendre. Cet échange de messages m'avait fait oublier ma longue journée de travail. Ma fatigue s'était envolée, au profit d'une énergie et d'un enthousiasme renouvelés. Aussi, dans un élan de témérité, j'envoyai mon ultime proposition.

Tomber amoureux ?

Mon téléphone refusa de trouver du réseau tant que je n'étais pas sortie des couloirs. J'avais marché plus vite qu'à l'accoutumée et je souris largement en voyant la réponse de l'inconnu.

Définitivement dans mes plans. Je ne sais pas si « tomber » est le mot juste, ça fait brutal, non ? Succomber. Ou se laisser aller. Oui, c'est ça. Se laisser aller.

Se laisser aller. C'était exactement ce que j'étais en train de faire. Lorsque mon doigt pressa l'Interphone en bas de l'immeuble d'Evan, je réalisai à quel point j'étais en train de dérailler. Les décisions de dernière minute, les coups de tête, l'impulsivité : tout cela ne me ressemblait pas du tout. En entendant sa voix grésiller dans l'Interphone, je tressaillis. C'était délirant. Comment Evan avait-il réussi à m'attirer dans ses filets si facilement ? Cela m'effrayait de me sentir si vulnérable et sensible.

— Euh, c'est… Juliette.

Il y eut un court silence, puis Evan m'annonça son étage et déverrouilla la porte. Mes pieds me portaient ; j'avais déconnecté la partie rationnelle de mon cerveau et j'étais décidée à écouter ce que mon cœur me dictait de faire. Plus de partie remise, plus d'attente – surtout pas jusqu'à samedi prochain –, plus d'hésitation, plus de jeu d'équilibriste, plus de culpabilité galopante.

La vie est courte.

Devant sa porte, j'eus pourtant un moment de flottement, avant de frapper. Je retins mon souffle et, au déclic de la serrure, plaçai un sourire sur mes lèvres pour cacher ma nervosité. Evan était devant moi, habillé d'un jean bleu foncé et d'un sweat blanc qui mettait en valeur sa carrure. Il tenait un bébé dans ses bras ; en découvrant sa nièce, je me sentis vraiment idiote de débarquer sans prévenir.

— Désolée, je n'avais pas pensé que…

— Entre. J'allais mettre Gloria au lit.

— C'était une mauvaise idée, murmurai-je. Je te dérange, je vais…

— Entre, s'il te plaît, insista-t-il en s'effaçant pour me laisser passer.

Je m'exécutai et Evan referma la porte derrière moi. Gloria bâilla bruyamment, avant de nicher sa tête dans le cou de son oncle.

— Je te présente Gloria. Elle a eu une journée un peu crevante à la crèche.

— Bonjour Gloria, souris-je en glissant mon index dans son poing.

Elle se contenta de me jeter un regard timide. Je décelai

immédiatement un air de famille et une lueur de malice familière dans son regard. Je reportai mon attention sur Evan, qui me scrutait avec attention.

— Gloria, voici Juliette. De toute évidence, Juliette a séché son cours de sport.

J'eus un rire. Non seulement, il s'en souvenait, mais en plus il avait l'air content de mon initiative. J'opinai, avouant silencieusement que j'avais sciemment séché mon cours de cardio.

— Et en plus, Juliette est une fan, tu vois ?

Je retirai vivement mon bonnet, mes joues chauffant dans l'instant. Evan rit et Gloria gloussa à son tour.

— Mets-toi à ton aise, je reviens dans dix minutes. Tu dis au revoir, rayon de soleil ?

Gloria secoua sa main potelée et Evan s'éloigna, rejoignant un couloir. Je retirai mon manteau et réajustai mes cheveux, malmenés par le bonnet et l'humidité. En attendant le retour d'Evan, je déambulai dans son appartement désordonné. Le salon était immense, avec une belle hauteur sous plafond. Les murs étaient décorés de disques d'or et de guitares, tandis qu'un canapé accueillant était bordé de plusieurs fauteuils bergères. Des vêtements, les jouets de Gloria, une guitare abandonnée dans un fauteuil, des feuilles volantes raturées sur la table… mais mon regard accrocha un plaid gris, visiblement confortable et douillet, étalé sur le canapé. Dans ce salon masculin et dédié à la musique, il détonnait.

— Mes excuses pour le bazar. Je ne range pas souvent, expliqua-t-il en revenant dans le salon.

— Sans problème.

Je réprimai un sourire, brûlant de lui demander si le plaid était uniquement décoratif. Parce que c'était à des années-lumière de l'image traditionnelle d'un musicien de rock ; imaginer Evan emmitouflé dedans m'attendrissait. Il parvenait encore à me surprendre.

— Tu veux boire quelque chose ?

Il ramassa quelques jouets éparpillés au sol, puis

rassembla ses notes dans un carnet défraîchi. Il releva ses yeux embarrassés vers moi, et je sentis mon cœur s'accélérer. Comment parvenait-il à me troubler en étant intimidé ? J'avais débarqué chez lui sans prévenir, j'aurais dû être la plus mal à l'aise.

— Écoute, je me rends compte que c'est…

— Non. Je… je composais. Enfin, j'essayais. Avec Gloria, c'est un peu compliqué, parfois.

— Joli plaid, le complimentai-je.

— C'était à Lucie. Gloria l'adore, ça la calme quand elle est un peu nerveuse.

Cette fois, je cherchai un endroit où me cacher avec mes idées tordues. Je l'avais imaginé avec ce plaid, endormi, touchant et sexy… et il s'en servait pour Gloria. J'avais tellement honte que mes joues chauffèrent dans l'instant. Mon esprit dépravé était en train de me faire perdre les pédales.

On ne fantasme pas sur un client. C'était une règle d'or.

On ne l'embrasse pas non plus, d'ailleurs. Techniquement, cette règle avait déjà été bafouée. Mon rougissement s'accentua en repensant au contact délicat de ses lèvres douces contre les miennes. Je secouai la tête, tentant de chasser cette image. Je savais que ça ne servait à rien, j'avais passé mes dernières soirées à me refaire le film de ce baiser et il me faisait toujours autant d'effet.

Evan mit de la musique, comblant ainsi le silence embarrassant entre nous. Pendant que je poursuivais mon exploration de son salon, il continua de ranger, posant sa guitare au sol avec précaution. Quand il eut terminé, il resta debout, me suivant du regard alors que j'admirais les photos punaisées au mur.

— Ça prendrait dix ans pour te raconter chaque souvenir derrière chaque photo, murmura-t-il en se plaçant à mes côtés.

Ses yeux naviguèrent sur les clichés et je vis clairement la trace d'un léger sourire. Je reconnus les membres du groupe, et surtout il y avait cette photo de Gloria, nouveau-née, dans les bras de son père.

— Je… Je voulais te remercier pour ce matin, dis-je, en nouant nerveusement mes mains.

— Je t'en prie.

— Je suis convaincue que le concours est une bonne idée et… je ne pensais pas que ça virerait à l'affrontement. Donc, merci d'avoir pris mon parti et de me faire confiance pour ça.

— Juliette, ne laisse jamais les gens te dire ce que tu dois penser, ou faire. C'est une bonne idée, peu importe ce que ces idiots pensent.

Il se tourna vers moi et je lui offris un sourire reconnaissant. Il émanait de lui une puissante sérénité et son regard doux me fixait avec bienveillance. Je clignai les paupières, émue par sa gentillesse. Ça semblait inné chez lui. Jamais aucun client ne m'avait parlé ainsi.

Peut-être parce que, lui, ne me considérait pas comme une employée corvéable.

— J'essayerai, murmurai-je.

— De manière générale, tu ne devrais pas te préoccuper de ce que les autres pensent.

— Les « autres » sont mes employeurs. Et je ne suis pas si influençable, je sais parfaitement m'imposer quand il le faut.

— Je t'ai embrassée, dit-il avec un sourire complice. Dois-je te rappeler les circonstances exactes de ce baiser ? Tu aurais pu refuser de faire le concours un millier de fois, mais tu as fini par m'embrasser devant tout un tas de gens.

Je captai finalement son regard, me demandant s'il était en train de se moquer de moi. Autant être honnête, cette histoire de concours de baisers était un traquenard absolu, et, objectivement, je ne pouvais pas nier que j'avais été impuissante face à Julian.

— Non, répondis-je, avec la furieuse envie de prendre la fuite. Je m'en souviens parfaitement.

— Moi aussi. Du goût de tes lèvres à tes mains pressantes.

— Et tous ces regards braqués sur nous ? dis-je dans un rire nerveux.

— Tu as trouvé ça gênant ?

— Toi tu as l'habitude, tu dois même adorer ça, non ?

— J'ai adoré, oui. Parce que je ne voyais que toi.

Je ris doucement, nerveuse et touchée. Je savais maintenant pourquoi j'étais venue ici ; Evan était le seul qui parvenait à me faire sentir importante et précieuse. Il me regardait avec intérêt et douceur, comme s'il craignait de m'effrayer. Lentement, il approcha de moi et caressa ma joue du bout des doigts.

— Et maintenant, si tu me disais pourquoi tu es venue ?

Chapitre 16

La peau de Juliette était encore fraîche. Du pouce, j'effleurai sa pommette, devinant son souffle court. Elle se retenait encore, hésitante. Ma main glissa sur sa joue et elle pressa sa bouche sur ma paume. Deux secondes plus tard, j'attirais ses lèvres contre les miennes et l'embrassais doucement. En devinant un sourire sur ses lèvres, je m'écartai et libérai sa joue, espérant que ça l'encouragerait à prendre l'initiative de m'embrasser à son tour.

— Je rêve de faire ça depuis samedi soir, dis-je.

— J'en ai rêvé aussi.

Je réduisis l'espace entre nous et mes lèvres trouvèrent la peau de son cou. Sciemment, je gardai mes mains loin d'elle ; me retenir de la toucher me coûtait, mais je voulais qu'elle en ait envie autant que moi. Je déposai des baisers dans le creux de son cou, m'égarant parfois sur la ligne de sa mâchoire. Juliette laissa échapper un gémissement et j'abandonnai sa peau pour retrouver ses lèvres. Elle agrippa mon sweat, m'attirant un peu plus contre elle, tandis que le bout de sa langue errait sur mes lèvres.

Une vague de plaisir brut et violent déferla dans mes veines. J'enroulai mes bras autour de sa taille, pressant son corps contre le mien, l'attirant vers le large fauteuil qui trônait près du canapé. Elle trébucha et je la retins contre moi.

— Fais-moi confiance, murmurai-je contre ses lèvres.

Je devinai son sourire et, très vite, sa bouche retrouva la mienne, picorant mes lèvres. Sa timidité s'était envolée et elle avançait au même rythme que moi, ses mains posées sur mon torse. Je heurtai le fauteuil et, m'assurant que je tenais bien Juliette, me laissai tomber dedans en entraînant Juliette avec moi. Elle laissa échapper un cri de surprise et, essoufflée, plongea son regard dans le mien.

Pendant un instant, je crus qu'elle allait reculer et sortir de l'appartement mais, à ma grande surprise, elle posa ses mains sur mes épaules et positionna ses jambes de part et d'autre de mes cuisses. Son regard brûlant rivé au mien, elle s'assit lentement sur moi, tandis que ses doigts s'enfonçaient dans mes cheveux, à la base de ma nuque. La sentir enfin si proche me tira un sourire heureux. Elle abaissa ses lèvres vers les miennes et m'embrassa à nouveau. Cette fois, je laissai sa langue pénétrer dans ma bouche.

Un grognement de désir s'étrangla dans ma gorge, et je décidai de reprendre le contrôle de notre baiser, enfonçant ma main dans sa chevelure pour l'attirer contre moi. Juliette pressa son corps contre le mien, écrasant sa poitrine contre mon torse. Je suffoquai de plaisir et une salve d'adrénaline courut dans mes veines. Elle était enfin contre moi, sans regards inquisiteurs, sans règles à suivre. Nous étions libres d'assouvir notre désir.

J'abandonnai sa chevelure et je glissai mes mains sous son haut pour caresser son dos. Juliette quitta mes lèvres et nicha sa tête dans mon cou, laissant ses lèvres explorer ma peau. Je basculai la tête en arrière, mes mains s'aventurant sur ses cuisses. Je regrettais maintenant d'avoir opté pour un sweat ; je brûlais de sentir sa peau contre la mienne.

Juliette bougea sur moi, son bassin frottant contre le mien. Je grognai d'excitation et j'entendis Juliette rire contre moi.

— Ça t'amuse ? murmurai-je.

Elle réitéra son mouvement, en prenant soin de planter son regard dans le mien. Mon sexe durcit davantage et mes mains se resserrèrent sur ses cuisses.

— Tu me provoques, en plus ?

— Je n'oserais pas.

Elle se mordit la lèvre et ses mains glissèrent sur mon torse. J'arrêtai sa main droite à hauteur de mon cœur, la laissant deviner les battements frénétiques que les couches de vêtements ne pouvaient sûrement pas masquer. Un bref sourire éclaira son visage.

— C'est ce que tu me fais. Ce que tu me fais *aussi*, précisai-je un ton plus bas.

Je libérai sa main et me redressai légèrement. Je l'embrassai à nouveau, autorisant mes mains à se faufiler sous sa blouse. Le contact de sa peau veloutée sous mes doigts me tira un soupir d'aise. J'avais voulu la toucher dès notre rencontre ; maintenant que je le faisais, je réalisais que j'avais sous-estimé l'effet que ça me ferait.

Elle darda sa langue dans ma bouche et nos baisers tendres et chastes devinrent soudain brûlants et passionnés. Tous nos rendez-vous écourtés avaient généré une tension insoutenable et même si la venue de Juliette chez moi était imprévue, j'en étais plus que ravi. Elle enroula ses bras autour de ma nuque, répondant avec enthousiasme à mes baisers. Le souffle court, elle s'écarta et embrassa la ligne de ma mâchoire jusqu'à atteindre mon oreille.

— Désolée d'être venue sans prévenir, murmura-t-elle.

— Fais-moi penser à te donner un double des clés d'ici demain.

Elle rit doucement et son regard accrocha le mien. Notre frénésie s'était apaisée, la tension dans la pièce était redescendue. Dans ses yeux, je compris qu'elle était en train de réaliser ce que nous étions en train de faire. Peut-être même qu'elle était en train de le regretter.

— Je suis vraiment content que tu sois venue, soufflai-je pour la rassurer.

J'embrassai la peau de son cou, aspirant entre mes dents un carré de peau sous son oreille. Elle gémit contre moi et ses doigts galopèrent dans mon dos, jusqu'à saisir le bas de mon sweat-shirt. Elle tira sur le tissu et le souleva pour le retirer, emportant en même temps mon T-shirt. Je me retrouvai torse nu, mes mains sagement posées sur ses hanches, pendant que les siennes exploraient ma peau, suivaient le dessin de mes muscles tendus, marquant un territoire déjà conquis.

Quand ses mains glissèrent sur mes biceps, elle fronça les sourcils.

— Qu'est-ce que j'ai loupé dans mes recherches ? s'inquiéta-t-elle.

— Boxe. Deux fois par semaine depuis cinq ans.

Sans attendre sa réaction, je défis le lacet qui ornait le décolleté de sa blouse. Ce truc était une invitation silencieuse mais très efficace à découvrir ce qu'il y avait en dessous. Volontairement, je pris tout mon temps pour le retirer entièrement, devinant la respiration hachée de Juliette sur moi. Le tissu s'écarta, révélant les courbes tentantes de sa poitrine. Je laissai mon index glisser le long de sa gorge, jusqu'à la naissance de ses seins. Juliette bascula la tête en arrière, s'offrant volontiers à moi.

En voyant sa peau frémir à mon contact, j'eus un sourire satisfait.

— C'est ce que tu me fais, dit-elle, haletante.

— Je vais te séquestrer ici, tu sais.

Elle poussa un soupir et, à mon tour, je la débarrassai de son haut, découvrant un soutien-gorge noir. Pas de dentelle, pas de soie, pas de nœud agaçant et pousse-au-crime entre ses seins… son sous-vêtement était d'une simplicité déconcertante et agréable : elle ne cherchait aucunement à séduire ; pourtant, j'étais déjà totalement ébloui.

J'observai le soulèvement rapide de sa poitrine, qui trahissait son excitation. Je posai ma main sur sa nuque et attirai sa bouche contre la mienne. Elle colla son corps encore frais contre le mien et je réprimai un frisson, souriant contre sa bouche.

— Tu es encore gelée.

Mes mains remontèrent dans son dos, la griffant légèrement. J'envisageai brièvement de la faire se lever pour rejoindre ma chambre, mais je ne voulais pas briser notre contact. J'avais attendu ce moment depuis plusieurs jours et je comptais prendre mon temps avec elle. Ses doigts remontèrent dans ma chevelure, tirant sur mes mèches à chaque fois que je capturais sa lèvre inférieure entre mes dents. Après quelques minutes de baisers fiévreux, j'osai faire glisser les bretelles de son soutien-gorge sur ses bras.

— Dis-moi que tu restes cette nuit, implorai-je dans un murmure.

Je dégrafai son sous-vêtement et l'en débarrassai facilement. Juliette pressa sa poitrine nue contre moi et remua contre mon sexe douloureusement tendu. Mon excitation redoubla, j'en voulais plus : je voulais sentir tout son corps nu contre le mien et en découvrir tous les secrets. Elle n'avait aucune idée du pouvoir hypnotisant qu'elle avait sur moi.

Quand sa bouche se reposa sur la mienne, elle avait un goût de fruit défendu et de désir incandescent. Mes mains s'égarèrent sur ses fesses, puis, brutalement, Juliette se figea.

La seconde suivante, je m'immobilisai à mon tour.

— Gloria pleure, dit-elle en descendant de mes cuisses.

Mon excitation tomba en flèche et je me levai précipitamment. J'ignorais comment nous avions fait pour oublier le monde autour de nous. Cela faisait aussi partie de ce que Juliette provoquait en moi : autour d'elle, tout s'effaçait. Je la laissai dans le salon et rejoignis la chambre de ma nièce. Elle pleurait à chaudes larmes, assise dans son lit, les joues rouges.

— Qu'est-ce qui se passe, rayon de soleil ? murmurai-je en la prenant dans mes bras.

Elle colla son front contre ma joue et je grimaçai. Gloria était brûlante. Une seule journée de crèche, et déjà, elle revenait malade. Je la débarrassai de sa gigoteuse et retournai au salon. Juliette s'était rhabillée et arpentait nerveusement la pièce.

— Elle a de la fièvre, expliquai-je.

Comme pour s'en assurer, elle posa le dos de sa main sur le front de Gloria. Elle hocha la tête et m'adressa un regard désolé.

— Elle est vraiment brûlante, s'inquiéta-t-elle.

Le cœur battant, avec une Gloria hurlante, je cherchai une solution. Je n'avais aucun médicament, et aucune idée de la façon de gérer la situation. Je tentai de la bercer, son petit corps trempé de sueur collé au mien. Je posai ma main sur l'arrière de son crâne, chantonnant une berceuse qu'elle aimait en temps normal. Ses cris redoublèrent et son visage vira au rouge cramoisi.

— Je crois… Je crois que je devrais l'amener à l'hôpital, non ?

— Ça serait certainement plus prudent, confirma Juliette. Je vais y aller. Tu veux que je t'appelle un taxi ?

Je calai Gloria contre ma hanche. J'étais toujours torse nu, la peau de mon cou encore rendue sensible par les baisers de Juliette.

— S'il te plaît, oui. Je… Le temps pour moi de me rhabiller et de prendre quelques affaires.

Je posai Gloria dans son transat, et ses cris reprirent de plus belle.

— J'arrive, rayon de soleil, promis-je en enfilant mon sweat-shirt.

Du coin de l'œil, je vis Juliette ranger son téléphone et se diriger vers la porte de mon appartement. En quelques minutes, l'ambiance avait radicalement changé. Notre étreinte enfiévrée était déjà oubliée et Juliette arborait ce visage neutre et professionnel qui ne laissait rien transparaître.

— Ton taxi sera là dans deux minutes.

La Juliette ultra-professionnelle revenait au galop, redoutable et déterminée. J'étais trop inquiet pour Gloria pour être vraiment déçu de cette nouvelle interruption. Une part de moi redoutait que nous ne puissions pas reprendre où nous nous étions interrompus.

— Je t'appelle demain, lança-t-elle en sortant de chez moi.

J'eus à peine le temps de réagir, que déjà, elle avait disparu. Derrière moi, Gloria hurla à nouveau, poings serrés, visiblement au plus mal. Je l'enroulai dans un plaid et embrassai doucement son front. J'étais incapable d'apaiser Gloria, inquiet de la douleur qui la taraudait, impuissant à calmer ses pleurs. Dans le taxi qui me conduisait à l'hôpital, Gloria sommeilla, épuisée par sa crise de larmes. Mais ses joues restaient rouge vif et sa température n'avait pas baissé.

Après une heure d'attente, Gloria fut finalement auscultée par un médecin qui diagnostiqua une otite sévère.

— J'en faisais aussi quand j'étais gamin, dis-je en caressant le front d'une Gloria maintenant plus calme.

— Il y a souvent une prédisposition familiale. Il faudra être vigilant. Et elle doit aussi certainement être en pleine poussée dentaire, ça n'aide pas.

— Très bien. Et maintenant ? soupirai-je, soulagé.

— On va vous faire une ordonnance. Surveillez la fièvre et pensez à la faire boire de l'eau. Ça devrait rentrer dans l'ordre rapidement.

Le médecin m'adressa un sourire réconfortant et m'assura que j'étais libre de partir. Je pris Gloria dans mes bras, l'emmitouflant dans son plaid et m'assurant qu'elle avait sa tétine et sa peluche favorite.

— On rentre, rayon de soleil ? Exceptionnellement, je vais t'autoriser à dormir dans mon lit.

Exténuée et un peu sonnée par les antidouleurs, Gloria nicha sa tête dans mon cou. Je relevai le plaid sur son crâne et sortis de la chambre d'examen. De ma main libre, je commandai un taxi, réalisant qu'il était déjà presque 3 heures.

En arrivant à l'appartement, Gloria dormait contre moi. Je pris le risque de la changer, soulagé de sentir que sa fièvre était désormais sous contrôle. Je l'allongeai dans mon lit, ma main sur son ventre nu. Sa respiration était calme et elle me lança un dernier regard avant de s'endormir pour de bon.

Je dormis d'un œil pendant trois heures ; la soirée m'avait trop bouleversé pour qu'un sommeil réparateur se manifeste.

À l'aube, j'étirai mon bras libre jusqu'à mon chevet et pris mon téléphone. J'envisageai d'appeler Juliette, juste pour entendre le son de sa voix. Je me sentais un peu coupable de jouer sur les deux tableaux, en continuant mes SMS avec elle sur son numéro personnel, sans qu'elle le sache.

— Elle va te prendre pour un cinglé, soufflai-je, consterné.

Après une nouvelle minute d'hésitation, je tapai mon message.

Je me disais... vu qu'on commence à se connaître et à se confier nos secrets honteux. On ne devrait pas se faire un cadeau ?

Gloria geignit. À croire que cette enfant décelait quand je m'intéressais à une autre fille qu'elle. Je caressai son crâne, remarquant que de nouvelles boucles se formaient dans sa nuque. Sa respiration s'apaisa et mon téléphone vibra. J'étais surpris par sa vitesse de réponse. Joyeusement surpris.

Nos secrets honteux ? J'ai dû louper certains de nos échanges. Je ne t'ai rien confié... et hormis ton histoire de lait avant les céréales et ton passif de joueur de fanfare...

Pour éviter de réveiller à nouveau Gloria, je retins un rire.

— Juliette, si tu savais quel genre de secret je cache, murmurai-je.

Je pensais à ton binôme intouchable. Ce n'est pas un peu honteux ces sentiments cachés ? Et je ne joue pas dans une fanfare. J'ai essayé quand j'avais 8 ans. Ma carrière a duré deux heures.

C'était vrai. Michael avait réussi à interrompre notre répétition et j'avais dû abandonner la caisse claire ; les percussions n'avaient jamais eu droit de cité dans notre famille. Je jetai un regard vers Gloria. Pour son père, comme pour moi, elle devait respecter cette tradition.

Disons que cette relation a évolué. Bien évolué. Donc, on ne peut plus la considérer comme honteuse.

Je me redressai légèrement, avide d'en savoir plus. Je détestais cette façon qu'elle avait d'en dire suffisamment pour attirer mon attention, mais pas assez pour satisfaire ma curiosité. Elle me donnait des miettes, quand je voulais l'intégralité du menu.

— Tu es une femme cruelle, râlai-je.

Bien évolué ? Sur une échelle de 1 à 10, on est à combien ? 1 étant « c'est tout pourri » et 10 « c'est sûrement l'homme de ma vie ». Pour savoir si, pour ce cadeau, je fais un effort énorme ou si je m'avoue déjà vaincu.

Je reposai mon téléphone et Gloria émit un petit gémissement. Je décidai de la recoucher dans son lit, espérant qu'elle dorme encore un peu. Après une ultime caresse sur son front, je m'éclipsai et me dirigeai vers le salon. Je m'installai dans le fauteuil du péché – celui dans lequel j'avais attiré Juliette – et vérifiai mon téléphone.

Ça sent la défaite. Pour info, mon prochain cadeau est un Rubik's Cube, tu es sûr de vouloir tenter ta chance ? Et puis, il faudrait qu'on échange sur nos goûts… ce qui me fait tout un tas de prétextes pour continuer cette conversation. Tu ne vas plus jamais te débarrasser de moi.

Sans le savoir, Juliette venait de m'offrir un premier cadeau. Je n'avais aucune intention de la laisser quitter ma vie. À elle seule, elle avait réussi à adoucir ma douleur et ma tristesse. Ma vie, que je subissais et traînais comme un boulet encombrant, était de nouveau légère et facile.

J'ai déjà été écarté du concours de baisers, alors je tente. Le cadeau, les prétextes, les secrets honteux. Tout.

J'attendis sa réponse, mais mon téléphone ne vibra plus. Je tendis l'oreille, heureux que Gloria ne se manifeste pas. La répétition n'était qu'en fin de matinée et j'avais le temps de me doucher avant d'essayer de reprendre ma guitare pour continuer ma composition, le tout en tentant d'oublier les lèvres de Juliette sur moi.

Je m'essuyais les cheveux quand j'entendis mon téléphone vibrer sur mon lit. Je mis quelques instants à comprendre son message. Mais quand enfin je réalisai, je serrai un poing victorieux.

25. Au moins.

— Antibiotiques deux fois par jour et surveillez la fièvre, m'indiqua le pharmacien en me tendant les médicaments pour Gloria.

J'avais bu trois cafés serrés mais je ne parvins pourtant pas à réprimer un bâillement.

Gloria avait eu un nouveau pic de fièvre en tout début de matinée. Je l'avais gardée dans les bras pendant presque deux heures, caressant son dos, lui chantant des chansons et faisant tout mon possible pour la calmer. Les résultats n'avaient pas été à la hauteur de ce que j'espérais.

— Elle ira mieux dès demain, continua-t-il.

— J'espère, oui.

Dans sa poussette, ma nièce somnolait, rattrapant le sommeil qui lui manquait. J'accrochai le sac à la poignée et rejoignis mon appartement. Après ma nuit chaotique, j'avais préféré annuler la répétition d'aujourd'hui. Je me retrouvais donc avec une journée de libre. Sur le chemin du retour, je songeai à cette histoire de cadeau pour Juliette. Cela supposait qu'elle rencontre l'homme avec qui elle en avait parlé.

Et donc, que je lui avoue mon unique secret honteux : j'étais cet homme. Je devais encore réfléchir à la meilleure façon de le lui dire.

À l'appartement, je laissai Gloria jouer dans le salon. Malgré son otite et sa mine grognon, elle prenait un plaisir fou à empiler des cubes pour mieux les faire tomber ; de toute évidence, les médicaments lui faisaient le plus grand bien. Je jouai avec elle quelque temps, avant de prendre ma guitare. Gloria me regarda avec ses grands yeux curieux, alors que je grattais les cordes, assis sur le tapis du salon.

— Ça te plaît ? demandai-je.

Elle tapa des mains et, à mon grand désespoir, je la vis prendre son tambourin pour taper dessus. Je secouai la tête, continuant de jouer, rythmé par les cris joyeux de Gloria. Notre morceau ne ressemblait à rien : aucune harmonie, aucun équilibre, mais on s'amusait. C'était exactement ce que Michael et moi faisions quand nous étions plus jeunes, claquemurés dans une chambre trop petite tandis que notre mère tentait de joindre les deux bouts.

« Quand on aura suffisamment d'argent, on achètera une maison à maman, avait-il promis, assis en tailleur sur son lit.

— Bien sûr », avais-je ri.

Michael avait toujours eu des rêves plein la tête alors que j'avais les pieds ancrés solidement au sol. Il voulait la gloire, l'argent, l'admiration, le succès, convaincu qu'il parviendrait à enregistrer un album avant ses vingt ans.

« Un truc avec un jardin, tu vois. Et une chambre immense. Oh ! et une vraie cuisine équipée.

— Michael, tu devrais peut-être réviser pour passer le bac, non ? »

Son enthousiasme ne concernait que la musique. Le reste – hormis Lucie – passait systématiquement au second plan. Michael se fichait de la philo, séchait les maths et trouvait le moyen de se mettre à dos tous les professeurs de notre lycée. Pourtant, je savais qu'il était brillant. Mais parce qu'il avait décidé de devenir musicien, et qu'il croyait fermement à sa réussite, il jouait au cancre et concentrait toute son énergie dans la musique.

« Ça rassurerait maman que tu aies ton bac », avais-je plaidé.

En guise de protestation, il s'était contenté de gratter plus fort les cordes de sa guitare. Ce jour-là, nous avions composé deux chansons. À la surprise générale, Michael avait eu son bac, décrochant même une mention bien. Trois jours plus tard, il avait déboulé dans notre appartement avec un contrat à la main.

« Trois titres, maman ! avait-il hurlé en brandissant une

bouteille de cidre à la main. Désolé, je n'avais pas assez pour du vrai champagne. »

Je me souvenais encore du regard de ma mère, oscillant entre fierté et inquiétude. J'ignorais comment elle avait fait mais, devant mon frère, elle n'avait été qu'encouragements et sourires. Elle l'aimait et même si c'était fou, elle avait toujours cru en lui et en son succès. Je ne l'avais compris que bien plus tard, en la voyant pleurer de joie en coulisse d'un de nos concerts.

« Tout va bien, maman ? avais-je demandé, inquiet.

— Tout va bien, oui. Tu sais, ton frère m'en a fait voir de toutes les couleurs, m'a donné des nuits blanches, m'a parfois poussée à bout. J'ai cru mourir mille fois d'inquiétude mais, je savais qu'il y arriverait et qu'il finirait par t'entraîner là-dedans.

— Je suis une victime consentante. Et il faut bien quelqu'un pour veiller sur lui. »

Ma mère avait souri et son regard avait navigué de mon frère, en pleine interview, à moi.

« Je crois que c'est lui qui veille sur toi. »

Et même après sa mort, mon frère continuait de veiller sur moi. Comme si elle avait senti ma tristesse, ma nièce abandonna son tambour et se mit à quatre pattes pour me rejoindre. Elle s'appuya sur moi et, les membres tremblants et incertains, elle parvint à se mettre debout.

— Bravo, rayon de soleil.

Je reposai ma guitare et laissai Gloria cramponner ses mains sur moi, faisant un pas, puis un second. Je n'osai plus bouger, de peur de la faire tomber. Aussi, quand je sentis mon téléphone vibrer contre ma fesse, je ne tentai même pas de l'attraper. Lentement, Gloria gravita autour de moi, enfonçant ses doigts potelés dans mes épaules, puis dans mes bras, avant de revenir face à moi, un sourire ravi sur le visage.

J'embrassai son front et la pris dans mes bras. Dans la cuisine, devant le réfrigérateur ouvert, je laissai Gloria choisir son déjeuner.

— Navarin d'agneau ou merlu aux petits légumes ? proposai-je en désignant les deux plats.

Elle jeta son dévolu sur le poisson et je l'installai dans sa chaise pendant que je réchauffais son repas. Gloria ne mangea que la moitié de son assiette, décrétant, dans un accès de fatigue, que l'autre moitié devait finir par terre. Après avoir nettoyé les dégâts, je changeai ma nièce et tentai ma chance pour qu'elle fasse une sieste.

Après quinze minutes de silence, je compris que j'avais gagné mon pari et m'effondrai sur mon canapé, prêt à récupérer de ma courte nuit. Évidemment, c'était compter sans mon téléphone. Je répondis sans même vérifier qui m'appelait.

— Oui ? dis-je d'une voix enrouée.

— Evan ?

La voix de Juliette me tira de mon canapé. Dormir n'était plus une priorité.

— Je te dérange ? demanda-t-elle.

— Non.

Je m'étirai et m'éclaircis la gorge. Je jetai un coup d'œil vers mon nouveau fauteuil préféré, me souvenant parfaitement des gémissements de Juliette et de son corps pressé contre moi. J'avais hâte de la revoir et j'espérais que son coup de fil ne visait qu'à avancer notre prochain rendez-vous.

— Comment va Gloria ? demanda-t-elle.

— Nuit pas terrible. Elle a une otite. Je l'ai mise à la sieste pour qu'elle reprenne des forces.

— Les enfants se remettent vite, elle ira sûrement mieux d'ici demain.

— Sûrement, oui. J'ai annulé la répétition. Ce qui me désespère, car j'espérais t'y voir.

— Vraiment ? rit-elle.

— Non. Il y a trop de passage dans cette salle de répétitions. En fait, je veux que tu reviennes chez moi et qu'on reprenne les choses là où on les a laissées hier soir.

Elle étouffa un rire nerveux et, pendant un instant, je me demandai si je n'avais pas été trop loin. Juliette était prudente et veillait à maintenir une forme de distance entre le reste du monde et elle ; pour autant, j'étais décidé à lui dire ce que je ressentais. La vie était bien trop courte et son « 25 » d'hier soir était explicite : je lui plaisais.

— Evan, à ce sujet. Je… J'ai réfléchi, et je crois qu'on devrait… ralentir. Je… On doit travailler ensemble et je ne veux pas tout mélanger. Je suis venue chez toi sans réfléchir et ce n'était pas du tout professionnel de ma part. Je…

— Juliette. Est-ce que je te fais peur ?

— Evan…

— Réponds-moi : est-ce que je te fais peur ?

— Je cherche juste à garder une relation saine et professionnelle.

— Dans ce cas, pourquoi prends-tu la fuite dès que notre relation évolue ?

Je poussai un soupir. J'avais l'impression de lui tirer les vers du nez et d'être le seul à vouloir cette relation. C'était frustrant et si je n'avais pas eu accès à ses pensées via notre correspondance anonyme, j'aurais sûrement abandonné.

— Tu me plais beaucoup, soufflai-je. Vraiment beaucoup et… Si Gloria n'avait pas pleuré, que crois-tu qu'il se serait passé ?

— Evan, je sais exactement comment cette soirée aurait fini. Et c'est pour cette raison que je souhaite que nous conservions une relation professionnelle.

— Notre relation n'a jamais été professionnelle. Je t'ai embrassée dans un bar, je t'ai déshabillée quand tu étais sur mes cuisses et je t'aurais fait l'amour toute la nuit si Gloria n'avait pas été malade. Je ne peux pas oublier ça, et je sais que tu ne le peux pas non plus.

Pendant quelques secondes, il n'y eut plus que le silence. Je soupirai lourdement, détestant l'idée même d'avoir cette conversation au téléphone. Si Juliette avait été devant moi, j'aurais pu la prendre à son propre jeu, j'aurais pu lire dans son regard ce que j'avais vu hier soir, ce mélange de désir brûlant et de confiance qui la rendait tellement désirable.

— Je me sens bien avec toi. Je me sens… normal et

bien. Et je sais que tu ressens la même chose, sinon tu ne serais pas venue me voir en pleine répétition l'autre jour.

— C'est vrai, admit-elle.

— Et ce baiser samedi soir était…

— Surprenant.

— Je ne veux pas que tu croies que j'agis comme ça habituellement.

— Tu veux dire que tu ne fais pas des concours de baisers toutes les semaines avec de parfaites inconnues ?

Son ton badin me rassura. Je ne savais pas si j'avais réussi à apaiser ses inquiétudes, ni si elle était décidée à nous laisser une chance, mais j'étais convaincu que je devais faire de mon mieux pour la garder près de moi, malgré ses doutes et ses réticences.

— En effet, répondis-je dans un rire. C'était une décision spontanée et instinctive.

— Je ne déboule pas non plus chez tous mes clients comme je l'ai fait hier soir.

— Ça m'arrange. J'ai un tempérament assez… protecteur.

— Protecteur ? C'est le terme marketing pour « jaloux » ou « possessif » ?

Je tenais à Juliette, bien plus que je ne voulais me l'avouer. En quelques jours, elle avait réussi à me faire sentir vivant et heureux. Il me suffisait de la regarder pour sentir mon cœur s'emballer et oublier le reste de l'univers. Malgré sa timidité, malgré sa distance, j'étais en train de tomber amoureux de cette femme. Et cette certitude me rendait heureux ; j'espérais juste qu'elle ressentait la même chose que moi.

— Juliette ? Est-ce qu'on est… la dernière fois que j'ai demandé ça, j'avais quinze ans, marmonnai-je, intimidé. Est-ce qu'on est… quelque chose ?

— « Quelque chose » ? Rappelle-moi, tu es censé écrire des chansons, non ?

— Je veux qu'on soit quelque chose.

Je soupirai de frustration. Juliette prenait un malin plaisir à me torturer ; elle l'avait déjà fait en se tortillant sur mes cuisses, et maintenant, elle malmenait mon cœur encore fébrile de notre conversation. Je voulais l'entendre. Je voulais être certain qu'elle n'allait pas se cramponner à une relation professionnelle. Je savais que nous pouvions avoir mieux.

Tellement mieux.

Je repris :

— « Quelque chose » c'est le terme marketing pour « ensemble pour un sacré moment », alors je peux bien être « protecteur ».

Elle retint son souffle. Je fermai les yeux, regrettant d'avoir été trop loin. Avec Juliette, je devais marcher sur des œufs, m'assurer qu'elle n'allait pas prendre la fuite comme une proie devant un lion affamé.

— Quelque chose, répéta-t-elle. J'avais justement un doute sur la définition.

— Et ?

— J'aime bien. J'aime beaucoup, même.

— Juliette, tu ne peux pas me faire ça, gémis-je.

J'oscillais entre frustration et excitation. Pourquoi devions-nous parler de nous au téléphone ? Elle aurait dû être en face de moi ou même… dans mon lit. J'aurais dû pouvoir l'embrasser, lui dire qu'elle comptait déjà énormément, lui faire comprendre que ce « quelque chose » était bien plus encore.

— Faire quoi ?

— Me dire ce genre de choses sans que je puisse te toucher. On devrait être ensemble. On ne se voit que samedi, c'est… c'est ridicule, grognai-je, énervé.

J'arpentai mon salon, tentant de trouver une solution. C'était horrible d'être si proche et à la fois si loin d'elle. La frustration était en train de gagner sur l'excitation.

— En fait, je t'appelais parce que j'ai un service à te demander, dit-elle, hésitante.

— Je t'écoute.

— J'ai… avant de rompre avec Simon, j'ai commandé un sapin. Un truc immense, qui rentrait chez lui, mais qui ne rentrera certainement pas dans mon appartement. J'ai aussi claqué une somme folle dans des décorations… voilà, je me demandais si ça t'intéressait de récupérer tout ça ?

— Tu me refiles un truc commandé pour ton ex ? Je ne suis pas un spécialiste, mais je ne crois pas que…

— C'était pour nous. En fait, non, c'était pour moi. Je… je n'ai jamais vraiment fêté Noël et je voulais marquer l'occasion, dit-elle d'une voix plus douce. Je me rends compte que c'est bizarre de vouloir que tu le prennes, mais je ne vais pas le laisser sur le trottoir ou…

— Juliette…

— Oublie, je vais rappeler le transporteur et voir avec lui si…

— J'ai une condition. Non, en fait, j'en ai deux.

Il y eut un court silence et je l'entendis soupirer. Alors, j'annonçai :

— On le décore ensemble. Et on l'installe avant samedi !

Chapitre 17

— Tu m'expliques, alors ?

Olivier me tendit mon gobelet et nous sortîmes du café. Hier, il avait annulé notre balade hebdomadaire en me promettant de me fournir un mot d'excuse aujourd'hui. Il but une gorgée de sa boisson et me proposa son bras pour nous diriger jusqu'à mon bureau.

— Rencontre impromptue.

— La prof de latin ? tentai-je.

Il me lança un regard et je m'arrêtai net. Il me confirma d'un hochement de tête, un grand sourire aux lèvres.

— Attends, tu m'as dit qu'elle habitait en banlieue et que…

Son sourire s'élargit davantage, se transformant même en mimique de fierté victorieuse. J'ouvris la bouche, réalisant que j'avais loupé un épisode de la vie sentimentale de mon meilleur ami. Je repris notre marche, secouant la tête.

— Elle… et toi… et donc, vous… elle était chez toi ?

— C'est ça. Je n'allais quand même pas la laisser toute seule pour venir boire un café avec toi.

— Tu sais, je crois que je n'aime pas l'idée de passer après elle. Qu'est-ce qu'une nuit débridée de sexe par rapport à dix ans d'amitié ? plaisantai-je.

— Ce n'était pas prévu. Sa moto était en panne, j'ai proposé qu'on dîne chez moi et… disons que le dessert était vraiment très sympa !

— Retire ce sourire salace tout de suite ! Est-ce que tu comptes nous la présenter ?

Je me serrai contre lui, saisie par un courant d'air glacial. Le ciel était encore gris et bas, et j'avais lutté pour sortir de mon lit. Honteuse, j'avais constaté que je m'étais endormie avec mon casque sur les oreilles, Evan ne chantant que pour moi. Cet homme me faisait perdre mes repères et une partie de mon sommeil.

— C'est juste le début, pondéra-t-il. Je dois la revoir en fin de semaine.

— Oh ! elle n'a pas encore répondu au test ?

— Le test, ce n'est pas avant au moins cinq rendez-vous. Je lui laisse sa chance, tout de même.

— C'est nouveau, ça ! Depuis quand es-tu aussi magnanime ?

Olivier ne laissait jamais une seconde chance. Il était intransigeant, exigeant et à la première déception, il vous rayait de sa vie. Tout était noir ou blanc, sans nuance aucune. La plupart des gens trouvaient ça détestable, voire prétentieux. J'appréciais cette forme d'honnêteté et de franchise, parce que cela me rendait tout aussi sincère et droite avec lui.

— J'ai été magnanime avec ton ex, me rappela-t-il. Je l'ai toléré alors que je savais dès le début que c'était un infâme connard.

— J'oubliais ce petit détail et ton légendaire flair de détective.

J'ignorais comment Olivier faisait ça. Il lui suffisait de parler quelques minutes avec quelqu'un pour se faire un avis arrêté sur la personne. Simon ne lui avait jamais inspiré confiance, mais parce que j'étais heureuse avec lui, Olivier avait accepté qu'il gravite autour de nous.

Si j'avais su, j'aurais donné plus de crédit à son intuition.

— Je te l'ai dit dès le début : je ne sentais pas ce type. J'aurais aimé me tromper mais, comme très souvent, j'avais raison. En plus, il t'a fait du mal. Il a de la chance d'être en vie, marmonna-t-il.

— Je m'en suis remise, tu sais.

— J'ai vu ça, oui. Un musicien, hein ? Et tu dors avec ce bonnet, aussi ?

J'ignorai la pointe de moquerie dans sa voix. C'est vrai, j'avais abandonné mon bonnet fétiche pour celui qu'Evan m'avait donné. Je camouflai mon visage dans mon gobelet de café. Depuis ma rencontre avec Evan, j'étais partagée : j'aimais passer du temps avec lui et je ne pouvais pas nier que j'étais sous son indéniable charme, mais je culpabilisais énormément.

— Comment tu le trouves ? lui demandai-je.

Olivier me jeta un regard. Son avis comptait, peut-être plus que le mien, qui avait prouvé son manque de fiabilité. Je savais ce que je ressentais quand Evan était avec moi : de l'attirance, de la curiosité, du désir et sûrement de l'admiration. Je me fichais qu'il soit célèbre ou musicien, j'appréciais l'homme prévenant qui s'occupait de sa nièce et l'homme passionné qui m'avait embrassée.

— Je n'ai pas vraiment parlé avec lui, éluda Olivier.

— Je t'en prie, je suis certaine que tu sais lire dans les pensées et que tu arrives à te faire une idée sur n'importe qui en moins de dix minutes. Tu l'as dit toi-même, tu avais raison sur Simon.

— Ce qui compte, c'est ce que toi tu penses, non ?

— Je pense un milliard de trucs. J'aurais besoin d'y voir plus clair, alors… vas-y, dis-moi. Je suis prête à tout entendre.

Olivier prit une profonde inspiration, comme pour rassembler ses pensées, avant de se lancer :

— Il a un truc dans le regard, une forme de tristesse, je dirais. Mais dès qu'il te regarde, ça disparaît. Il est prévenant, sinon il n'aurait pas demandé que je te raccompagne. Il boit des bières, il n'a pas étalé son insolente réussite et il a payé notre tournée avant de partir. D'ailleurs, tu sais pourquoi il est parti ?

— Une de ses amies a subi une agression, il est allé l'aider.

— J'ajoute loyal et digne de confiance à la liste. Il rentre dans la colonne des mecs bien.

Je risquai un sourire, presque rassurée. Olivier confirmait ce que je ressentais pour Evan. Comme je l'avais fait quelques secondes auparavant, mon meilleur ami s'arrêta et me força à lui faire face.

— Quel est le problème ?

— Aucun, mentis-je.

— Tu t'attendais à ce que je le déteste ? Tu as l'air déçue. Je pensais que tu l'aimais bien.

— C'est peut-être ça le problème, murmurai-je.

— La situation est pourtant simple : Evan est un mec bien. J'ajoute à ça l'ambiance de Noël, qui fait que tout le monde souhaite être en couple au moins jusqu'à la Saint-Valentin. Enfin, je coche la case « musicien ». Je ne vois vraiment pas où est le problème.

— Je culpabilise, avouai-je finalement.

— Tu culpabilises ? De quoi ? D'être heureuse ? Bordel, Juliette, je t'en prie.

— Simon m'a quittée il y a quelques jours et Evan… est-ce que c'est normal ? Je devrais être en miettes, Olivier. Et, en plus, c'est un client ! Je devrais regarder des films pour filles en reniflant dans des mouchoirs dégoûtants. Au lieu de ça, je suis allée chez Evan avant-hier soir et on a quasiment…

Je paniquais. Les idées s'entrechoquaient et je n'arrivais plus à y faire face. Evan avait surgi dans ma vie et, en quelques jours, il l'avait bouleversée. J'aurais dû être concentrée sur le concert, sur ma rupture ou sur mon potentiel poste canadien. Mais toutes mes pensées me ramenaient à lui.

— Tu as été chez lui ? s'étonna Olivier.

— Oui. Je… Décision impulsive.

— J'adore ce mec, chantonna Olivier. J'adore ce qu'il est en train de faire de toi.

Il reprit sa marche, secouant la tête. Il se régalait de la situation. J'avais toujours été très carrée dans mes décisions.

Je planifiais, je régulais, je gérais mes émotions. J'avais appris à le faire. Je réalisais seulement maintenant que ma relation avec Simon avait suivi le même modèle. Et cela s'appliquait aussi à notre rupture ; en fait, je n'avais pas été triste, mais déçue. Je n'avais pas été ravagée de chagrin, juste contrariée de voir mes plans contrecarrés.

Je détestais cette version de moi, froide, glaciale et trop pragmatique.

— Tu n'as pas à culpabiliser, reprit Olivier. Simon est un mec affreux, qui a préféré prendre la fuite. Il t'a laissée et franchement, c'est sa meilleure décision.

J'assénai un coup sur son avant-bras, vexée par sa remarque.

— Maintenant, si tu penses qu'il faut un temps réglementaire pour obéir à une quelconque morale, je ne peux que te dire d'oublier cette idée. Parce que c'est vraiment ridicule et que si tu veux être avec lui, eh bien… Fonce !

— Et pour le travail ?

— Plein de gens se rencontrent au travail. Et si vraiment ça pose un problème, démissionne.

Il haussa les épaules avec désinvolture. Pour Olivier, chaque problème avait une solution simple et facile. Habituellement, en tant que bonne rationnelle, j'aurais été d'accord avec lui. Mais aujourd'hui, mon cœur parlait plus fort que ma tête.

Nous arrivâmes devant l'immeuble de mon bureau ; j'étais toujours partagée et je me demandais maintenant si je n'étais pas simplement effrayée. Olivier avait raison sur un point : Evan était en train de me changer et j'avançais en terrain inconnu.

— Juliette, ça fait dix ans maintenant qu'on est amis. Je t'ai vue dans le travail, avec nous, avec Simon. Et je t'ai vue avec lui. Tout le monde vous a vus, même, rit-il avec un air entendu sur le visage.

— Écoute, ce concours…

— Je sais que ce n'était pas un pari. Evan ment très

mal. Maintenant, écoute bien ce que je vais te dire, parce que je nierai l'avoir dit, d'accord ?

— D'accord, oui, soufflai-je, sourcils froncés.

— Ce baiser… il a fichu la chair de poule à tout le monde. Même à moi.

Je ris doucement. Olivier ému par un baiser… Le monde n'allait plus tourner normalement. Je passai une main nerveuse sur mon visage. Mon meilleur ami était la voix de ma conscience, disant tout haut ce que je retenais depuis des jours.

— Il te regarde comme tout le monde voudrait être regardé et toi… bon sang, Juliette, tu le regardes… tu le regardes comme s'il était le centre de ton univers. Alors, s'il te plaît, oublie le reste, d'accord ? Oublie ton boulot, oublie Simon et oublie ça, ajouta-t-il en tapotant mon front.

— Je vais essayer. Mais le laisser entrer dans ma vie…

— Je sais. Mais, pour cette fois, tu devrais peut-être prendre le risque.

— Evan n'est pas du genre puits de patience…

— Dans ce cas, tu devrais lui en parler. Mais ce n'est pas en t'enfermant chez toi, ou dans ton bureau, que tout ira bien. Personne ne peut être heureux comme ça. Laisse-lui au moins une chance d'essayer.

Il m'embrassa sur la joue et je rejoignis mon bureau. Zélie m'attendait, un dossier à la main. Elle me tendit un carton d'invitation, celui de la soirée de fin d'année de l'agence.

— Olivier va bien ? demanda-t-elle en s'installant face à moi.

— Oui, très bien, répondis-je dans un rire. Apparemment, il est capable d'émotions.

— Olivier ? On parle bien du même ? Le type qui n'a jamais pleuré devant aucun film ? L'homme qui ne verse même pas une larme en épluchant des oignons ?

— Lui-même. Il semblerait que le concours de baisers de samedi l'a… bouleversé.

— Vous étiez spectaculaires. Faut que je te dise d'ailleurs qu'officiellement, je te déteste.

— C'est noté.

— Et que si ça ne marche pas avec Evan, je n'aurai aucun scrupule à aller le consoler.

— C'est noté, aussi !

— Dernière chose : je veux tous les détails !

Après plusieurs coups de fil, j'étais parvenue à reprogrammer la livraison de mon gigantesque sapin chez Evan. J'avais passé une partie de la journée à maudire mon accès de folie quand je l'avais commandé. Tout ça pour prouver que je pouvais être spontanée… c'était ridicule. Maintenant, je me retrouvais avec un sapin trop grand, des décorations trop nombreuses et une soirée planifiée vendredi avec Evan.

— On dîne ensemble ? m'avait-il demandé.

— Bien sûr. Gloria sera là ?

— C'est une question piège ? avait-il ri.

— Euh… non. J'ai vraiment envie de la voir. Et je me disais qu'elle pourrait nous aider pour le sapin.

— Elle a neuf mois, Juliette. Elle va vouloir jeter les boules pour vérifier si elles rebondissent et elle se tiendra aux branches pour se mettre debout.

— Je fais la même chose, avais-je souri. J'apporterai le dîner.

— Tu n'as donc aucune confiance en moi ?

— J'ai parlé avec Mathilde aujourd'hui, elle m'a appris certaines choses. Et, puisque tu me rends service avec le sapin, je me sens redevable.

— Il y a de nombreuses façons de me montrer ta reconnaissance.

— Oh ! tu as une idée, alors ?

— Des tas d'idées, Juliette. Des tas.

Sa voix n'avait été qu'un murmure chaud et rauque qui m'avait profondément remuée. J'en avais rougi jusqu'à la racine des cheveux, avant de songer furtivement aux recommandations d'Olivier.

— La livraison est prévue pour 16 heures, je serai chez toi vers 17 heures.

Je passai les jours suivants de réunions en téléconférences, suffisamment absorbée par mon travail pour ne pas laisser mes pensées dévier trop dangereusement vers Evan.

Le vendredi, miraculeusement, je réussis à échapper à une ultime réunion de bouclage ; avec le concert qui se rapprochait, j'avais la sensation de les enchaîner et j'y trouvais de moins en moins d'utilité. Ou peut-être que c'était parce que je trépignais de retrouver Evan et Gloria.

Au rayon traiteur des grands magasins, j'hésitai entre italien et cuisine grecque. Je n'avais aucune idée des goûts d'Evan. Je me décidai pour l'italien, estimant que c'était le choix le plus sûr. Tout le monde aimait l'italien.

Alors que je sortais du magasin et tentais de héler un taxi, mon téléphone sonna.

> Pour quelqu'un dont je ne devais plus me débarrasser… je n'ai aucune nouvelle depuis plusieurs jours. M'aurais-tu oublié pour M. 25 ? Dois-je appeler les secours ? Je croyais qu'on devait apprendre à se connaître.

Je relevai les yeux vers la rue et levai mon bras en voyant un taxi disponible. J'attendis d'être assise sur la banquette et d'avoir donné l'adresse d'Evan au chauffeur pour répondre à l'inconnu.

> J'ai eu pas mal de travail. Je me disais… ce cadeau suppose qu'on se rencontre, non ? Est-ce que nous sommes prêts pour ça ? Et au sujet de mes goûts : je suis du genre « fille normale ». Livres, cadres photo, agenda pour l'an prochain.

Je mentirais en disant que je n'avais pas songé à appeler l'inconnu. Plusieurs fois j'avais été tentée d'entendre sa voix, plutôt que de me contenter de messages. Mais j'avais vite renoncé ; cette relation était éphémère, je le savais. Il finirait par se lasser.

Des cadres photo ? Mais qui offre des cadres photo ? C'est horrible d'offrir des cadres photo. C'est comme offrir du vide avec une frise autour. C'est terrifiant. Non, je ne te ferai pas ça.

Je mis une seconde à comprendre pourquoi sa réponse me bouleversait autant. Soudain, le souvenir d'un cadeau de Simon me revint en mémoire. Un cadre photo. Il n'avait même pas eu la présence d'esprit d'y glisser une photo de nous. Juste le cadre, emballé parfaitement – donc pas par lui – et suggérant que je le mette sur mon bureau.

Du vide. Joli, certes. Mais du vide.

Je vois que j'ai affaire à un spécialiste du cadeau. Alors je te laisse les coudées franches. De mon côté, je vais tenter de trouver un cadeau qui soit à la hauteur. Dis-moi ce que tu aimes, hormis les céréales.

— Nous sommes arrivés, mademoiselle.

Le taxi me tira de la contemplation de mon écran. J'effaçai les larmes au bord de mes yeux, et secouai la tête. J'allais décorer le sapin avec Evan, ce n'était pas le moment de me laisser aller. Je réglai le taxi et en sortis. Dans l'ascenseur, mon téléphone sonna à nouveau et j'éclatai de rire, oubliant ainsi mes souvenirs amers.

Fais au plus simple : colle-toi un nœud sur la tête.

— Qu'est-ce qui te fait autant rire ? demanda Evan sur le seuil de son appartement.

— Une idée cadeau, soufflai-je.

Il s'écarta et me laissa entrer chez lui. Je me dirigeai vers la cuisine, glissant les plats du traiteur dans le réfrigérateur. L'instant suivant, je sentis les doigts d'Evan m'effleurer la nuque tandis qu'il me débarrassait de mon manteau avant de le poser sur une chaise. Je me tournai vers lui, mal à l'aise.

— Est-ce qu'on peut s'embrasser ou est-ce qu'on doit reprendre toute notre relation depuis le début ? demanda-t-il.

— Je veux juste… Je veux juste qu'on prenne notre

temps, d'accord ? Et que ça ne change rien à notre façon de travailler ensemble.

— Je ferai de mon mieux.

Ses mains trouvèrent mes hanches et il effaça la courte distance entre nous pour déposer un baiser furtif sur mes lèvres.

— Bonjour, murmura-t-il sur mes lèvres.

— Bonjour.

— J'ai cru que vendredi n'arriverait jamais.

— J'ai eu pas mal de travail. Rassure-toi, tu m'occupes à plein temps.

— Ce qui explique les cernes sous tes yeux et cette mine fatiguée. Est-ce que je dois râler auprès de tes supérieurs pour que tu obtiennes plus d'aide ?

Touchée par son inquiétude, je posai mes mains sur son torse. Comme à son habitude, Evan portait un sweat à capuche qui donnait l'impression qu'il avait quinze ans. Mes doigts galopèrent jusqu'à ses joues et Evan m'adressa un sourire lumineux. Sur la pointe des pieds, je posai mes lèvres sur les siennes et l'embrassai à mon tour. Un baiser doux et sensuel, presque réfléchi, par rapport à notre dernier baiser fiévreux dans son salon.

Un bref gémissement s'échappa de ses lèvres et il resserra sa prise autour de moi. Le bout de sa langue caressa mes lèvres, mais il s'écarta finalement et je soupirai de frustration.

— Je croyais que tu voulais du temps, me fit-il remarquer.

— C'est vrai. C'est juste que ce truc est relativement nouveau.

— Ce truc ? S'embrasser ?

— L'intimité. La spontanéité, aussi. Je… Comme je te l'ai dit, je n'agis pas comme ça habituellement. Avec personne. J'ai tendance à me protéger et à me préserver.

— D'accord. Alors, on va le refaire, histoire que tu t'habitues à moi. Ça te va ?

Il haussa un sourcil, fier de sa proposition. Ses lèvres se posèrent doucement sur les miennes et nous échangeâmes un nouveau baiser, lent et prudent, comme si Evan ne voulait pas m'effrayer. Je gémis contre sa bouche, mon cœur sur le point d'exploser.

— Si on continue, Gloria va entendre des choses inconvenantes et ce sapin ne sera jamais décoré, murmura-t-il contre mes lèvres.

Il souda son front au mien et ses yeux trouvèrent les miens. En quelques secondes, j'avais oublié ma fatigue, mes souvenirs désagréables et mes hésitations.

— Des choses inconvenantes ? répétai-je.

— Très inconvenantes.

Il embrassa la ligne de ma mâchoire et je devinai son souffle dans mon cou. Je retins ma respiration, sentant mon corps réagir contre la chaleur du sien. Nos doigts s'entremêlèrent et mon estomac se tordit d'excitation.

Il sonda mon regard, s'assurant que j'étais prête à poursuivre cette dangereuse conversation. Prendre notre temps, préserver notre relation professionnelle, oui, j'y tenais. Mais je voulais aussi savoir ce qu'il ressentait pour moi et si le désir brut et inédit que je ressentais était réciproque.

— Comme quoi ? fis-je dans un chuchotis embarrassé.

À nouveau, il haussa un sourcil, surpris par ma question. Il posa ses mains sur mes joues et caressa ma bouche de son pouce. Je haletais presque, sentant mes bonnes résolutions fondre comme neige au soleil.

— Du genre, j'ai hâte de t'entendre gémir mon prénom quand tu seras sur le point de jouir sur mes doigts.

Sa voix vibra contre ma peau et je fermai les yeux pour absorber la vague de désir brûlant qui courut dans mes veines. Je relâchai l'air dans mes poumons et resserrai mes mains autour de sa nuque. Je n'avais jamais ressenti une telle excitation, ardente et déstabilisante. Evan sembla satisfait de ma réaction, car il embrassa la courbe de mon cou.

— Et j'ai encore plus hâte de te goûter sur mes doigts. Quelque chose me dit que tu es délicieuse, sucrée et particulièrement addictive.

Je gémis lourdement et Evan me fit taire en me volant un dernier baiser. Il s'écarta, libéra mon visage et me laissa reprendre mon souffle au milieu de sa cuisine. Qu'il ait autant d'effet sur moi aurait dû m'inquiéter. Mais l'excitation et l'anticipation l'emportaient sur tout le reste.

— C'est… très inconvenant, effectivement, approuvai-je, embarrassée.

— D'abord le sapin, puis le dîner.

Je le dévisageai, animée par un sentiment d'injustice. Pourquoi étais-je la seule à être aussi affectée ? Il arborait un visage amusé, comme s'il venait de remporter une victoire inattendue. Je soufflai :

— Le sapin, oui.

Je suivis Evan au salon, jusqu'à l'angle opposé de la pièce où se tenait le gigantesque sapin. L'odeur de résine était entêtante. En le voyant, j'eus honte d'avoir voulu faire un tel coup d'éclat ; cet arbre était démesuré et j'étais à peu près certaine que même Evan et son mètre quatre-vingt-cinq ne parvenaient pas à atteindre la cime. Je devais avoir l'air désemparée car il se posta près de moi, bras croisés sur sa poitrine, et laissa son regard courir de la racine du sapin jusqu'à son point le plus haut.

— Ils ont failli ne pas réussir à le faire entrer, commenta-t-il.

— Bon sang, j'ai… je suis désolée, vraiment. Quand je l'ai commandé, je n'ai pas réalisé qu'il faisait…

— 3,15 mètres. Et les décorations sont là, ajouta-t-il en désignant trois cartons volumineux empilés dans un coin de la pièce.

Gloria se tenait debout, accrochée au canapé et babillant énergiquement. Sa fièvre du début de semaine paraissait être un mauvais et lointain souvenir. En me voyant, elle se repositionna à quatre pattes et se dirigea vers son oncle. Il la prit dans ses bras et lui demanda de me saluer.

— Tu te souviens de Juliette, rayon de soleil ?

Elle eut un petit sourire intimidé, levant à peine la main pour me faire signe.

— Elle a l'air en forme.

— La grande force des enfants : ils récupèrent très vite. On commence ?

Il reposa Gloria au sol et prit un premier carton. Après l'avoir ouvert, découvrant des dizaines de décorations variées, il passa une main sur son visage ; cela allait prendre plus de temps que prévu. Comme il l'avait prédit, Gloria glissa immédiatement sa main dans la boîte et sortit une petite boule blanche.

— Prête ? demanda-t-il.

Gloria tapa des mains puis entreprit de sortir de nouvelles décorations pour les étaler au sol. Les boules roulèrent un peu partout dans la pièce et les autres décorations furent éparpillées. J'eus un rire. Cette enfant ne faisait rien pour nous faciliter la vie et passait son temps à contrarier nos plans.

— Prête, confirmai-je.

Avec l'aide aléatoire de Gloria, les premier et deuxième cartons furent vidés en un peu plus d'une heure. Devant nous, le sapin se parait de nouvelles couleurs – blanc et argenté –, agrémenté de quelques décorations en bois. Evan passa la plupart de son temps à étirer le bras et à maudire mon sens de l'exagération. À plusieurs reprises, il posa sa main dans le bas de mon dos et parvint à me voler quelques furtifs baisers. Gloria, elle, se contenta de vider consciencieusement les cartons, étalant les décorations partout où elle le pouvait et les jetant occasionnellement pour tester leur solidité.

Au dernier carton, Evan poussa un soupir de soulagement.

— Plus de boules, ni de pommes de pin ou de cerfs, commenta-t-il, heureux.

— Guirlande lumineuse ?

— Oui et la fameuse étoile. J'appelle les pompiers, qu'ils apportent la grande échelle pour l'installer ?

Je lui assénai une tape sur le bras. Il avait passé son temps à se moquer de moi, en particulier quand je m'extasiais sur la réussite de ce sapin. J'étais maintenant ravie d'avoir pu le faire avec lui. Il ressortait au moins quelque chose de positif de ce fiasco avec Simon. Par ailleurs, cela me permettait de découvrir une nouvelle facette de la personnalité d'Evan : loin des obligations professionnelles et de sa carrière, sa normalité était rafraîchissante et apaisante.

— Et ça, c'est quoi ?

Il sortit un minuscule cadre photo d'un étui en plastique et je me figeai. Chaque fois que je m'éloignais de mon passé avec Simon, il revenait à la charge.

— C'était… c'était pour mettre une photo. De Simon et moi, parce qu'on devait fêter notre premier Noël ensemble et… je me rends compte que c'est un peu ridicule maintenant.

— Premier ? Mais tu m'as dit que vous étiez ensemble depuis deux ans.

— L'an dernier, il a fêté Noël avec sa famille et… et disons que j'ai été prise par des obligations, moi aussi.

Evan se redressa, les sourcils froncés, tandis que je me concentrais sur la décoration du sapin, ajustant une des guirlandes lumineuses tout en chassant de mauvais souvenirs.

— Quel genre d'obligation ? demanda-t-il finalement.

Il approcha sa main de mon visage et repoussa les mèches qui le masquaient, effleurant ma peau dans le même geste. Un frisson me parcourut et Evan répéta sa question :

— Quel genre d'obligation ?

— Mon père – enfin, l'homme qui a quitté ma mère après ma naissance – a trouvé marrant de se faire arrêter pour cambriolage. Le commissariat m'a appelée et j'ai dû aller le récupérer.

— Juliette, je suis désolé. Tu es encore en contact avec lui ?

— Non. Nous ne nous étions jamais rencontrés mais j'imagine qu'il préférait me faire appeler plutôt que de passer la nuit là-bas. C'est rien, vraiment.

— D'où cette débauche de sapin et de décorations ?

— Je n'ai jamais fêté Noël. Ma mère était du genre athée extrémiste donc pas de Père Noël, ni de sapin. C'était un jour comme un autre pour elle. Alors, du coup, oui, je crois que quand j'ai enfin eu l'occasion de fêter Noël, j'ai eu un comportement un peu… extrême.

— Tu parles d'elle au passé.

— Elle est morte il y a cinq ans. Il n'y a plus que moi.

Soudain, Evan enroula ses bras autour de ma taille et attira mon dos contre son torse. Il me serra aussi fort que possible contre lui et déposa un baiser dans mon cou. Je me perdis dans son étreinte, oubliant mon père absent et ma mère aux tendances révolutionnaires.

— D'une part, tu n'es pas toute seule, murmura Evan. D'autre part, je crois que j'aime bien ton côté excessif. Honnêtement, ce sapin est…

— Trop chargé ?

— Magnifique.

Soucieux de me remonter le moral, Evan en avait perdu toute objectivité ; le sapin était beau, certes, mais croulait sous les décorations. Je tournai mon visage vers lui et secouai la tête. Evan était bien trop gentil. Son regard accrocha le mien et il m'embrassa affectueusement sur la joue.

— On va faire une photo, décida-t-il.

Il se détacha de moi et sortit un polaroïd d'un tiroir de la commode du salon. Il me le tendit et prit Gloria, qui rampait à nos pieds, dans ses bras. Je positionnai mon œil contre l'objectif afin de cadrer au mieux mais il s'écria :

— Mais qu'est-ce que tu fabriques ?

— Eh bien, je fais la photo !

— Je t'ai donné l'appareil pour que tu le tiennes et que tu sois avec nous sur la photo. Viens par là, m'intima-t-il en ouvrant son bras pour m'inviter à le rejoindre.

— Mais Evan, c'est…

— Viens par ici. Maintenant.

Je m'exécutai et entourai sa taille de mon bras. Il ajusta la position de Gloria sur sa hanche, m'attira plus fermement contre son torse et je tendis l'appareil devant nous, espérant être dans le cadre.

— Prêt ? demandai-je.

— Plus que jamais.

J'appuyai sur le bouton, déclenchant un flash qui fit couiner Gloria de surprise. Le cliché sortit immédiatement et Evan le tira de l'appareil pour le poser sur la table. Puis, il fit grimper Gloria sur ses épaules et tenta de lui faire mettre l'étoile au sommet de l'arbre, en vain. Je finis par monter sur une chaise et, sur la pointe des pieds, je parvins à l'installer.

Evan et Gloria applaudirent poliment, marquant la fin de notre atelier décoration. Nous admirâmes notre création avec fierté pendant quelques secondes jusqu'à ce que Gloria commence à s'agiter.

— Allez, rayon de soleil, si on mangeait un truc ? Ou tu veux prendre ton bain avant ?

Gloria souriait à son oncle et l'évocation du bain sembla l'enthousiasmer. Leur relation avait l'air facile et évidente. Je baissai les yeux vers la photo qui finissait d'apparaître et souris en découvrant la décoration avec le petit cadre vide, posé juste à côté.

Ce cadre ne servait à rien.

— Juliette ? fit Evan.

— Oui ?

— Perdue dans tes pensées ?

— Je… qu'est-ce que tu penses des cadres photo ?

Il me dévisagea, se demandant sûrement d'où venait ma question. Constatant que j'attendais vraiment une réponse, il m'adressa un sourire et pointa son index dans ma direction.

— Regarde le mur derrière toi

Je pivotai vers sa tapisserie de photos. Celles du groupe, de sa famille, de Gloria, de ses amis, dans des couleurs parfois passées, parfois en noir et blanc, dans des formats différents. Elles m'avaient déjà attirée lors de ma visite en début de semaine mais je ne remarquai que maintenant qu'il n'y avait aucun cadre. Juste des photos, punaisées les unes à côté des autres, dans un désordre agréable qui exacerbait ma curiosité. Chaque photo semblait conserver une anecdote ou un secret ; comme Evan me l'avait déjà dit, il me faudrait du temps pour les découvrir.

— Ça t'ennuie si je l'accroche là ? demandai-je en prenant notre photo.

Il secoua la tête puis je coinçai la photo entre deux autres. J'avais adoré décorer le sapin mais je devais admettre que cette photo, à elle seule, suffisait à me rendre durablement le sourire. Gloria tirait sur le sweat-shirt de son oncle, pendant que ce dernier tentait de repousser ses poings d'une main. De l'autre, il me tenait contre lui et j'arborais un sourire incertain, à la fois fière de notre sapin et perturbée d'être sur cette photo familiale.

— Tu me raconteras ? demandai-je à Evan. Michael et toi. J'aimerais bien en savoir plus.

À nouveau, il me fixa, en silence, le visage tendu. Pendant une seconde, je crus avoir commis un impair. Étant fille unique, je ne pouvais pas imaginer ce qu'il ressentait et Gloria devait lui rappeler à chaque minute que son frère n'était plus là. Un sourire s'étira lentement sur ses lèvres et ses yeux s'éclairèrent.

— Tu as dix ans de libres devant toi ? Parce que c'est au moins ce qu'il va te falloir !

Chapitre 18

Nous avions passé notre soirée à parler de Michael et moi. Enfin, j'avais parlé et Juliette avait écouté, posant parfois des questions et riant de nos aventures improbables. À l'occasion, nous échangions un baiser furtif et chaste qui s'évaporait dans un sourire. Juliette avait abandonné sa prudence habituelle, s'autorisant à caresser mes doigts des siens.

Assis à côté d'elle sur le canapé, je nous servis un nouveau verre de vin.

— Ce premier concert était atroce. Il devait y avoir… vingt personnes dans la salle. C'était bien avant le premier contrat, dis-je, nostalgique.

— Et qui avait décroché cette prodigieuse première scène ?

— Michael, évidemment. Il avait fait le pied de grue devant ce bar pendant des jours. Je crois que le gérant avait accepté uniquement pour se débarrasser de lui.

— Vous y êtes retournés ensuite ? demanda Juliette en portant son verre à ses lèvres.

— Non, jamais. Je me souviens qu'à la fin du concert, j'ai rangé ma guitare et j'ai dit à Michael que j'allais finalement m'inscrire à la fac. C'était un tel désastre que je ne voyais pas comment il pouvait envisager de faire carrière.

— Et qu'est-ce qu'il a dit ?

— Qu'il avait les clés de la voiture et que je risquais de rentrer à pied. Il y avait au moins quinze kilomètres entre le bar et la maison de ma mère et je n'avais pas un rond.

— Tu ne t'es jamais inscrit ? demanda-t-elle avec un sourire amusé aux lèvres.

— Jamais, non, ris-je. C'était le pire et le plus génial des concerts. Au fond de moi, je savais que je ne voulais pas faire autre chose.

Je me perdis dans mes souvenirs. La scène, c'était ce que nous préférions avec mon frère. L'adrénaline, l'énergie, la liberté, la musique… Tout ça nous rassemblait comme rien d'autre ne le faisait. C'était éprouvant et, à l'occasion, Michael et moi finissions par nous disputer, mais la fierté que nous ressentions en entendant la foule chanter nos chansons nous faisait tout oublier.

Les doigts de Juliette sur le dos de ma main me sortirent de mes pensées.

— Désolé. Parfois… mes souvenirs m'emportent loin.

— J'adore t'entendre parler de lui.

Elle entrelaça nos doigts et, de ma main libre, je caressai sa joue. Juliette avança vers moi et pressa ses lèvres contre les miennes. Sa bouche avait le goût fruité du vin blanc qu'elle venait de boire. Elle s'écarta légèrement, collant son front au mien.

— Je vais rentrer, murmura-t-elle. Il est tard.

— Tu peux rester. Gloria dort à poings fermés et j'ai tout un stock de choses inconvenantes à te dire.

— J'ai rendez-vous à 8 heures demain.

— Un samedi ?

— Un petit déjeuner avec Lucas. Il travaille toute la journée et son créneau de libre est tôt le matin.

Elle m'embrassa de nouveau, comme pour s'excuser. À l'instant où elle allait se reculer, je posai ma main sur sa nuque et la retint contre moi. Son cri de surprise mourut contre mes lèvres quand je nous basculai sur le canapé, mon corps couvrant le sien. Passé la stupéfaction, Juliette se détendit et me laissa prendre possession de sa bouche. Elle écarta légèrement les jambes, me laissant me nicher au plus près d'elle. Mes mains parcoururent ses côtes, puis ses hanches, avant de glisser sous son haut.

Elle noua ses bras autour de ma nuque, gémissant de plaisir contre moi tandis que je grognais de frustration. Je ne voulais pas qu'elle parte : je voulais sentir sa peau chaude contre la mienne. Ma main trouva son sein et je le caressai doucement à travers le tissu de son sous-vêtement. Juliette se cambra contre moi et ma bouche explora son cou.

— Tu veux vraiment partir ?

— J'ai toujours besoin d'un peu de temps, Evan.

Elle laissa échapper un cri de surprise quand je mordillai sa gorge et les battements frénétiques de son cœur me rendirent fier et heureux. Des lèvres, je longeai la ligne de sa mâchoire et revins sur ses lèvres. J'y déposai un baiser, avant de glisser sur le côté pour lui faire face. Elle était magnifique avec ses joues roses et sa respiration hachée. Étroitement serrée contre moi sur le canapé, elle mêla ses jambes aux miennes et s'excusa à nouveau :

— Et puis, c'est l'un des derniers week-ends avant Noël. Entre mon planning et le sien, c'est le seul moment qu'on ait trouvé.

— Je déteste ton planning, marmonnai-je en enroulant mon bras autour de sa taille.

— C'est l'un de mes meilleurs amis. Il peut appeler à n'importe quelle heure, je viendrai.

— Je comprends, je t'assure. Je suis juste… frustré.

— On se voit demain pour le concours.

— Génial, je vais donc aussi devoir me contenir devant un public.

— Tu crois que tu pourras garder toutes tes choses inconvenantes pour demain soir ?

— Je les garderai aussi longtemps qu'il le faut. Tu veux du temps, je peux être patient.

Elle me regarda à travers ses cils ; il n'y avait plus une once d'innocence en elle et la voir se mordre les lèvres fit durcir mon sexe dans l'instant. À voir comment Juliette se tortillait devant moi, je compris que je n'étais pas le seul excité. Je passai mon pouce sur ses lèvres, imaginant la langue de Juliette le lécher doucement, avant de l'embrasser. Elle jouait avec le feu et j'étais décidé à gagner.

D'un geste sec, j'attirai son bassin contre le mien, lui faisant sentir mon érection maintenant douloureuse. Un bref sourire étira ses lèvres et je l'embrassai avec tendresse, avant de murmurer contre sa bouche :

— En fait, tu aimes entendre le son de ma voix, c'est ça ?

— Tout à fait. J'aime beaucoup ça. C'est nouveau, aussi, admit-elle.

— Demain soir, je vais me faire un plaisir de t'alléger de tous ces vêtements, un à un. Ensuite, j'embrasserai chaque centimètre carré de ta peau, jusqu'à ce que tu me supplies de mettre fin à tes souffrances.

Ses doigts se refermèrent sur mon sweat et elle ferma les yeux pendant une courte seconde. Quand elle les rouvrit, son regard avait pris une teinte plus sombre et sa respiration était lourde.

— Et quand je t'aurai enfin allongée sur mon lit, je m'enfoncerai en toi jusqu'à ce que tu en oublies le reste de l'univers et que tes jambes tremblent. Tu ne pourras plus penser ni réfléchir. Il n'y aura plus que moi.

J'écartai une mèche de cheveux de son visage, regrettant qu'elle doive partir. Elle m'adressa un sourire tendre et me donna un dernier baiser doux et sensuel. L'excitation me consumait mais je gardai mes mains sagement sur ses hanches, imaginant déjà notre prochaine soirée.

Elle se leva du canapé et ajusta sa tenue, un peu malmenée par notre étreinte. Je me redressai à mon tour et l'aidai à enfiler son manteau. Avec un sourire, elle sortit le bonnet de sa poche et l'enfonça sur sa tête.

— Tu ne le quittes plus ? demandai-je avec fierté.

— Pour dormir, uniquement.

— Il y a deux ans, on a proposé des bonnets avec nos prénoms dessus. Je devrais peut-être essayer d'en retrouver.

— Pour gonfler encore ton ego ?

— Ça, oui. Et dire au monde que tu es toute à moi, ajoutai-je en ajustant le bonnet sur ses oreilles.

— Est-ce que c'est ça que tu veux ? Le dire au monde ? Je pensais que… enfin, que tu voulais de la discrétion et que…

— Juliette, je t'ai embrassée dans un bar plein de monde. Et j'ai failli t'embrasser pour de vrai dans un magasin bondé. Je crois qu'on peut oublier la discrétion… cela étant, je ne ferai pas non plus de conférence de presse pour officialiser. Je propose qu'on opte pour un entre-deux : on ne se montre pas, mais on ne nie pas.

— On est donc un quelque chose entre deux ? rit Juliette.

— En résumé, oui.

J'avais conscience que ce « quelque chose entre deux » n'était pas très clair mais je voulais que Juliette soit celle qui décide. J'aurais adoré lui tenir la main dans la rue, lui voler un baiser ou la prendre dans mes bras ; pour autant, notre relation, ce fameux quelque chose, n'appartenait qu'à nous deux.

— Ça me convient, dit-elle en se dirigeant vers la porte de mon appartement.

J'ouvris la porte et retint Juliette pour un dernier baiser.

— Je viens te chercher demain, pour aller au bar.

— Gloria ne sera pas là ? s'inquiéta-t-elle.

— Je pense utile de la faire garder. Histoire de *te* garder, toi, ici !

Elle acquiesça et je la suivis du regard pendant qu'elle se dirigeait vers l'ascenseur. Elle m'adressa un dernier signe de la main et s'engouffra dans la cabine.

Après avoir refermé la porte, je rangeai le salon, débarrassant nos verres et la bouteille quasiment vide. Avant d'éteindre, je me postai devant notre sapin – un peu penché – et admirai notre travail. Ce n'était pas si mal pour une première. Je repositionnai la photo que nous avions prise, songeant à ce que Juliette m'avait confié. Je comprenais maintenant sa prudence innée. Elle se protégeait. Son cercle d'amis était le même depuis des années, elle préservait son cœur de toute mauvaise surprise.

Évidemment, sa rupture récente avait renforcé ses craintes.

— Tu vas devoir me faire confiance, Juliette…

Je décidai de me coucher deux heures plus tard, après être passé par la chambre de Gloria. Cernée par plusieurs peluches, ma nièce dormait paisiblement, les poings serrés contre elle, apaisée.

— Tu me diras ce que tu penses de Juliette, rayon de soleil, murmurai-je en caressant sa joue du bout de l'index. Parce qu'il faut qu'elle te plaise aussi.

Et il fallait que Juliette accepte cette vie bizarre rythmée par Gloria, les concerts, la musique, le manque d'intimité… Pour une femme qui n'aimait pas particulièrement prendre des risques, c'était un défi de taille et qui devait certainement l'effrayer.

— Bonne nuit, rayon de soleil.

Ma nièce eut un léger frémissement et je m'éclipsai discrètement de sa chambre. Après une douche et un message à Maxime et Nicolas pour la répétition du lendemain, je m'endormis en pensant déjà à la nuit prochaine.

Après les répétitions, je passai une partie de la journée du lendemain avec ma mère. Alors qu'elle avait Gloria sur les genoux, elle aborda le sujet que j'évitais depuis des mois.

— On va devoir vider l'appartement de Michael.

— Maman…

— Ça fait des mois qu'on continue de payer un loyer pour rien, il est temps de rassembler ses affaires et de rendre l'appartement. Je peux les stocker ici, j'ai deux chambres libres.

— Je sais. C'est juste que… il y a aussi les affaires de Lucie.

— Est-ce que tu penses que ses parents voudront récupérer quelque chose ? On peut peut-être leur écrire une carte pour les fêtes ? S'ils répondent, on avisera.

— Ils ne répondront pas, tu le sais bien. Ils ont ignoré Lucie dès qu'elle a choisi Michael quand ils étaient au lycée et ils ne sont jamais venus voir Gloria. Maman, ils n'ont même pas fait l'effort de venir à l'enterrement.

Ma mère m'offrit un pauvre sourire. J'étais admirative de sa force de caractère et de sa bienveillance. Elle était toujours certaine que les parents de Lucie finiraient par regretter leur choix et chercheraient à rencontrer leur petite-fille. Lucie, Michael et moi n'avions jamais été dupes : la rupture était définitive. Ils avaient toujours considéré qu'elle méritait mieux qu'un musicien, fût-il riche et célèbre.

— Je ferai ce qu'il faut pour vider l'appartement, cédai-je, la mort dans l'âme.

— Bien. Et si tu veux prendre… je ne sais pas, les instruments peut-être ? Ou des souvenirs ? Des photos ?

— Je vais y réfléchir.

J'avais la sensation que mon cœur était en train de se disloquer lentement. Dans l'appartement de mon frère, chaque objet, chaque décoration, chaque pièce cachait un souvenir heureux. Et chacun de ces souvenirs ravivait le manque.

— Il serait fier de toi, tu sais.

— Je ne crois pas qu'il aurait aimé me voir aussi déprimé. Il aurait sûrement préféré que je reprenne la musique plus vite.

— Tu as repris ? demanda ma mère, étonnée.

— Un peu. C'est très récent.

Je lançai un regard à ma mère. Elle me connaissait par cœur et j'entendais d'ici les rouages de son cerveau. Elle haussa un sourcil, retenant la question qui lui brûlait les lèvres.

— C'est vraiment très récent, répétai-je avec un sourire.

— Je comprends mieux pourquoi tu voulais que je garde Gloria ce soir.

— J'ai l'impression d'avoir quinze ans et de me faire surprendre avec ma première petite copine, ris-je.

— C'est ce que je te souhaite, Evan. D'être surpris. Je sais que les derniers mois ont été durs, je sais qu'il y a le groupe, la musique, Gloria. Mais, ne te mets pas trop de pression, d'accord ?

Je hochai la tête, regardant Gloria taper dans ses mains avec enthousiasme. Elle avait jeté la majorité de ses jouets au sol et tentait maintenant d'attraper une petite cuillère. J'étais certain qu'elle allait s'en servir pour taper sur la table et assouvir son goût répréhensible pour les percussions.

— Comment s'appelle-t-elle ?

— Juliette. C'est vraiment nouveau, maman. Je ne sais pas si… je me demande si ma vie n'est pas trop compliquée pour elle.

— Pas trop de pression, Evan.

Gloria parvint finalement à agripper la petite cuillère qu'elle convoitait. Et comme je l'avais deviné, elle frappa lourdement la table devant elle, éclatant de rire au bruit sourd qu'elle avait provoqué.

— Percussions, murmurai-je pour ma mère. Ça me désespère !

— N'essaye pas de l'éloigner de ça ou elle s'y accrochera encore plus par esprit de contradiction. Crois-moi, j'en ai fait l'expérience.

— On a vraiment été aussi pénibles ? interrogeai-je ma mère, alors que Gloria se déchaînait, tapant sa cuillère avec énergie.

— Pénibles et intenables. Entre les cours, les concerts de fin d'année et vos répétitions dans cette chambre si petite, j'ai cru devenir chèvre.

— Maman, tu étais toujours au premier rang pour les concerts, lui rappelai-je.

— Tu finiras au premier rang toi aussi ! Tu devrais y aller, Gloria et moi allons faire une balade en poussette. Va profiter de ton samedi.

Avec patience, elle récupéra la cuillère que Gloria tenait, puis elle se leva, sa petite-fille sur la hanche. Ma mère posa une main sur mon épaule, comme un signe d'encouragement. Je restai seul dans la salle à manger, entendant les petits rires de Gloria. Je commandai un taxi, vérifiant l'heure. Quand ma mère revint, Gloria était enfermée dans sa combinaison hivernale, avec un bonnet sur la tête.

— Tu restes sage, rayon de soleil. Elle dort mieux depuis quelques jours, tu ne devrais pas être dérangée.

— Ne t'en fais pas. Passe une bonne soirée, je te la ramène demain dans l'après-midi.

Elle posa Gloria dans sa poussette et je les accompagnai jusqu'à l'extérieur, attendant mon taxi prévu dans quelques minutes. J'embrassai Gloria sur le front et j'observai les deux femmes de ma vie s'éloigner.

Je sortis mon téléphone de ma poche, songeant à Juliette. Encore sur la réserve quand nous étions ensemble, elle s'ouvrait beaucoup plus quand nous échangions par messages. J'en devenais presque jaloux de moi-même… ça n'avait aucun sens.

Enfin, si. Peut-être qu'il était temps de mettre un terme à ça. Peut-être que tout lui avouer l'aiderait à comprendre qu'elle pouvait me faire confiance. J'envoyai un nouveau message :

> Est-ce que M. 25 est au courant de notre relation intense et passionnée ?

Sa réponse arriva alors que mon taxi se présentait.

> 35. Pas 25.

Je ravalai un cri victorieux, pendant que mon cœur s'emballait. Je n'avais jamais ressenti ça pour une femme ; Juliette m'inspirait curiosité et désir, et ce mélange était enivrant. J'avais senti ses lèvres, ses mains et même ses seins contre moi et cet avant-goût m'avait laissé sur ma faim. Je la voulais. Entière, à moi, entre mes mains, contre mes lèvres.

> Cette échelle a-t-elle une limite ? Je ne sais pas si je dois être impressionné ou jaloux… qu'a fait cet homme pour mériter une si belle note ? Et donc, il n'est pas au courant pour… nous deux ?

Je collai mon front contre la vitre. Michael aurait adoré Juliette. Il m'aurait dit de ne plus la lâcher et de faire en sorte qu'elle reste plus d'une nuit. Je savais déjà qu'une nuit ne me suffirait pas.

J'espère qu'il n'y a pas de limite. Un sapin, un peu de vin : voilà ce que nous avons fait. Il n'est pas au courant, non. Je me suis dit que tu finirais par te lasser de nos conversations.

Je n'avais jamais été aussi tenté de l'appeler pour lui expliquer à quel point j'étais loin de me lasser. Au contraire, je tombais un peu plus amoureux d'elle chaque jour.

Aucune chance. L'univers a décidé de nous réunir, et on ne lutte pas contre l'univers. Nous sommes donc condamnés à rester clandestins. Vin, sapin… il n'a pas l'air bien original, M. 35.

Il n'a pas besoin d'être original. Il est lui et tellement plus encore. Définitivement, on ne lutte pas contre l'univers.

Sa réponse me colla un immense sourire sur les lèvres et fit manquer plusieurs battements à mon cœur.

Juliette était en train de devenir mon univers et, comme elle, je décidai de ne pas lutter.

— Quatrième étage, me rappela-t-elle dans l'Interphone.

En quelques minutes, je me retrouvai devant la porte de son appartement, où Juliette m'attendait. En la voyant habillée d'une tunique bleu nuit qui lui arrivait aux cuisses, je la pris dans mes bras et respirai son parfum. Elle me serra contre elle, son corps épousant parfaitement le mien, ses mains nouées autour de ma nuque. Elle recula pour me faire entrer chez elle et je trouvai ses lèvres pour un baiser impatient. Je repoussai Juliette contre un mur, dévorant sa bouche comme si je ne l'avais pas vue depuis des mois. Un gémissement lui échappa et je songeai à zapper la soirée au bar pour rester ici avec elle.

— Vous vous entraînez vraiment dur, fit soudainement une voix.

À bout de souffle et passablement excité, je m'écartai de Juliette ; avec ses joues rosies et ses lèvres entrouvertes, elle était une invitation au péché. Je pivotai, découvrant les amis de Juliette entassés dans son salon. Comme un seul homme, ils levèrent leur main pour me saluer, retenant très mal leurs fous rires.

— Salut, marmonnai-je, embarrassé.

— On t'attendait, expliqua Olivier. Certains avec plus d'impatience que d'autres, apparemment.

Une nouvelle vague de rires étouffés les secoua, alors que Juliette glissait sa main dans la mienne. Elle m'offrit un sourire désolé que son regard pétillant démentait.

— Avertis-moi, la prochaine fois, murmurai-je.

— Pas eu le temps. Et tu es habitué à avoir du public, non ?

Je lui lançai un regard stupéfait. J'avais été à deux doigts de lui faire l'amour contre le mur de son couloir, et elle me parlait de public. Elle ne cessait de me surprendre.

— Partie remise, chuchota-t-elle juste avant d'embrasser doucement mes lèvres.

— On y va ? fit Lucas en se levant du canapé. Visiblement, mon cœur, on a une sacrée concurrence.

— On a l'expérience pour nous, chantonna Clémence en prenant la main qu'il lui tendait.

— Une pensée pour les âmes délaissées qui vont juste regarder en maudissant leur vie amoureuse ? gémit Zélie en enfilant son manteau.

— J'ai une vie amoureuse, intervint Olivier, offensé.

— Depuis quand ? s'étonna Zélie.

— À peu près soixante-douze heures. Si ça compte pour Juliette, je ne vois pas pourquoi ça ne compterait pas pour moi.

— On va être en retard, s'impatienta Clémence.

Juliette libéra ma main pour mettre son manteau et, pendant qu'elle vissait son bonnet fétiche sur la tête, m'offrit un sourire radieux. Sur le chemin qui nous menait au bar, nous nous tînmes à l'écart de ses amis, ralentissant volontairement le pas pour rester tous les deux, les mains nouées et fermement enfoncées dans mes poches pour éviter qu'elle ait froid.

— Prête à défendre nos chances pour cette nouvelle manche ? demandai-je.

— Tout à fait prête. J'ai épluché un peu les modalités, histoire de me préparer.

— Oh ! et à quoi dois-je m'attendre ?

— Eh bien, il y a un baiser qui n'est pas un baiser. En tout cas, pas sur les lèvres.

— Donc, il faut…

— Embrasser un autre endroit, expliqua-t-elle, intimidée.

Je baissai les yeux vers elle, ravalant un sourire heureux. J'avais initié la plupart de nos baisers et Juliette n'avait jamais affiché une volonté de prendre l'initiative. Elle me laissait faire et suivait mon rythme. Pourtant, cette fois, sous couvert de faire la conversation, elle me donnait ses préférences.

— Il y a aussi d'autres choses, comme le baiser de ciné…

— Mais c'est celui qui n'est pas sur les lèvres que tu voudrais ? la coupai-je.

Je nous arrêtai à quelques mètres de l'entrée du bar. Devant nous, les amis de Juliette riaient aux éclats, se faufilant dans la foule.

— Dis-moi, c'est celui-ci que tu voudrais ? répétai-je.

— C'est tiré au sort.

— Je sais. Mais je prends aussi mes renseignements. Pour plus tard. Est-ce qu'il y a autre chose que je dois savoir ? Une envie particulière ? Un fantasme inavouable ? L'intimité, c'est ça Juliette, c'est partager ce genre de choses.

Je réduisis le court espace entre nous deux et approchai ma bouche de son oreille. Elle frémit contre moi, de froid, et j'espérais, de désir. J'avais la sensation de compter les minutes – et elles étaient interminables – depuis qu'elle avait quitté mon appartement la veille. Ressentait-elle la même chose, cette même attente atroce et pénible ?

— Dis-moi, Juliette, murmurai-je contre la peau de son cou. Dis-moi ce qui te ferait vraiment plaisir, ne sois pas timide.

Je dégageai le col de son manteau et posai mes lèvres contre son cou, à l'endroit précis où son pouls battait. Je l'embrassai doucement, souriant en devinant qu'elle basculait la tête pour me laisser un meilleur accès. J'aspirai sa peau entre mes lèvres et entendis Juliette murmurer mon prénom.

— Comme ça, alors ? demandai-je en la mordillant.

— S'il te plaît, souffla-t-elle. Il faut…

Je m'appliquai à sucer le même carré de peau, serrant Juliette contre moi de ma main libre. Sous mes lèvres, je sentis son pouls s'accélérer : un rythme fort et entêtant, en parfaite synchronisation avec mes battements de cœur.

— Dis-moi juste si je suis sur la bonne voie, peut-être que c'est plutôt par là ?

Ma bouche remonta légèrement jusqu'à son oreille, à la limite de sa nuque. J'appliquai le même traitement, alternant les pressions de mes lèvres, ma langue et mes dents. Juliette gémit à nouveau mais je devinai tout de suite que j'avais visé juste du premier coup.

— Tu es délicieuse… Parfaite, même.

J'abandonnai son cou et retrouvai ses lèvres pour un ultime baiser. Je m'écartai finalement et Juliette posa son front contre mon torse, haletante. Elle grogna contre moi et je ris de sa frustration.

— Et je n'ai embrassé que ton cou…

— Ce n'est pas… ce n'est pas ça.

— Quoi ? Ne me dis pas que tu n'aimes pas que je t'embrasse… c'est vexant. Et en plus c'est faux. Parce que j'ai bien senti que…

— C'est ta voix, Evan. Elle… elle vibre contre moi et

elle se répercute dans tout mon corps au point de me faire frissonner. C'est… c'est très déroutant. Et un peu gênant.

De l'index, je l'encourageai à relever les yeux vers moi. Je fis tout mon possible pour ravaler mon sourire fier mais c'était impossible. Juliette se pinça les lèvres et tenta de nous faire faire les quelques pas qui nous séparaient du bar.

— Ne sois jamais embarrassée avec moi. Jamais. J'adore quand tu me parles avec sincérité. D'une part, ça me rend fier.

Je me penchai sur elle, déposant un baiser rapide sur sa bouche.

— Et d'autre part, ça m'excite encore plus, ajoutai-je contre ses lèvres.

Elle sourit largement, ses yeux pétillants rivés aux miens. Je la suivis lorsqu'elle entra dans le bar, frustré de ne pas avoir Juliette que pour moi. Elle s'installa près de moi sur la banquette, sa main sur ma cuisse. Après avoir commandé, je la regardai rire avec ses amis, me promettant de faire mon possible pour qu'elle soit aussi à l'aise et détendue avec moi qu'avec eux.

Alors que je discutais avec Lucas de la vie pendant nos tournées, Julian surgit pour nous rappeler que nous avions un concours à disputer. Il tendit la corbeille remplie de papiers repliés ; Clémence en tira un et explosa de joie en découvrant que Lucas et elle devaient s'embrasser à en perdre haleine.

— Et après dix ans de relation, elle adore encore m'embrasser, se réjouit Lucas.

— Je te laisse faire, indiquai-je à Juliette en désignant la corbeille.

— Tu as eu la main heureuse la dernière fois, me fit-elle remarquer.

— Je crois que ça tient plus à toi qu'à moi.

D'un geste du menton, je l'encourageai. La table était parfaitement silencieuse, tous ses amis concentrés sur le contenu du petit papier que tenait Juliette. Je bus une gorgée de ma bière et me penchai sur elle alors qu'elle lisait les instructions.

Nous échangeâmes un regard complice et elle glissa sa main dans la mienne en annonçant :

— On va gagner haut la main.

Chapitre 19

Clémence et Lucas nous offrirent un spectacle frôlant l'indécence. À la fin de leur baiser, ils étaient effectivement hors d'haleine et saluèrent la foule quand celle-ci les applaudit. Lorsqu'ils rejoignirent notre table, Clémence réajustait son chemisier et Lucas s'appliquait à retirer le gloss qui traînait sur ses lèvres.

— C'était intense, lui fis-je remarquer.

— Elle va finir par me tuer, tu le sais bien.

J'échangeai un sourire avec lui, songeant à notre petit déjeuner matinal. Au fil des années, j'avais vu Lucas et Clémence se rencontrer, avoir leurs premiers rendez-vous, s'embrasser, se disputer, s'avouer leur amour, se regarder comme si le reste du monde n'existait pas, vivre toutes leurs premières fois ensemble, s'aider dans les moments difficiles, tout quitter pour rejoindre l'autre et rire aux mêmes blagues.

À mes yeux, leur couple représentait tout ce que j'attendais d'une relation : la complicité, le rire, l'amour, le soutien.

Alors, quand Lucas m'avait annoncé qu'il souhaitait organiser un anniversaire surprise pour Clémence, j'avais évidemment accepté de l'aider.

— C'est à nous, annonça Evan près de moi.

Nous nous levâmes, main dans la main, pour rejoindre la minuscule scène. Un fauteuil avait été tiré et j'eus un gloussement en songeant à la situation. Derrière moi, j'entendis mes amis nous encourager bruyamment et cela me rendit encore plus nerveuse.

— Il reste combien de tours après celui-ci ? demanda Evan.

— Un seul, et la finale.

— J'ai gagné pas mal de récompenses dans ma vie, mais je crois que celle-ci aura une place de choix sur mon étagère.

— Tu exposes tes récompenses ? demandai-je, hilare.

— Parfaitement.

— Je ne les ai jamais vues.

— Elles sont dans ma chambre. Tu sais, tu n'as pas besoin d'excuse pour aller dans ma chambre, ajouta-t-il d'une voix rauque. Tu y es et y seras toujours la bienvenue.

Les applaudissements redoublèrent quand nous arrivâmes devant le fauteuil. Julian, en maître de cérémonie, nous présenta et rappela à tout le monde que nous avions fini premiers la semaine précédente.

— Cette semaine, Evan et Juliette doivent s'embrasser en étant assis dans ce fauteuil, clama-t-il, déclenchant des cris d'excitation.

— En route vers la victoire, murmura Evan à mon oreille.

Avec précaution, il s'assit dans le fauteuil, les mains à plat sur les accoudoirs. Il n'y avait pas une multitude de solutions pour qu'on puisse s'embrasser. Evan arqua un sourcil, m'invitant silencieusement à m'asseoir sur lui. Je m'exécutai, m'installant à califourchon sur Evan, mes jambes coincées entre ses cuisses et les accoudoirs. Ma tunique était suffisamment ample pour couvrir mes fesses, mais les mains d'Evan se faufilèrent sous mes cuisses et tirèrent sur le tissu pour s'assurer qu'il reste en place.

— Je veux garder l'exclusivité, dit-il alors que je nouais mes mains autour de sa nuque.

— De mes fesses ?

— De toi, tout entière.

Je remuai sur lui, essayant de trouver la position la plus confortable pour nous deux. Je tentai d'ignorer les petits cercles électrisants qu'Evan dessinait de ses pouces sur mes cuisses. Julian lança un compte à rebours, pendant que mon partenaire se redressait, ses mains abandonnant mes jambes pour mon dos.

— Ça te rappelle quelque chose d'agréable ? demandai-je.

— J'envisage très sérieusement de faire un chèque à Julian pour qu'il fasse évacuer les lieux.

J'écarquillai les yeux avant de rire contre lui. D'un geste brusque, il attira mon corps contre le sien et planta son regard sombre et gourmand dans le mien.

— J'ai hâte qu'on quitte cet endroit et qu'on aille chez moi pour que je te retire toutes tes fringues. Et ce souvenir agréable du baiser dans mon fauteuil de salon ne sera rien par rapport à tout ce que je vais te faire ressentir.

Sa voix était chargée de désir mais surtout d'une sincérité vibrante d'émotion. Quand sa bouche ne fut qu'à quelques centimètres de la mienne, je sentis mon cœur s'emballer. L'instant suivant, les lèvres d'Evan étaient sur les miennes, m'embrassant avec tendresse. J'enfonçai mes mains dans sa chevelure, gémissant contre sa bouche, le cœur battant la chamade. Ce baiser ne ressemblait en rien à nos précédentes étreintes. Evan était lent, patient, me serrant contre lui comme s'il voulait me protéger du reste du monde. Ses mains galopèrent dans mon dos, puis l'une d'elles agrippa ma nuque et sa langue glissa entre mes lèvres. Je bougeai sur lui, devinant son excitation naissante.

Je pressai mon corps contre le sien, rêvant du moment où nos peaux nues finiraient l'une contre l'autre. Evan connaissait maintenant ma faiblesse pour sa voix, il me tardait de découvrir la sienne. Peu à peu, le brouhaha de la foule se dissipa. Evan me fit pencher le visage, s'autorisant un meilleur accès à ma bouche. Et en une seconde, ce baiser profond et lent se transforma en étreinte enflammée. J'oubliai mes amis, le public, le lieu. J'oubliai même comment respirer, laissant la bouche d'Evan prendre possession de la mienne. Il n'y avait plus que lui, ses lèvres douces contre les miennes, sa main possessive autour de ma nuque, son corps musclé et tendu sous le mien et la perspective d'une nuit entière avec lui. Cette seule idée suffit à me faire redoubler d'ardeur. Mes mains quittèrent ses cheveux et se faufilèrent dans l'encolure de son sweat. Je fis courir mes ongles sur sa peau, récoltant un grognement de plaisir.

Il abandonna finalement mes lèvres, à bout de souffle. La foule applaudit et j'entendis quelques sifflements. Je savais déjà de qui ils venaient. Haletante, je posai mon front contre le sien et trouvai son regard. Il était encore plus sombre qu'avant notre baiser, brillant de cet éclat de désir que je reconnaissais maintenant.

— Continue de me regarder comme ça et je ne réponds plus de moi, murmura-t-il.

— Comment ? souris-je.

— Comme si tu étais la plus innocente de nous deux.

— Aurais-tu des pensées inavouables ?

— Toi, c'est toi ma pensée inavouable.

Je me levai du fauteuil, les jambes encore flageolantes de notre baiser. Evan me suivit, ses mains sur mes hanches, sa bouche près de mon oreille. Je regrettais maintenant de lui avoir avoué l'effet que me faisait sa voix. Il allait en abuser pour me rendre cinglée.

— Tu sais, j'aime beaucoup quand tu es sur moi et que tu as le contrôle.

— J'aime beaucoup aussi, répondis-je, en me dirigeant vers la table où tout le monde nous attendait.

Evan resserra sa prise sur mes hanches et, tout en marchant, m'attira contre son torse.

— Mais j'attends avec impatience quand tu seras sous moi et que je prendrai le contrôle de ton corps. Et je le ferai, crois-moi.

Mes pensées divaguèrent immédiatement et je pinçai les lèvres en sentant la vibration de la voix d'Evan électriser toutes mes terminaisons nerveuses. Je m'effondrai presque sur la banquette, trahie par mon corps tremblant. Evan fut aussitôt entraîné en direction du bar par Lucas et Olivier et je me retrouvai seule avec Zélie et Clémence.

— Tu es une concurrente redoutable, commenta cette dernière.

— Tu couches avec lui, hein ? demanda Zélie.

— Non.

— Non ? s'écrièrent-elles à l'unisson.

— Non. C'est… compliqué.

— C'est criminel, commenta Zélie. Tu devrais allonger ce mec sur un lit et lui offrir la nuit de ses rêves. Et si tu ne le fais pas pour toi, ni pour lui, fais-le pour toutes les femmes célibataires de ce bar qui ont vu ce mec t'embrasser comme si sa vie en dépendait.

Clémence éclata de rire alors que je restais bouche bée, incapable d'articuler le moindre son. Nos regards convergèrent vers le bar, où Evan attendait nos boissons. Il dominait en taille Olivier et Lucas. J'admirai son profil et m'attardai sur la ligne parfaite de sa mâchoire. Soudain, comme s'il sentait que je l'observais, il tourna son visage vers moi et planta son regard dans le mien.

— Vous allez bien ensemble, commenta Clémence. On sent une alchimie. Sinon ce baiser n'aurait pas été aussi torride.

— Du coup, c'est officiel, vous deux ? demanda Zélie.

— Disons… on est quelque chose, dis-je, satisfaite de ma réponse.

J'adressai un sourire à mes amies. Elles levèrent leur verre dans ma direction, comme pour fêter ma relation avec Evan. Je reportai mon attention vers lui, me remémorant les moments passés en sa compagnie. Il m'avait écoutée, m'avait fait rire, m'avait aidée à faire le sapin. En quelques jours, je lui avais confié ce que j'avais mis plusieurs mois à raconter à Simon. Il m'avait laissé du temps. Même si je réalisais maintenant que c'était un vœu pieu : j'avais trop envie de lui pour patienter, trop besoin de le sentir contre moi pour avoir des doutes.

Et sa voix. Elle était hypnotisante et addictive. Mon corps tout entier palpitait dès que sa voix chaude et rauque m'enveloppait. Ce soir, ce baiser dans ce fauteuil n'avait fait que confirmer ce que je refusais de m'avouer.

Lentement, j'étais en train de tomber amoureuse de lui. Et cela m'effrayait.

La voix de Zélie me tira de mes pensées.

— Franchement, il est vraiment… vraiment canon, lança-t-elle en buvant une gorgée de sa bière.

— Il est plus que ça, murmurai-je. Bien plus.

Clémence me lança un regard et entrechoqua son verre contre le mien. Je refoulai la pointe de culpabilité qui me rongeait l'estomac. Ma relation avec Simon avait été longue. Mais, comme l'avait analysé Olivier, en comparaison de ce que je vivais avec Evan, elle avait été terne et sans surprise. À croire que j'avais été perdue pendant des mois, et que je venais finalement de trouver ce que je cherchais.

Les garçons revinrent à notre table avec nos boissons. Et Evan se rassit près de moi, avant de poser sa main sur ma cuisse, à limite de ma tunique. Les conversations reprirent, Evan parvenant à s'y fondre sans difficulté. Même avec mes amis, il était plus à l'aise que Simon. Sa main glissa sur ma cuisse, repoussant peu à peu ma tunique tandis que j'essayais de demeurer impassible ; le moindre contact de sa part semblait court-circuiter mon cerveau et déclenchait des picotements agréables dans tout mon corps.

Comme il l'avait fait dans le fauteuil, il traça de petits cercles avec son pouce, inconscient de l'effet que cela me faisait.

— Tout va bien ? me demanda-t-il. Tu es plutôt silencieuse.

— Je… j'étais perdue dans mes pensées.

— Hey, Evan, du coup, tu viens à la soirée de l'agence ? demanda Zélie.

— La soirée de l'agence ? répéta-t-il, perdu.

Je jetai un regard noir à mon amie, alors que toutes les conversations autour de la table s'étaient arrêtées. Olivier riva ses yeux sur moi, mais prit soin de porter son verre à ses lèvres pour éviter de commenter.

— Soirée annuelle de fin d'année de l'agence, expliquai-je. Grand barnum, ambiance un peu coincée, où on fait tous semblant de s'amuser et de bien s'entendre alors que la plupart des gens se disent à peine bonjour dans les couloirs.

— C'est dans dix jours, précisa Zélie.

Je me promis de l'étriper. Elle me mettait mal à l'aise à dessein. Le « quelque chose » ne lui avait pas suffi, et elle cherchait à me faire dire en public ce que je ne parvenais même pas à m'avouer.

— C'est le concert qui est prioritaire, et s'il y a une urgence ou des demandes de dernière minute, je n'irai pas, répondis-je.

Ma voix avait été ferme et définitive. Je fusillai une nouvelle fois Zélie du regard, espérant que ma réponse suffirait à couper court à cette conversation. Je n'osais même plus bouger et Evan retira sa main de ma jambe.

— Dommage, gloussa-t-elle. Ça aurait pu animer un peu cette soirée.

— Quelqu'un veut un autre verre ? proposa soudainement Clémence pour changer de sujet.

— Pas pour moi, répondit immédiatement Evan.

En quelques secondes, son attitude avait changé. Il avait retiré sa main et s'appliquait à mettre de la distance entre nous. À l'abri des regards, sous la table, je tentai d'agripper sa main. Je détestais ces soirées d'entreprise, et surtout, je détestais la perspective qu'il passe pour une bête de foire. Il ne repoussa pas ma main, mais le malaise était toujours présent.

— On va rentrer, annonçai-je.

Sans laisser le temps aux autres de protester, je me levai, entraînant Evan à ma suite. Sans prendre le temps de saluer mes amis individuellement, nous sortîmes du bar. À l'extérieur, le froid me gifla le visage, mais me permit de retrouver mon souffle que j'avais retenu sans m'en rendre compte.

— Si, un jour, j'ai besoin d'une exfiltration d'urgence, je t'appelle, plaisanta Evan en enroulant ses bras autour de ma taille.

— Désolée, marmonnai-je. Je… Zélie… c'était…

Il embrassa ma tempe et me serra contre lui en silence. Aussitôt, les émotions désagréables et la colère que je ressentais s'estompèrent.

— Pour ton information, j'ai toujours une chemise prête dans mon placard, dit-il.

— Evan, ce n'est pas…

— Je sais. Ton travail, le concert, du temps. Je sais. Mais on a aussi parlé d'une vie normale. Et ce genre de choses fait partie de la vie normale. Alors, si tu veux y aller…

Nos regards se croisèrent et je posai mes mains froides par-dessus les siennes. Evan ne méritait pas que je réagisse si brutalement. Depuis que nous nous connaissions, il avait été prévenant et patient, alors que je paniquais dès que ça allait trop vite.

— Pour l'instant, j'aimerais surtout aller chez toi et oublier cette soirée, dis-je, apaisée.

— L'oublier ? Arrête, on a battu tout le monde à plate couture sur ce baiser.

Il me fit pivoter pour que je lui fasse face. Il affichait une mine faussement outrée qui m'arracha un rire puis il enroula ses bras autour de ma taille et embrassa mon front.

— Ce baiser était spectaculaire. Il fera date dans l'histoire des baisers, déclama-t-il avec solennité. Il devrait même être montré à tous les ados pour leur expliquer comment on embrasse quelqu'un, quand ce quelqu'un représente quelque chose.

— Quelque chose, répétai-je, amusée.

— Quelque chose. Ce baiser était épique. Beaucoup plus que le premier. Le premier n'était que… désir et découverte. On se cherchait.

— Oh. D'accord. Et donc, celui-ci ?

— Eh bien, je dirais qu'on s'est définitivement trouvés, non ?

— Si.

Il déposa un nouveau baiser sur mon front et, l'instant d'après, fit arrêter un taxi.

— Rentrons. Je ne veux plus te partager.

— Alors ? Tu veux voir mes trophées ? demanda Evan en ouvrant la porte de son appartement.

— Est-ce que c'est un truc que tu utilises avec toutes tes conquêtes ou j'ai un traitement de faveur ?

— Tu as évidemment un traitement de faveur.

Il me plaqua contre le mur et pressa sa bouche exigeante contre la mienne. Je gémis contre lui, repoussant son manteau de ses épaules, pendant qu'il me retirait le mien. Ses mains parcoururent mon corps et ses lèvres se nichèrent dans mon cou.

— Si mes souvenirs sont bons, murmura-t-il contre ma peau, c'est juste ici.

Il me mordilla et je me laissai aller contre le mur, abandonnant toute résistance. Il aspira durement ma peau, moulant son corps contre le mien. Un gémissement m'échappa et je haletais déjà, me débattant avec son sweat-shirt pour qu'il le retire.

Il recula et s'exécuta, lançant le vêtement dans le couloir. Les yeux étincelants de désir, il saisit le bas de ma tunique et me la retira. Puis, il s'agenouilla et tira sur mon collant. Ses mains rugueuses caressèrent ma peau, de l'arrière de mes cuisses jusqu'à mes chevilles, déclenchant une pluie de picotements agréables et chauds. Je levai mes pieds et Evan me débarrassa de mon collant avant de se redresser, ses yeux flamboyants me détaillant avec intensité.

— Tu es tellement belle…

Le rouge s'empara de mes joues… et de tout mon corps. Ce que j'éprouvais pour Evan était d'une force inédite. Le désir et l'attirance des débuts avaient laissé place à des sentiments plus profonds. J'aimais qu'il me protège, j'aimais qu'il m'attire dans ses bras en m'assurant que tout irait bien, j'aimais qu'il m'embrasse au point de m'en faire oublier le reste du monde. Toutes ces sensations étaient terriblement grisantes.

Il enroula sa main autour de ma nuque et je posai mes mains sur sa ceinture, décidée à nous mettre à égalité. Je déboutonnai son jean et l'abaissai tout en arrachant ma bouche de celle d'Evan pour partir à l'exploration de son cou et de son torse musclé. Mes mains suivirent le même chemin, passant de ses épaules à ses côtes, puis mes lèvres atteignirent son ventre et je sentis Evan se tendre contre moi.

— Je peux attendre, murmura-t-il, en reculant légèrement. Tu n'as rien à me prouver et…

— J'en ai envie.

Nous échangeâmes un regard, comme si Evan voulait s'assurer que je n'étais pas en train de mentir. Mes mains remontèrent le long de ses cuisses et il grogna.

— Juliette, dans ma chambre !

Je relevai les yeux vers lui et secouai la tête, déterminée à aller au bout de mon objectif. Je lui retirai son jean, découvrant un boxer bleu ciel tendu par son érection. Délicatement, j'embrassai l'intérieur de ses cuisses, remontant jusqu'à son entrejambe, et déposai un baiser sur son sexe, par-dessus le tissu.

Les doigts d'Evan s'enfoncèrent dans ma chevelure et il étouffa un juron.

— Tu t'amuses, on dirait ? gronda-t-il.

— J'ai à peine commencé.

Je crochetai son boxer et, à son tour, le fit descendre le long de ses jambes. Je laissai mes doigts courir sur son sexe nu et gonflé, souriant en entendant Evan siffler. Nous échangeâmes un regard et, du bout des doigts, il m'encouragea à poursuivre. J'enroulai ma main autour de son sexe, avant d'en lécher doucement l'extrémité.

— Putain, gronda-t-il.

Un sentiment de puissance s'empara de moi et je réitérai mon geste plusieurs fois, avant de prendre son sexe entre mes lèvres. Je le suçai doucement, grisée par la respiration lourde d'Evan au-dessus de moi. Je creusai les joues, l'aspirant dans ma bouche plus durement, mes mains agrippées à ses cuisses. Les doigts d'Evan caressèrent ma joue et repoussèrent délicatement les quelques mèches de cheveux qui masquaient mon visage.

Je relevai les yeux vers lui ; il n'avait jamais été aussi

beau et vulnérable. Et surtout, il était à moi, s'abandonnant tout entier à ma caresse.

— Tu es incroyablement sexy, Juliette.

L'instant suivant, je devinais une légère pression sur ma tête ; en silence, Evan m'invitait à accentuer le rythme. Je le pris plus largement dans ma bouche, augmentant la pression de mes lèvres. J'enroulai ma langue autour de son membre et émis un petit grognement quand, de plaisir, Evan tira sur ma chevelure.

Une pluie de jurons sortit de sa bouche et je redoublai d'ardeur, sentant son sexe déjà tendu se gonfler davantage.

— Juliette, j'adorerais vraiment continuer, mais, s'il te plaît…

Je m'attardai sur l'extrémité de son sexe, ignorant sa supplique. Sentir les doigts d'Evan dans mes cheveux, entendre ses gémissements, savoir qu'il luttait pour ne pas jouir dans la seconde m'excitait. Je libérai son membre et l'enserrai avec la main mais soudain, Evan repoussa ma main et m'agrippa pour me remettre debout.

Plaquée contre le mur, j'étouffai un cri de surprise, avant qu'Evan n'écrase sa bouche contre la mienne. Sa main sur mon cou, il m'embrassa avec passion, dévorant mes lèvres gonflées, pour finir par mordre ma lèvre inférieure entre ses dents.

Je lâchai un gémissement indécent ; sentir la peau d'Evan frotter contre la mienne était incroyable. J'en avais eu un aperçu furtif en début de semaine, mais ce soir, après ces longs jours de questionnement et avec l'adrénaline qui déferlait dans mes veines, les sensations étaient décuplées. Je n'avais jamais ressenti un tel désir pour un homme. Sa bouche se posa partout sur moi, ses mains arrachèrent les bretelles de mon soutien-gorge et l'instant d'après ses lèvres se refermèrent sur un de mes seins. Je m'agitai sous sa caresse, tous mes sens en éveil et les nerfs à fleur de peau.

Je ne pouvais plus attendre et j'étais prête à m'ouvrir complètement à lui.

— Evan, murmurai-je, mes mains dans ses cheveux.

Ses mains saisirent mes hanches.

— Je veux t'entendre, dit-il contre ma peau.

— S'il te plaît.

Ma voix n'était qu'un gémissement plaintif. J'avais la sensation que tout mon corps brûlait et mon cœur allait imploser. Evan aspira plus durement la pointe de mon sein, avant de le libérer pour revenir sur mes lèvres.

— Ouvre les yeux, bébé.

Je clignai les paupières, trouvant le regard sombre d'Evan. Il m'adressa un sourire lascif avant de passer son pouce sur ma bouche entrouverte. Je le mordillai, excitée comme je l'avais rarement été.

— Cette bouche est pleine de promesses et je t'assure que je n'oublierai jamais la manière dont tu sais t'en servir.

— Tu m'as arrêtée au meilleur moment.

— Le meilleur moment c'est quand je vais enfin être en toi et que je vais t'entendre crier mon prénom de plaisir.

— Contre ce mur ? demandai-je, espérant qu'il mette un terme à mes souffrances.

— Dans mon lit, pour commencer. Maintenant.

Il prit ma main et m'entraîna dans un autre couloir. Il poussa une porte, révélant une grande chambre tout en nuances de beige. Son lit était gigantesque et recouvert d'une parure de draps bleu ciel. Il m'allongea sur le lit et me recouvrit l'instant suivant, clouant fermement mes mains au-dessus de ma tête.

— Laisse-moi faire, murmura-t-il contre ma bouche.

Je me cambrai tandis que sa bouche parcourait mon cou, ma gorge, mes seins, mon ventre. Evan ne me laissait aucun répit, malgré mes gémissements de frustration. Ses mains calleuses épousaient chacune de mes courbes ; le contact froid de ses bagues contre ma peau brûlante attisait mon excitation. Je ne tenais plus.

— Evan, s'il te plaît…

Je frottai mes cuisses l'une contre l'autre, incapable de me contenir. Je sentis son sourire contre mon ventre et il releva les yeux vers moi.

— S'il te plaît, quoi ?

— Touche-moi. Touche-moi, s'il te plaît.

Il fit glisser ma culotte le long de mes jambes et ce simple geste me tira un nouveau gémissement. Quand Evan embrassa l'intérieur de mes cuisses, je me tordis de plaisir et m'accrochai à la tête de lit au-dessus de moi avant de souffler :

— Encore…

Il répéta son geste et je le maudis d'être aussi strictement obéissant ; je le voulais entre mes cuisses, en moi et sur moi, soulageant la pression désagréable qui se formait dans mon bas-ventre. Je m'agitai sur le lit et baissai les yeux sur Evan ; il avait l'air ravi de son effet.

— Écarte tes jolies jambes.

Son souffle caressa ma peau sensible et je basculai la tête en arrière, à la recherche d'un second souffle. Quand enfin sa bouche se posa sur mon intimité, je criai de soulagement. Sa langue caressa mon sexe puis se concentra sur mon clitoris, me faisant arquer le dos, ce qui accentua le contact entre sa bouche et mon intimité. Evan grogna contre moi et le son se répercuta partout dans mon corps. La pression s'accentuait, ne me laissant aucun répit. Mon sang affluait entre mes jambes, pendant que mon cœur trépidait comme jamais.

— Allez, bébé, m'encouragea Evan.

Il releva les yeux vers moi, sa bouche toujours entre mes cuisses. Je sentais l'orgasme si proche, éblouissant et libérateur. Evan tendit son bras et glissa son index dans ma bouche. Je le suçai avec force, noyée sous les sensations, et il le retira au bout de quelques secondes. Suite à quoi, il glissa son doigt dans mon intimité et me tira un nouveau cri.

— Tu es brûlante et… et absolument magnifique…

Je me cramponnai à la tête de lit et Evan inséra un second doigt. Il les recourba légèrement, allant et venant en moi dans une lenteur atroce.

— Putain, sifflai-je.

Sa bouche se reposa sur mon clitoris et, en une seconde,

je basculai dans le vide. Les yeux clos, je sentis mon orgasme déferler dans mes veines, me faisant oublier tous mes doutes et toutes mes craintes. C'était spectaculaire et prodigieux. Mon corps se détendit finalement et je retrouvai peu à peu une respiration normale.

— Je n'en ai pas fini avec toi, murmura Evan contre mes lèvres.

Il m'embrassa, me laissant me goûter sur sa bouche. J'entrouvris les lèvres, sa langue prenant le contrôle de la mienne. Je gémis, abandonnant la tête de lit pour ses cheveux, tirant tendrement dessus.

— Tu es très doué, le félicitai-je quand il s'écarta.

— Tu en doutais ?

— Non. C'était une confirmation. Une belle confirmation, du genre… incroyable confirmation.

Il eut un sourire modeste et étira son bras vers son chevet. Il roula sur le dos et me tendit le préservatif.

— C'est juste pour le plaisir de sentir tes mains sur moi, avoua-t-il dans un souffle.

Je profitai de l'occasion pour promener mes mains sur son corps musclé par la boxe. Mes doigts parcoururent ses pectoraux, puis ses biceps gonflés, avant de finir sur ses abdominaux parfaitement dessinés. Evan était une œuvre d'art. Je terminai par son sexe long et dur, sur lequel je déroulai le préservatif avant de déposer un baiser sur son extrémité. Je remontai lentement vers son visage. Son regard brillait de nouveau de désir. Pourtant, quand il saisit ma main et la posa contre son cœur, je me figeai, troublée.

Sous ma paume, je sentais les battements frénétiques de son cœur.

— C'est ce que tu me fais, Juliette. Pas seulement ce soir, ajouta-t-il, mais tous les autres soirs.

Reprenant ma main dans la sienne, il y déposa un baiser tendre qui me fit frissonner. Il ne s'agissait plus seulement de sexe. Et quand Evan m'embrassa, attirant mon visage au plus près du sien, mon cœur sembla s'envoler.

Les mots étaient là, tout près. Je voulais lui dire que

j'étais amoureuse de lui, qu'il était en train de changer ma vie et de la rendre plus légère et plus belle… mais je me contentai de sourire.

— Je ne te demande rien, dit-il à voix basse. Je veux juste que tu le saches.

Je hochai la tête, ignorant mes émotions exacerbées et mon cerveau bouillonnant. Evan m'embrassa à nouveau, avec une douceur inédite. Il reprit sa position initiale, son corps me recouvrant. Son sexe effleura le mien et je perdis à nouveau le contrôle.

— Alors ? murmura-t-il. On fait ça comment ?

Je risquai un sourire, me souvenant parfaitement de cette question posée pour de notre premier baiser. Il repoussa mes cheveux, embrassa mon visage partout, pendant que je crochetais mes jambes autour de sa taille.

— Tu as une idée ?

— Non. J'en ai des tonnes, bébé.

— Une suffira.

— Je suis persuadé que non. Je vais devoir te garder ici quelque temps. Nue, évidemment. Dans ce lit, ou dans ce couloir que tu sembles aimer. Mais, oui, je vais te garder ici, répéta-t-il.

— Et si j'acceptais ?

Il se figea et plongea son regard dans le mien, comme pour s'assurer que je ne plaisantais pas. Rester ici, avec lui et avec Gloria, ne me déplaisait pas. Dans cet appartement, j'avais la sensation d'être à l'abri de tout.

— J'adorerais que tu restes, avoua-t-il avec sérieux. Alors, dis-moi : doux ? passionné ? sensuel ? chaste ?

— On oublie le chaste.

En une seconde, Evan me pénétra et nos deux corps ne firent plus qu'un. Assaillie par le plaisir et le soulagement d'enfin le sentir en moi, j'ondulai sous lui, alors qu'il murmurait mon prénom à mon oreille, comme une douce litanie. J'oubliai le reste du monde, Simon, le concert et toutes les bonnes raisons rationnelles que j'avais d'être prudente. Il n'y avait plus qu'Evan, nos deux corps soudés l'un à l'autre, sa peau contre la mienne, la façon dont sa main plaquée dans mon dos m'attirait à lui, son regard brumeux dans le mien.

Evan intensifia le mouvement de ses reins, allant et venant en moi, nos souffles courts mêlés dans une danse lascive. Je fermai les yeux, prise dans les prémices délicieuses d'un nouvel orgasme.

— Ouvre les yeux, Juliette. Je veux te voir.

Je m'exécutai difficilement, Evan accélérant encore et encore, répondant aux mouvements de mon corps comme s'il le connaissait par cœur. Au bord du gouffre, je criai son nom, griffant son dos de mes ongles. Evan réagit aussitôt, s'enfonçant plus violemment en moi, déterminé à me faire craquer au plus vite.

— Encore, l'encourageai-je.

— Je veux que tu jouisses, Juliette. Je veux sentir tout ton corps trembler contre le mien. Allez, bébé…

Ses murmures chauds et rauques m'achevèrent. Je me tendis sous lui et laissai mon orgasme s'abattre sur moi et soulager toutes les tensions qui nouaient mes muscles. Les yeux à demi clos, je vis Evan sourire et, juste après, il jouit à son tour, son front collé contre le mien.

Ma main toujours posée sur sa nuque et la respiration lourde, je laissai mon regard rivé au sien et annonçai dans un souffle :

— Je reste.

Un large sourire éclaira son visage et cela suffit à étouffer mes derniers doutes. Il me contemplait comme si je comptais plus que tout, comme si j'étais le centre de son univers.

Je caressai son visage de mes mains, émue et bouleversée.

— À quoi penses-tu ? demanda-t-il.

— On ne lutte pas contre l'univers.

Chapitre 20

— Habituellement, je déteste le réveil, marmonnai-je en sentant les doigts de Juliette caresser mes épaules.

Elle déposa un baiser sur ma nuque et j'en profitai pour capturer sa main et embrasser sa paume.

— Je suis du matin, répondit-elle.

Je posai mes lèvres sur les siennes, avant de dériver vers son cou. Elle pencha la tête, me laissant toute liberté de l'explorer.

— Je m'adapterai, concédai-je en dégageant le drap qui couvrait ses seins.

Mes mains s'égarèrent sur sa poitrine et elle gémit contre moi, parfaite et offerte à ma convoitise.

— Bon sang, j'adore te toucher, murmurai-je en laissant mes doigts glisser sur sa peau.

Elle enfonça sa tête dans l'oreiller, ses mains dans mes cheveux, ses ongles massant agréablement mon cuir chevelu. Je l'embrassai ici et là, mais surtout, j'observai les réactions de son corps, notamment la manière dont sa peau frémissait à mon contact. Elle gémit en sentant mes lèvres se diriger vers son bas-ventre. Elle parvint à saisir une de mes mains. Elle la posa sur l'un de ses seins et ferma les yeux quand je jouai avec sa pointe dressée.

— Et j'adore que tu me touches, répondit-elle d'une voix chaude.

Pendant de longues minutes, je parcourus son corps. J'avais envie d'elle, envie de lui faire l'amour comme hier soir, mais Juliette avait initié ce réveil et, pour la première fois, elle avait abaissé ses barrières. Elle était à moi et j'étais décidé à en profiter pleinement.

— Quel est le programme de la journée ? demanda-t-elle.

Je m'arrêtai net dans mon exploration, mais restai à hauteur de son ventre. Elle baissa les yeux vers moi et arqua un sourcil, attendant une suggestion.

— Rester au lit ne te convient pas ?

— À vrai dire, j'ai faim, rit-elle. Et on pourrait… faire des trucs.

— On fait des trucs, murmurai-je contre elle. Là, tu vois, j'embrasse ton ventre et, si tu me laisses encore quelques minutes, je pourrais laisser ma langue vagabonder sur ton sexe et te…

Elle posa la main sur ma joue et ma bouche fit le chemin inverse, remontant jusqu'à ses lèvres. Je restai au-dessus d'elle, admirant les éclats bleu foncé dans son regard azur.

— J'ai faim, répéta-t-elle. Ensuite, on pourrait peut-être aller se balader.

— Il fait froid, tu vas geler sur place et je déteste ça.

— Il va bien falloir que je sorte. Si tu veux que je reste ici, je dois passer chez moi pour faire un sac.

— Ne prends pas de culotte, conseillai-je.

— Je dois aller travailler.

— Je ne vois pas en quoi c'est incompatible.

— Dit l'homme qui a soigneusement veillé à ce que personne ne voie mes fesses au bar hier soir. Et j'ai aussi besoin de vêtements, d'une brosse à dents, de chaussures…

Je la fixai, retenant un rire. Elle était adorable et tellement jolie.

— Quoi ? s'alarma-t-elle devant mon silence. Tu as peur que je t'envahisse, c'est ça ?

— Je pensais que tu voulais du temps, que tu n'étais pas habituée à l'intimité.

— C'est vrai. Je… En temps normal, j'aurais fini par rentrer chez moi au petit matin pour m'isoler. Je ne gère pas très bien les déceptions et je préfère limiter les risques plutôt que de voir les gens que je finis par apprécier me quitter.

— Alors je suis une sorte de prise de risque dans ta vie ?

— Je ne fais pas ça habituellement. Jamais, Evan. Je ne laisse personne se glisser dans ma vie comme tu l'as fait. Parce que les gens finissent par se lasser, parce que je manque d'intérêt… Ils s'en vont.

— Peut-être que ces gens sont juste des imbéciles, Juliette. Parce qu'à titre personnel, je trouve que tu es une source incroyable de curiosité.

— Dans tous les cas, crois-moi : je n'ai pas du tout l'habitude d'envahir les gens comme ça.

— Juliette, tu peux m'envahir tant que tu veux. Une semaine, un mois, la vie entière. Tout ce que tu veux.

Quand je l'embrassai, je la sentis se tendre sous moi et je compris que j'avais été trop loin. Elle venait juste d'envisager la possibilité de rester avec moi et de me confier ce qu'elle ressentait, et je la faisais paniquer.

— Commençons par un petit déjeuner, je t'invite au café du coin.

Je l'embrassai à nouveau, attendant patiemment qu'elle se détende. Je m'appliquai à la serrer contre moi, espérant la rassurer. J'avais la sensation de jouer les équilibristes : Juliette et sa réserve d'un côté, mes sentiments de l'autre. Je n'étais pas le genre de type à étaler ses émotions. J'avais déjà été amoureux et ma relation n'avait pas survécu à une tournée et deux séquences de promotion intensive. Je devais être prudent, autant pour elle – il me fallait la préserver de ma vie hors norme – que pour moi, pour éviter de finir avec le cœur en miettes.

Cependant, avec Juliette, il y avait autre chose, quelque chose qui me disait de la garder auprès de moi et de ne jamais la laisser partir, quelque chose qui m'attirait vers elle, comme une sorte de gravité inexorable.

Quelque chose. Ce que nous étions et qui, bien qu'indéfinissable, suffisait à me rendre heureux.

Nous finîmes par nous lever et Juliette fonça sous la douche. En l'attendant, je rassemblai nos vêtements éparpillés dans le couloir. Ensuite, j'envoyai un message à ma mère pour prendre des nouvelles de Gloria. Apparemment, la nuit avait été calme et Gloria faisait le bonheur des amies de ma mère.

Quand Juliette réapparut, elle avait les cheveux humides et portait sa tunique de la veille. Elle déambula dans le salon, s'arrêtant devant notre sapin gigantesque. Je me postai près d'elle et sa main trouva aussitôt la mienne.

— Je voudrais faire un cadeau à Gloria, dit-elle finalement.

— Rien ne t'oblige à…

— On a fait un sapin. Il faut des cadeaux.

— D'accord, d'accord.

— Alors, tu fais quoi normalement le dimanche ?

— Je récupère les heures de sommeil que Gloria m'a volées, plaisantai-je. Ou je fais en sorte qu'elle cesse d'attraper tout ce qui est à portée de sa main.

— Et avant qu'elle déboule dans ta vie ?

— Je… je jouais, avouai-je, le cœur serré. Je profitais de mon temps libre pour composer. Ou essayer en tout cas.

Je sentis ses doigts presser les miens. Avant… j'avais l'impression qu'une vie entière s'était passée. Tout me paraissait si lointain, comme si la douleur avait repoussé nos souvenirs pour laisser place à un grand vide. Je me demandais parfois si je finirais par tout oublier, si je serais capable de raconter les exploits de son père à Gloria ou de me souvenir du rire de Lucie.

— Il me manque, avouai-je. Je déteste jouer sans lui, je déteste vivre sans lui. Gloria ressemble beaucoup à sa mère, mais elle a le sourire de mon frère. J'aime ma nièce. Je l'aime comme si elle était ma propre fille, mais à chaque fois que je la regarde, je réalise qu'il n'est plus là.

Juliette lâcha ma main et vint se blottir contre moi. Elle noua ses bras autour de ma taille et elle fit son possible pour étouffer mon chagrin.

— J'aurais adoré qu'il te rencontre, murmurai-je en caressant ses cheveux.

— Et qu'est-ce qu'il aurait dit ?

— Un truc du genre… « bien joué », souris-je. Avec une

grosse tape dans le dos, et juste après, il aurait balancé un truc bien graveleux, impliquant un lit cassé et des bruits obscènes.

Juliette rit doucement contre moi, avant de relever ses yeux vers les miens.

— Vous vous seriez bien entendus.

— Je n'en doute pas. Tu sais ce que j'aimerais ? demanda-t-elle après une courte pause. J'aimerais que tu joues.

— Maintenant ?

— Maintenant. Pour l'avoir expérimenté, je t'assure que t'entendre fait beaucoup de bien.

Elle se détacha de moi et prit la guitare qui se tenait dans un coin du salon. Elle me la tendit, attendant patiemment que je me décide. Quand finalement je la saisis, Juliette m'adressa un sourire encourageant et s'installa face à moi.

J'avais joué durant des centaines de concerts, devant des milliers de gens, assuré des émissions en direct, mais jamais je n'avais été aussi nerveux. Quand finalement mes doigts pincèrent les cordes, j'eus la sensation que mon cœur allait sortir de ma poitrine. Les premières notes qui me vinrent furent celles d'une chanson que Michael avait composée il y a des années. C'était un rythme lent et j'en avais oublié en partie les paroles. Je me souvenais juste qu'il l'avait chantée pour l'anniversaire de Lucie et qu'il avait voulu raconter ce qu'il ressentait pour elle.

Juliette m'écouta religieusement, ses yeux rivés sur moi, pendant que je chantais à voix basse. Sa musique, ses paroles, sa chanson, mes souvenirs.

« Et tu penses quoi de celle-ci ? » avait demandé mon frère.

Le nez collé contre la vitrine, j'avais haussé les épaules. Toutes ces bagues se ressemblaient et, honnêtement, je n'avais pas la tête à ça.

« Tu vas être grognon toute la journée ?

— Je viens de me faire larguer, lui avais-je rappelé. Tu

comprendras que ça ne me met pas dans les meilleures conditions pour trouver une bague de fiançailles.

— Tu te fichais de cette fille. Et elle n'était pas pour toi.

— Parce que… ?

— Parce qu'elle riait à toutes tes blagues, même les plus foireuses. Je veux bien qu'elle soit bon public, mais là, elle avait basculé dans le fanatisme. Et celle-ci ? Avec le diamant jaune ?

— Tu veux vraiment l'épouser ?

— Si elle dit oui, j'y compte bien. Je ne sais pas comment l'expliquer mais je sais depuis longtemps qu'il n'y aura qu'elle. Elle est assez folle pour me supporter, elle est brillante, elle me donne envie de marcher sur des braises et… surtout elle ne rit qu'à certaines de mes blagues ! »

J'avais juste soupiré, prêtant une attention distraite aux bagues étalées dans la vitrine. Michael avait choisi une joaillerie de luxe et était déterminé à trouver le bijou idéal.

« Elle ne rit pas à toutes tes blagues ? avais-je finalement demandé.

— Non. Quand c'est vraiment mauvais, elle me regarde avec un petit sourire, l'air de dire “ tu feras mieux la prochaine fois ”.

— Elle est trop indulgente.

— Elle croit en moi. Et elle croit en nous depuis le jour où je l'ai embrassée au cinéma. »

Soudain, avec un grand sourire, il avait tapé son index contre la vitrine, désignant ainsi la bague qu'il avait choisie : un solitaire en platine rehaussé d'un diamant rose.

« C'est celle-là. On y va ?

— On ? avais-je répété sans comprendre.

— Oui. Ah oui, pardon : je t'ai choisi comme témoin. Donc, tu dois te farcir ce genre de truc avec moi. Allez, viens, on va acheter cette bague et Lucie sera officiellement la femme de ma vie. »

Nous étions rentrés dans la boutique avec nos jeans déchirés et nos T-shirts délavés ; dans cette atmosphère guindée et feutrée, notre arrivée n'était pas passée inaperçue.

Il y avait eu un instant de stupéfaction, où les quelques vendeurs s'étaient regardés en se demandant sûrement s'il ne s'agissait pas d'une blague. J'avais jeté un regard vers l'agent de sécurité, qui semblait prêt à bondir pour nous faire sortir par le col.

« Messieurs ?

— Je voudrais une bague. Celle qui est en vitrine, juste là. »

Et après l'avoir examinée sous toutes les coutures, Michael l'avait effectivement achetée. En découvrant sa carte bancaire Platinum, le vendeur s'était fendu d'un sourire. L'instant d'après, j'avais éclaté de rire, en entendant Michael demander : « Et je voudrais un paquet. C'est pour offrir. »

Je jouai les ultimes notes de la chanson de mon frère, le cœur plus léger que quelques minutes auparavant. Je relevai les yeux vers Juliette qui m'adressa un sourire réconfortant.

— Tu veux essayer ? proposai-je.

Elle secoua la tête et demeura muette, cherchant un moyen de détourner l'attention. Elle finit par river ses yeux au sol et tritura nerveusement sa tunique.

— Tu veux vraiment essayer ! me moquai-je. Viens, je te montre.

— Evan, je crois que… je n'ai jamais su chanter, alors jouer d'un instrument. Franchement, tu perds ton temps.

— Je suis avec toi, comment pourrais-je perdre mon temps ? Assieds-toi, je vais te montrer.

Je me levai du canapé, ma guitare à la main, et ignorai le regard agacé qu'elle me lança.

— C'est simple, je t'assure, promis-je.

Elle s'assit avec prudence, regardant la guitare comme si c'était une bête sauvage affamée. M'agenouillant devant elle, je ravalai un rire devant son attitude méfiante, puis lui glissai la guitare entre les mains. Elle la toucha délicatement, hésitant même à enrouler ses doigts autour du manche.

— On va commencer par un *la* majeur, d'accord ?

Elle hocha la tête, toujours incertaine. Je tentai un sourire encourageant, positionnant ses doigts crispés sur les cordes. Son corps était tendu comme un arc et sa respiration hachée. Dès qu'il s'agissait de quelque chose de nouveau, Juliette perdait ses moyens.

— Tu vas voir, il n'y a rien de plus agréable, l'encourageai-je. Tu vas sentir la musique vibrer dans tout ton corps.

— D'accord.

— Ne t'occupe pas des cordes, garde juste les doigts appuyés ici et là, soufflai-je en pressant son index et son majeur.

Elle opina et je me glissai derrière elle, mon torse contre son dos et l'encadrant de mes cuisses. Instinctivement, elle eut un mouvement de recul, avançant ses fesses au plus près du rebord du canapé. Je posai mes mains sur ses hanches et la tirai légèrement contre moi. Son dos heurta mon torse et un rire embarrassé lui échappa.

— Evan, je crois vraiment que ce n'est pas une très bonne…

Elle esquissa un geste, prête à prendre la fuite. Mes mains se refermèrent plus durement sur ses hanches, la forçant à reposer son dos contre moi. Pour faciliter mon geste, je repoussai ses cheveux sur son épaule gauche, découvrant la peau délicate de son cou. Elle frissonna et fronça les sourcils de concentration.

— Ne me distrais pas, râla-t-elle.

— C'est tellement tentant. Bien. Donc *la* majeur, comme ça, et ensuite, tu feras un *ré*, en décalant ce doigt. D'accord ?

Peu à peu, je sentis ses muscles se détendre. Son corps chaud collé contre le mien, sa peau à quelques millimètres de mes lèvres… je me découvrais une nouvelle position préférée pour composer.

Je pris sa main droite dans la mienne et, lentement, je grattai les cordes de la guitare. Elle étouffa un adorable cri de joie et le son résonna entre nous deux, faisant vibrer chaque cellule de mon corps. Mon cœur s'emballa aussitôt, cherchant un rythme qui serait en cadence avec ma guitare. Je fermai les yeux, grattant à nouveau les cordes pour savourer cette nouvelle sensation.

— *Ré*, expliquai-je contre sa nuque.

Elle se laissa faire quand je replaçai ses doigts et, cette fois, elle bougea sa main droite toute seule sur les cordes. Sur son profil, je distinguai un sourire lumineux.

— Encore, l'encourageai-je.

Mes lèvres effleurèrent sa peau et je sentis le son traverser son corps. Je déposai un baiser furtif dans son cou, à l'endroit où son pouls trahissait sa joie débordante. Elle replaça ses doigts pour refaire la première note et, à l'instant où sa main gratta les cordes, j'embrassai ce même carré de peau, puis traçai une ligne de baisers jusqu'à sa nuque. Je retirai mes mains de la guitare et tirai sur le tissu de sa tunique pour découvrir son épaule. Juliette bascula sa tête contre mon épaule, abandonnant la guitare et toute résistance.

— J'ai changé d'avis, soufflai-je.

Juliette me regarda, sans comprendre. Le souffle court et les yeux embrumés de plaisir et de joie, illuminée par la douce lumière matinale, elle était spectaculaire et excitante.

— C'est définitivement plus agréable de sentir la guitare à travers toi.

— Je pense que je vais avoir besoin de nombreuses leçons.

— Aucun problème.

Je lui volai un baiser mais le ventre de Juliette protesta et nous nous forçâmes à sortir de l'appartement. Après un déjeuner rapide et une balade glacée dans Paris, nous allâmes chez Juliette pour récupérer quelques affaires.

— Est-ce que tu veux de l'aide ?

— Ça ira, j'ai l'habitude, cria-t-elle en allant dans sa chambre.

— Je te demande pardon ?

— Je pars souvent en déplacement. Je sais faire une valise très rapidement et j'ai toujours une trousse de toilette prête, expliqua-t-elle, pendant que je déambulais dans son petit salon.

Je trouvai mon sweat sur le canapé, sagement plié.

Sur une étagère, quelques photos de Juliette, avec son groupe d'amis. Apparemment, les anniversaires étaient des événements suffisamment importants pour que les photos se multiplient. Juliette hilare, Juliette déguisée, Juliette avec un T-shirt de Snow Patrol, Juliette serrant Olivier dans ses bras, Clémence et Lucas avec des bières à la main, Juliette et tous ses amis, allongés les uns à côté des autres, mains nouées.

Toute sa vie s'étalait sur ses murs. Des photos, des mots, des paroles de chansons – Snow Patrol avait toutes ses faveurs, apparemment –, le tout sagement suspendu dans d'inutiles cadres photo. Si elle avait eu une enfance solitaire, elle semblait avoir rattrapé le temps perdu avec son inébranlable bande.

Quand Juliette réapparut, elle avait troqué sa tunique contre un jean et un T-shirt blanc. Elle avisa le sweat sur le canapé et l'enfila avant de m'adresser un sourire. Il était bien trop grand pour elle et elle enroula les manches plusieurs fois pour l'ajuster.

— Quoi ? fit-elle alors que je la dévisageais.

— Rien. Il te va mieux qu'à moi.

— Il est chaud et douillet. Je l'aime beaucoup.

— Tu m'expliqueras ce déguisement de diablotine sur cette photo ?

— C'était pour l'anniversaire d'Olivier, il y a deux ans. J'avais perdu un pari. Encore, ajouta-t-elle dans un rire. C'est un truc entre nous, on parie beaucoup, et honnêtement, je perds souvent.

— Et ça t'arrive de gagner ?

Son sourire s'affaissa et son regard se voila. Elle détourna les yeux et, au lieu de répondre, elle prépara un sac avec son ordinateur portable et quelques dossiers. Ses gestes étaient secs et son corps tendu. Quand elle pivota pour s'assurer qu'elle n'avait rien oublié, je saisis sa main et tentai d'accrocher son regard.

— On est censés se parler, Juliette.

— C'est un mauvais souvenir.

— Parce que ça concerne ton ex ? Celui dont tu as brûlé les affaires ? Il est sur ces photos ?

— On devrait y aller.

— Je veux savoir. Tu m'as dit qu'il t'avait quittée et qu'il voyait quelqu'un d'autre. Qu'est-ce que j'ai loupé au juste ?

— Tous mes amis pensaient qu'il allait me demander en mariage, avoua-t-elle finalement. Alors ils ont parié. Et cette fois, j'ai gagné.

Je libérai sa main, presque sous le choc. Elle pensait se marier avec lui. C'était un détail… mais un détail qui comptait plus que le reste, plus que les deux ans de relation, plus que le fait qu'il soit tombé amoureux de quelqu'un d'autre. Je ne parvenais pas à imaginer sa déception ni sa tristesse, mais je comprenais maintenant mieux sa retenue perpétuelle et ses craintes.

— Je devrais certainement être désolé, mais j'ai juste envie de… le remercier.

Juliette me fixa avec un visage neutre. Plus de tristesse, mais pas vraiment de sourire. Elle semblait incrédule et, pour la rassurer, je m'approchai d'elle et posai mes mains sur ses hanches.

— Eh bien oui, d'accord, c'est cruel, et moche, et triste et horrible, mais il m'évite une situation scabreuse où il aurait fallu que je te kidnappe. J'aurais dû déployer l'artillerie lourde, genre sérénade, ou invitation à dîner. Ou peut-être que j'aurais abusé de mon rôle stratégique dans ta vie professionnelle pour faire quelques caprices.

— Du genre ?

— Eh bien te forcer à venir avec moi à ce dîner de gala ? Exiger ta présence à toutes les répétitions… franchement, tu as échappé au pire. C'est une très bonne chose qu'il ne se soit pas engagé.

Du bout des doigts, je caressai sa joue. Franchement, j'étais ravi qu'il soit tombé amoureux d'une autre. C'était horrible à dire et très égoïste, mais j'aurais détesté que Juliette se marie avec lui. Pour détendre l'atmosphère, j'ajoutai :

— Je vais faire comme si je n'étais pas trop vexé par ton T-shirt des Snow Patrol.

— C'est mon groupe préféré, avoua-t-elle en riant.

— Tant pis. Je te garde quand même ! D'ailleurs, autant te prévenir, je ne laisserai pas ma place, ni à Snow Patrol, ni à ton ex. Ni à qui que ce soit.

— Vraiment ?

— Vraiment. Tu es chaude et douillette, murmurai-je contre sa bouche.

J'y déposai un baiser léger, heureux d'avoir réussi à chasser les nuages sombres qui attristaient son regard. Elle se détacha de moi et termina de préparer ses affaires. Après une ultime vérification, elle rassembla ses deux sacs près de la porte.

— On y va ? fit-elle.

— Oui. Je… il y a un endroit où j'aimerais aller avant de rentrer. Et j'aimerais bien que tu m'accompagnes.

— D'accord.

En sortant de chez Juliette, nous parvînmes à trouver un taxi et je donnai l'adresse de l'appartement de mon frère. Devant la porte, Juliette laissa ses sacs, pendant que je prenais une profonde inspiration. Je déverrouillai la porte, devinant la main de Juliette dans mon dos, prête à m'encourager.

En entrant dans l'appartement, ce sentiment d'oppression désormais familier me saisit. Pourtant, cette fois, ce n'étaient pas les souvenirs qui m'assaillirent, mais plutôt le vide et le silence. Ma mère avait raison : il fallait que nous libérions cet endroit pour tourner la page.

— Toutes ces guitares étaient à lui ? demanda Juliette.

— Oui. Michael les collectionnait.

Juliette s'attarda devant une photo de famille, prise quelques semaines avant la mort de Lucie et Michael.

— Je voudrais te montrer quelque chose, dis-je en lui prenant la main.

— D'accord.

Je l'entraînai vers le fond du salon, là où trônait le

panneau magnétique avec tous les aimants récoltés par Michael. Les souvenirs affluèrent et je tentai de ne pas me laisser submerger. Cette visite dans cet appartement serait la dernière ; je savais que je ne reviendrais plus. Je trouverais une entreprise pour vider les lieux et donner des instructions pour récupérer uniquement ce que je souhaitais.

— C'est… combien y en a-t-il ? demanda Juliette, alors que je me plaçais derrière elle, entourant sa taille de mes bras.

— Aucune idée. Une centaine, je pense. Des concerts, des soirées ensemble, des événements familiaux. Je… j'avais toujours trouvé ça idiot comme manie.

— Je trouve ça fantastique, s'extasia Juliette. C'est… c'est un truc qui n'appartient qu'à vous.

— C'est vrai. Il a commencé quand il avait seize ans. Celui-ci, c'est quand il est sorti avec Lucie, dis-je en désignant un aimant aux couleurs passées.

— Un cornet de pop-corn ?

— Ils sont allés au cinéma. Et celui-ci, quand il nous a annoncé que Lucie était enceinte. Ne me demande pas où il a trouvé cet aimant en forme de baleine. Lucie n'a pas vraiment apprécié cette blague.

— Je la comprends.

Je jetai un regard à Juliette, qui détaillait chacun des aimants comme s'ils allaient révéler tous leurs secrets dans l'instant. Elle fronça les sourcils et, de l'index, pointa un nouvel aimant.

— Gloria, dit-elle.

— En effet. Je crois que Michael l'a acheté à la boutique de la maternité, répondis-je en regardant le magnet représentant un soleil.

— Et la citation de Shakespeare ?

— On a enregistré une partie du deuxième album à Londres.

— Il faut que tu le prennes, murmura Juliette. Il faut que tu prennes ce panneau et que tu le mettes chez toi. Gloria… Gloria va adorer t'entendre raconter ces histoires.

Elle pivota vers moi et son sourire lumineux suffit à me faire oublier la pointe de chagrin qui piquait mon cœur. Jusqu'ici je n'avais jamais eu la force de décrocher ce panneau… j'avais à peine eu la force de le regarder. Mais avec Juliette, ma douleur était plus supportable. Elle posa ses mains sur mes joues et se hissa sur la pointe des pieds pour coller son front au mien.

— Fonce, chuchota-t-elle.

Je risquai un sourire, les yeux rivés aux siens.

— C'est ce qu'il disait tout le temps. « Fonce. Fonce, Evan. »

— Prends-le, insista-t-elle. Pour Gloria, pour toi et pour moi. J'adore t'entendre parler de lui.

Je fermai les yeux, le cœur battant. Je n'avais pas eu l'occasion de faire mes adieux à mon frère. Il y avait eu l'accident, où Lucie et lui étaient morts sur le coup ; l'enterrement, où j'avais fixé les deux cercueils sans vraiment y croire ; mes visites ici, où je m'attendais à le voir surgir en riant ; Gloria qui avait son énergie légendaire et vivifiante.

Cette fois, je tournais la page.

— Tu m'aides ? demandai-je.

Juliette hocha la tête et nous nous postâmes de chaque côté du panneau magnétique pour le soulever et le retirer du mur. Il pesait lourd et nous le posâmes au sol délicatement puis je dénichai une couverture pour l'emballer et le protéger. Durant toute la manœuvre, je sentis le regard de Juliette sur moi, s'assurant que je ne flanchais pas. Je savais déjà que je tiendrais ; le plus difficile avait été de me décider.

— Tu vas garder les guitares, hein ? m'interrogea Juliette alors que nous quittions l'appartement.

— Évidemment, oui. Rentrons, ma mère ne va pas tarder à ramener Gloria.

Après une courte course en taxi, nous avions rejoint mon appartement. Tandis que Juliette consultait ses dossiers professionnels, j'allai dans ma chambre, décidé à lui libérer un peu de place.

Je profitai de ce moment de solitude pour prendre mon téléphone et consulter les derniers messages que j'avais échangés avec Juliette. J'avais eu l'occasion de peser le pour et le contre et d'imaginer tout un éventail de scénarios.

La seule conclusion que j'en avais tirée, c'était qu'il était temps de lui avouer la vérité.

Pour être honnête, j'aime beaucoup nos échanges. Vraiment. Bon, c'est vrai, j'ai loupé le premier rôle pour participer à un concours farfelu, j'ai des chances de recevoir un Rubik's Cube et je ne sais pas danser la Macarena. Mais j'ai adoré tous ces messages.

Cela étant, on devrait se rencontrer. Autour d'un plat de pâtes bolo, par exemple. Samedi. 19 heures ? On pourra parler de M. 35 (ou 65 ?), du hasard et de l'univers.

Je reposai mon téléphone, espérant qu'elle accepte. J'aurais pu couper court à nos conversations et ignorer ses éventuels nouveaux messages mais je refusais de lui donner raison : elle aurait pu croire que je me lassais d'elle. C'était tout l'inverse.

Mon téléphone vibra avant même que je sorte de ma chambre.

Pour être honnête, j'aime aussi beaucoup nos échanges. C'est vrai, converser avec un joueur de tuba allergique aux cadres photo et qui défie les normes avec ses céréales, c'est assez fascinant. Samedi. 19 heures. À proximité de la place des Ternes, j'ai un concours à honorer ensuite avec M. 80.

Je souris largement en lisant son message. Pendant un instant, j'avais craint qu'elle refuse, imaginant qu'elle ferait preuve de sa retenue habituelle. Le cœur battant, je répondis.

80 ? Je suis horriblement jaloux. Qu'a-t-il fait ? Décroché la lune ? Déclamé des sonnets ? Travaillé sur un processus de paix international ? Tu seras à l'heure. Promis.

C'était peut-être mon seul regret ; je ne pourrais plus soutirer ses secrets intimes. Elle m'en voudrait peut-être pour ça, pour m'avoir avoué ce qu'elle n'aurait jamais osé me dire. Elle penserait sûrement que je m'étais servi de ces messages pour profiter de la situation. Ce n'était pas ce que je voulais : au contraire, je voulais tout faire pour la préserver et pour protéger notre histoire. Et je voulais qu'elle se sente aussi libre de se confier à moi qu'elle l'avait été avec cet inconnu.

Il m'a réchauffé les mains.

Un sourire heureux barra mon visage. Je murmurai :
— Je t'aime aussi, Juliette.

Chapitre 21

La semaine passa à toute allure. Entre les préparatifs du concert et du dîner qui se précisaient, je passai mes journées au téléphone ou en réunion. Je parvins à préserver deux soirées pour Evan et Gloria, m'excusant à profusion pour mon manque de disponibilité. Aussi, quand le vendredi se dessina enfin, je poussai un soupir de soulagement.

Je n'avais pas vraiment eu le temps de songer à la proposition de l'inconnu. J'avais réellement cru qu'il finirait par se lasser. Progressivement, il aurait envoyé moins de messages, j'aurais pris moins de temps pour répondre et, au fur et à mesure, notre relation – si on pouvait considérer ces échanges comme une relation – aurait fini par s'étioler. Pourtant, sans que je comprenne vraiment pourquoi, il me semblait désormais juste de le rencontrer.

Il m'avait accompagnée dans mon chagrin d'amour, m'avait aidée avec Evan, m'avait fait rire souvent, pleuré parfois. Cette rencontre, c'était à la fois la fin du mystère et le début d'une nouvelle relation amicale. Il en savait plus sur moi que la plupart des gens que je fréquentais au quotidien et, sans s'en rendre compte, il m'avait permis d'ouvrir les yeux sur ma vie et sur mon passé qui me poursuivait.

Je n'avais aucune appréhension, aucun doute. Je savais que, passé le moment embarrassant des premiers mots échangés, nous trouverions nos marques et nous parlerions avec animation de sujets sans importance, comme de philosophie de vie. En réalité, j'avais hâte de le voir demain.

— Je ne sais pas pour qui est ce sourire, mais je suis

à deux doigts d'être jaloux ! dit Evan en nichant sa tête dans mon cou.

Il posa ses mains sur mes hanches, respirant mon parfum, alors que je finissais de me préparer dans la salle de bains. J'enroulai mon bras autour de sa nuque, l'attirant plus près de moi.

— Je pensais à notre semaine ensemble.

Evan émit un grognement d'approbation contre ma peau, avant de relever les yeux vers notre reflet dans le miroir. Il avait abandonné son sweat-shirt habituel pour une chemise noire – pas encore boutonnée – qui s'accordait parfaitement à ses yeux sombres.

— Je t'ai à peine vue, murmura-t-il.

— Et moi, je n'ai cessé d'être avec toi. Ton groupe et toi avez été à l'ordre du jour de quasiment toutes mes réunions et téléconférences.

— Et si tu restais encore ? J'adore t'avoir ici.

— Parce que je suis chaude et douillette ? souris-je.

— Exactement. Et parce que j'aime me réveiller près de toi le matin. Oh et j'aime aussi te faire l'amour au milieu de la nuit. Gloria t'apprécie beaucoup.

— Elle a vomi sur moi hier.

— Signe d'amour. Elle se sentait suffisamment en confiance pour se laisser aller.

Son sourire s'estompa l'instant suivant et il arbora une mine plus sérieuse. Je reposai le poudrier que j'avais gardé à la main et, dans le miroir, nos regards s'accrochèrent.

— J'aimerais que tu te sentes en confiance pour te laisser aller, toi aussi, dit-il.

— Pourquoi crois-tu que je ne me laisse pas aller ?

— Tu le fais. Parfois. Notamment la nuit ou… quand on fait l'amour. Tu… tu es parfaitement libérée dans ces moments-là.

Evan posa ses mains sur mes épaules et je refoulai une vague de culpabilité. Il avait raison et je le savais : j'étais encore sur la réserve avec lui. Ce que je ressentais était inédit et fort et j'avais eu envie cent fois de lui dire que je l'aimais. Mais ma rupture avec Simon avait laissé des traces. Par ailleurs, hormis avec mes amis – qui se comptaient sur une main –, j'avais toujours été solitaire. Être seule était facile, m'ouvrir aux autres, en revanche, était une gageure. Dans le reflet du miroir, Evan parut soudain préoccupé ; il demanda :

— Est-ce que Simon… enfin, est ce que tu ressens encore quelque chose pour lui ?

— À vrai dire, je ne sais pas trop ce que j'ai ressenti pour Simon. Je pensais être amoureuse de lui, je pensais qu'il me comprenait mieux que personne.

— Et il a rompu, termina Evan pour moi.

— Vu mon historique, je n'aurais pas dû être surprise.

Evan secoua la tête et me fit pivoter pour que je lui fasse face. Il prit mon visage entre ses mains et appuya son front contre le mien.

— Prépare-toi à être très surprise, parce que je ne vais pas te laisser, promit-il dans un murmure.

— En fait… je ne sais pas ce que j'ai ressenti pour Simon, parce que ce que je ressens pour toi est vraiment incroyable et totalement différent.

Son visage s'éclaira d'un sourire. Je posai mes mains sur son torse, devinant les battements rapides de son cœur sous mes paumes. Je souris doucement ; je reconnaissais cette cadence. Elle me touchait autant que sa voix contre ma peau.

— Je ne partirai pas, répéta-t-il ses yeux rivés aux miens. Je veux te réchauffer les mains pendant encore quelque temps. Et faire des sapins. Et t'embrasser, avec ou sans concours. Je vais évidemment demander à Gloria d'éviter de te vomir dessus.

— Je sais ce que tu attends…

— Je sais que tu sais. Je suis patient, Juliette. Je t'ai attendue quelque temps, je peux encore patienter.

Je me pinçai les lèvres et pris une profonde inspiration. Mon cœur menaçait de sortir de ma poitrine. J'allais sauter dans le vide et, pour la première fois depuis longtemps, je savais que quelqu'un serait là pour me rattraper.

— Repose-moi la question.

— Juliette…

— Repose-moi la question, sinon, je vais passer pour une fille impolie et m'installer dans ton appartement pour les trois prochains mois.

— Tu es terriblement sexy quand tu es impolie.

Il m'embrassa doucement et tout mon corps s'enflamma. Mes mains trouvèrent sa nuque et notre baiser s'intensifia. Je laissai échapper un gémissement et Evan agrippa l'arrière de mes cuisses pour me soulever et me poser sur le meuble vasque. Sa langue prit possession de ma bouche, conquérante et passionnée.

J'écartai mes jambes pour qu'Evan se rapproche de moi et il remonta ma robe sur le haut de mes cuisses. L'instant d'après, ses mains les empoignèrent et il m'attira brusquement contre lui. Il grogna contre mes lèvres, avant que sa bouche dérive sur mon cou. Mon cœur reprit sa course folle et Evan sourit contre ma peau, en sentant mon pouls frapper frénétiquement contre ses lèvres.

— J'adore ce rythme, murmura-t-il.

Quand il sentit mes doigts repousser les pans de sa chemise, il s'écarta légèrement. Amusé, il souffla :

— Ne commence pas quelque chose que tu ne pourras pas terminer.

J'ignorai son commentaire et fis glisser le tissu sur ses épaules jusqu'à ce que sa chemise tombe sur le sol et mes mains retrouvent son torse musclé. Ses muscles se tendirent à mon contact et je n'entendis plus que nos deux souffles erratiques résonner dans la salle de bains.

— Juliette, on va vraiment être en retard et Mathilde ne va pas tarder. Tu n'as rien à me prouver.

— Est-ce que tu te souviens de la première fois où tu m'as raccompagnée chez moi ?

Il hocha la tête, ne comprenant pas vraiment où je voulais en venir. Je pris ses mains et les nouai aux miennes, passant mon pouce sur sa collection habituelle de bagues. Je ne savais toujours pas pourquoi elles me plaisaient autant ; peut-être était-ce leur contact glacé sur ma peau, ou leur valeur affective que j'ignorais encore.

— On a parlé de s'embrasser sans se toucher. Tu m'as dit à quel point c'était inenvisageable pour toi et que tu ne voulais pas subir ça.

— Je ne le veux toujours pas, rit-il.

— Je ne le voulais pas non plus, je l'ai réalisé ce soir-là. Et je me suis dit aussi que je voulais vraiment que tu me touches.

— Dès le premier soir ? s'étonna-t-il.

— Dès les premières minutes. Et maintenant, à chaque fois que tu poses tes mains sur moi, c'est… c'est comme si… comme si mon corps ne se révélait plus qu'à ton contact. C'est effrayant. Effrayant et grisant. Quand Simon a rompu, j'ai cru que j'allais m'effondrer.

Je libérai ses mains et repris mon souffle, mon cœur menaçant de sortir de ma poitrine. Evan me fixait, un léger sourire aux lèvres.

— Mais ce soir-là, dans le bar, puis devant mon immeuble, j'ai réalisé que la douleur n'existait plus.

Je savais ce que j'éprouvais pour lui. Je le savais sûrement depuis notre premier baiser lors du concours. La curiosité et le désir avaient fait place à des sentiments profonds et inédits. Je l'aimais. Je l'aimais comme je n'avais jamais aimé personne, à en oublier le reste du monde. Mon corps tout entier le réclamait, mon cœur bondissait à chaque étreinte, ma peau réagissait au moindre contact. Evan était magnétique, mais ce que j'aimais le plus chez lui, c'était ce qu'il éveillait en moi. À son contact, je me sentais plus courageuse, plus drôle, plus souriante, plus confiante.

Je l'aimais et je finirais par trouver la force et le courage de le lui dire.

— Il n'y a plus que toi qui existes, murmurai-je, en faisant glisser mes mains sur lui.

Les yeux clos, il souda son front au mien. Nous restâmes

ainsi, immobiles, ma main droite à hauteur de son cœur et ses doigts posés sur mes hanches. C'était apaisant et doux et je regrettais maintenant que Lucas ait préparé cet anniversaire surprise pour Clémence.

Du bruit dans le salon nous sortit de notre bulle. Evan se détacha de moi et m'aida à descendre du meuble avant de récupérer et d'enfiler sa chemise.

— Partie remise, dit-il.

À nouveau, des coups retentirent dans le salon et Evan secoua la tête, dépité.

— Je la laisse trois minutes dans son parc et elle trouve le moyen de taper sur tout ce qu'elle trouve, râla-t-il.

— Je vais lui offrir une batterie.

— Je t'interdis de l'encourager à jouer de cette… chose.

L'Interphone grésilla dans l'appartement, annonçant l'arrivée de Mathilde qui venait garder Gloria. Je suivis Evan au salon, ajustant un bracelet autour de mon poignet. J'avais déjà parlé avec Mathilde au téléphone plusieurs fois, mais nous n'avions pas encore eu l'occasion de nous rencontrer. Aussi, quand Evan fit les présentations, nous nous saluâmes chaleureusement.

— Evan m'a beaucoup parlé de toi, dit-elle en prenant Gloria dans ses bras.

— Pas tant que ça, pondéra ce dernier.

— C'était beaucoup pour un type comme toi. Je présume donc que vous êtes…

Son regard passa d'Evan à moi, avant de revenir sur Evan. Nous échangeâmes un sourire, avant qu'Evan finisse par répondre :

— Quelque chose. C'est ce qu'on est.

Mathilde nous dévisagea à nouveau, sans vraiment comprendre pourquoi nous souriions largement. Je pris la main d'Evan dans la mienne, marquant ainsi le signal du départ. Il indiqua à Mathilde :

— Elle a dîné, il faut juste la coucher dans vingt minutes.

— D'accord, acquiesça-t-elle avec un sourire.

Gloria éclata de rire quand sa baby-sitter lui chatouilla

le ventre et gesticula en tous sens. Evan se pencha pour embrasser sa nièce sur le front, lui recommandant de rester sage tandis que j'enfilais mon manteau et mon bonnet préféré, prête à affronter le froid glacial.

— Tu devrais mettre des gants, je pense qu'il va neiger, me recommanda Mathilde.

— Je déteste la neige, maugréai-je.

À mon tour, j'embrassai Gloria sur la joue, émue de sentir ses petits bras s'enrouler autour de ma nuque. Evan m'aida à me libérer de son étreinte et m'entraîna jusqu'à la porte.

— Bonne nuit, rayon de soleil, dis-je.

— On ne rentrera pas tard. Oh ! et tu pourrais venir demain aussi ? demanda Evan.

— Évidemment. Le jour où j'aurai un… quelque chose, moi aussi, on en reparlera.

— Appelle Maxime et discutez. Je suis certain que partager un milk-shake et une vraie conversation devrait suffire à régler ce qui vous a éloignés.

— On prenait vraiment un milk-shake ! s'époumona Mathilde alors qu'Evan refermait la porte.

Il éclata de rire et nous dirigea vers l'ascenseur. Une fois dans le taxi, Evan m'expliqua le sous-entendu du milk-shake :

— C'était leur excuse pour… se retrouver. Mathilde nous a accompagnés sur la dernière tournée et Maxime et elle étaient plus ou moins ensemble. Quand ils avaient besoin d'un peu d'intimité, ils nous disaient qu'ils allaient boire un milk-shake. On n'y a jamais vraiment cru, mais on faisait comme si.

— Oh et maintenant ?

— La tournée les maintenait ensemble, en vase clos. Dès que la vie normale a repris son cours, ils ont arrêté de se voir. Michael pensait que c'était juste… une sorte d'amitié améliorée. Pour ma part, je crois qu'ils devraient en parler, je suis certain qu'ils se loupent.

— Julian va sûrement reconduire le concours de baisers pour la Saint-Valentin, tu devrais leur en parler.

— Je le ferai, promit-il.

Cachés tant bien que mal dans le petit appartement de Clémence et Lucas, nous avions attendu que la reine de la fête rentre d'une séance de shopping avec Zélie. En entendant les clés dans la serrure, nous nous étions tus et Evan avait profité de l'obscurité pour m'embrasser doucement.

— Je sais que vous êtes là, les gars ! avait gloussé Clémence en franchissant le seuil.

Par principe, nous avions quand même bondi sur nos pieds et hurlé : « Bon anniversaire ! » Puis, nous avions entouré Clémence pour une étreinte amicale réunissant avec enthousiasme trente personnes.

— Lucas ne sait rien organiser en secret, nous expliqua-t-elle après quelques minutes.

Entassés dans le salon avec nos verres à la main, nous écoutâmes mon amie raconter comment elle avait réussi à ruiner le plan de Lucas. Vu l'étroitesse du salon, Evan m'accueillit volontiers entre ses jambes. Il laissa sa main traîner sur ma hanche, prenant part aux conversations avec un naturel déconcertant.

— Vous êtes prêts pour le troisième tour ? demanda Olivier au milieu de la soirée.

— Plus que jamais, répondit Evan. On risque même de gagner en finale.

— Et qui va garder le trophée ? Une semaine chez l'un, la suivante chez l'autre ?

— J'ai déjà la récompense, répondit Evan en déposant un baiser sur ma joue.

— Vous êtes des monstres de cruauté, grogna Zélie en face de nous. De véritables monstres !

— Et ta prof de latin ? demandai-je à Olivier.

— Elle corrige des copies ce soir et je ne crois pas que ça ira plus loin. Je suis d'accord avec Zélie : avant il n'y avait que Lucas et Clémence qui m'écœuraient. Maintenant, il y a vous aussi.

— Elle n'a même pas passé l'épreuve du test ? demandai-je en riant.

— C'est quoi l'épreuve du test ? m'interrogea Evan.

J'échangeai un regard avec Olivier. Après tout, cette histoire n'était pas vraiment un secret pour nos amis proches. Tout avait commencé par une conversation banale, qui avait viré au vrai questionnement et qui, maintenant, s'inscrivait comme une étape tenace dans nos relations amoureuses. Simon n'avait pas eu l'occasion de passer ce test et, en y repensant, je me demandais si je n'avais pas fait exprès de l'éviter, comme si je savais au fond de moi qu'il échouerait et me décevrait.

— C'est… disons que c'est une sorte de question couperet qui, d'après Juliette, indique si une relation doit durer ou pas, expliqua Zélie.

— Du genre… le nom de ton chien quand t'étais gamine ? Ou la façon dont tu aimes ton café au réveil ? proposa Evan.

Je me tournai vers lui, un peu épatée qu'il se prenne si facilement au jeu. Je n'aurais pas dû être surprise : comme à son habitude, Evan s'intégrait dans nos conversations avec aisance. J'espérais avoir la même aisance avec ses amis. Je lui adressai un sourire qu'il dut interpréter comme un encouragement, car il enchaîna :

— Tu prends ton café noir. Et je n'ai aucune idée pour cette histoire de chien ! Tu avais un chien ?

— Non, absolument pas. Mais bien joué pour le café !

— Et donc, c'est quoi ta question test ?

— Il faut marcher avant de courir, pondérai-je.

— Marcher avant de courir ? On vit ensemble ! On ne court même pas… on vole, non ?

Mon cœur s'emballa immédiatement, et pendant quelques secondes, je perdis pied. Je fis comme si les regards de Zélie et d'Olivier n'étaient pas en train de vriller ma nuque. Je redoutai le bombardement de questions, mais, quand finalement je retrouvai ma position initiale, ils étaient en train d'entrechoquer leurs verres. Ils avalèrent leur fond de téquila en une gorgée, avant de reposer violemment leurs verres sur la table.

— « On vole », maugréa Olivier. Putain de merde, Evan, tu n'as aucune solidarité masculine !

Soudain, la musique ambiante fut mise en sourdine et Lucas attira notre attention en tapant dans ses mains. Evan entoura ma taille de son bras et me serra contre lui. J'étais encore sous le choc de sa remarque.

On vole. Oui, sûrement. Et maintenant que je l'avais réalisé, j'avais le vertige.

— Donc, comme vous le savez, Clémence fête aujourd'hui son anniversaire, lança Lucas, un grand sourire aux lèvres.

Nous exprimâmes bruyamment notre joie pendant que, d'un geste de la main, Lucas encourageait Clémence à se lever. Elle se posta près de lui, les yeux pétillants de joie.

— Vous le savez aussi sûrement, c'est le dixième anniversaire de Clémence que j'organise. Et je le plante à chaque fois parce que je ne sais pas faire de surprise.

— Nul n'est parfait, répondit Clémence en posant sa main sur sa joue.

— Donc, dix ans. Dix années où j'ai pu découvrir un tas de choses, comme… ses réactions instinctives, son soutien inconditionnel, le fait qu'elle ne sait pas cuisiner mais qu'elle essaye toujours. J'ai rencontré Clémence quand nous étions au lycée. Je ne dirais pas que cela a été le coup de foudre, mais il faut croire que travailler ensemble un exposé sur Voltaire peut vous faire ouvrir les yeux. Ça et le fait qu'elle me donnait systématiquement son dessert au lycée.

Je fixai le visage de Clémence. Elle regardait Lucas avec adoration, ses yeux rivés aux siens ; entre eux, il n'y avait aucun embarras, aucune gêne. J'avais toujours envié Clémence pour sa capacité à vivre sans entrave et sans s'appesantir sur le passé. C'était encore quelque chose que je devais apprendre.

— Chaque jour, je découvre quelque chose sur toi, Clem'. L'autre jour, tu dormais, et j'ai remarqué la façon dont tes mains me cherchent alors que je suis déjà hors du lit.

— Tu te lèves trop tôt, murmura-t-elle.

Lucas posa un genou à terre et je plaquai la main sur ma bouche, tentant de refouler les larmes qui menaçaient de couler sur mes joues. Même si j'étais au courant de son projet, les voir ainsi, si amoureux et si complices, me touchait.

— Je me lève trop tôt, je sais. Et chaque matin, je me dis que j'ai hâte de rentrer ici pour être avec toi, et rire avec toi. Et manger ta mauvaise cuisine. Ça fait dix ans, Clem', et je suis disponible pour les soixante prochaines années.

Il ouvrit l'écrin qu'il avait camouflé dans sa poche et le tendit vers sa petite amie.

— Clémence, veux-tu m'épouser ?

Elle hocha frénétiquement la tête, le souffle court, incapable d'articuler un son. À l'instant où Lucas glissait la bague à son doigt, l'ensemble des invités explosèrent de joie et je me précipitai vers eux pour les féliciter, pleurant de joie et de fierté.

Après de longues minutes d'embrassade et à admirer la bague de fiançailles, je sentis la main d'Evan se poser dans mon dos. À son tour, il félicita Lucas et Clémence et il me prit dans ses bras.

— C'était ça ton petit déjeuner avec lui ? me demanda-t-il.

— Oui, avouai-je.

Deux heures et quelques coupes de champagne plus tard, nous regagnâmes l'appartement d'Evan. Mathilde nous informa que Gloria s'était endormie très vite et elle partit quelques minutes seulement après notre retour. Je me douchai avant de rejoindre la chambre d'Evan ; il était déjà au lit, sa lampe de chevet allumé, vérifiant ses messages sur son téléphone. En me voyant enroulée dans une épaisse serviette-éponge, un sourire lascif apparut sur ses lèvres.

— Viens par ici, bébé, m'invita-t-il en tapotant la place près de lui.

Je m'exécutai mais préférai m'installer sur ses cuisses plutôt qu'à côté de lui. Aussitôt, un sourire éclaira son visage et ses mains chaudes se posèrent sur mes cuisses.

— Chouette soirée, dit-il.

— Très belle. J'ai toujours su que leur histoire finirait comme ça, mais… les voir fiancés…

— Cela te met d'humeur romantique ?

— Peut-être, murmurai-je en posant ma bouche contre la sienne.

Il m'embrassa avec lenteur, s'égarant volontiers dans mon cou et jusqu'à mes seins avant de revenir à mes lèvres. Il défit le nœud de ma serviette et la jeta au sol pour m'attirer contre son torse. Je me cambrai contre lui, mes mains dans ses cheveux, gémissant au rythme de ses baisers, oubliant – comme toujours avec Evan – tout le reste.

Ses mains parcoururent mon corps, caressant mon dos sensuellement, de la nuque jusqu'à la courbe de mes fesses. Ses doigts se faufilèrent vers mon sexe et il me caressa quelques secondes, un sourire satisfait plaqué sur les lèvres.

— Déjà prête, bébé ?

— À ton avis ?

Son index et son majeur effleurèrent mon intimité et je me tordis de plaisir et de frustration. Sous moi, je sentis le sexe d'Evan se tendre et il réitéra sa caresse, laissant ses doigts glisser sur moi, me taquinant dans une douce torture.

— Tu exagères, grognai-je, en soulevant les hanches.

— Tu trouves ? J'ai l'impression, au contraire, que tu aimes beaucoup ça.

Je me pinçai les lèvres, retenant un gémissement. Quand il inséra son index en moi, je basculai la tête en arrière, laissant une délicieuse vague de désir me submerger.

— Rien qu'à moi, chuchota Evan contre ma bouche.

Il glissa sa langue entre mes lèvres, m'embrassant doucement pendant que son majeur prenait aussi possession de mon intimité. Je posai mes mains sur ses épaules, tous mes muscles tendus, tandis que j'accueillais une nouvelle salve de plaisir. Mes jambes tremblaient déjà et mon estomac se noua d'excitation.

Je plongeai mon regard dans le sien et, le souffle court, ondulai des hanches dans le vague espoir de le torturer à son tour.

— Tu veux quelque chose ? demanda Evan avec un sourire dévastateur.

— Toi, gémis-je. Toi, maintenant.

De sa main libre, il repoussa le drap, libérant son sexe tendu. Quand il retira ses doigts, je grognai de frustration et nouai mes mains autour de sa nuque, pressant mon corps contre le sien. Je me soulevai et, lentement, le sexe d'Evan s'enfonça en moi. Nous gémîmes à l'unisson et le désir explosa dans mes veines, cavalant jusqu'à mon intimité. Mon front collé au sien, je soulevai mon bassin, ondulant sur lui. Ses doigts s'enfoncèrent dans mes hanches, m'aidant à conserver le même rythme.

Il attira ma bouche contre la sienne et remua le bassin pour ajuster l'angle de pénétration, ce qui me tira un cri de plaisir.

— Evan, je… encore, s'il te plaît.

Il répéta son geste et je le laissai prendre le contrôle de mon corps, son sexe se moulant parfaitement dans le mien. Notre étreinte douce devint de plus en plus passionnée, rythmée par nos souffles courts et mes gémissements. Je me tendis, devinant les prémices de l'orgasme dans le creux de mon ventre. Evan me souleva lorsqu'il comprit que je n'avais plus la force de le faire et accéléra le rythme, ses épaules tendues et les mâchoires serrées.

— Tu es superbe, murmura-t-il, ses yeux plantés dans les miens.

Je retrouvai ses lèvres et, soudain, mes muscles se raidirent et un orgasme fabuleux me parcourut de la tête aux pieds. Je m'effondrai sur Evan, qui, l'instant suivant, s'immobilisa sous moi et jouit en grondant mon prénom. Nous restâmes dans les bras l'un de l'autre pendant quelques minutes, retrouvant notre souffle.

Je risquai un sourire et passai mon pouce sur les lèvres malmenées d'Evan.

— Quoi ? fit-il.

— Tu as raison. On vole.

Evan devait consacrer son samedi à une nouvelle répétition, nous avions donc convenu de nous retrouver directement au bar pour le concours. Cela m'arrangeait car je n'avais pas eu besoin d'inventer un prétexte pour justifier mon absence au dîner et arranger ma rencontre avec l'inconnu.

Je passai donc ma journée avec Gloria, mais ne fis aucun effort pour l'empêcher d'assouvir sa passion pour les percussions. J'avais conclu un pacte avec elle, c'était donc notre petit secret. Mathilde arriva en fin d'après-midi et Gloria lui sauta dans les bras avec une joie non dissimulée.

— Je vais faire comme si je n'étais pas vexée, ironisai-je en regardant Gloria dans les bras de Mathilde.

— Ne le sois pas, elle tente juste de m'acheter pour que je la laisse jouer avec mon appareil photo. Elle est comme son père, elle sait exactement comment arriver à ses fins.

Mathilde chatouilla le ventre de Gloria, qui laissa échapper son adorable rire de bébé. Un silence embarrassé s'installa. J'avais la sensation désagréable d'être une intruse dans la vie d'Evan et de Gloria, alors que Mathilde connaissait tout de leurs vies d'avant et apparaissait même sur les photos accrochées au mur.

— Tu rejoins Evan ?

— Oui, on passe la soirée ensemble, répondis-je en enfilant mon manteau.

— Écoute… je… je connais bien Evan et les derniers mois ont été vraiment difficiles pour lui. Pour nous tous, d'ailleurs, corrigea-t-elle la voix enrouée. Michael nous manque beaucoup.

— Il m'a parlé de lui, en effet, soufflai-je.

— Ce que je veux te dire c'est que je ne l'ai pas vu aussi souriant depuis des mois et que je suis vraiment contente de le voir heureux. Ce Evan-là me manquait beaucoup.

Je restai silencieuse, ne sachant pas vraiment quoi répondre. Imaginer un Evan triste et malheureux me brisait le cœur, j'étais contente qu'il se sente mieux et un peu fière à l'idée d'imaginer que c'était grâce à moi.

— Je voulais juste… te remercier, je crois. Tu le rends heureux et Gloria t'aime bien aussi.

— Comme si c'était difficile de leur résister, plaisantai-je.

— Aucune chance, rit-elle à son tour. On finit même par aimer leurs habitudes un peu bizarres.

— Il faut que tu me donnes des tuyaux là-dessus. Evan joue les hommes parfaits en permanence.

— Oh ! eh bien… j'ai quelques anecdotes de tournée, comme… manger des cornichons avant de monter sur scène, ou se changer trois fois avant de décider qu'il veut une autre tenue. Oh ! il donne des noms à ses instruments de musique aussi. Que des noms de filles. Éloïse, Cécile, Julia, Lili… je ne sais pas pourquoi. Tu l'as déjà vu en concert ?

— Non, jamais.

— Il faut que tu voies ça. C'est un autre homme, vraiment. Quoi d'autre ? reprit-elle, en pleine réflexion.

— Les aimants ?

— Oui, ça aussi ! C'était le truc de Michael, mais on a tous fini par se prendre au jeu, sourit-elle, nostalgique.

— Ce n'est pas si compromettant, dis-je, amusée.

— Il faut absolument que tu viennes en tournée avec nous pour voir ce que c'est. Il y a tellement d'adrénaline et… Ils jouent de la musique, on mange des pizzas à même le sol, on… on s'amuse. Les soirées sont dingues et les petits déjeuners encore plus fous ! s'anima-t-elle dans un rire. Je me souviens encore quand Evan a tenté de m'expliquer pourquoi il versait le lait avant les céréales.

Je me figeai soudain, fixant Mathilde qui racontait son anecdote. Je ne me souvenais pas avec précision de tous les messages que j'avais échangés avec l'inconnu, mais cette histoire de céréales m'avait marquée. J'avais même reçu une vidéo en guise de témoignage.

— Il verse le lait avant de mettre les céréales ? répétai-je d'une voix blanche.

— Oui, il pense que c'est une sorte d'espace de liberté absolue. Tout va bien ? s'inquiéta-t-elle devant ma mine soucieuse.

— Oui. Je… j'y vais. À plus tard.

Je déposai un baiser sur le front de Gloria et sortis de l'appartement, le doute me titillant l'estomac. Je pris mon téléphone pour vérifier le numéro de téléphone de l'inconnu et découvris son message daté de la veille me donnant l'adresse du restaurant ainsi qu'un second.

Je serai le type nerveux seul à sa table et tripotant un minuscule cadeau. J'ai hâte de te rencontrer.

Le numéro de téléphone n'était pas celui d'Evan. Pourtant, cela ne suffisait pas à me rassurer. La coïncidence était trop grande. En attendant le taxi qui devait me conduire au restaurant, je relus l'ensemble des messages que nous nous étions envoyés.

Les cadres photo, la musique, sa façon même de me conseiller, ses questions persistantes sur le concours… à chaque pièce qui s'emboîtait parfaitement dans le puzzle, ma nervosité grandissait. C'était même lui qui avait organisé cette rencontre. Evan était mon inconnu. Ça ne pouvait être que lui. Les probabilités étaient minces. Elles étaient même quasiment nulles. À croire que l'univers me jouait le tour de ma vie. Je secouai la tête, me refaisant le film des derniers jours : il savait. Evan savait que j'étais la fille derrière les SMS. Tous nos échanges n'avaient eu que cet objectif : me séduire et me pousser vers lui.

J'aurais dû être fâchée. Parce qu'il m'avait caché la vérité et parce qu'il avait abusé de la situation. Mais, honnêtement, mes joues me faisaient mal à force de sourire. Evan me rendait heureuse et j'étais certaine que cette cachotterie n'était pas malveillante.

Parce qu'un homme qui réchauffe vos mains et accepte un concours de baisers ubuesque ne peut être que bienveillance.

Troublée, je ravalai un fou rire, comprenant maintenant pourquoi j'étais tombée aussi vite sous le charme d'Evan :

il avait joué sur les deux tableaux, recueillant mes confidences et apaisant mes doutes.

— Comme l'aurait dit ton frère : bien joué, Evan, marmonnai-je.

Tu réalises que c'est probablement notre dernier échange de messages ?

Je lus le message d'Evan alors que mon taxi arrivait. Je m'installai sur la banquette arrière en souriant. La nervosité faisait peu à peu place au trac. Qu'Evan soit l'inconnu me ravissait, comme si, soudainement, ma vie si chaotique dans le passé prenait un nouveau chemin. Tout faisait sens, nous avions été destinés l'un à l'autre depuis le début.

Je reçus un nouveau message.

Tu réalises que c'est notre premier dîner ? Et certainement pas notre dernier échange. Ce n'est pas la fin. Je refuse même de l'envisager.

Mon sourire s'élargit et je décidai de pousser un peu Evan. Après tout, il avait profité de la situation pendant des semaines, je pouvais bien en tirer avantage pendant quelques minutes.

Disons que M. 110 risque d'être un peu jaloux. Il n'est pas du genre à partager, en particulier avec un homme qui voulait m'épouser pour préserver ma dignité.

J'appuyai mon visage contre la vitre, songeant au cadeau que j'avais prévu pour l'inconnu. Il était parfaitement emballé et, maintenant que je savais qu'Evan m'attendait, je ne résistai pas à l'envie de l'ouvrir pour écrire un mot.

110 ? Je ne partage pas non plus. Techniquement, j'étais le premier. À lui de me laisser la priorité. Je lutterai, autant qu'il faut.

— Je vous dépose à l'angle de la rue ? Sinon, on va être coincés, fit le chauffeur.

— Parfait, oui.

Je rangeai mon stylo et réarrangeai le papier cadeau puis réglai le taxi et sortis du véhicule. L'air frais me fit du bien et me permit d'apaiser mon cerveau en ébullition. Le trac était toujours là, tordant agréablement mon estomac et faisant picoter mes mains. Le cœur battant la chamade, j'avançai en direction du restaurant, tapant rapidement un nouveau message.

Prêt ?

Mon téléphone vibra dans la seconde qui suivit.

Je n'ai jamais été aussi prêt.

Je rangeai mon téléphone dans mon sac et poussai la porte du restaurant. La salle était à moitié vide et je repérai immédiatement Evan, ses yeux plantés dans les miens, un léger sourire aux lèvres. Mon trac s'évanouit dans la seconde, comme si mon corps tout entier reconnaissait à qui il appartenait. J'avançai dans sa direction et il se leva de sa chaise.

— Evan, enchanté, dit-il en tendant sa main vers moi.

— Juliette, ébahie, répondis-je en serrant sa main.

Il tira ma chaise – encore un détail qui aurait dû me mettre la puce à l'oreille, puisqu'il le faisait tout le temps et qu'il me l'avait avoué lors de nos premiers échanges – et m'invita à m'asseoir face à lui. Malgré l'étrangeté de la situation, tout me semblait parfaitement normal et facile. Il s'installa sur sa chaise et ma main trouva naturellement refuge dans la sienne. Maintenant, j'étais certaine que sa main trouverait toujours la mienne.

— Il reste un mystère à percer, lança Evan.

— Un seul ? Tu plaisantes, j'ai un milliard de questions !

Il esquissa un sourire, celui qui faisait battre mon cœur

plus vite et qui déclenchait un délicieux frisson le long de ma colonne.

Celui qui n'appartenait qu'à moi.

Ses yeux sombres plongés dans les miens, il proposa :

— Commençons par le plus simple : qu'est-ce que tu veux manger ?

Chapitre 22

— Depuis combien de temps tu savais ? demanda Juliette devant son plat de lasagnes.

— Depuis notre première rencontre. Le concours de baisers était suffisamment rare pour que ça mette la puce à l'oreille. Et tu as dit « par principe », ce n'est pas fréquent comme expression.

Juliette me dévisagea, avant de secouer la tête. J'étais arrivé avec vingt minutes d'avance au restaurant et, en attendant Juliette, j'avais envisagé une multitude de situations, des cris horrifiés à la surprise absolue. J'étais prêt à tout : présenter des excuses, lui courir après, la prendre dans mes bras… j'avais même préparé un discours sur le hasard et le destin.

Mais, Juliette m'avait stupéfié. Elle était arrivée calmement, un sourire complice aux lèvres et un cadeau à la main. Alors qu'elle traversait le restaurant, j'avais gardé les yeux rivés sur elle, me répétant à l'envi et avec fierté qu'elle était à moi.

— Et toi ? Quand as-tu su ?

— Qui t'a dit que je savais ?

— Ta façon d'avancer dans le restaurant. Tu n'avais pas l'air surprise. Tu semblais… heureuse. Et tu avais ce sourire incroyable et trop rare.

— J'ai parlé avec Mathilde juste avant de partir. J'en ai appris plus sur toi en deux minutes qu'en deux jours.

— Elle en sait beaucoup trop sur nous. Je vais devoir

l'éliminer, plaisantai-je en plongeant à mon tour dans mon plat de lasagnes. Qu'as-tu appris ?

— Que tu donnes un prénom à tes instruments ? Que tu as une addiction aux cornichons ?

— Je vais la tuer.

— Et elle m'a parlé de vos petits déjeuners pendant lesquels tu verses le lait avant les céréales.

Je levai les yeux vers Juliette, qui me regardait en riant. Je nous resservis du vin, me promettant d'aborder avec Mathilde le concept de confidentialité, juste après l'avoir remerciée. En comprenant ainsi que j'étais l'inconnu, Juliette avait eu le temps d'assimiler l'information et notre dîner était plus apaisé.

— Personne ne met le lait avant, dis-je en reprenant les propres mots de Juliette.

— Sauf toi. Je persiste, tu as chamboulé ma vision des choses.

— Sur le petit déjeuner ?

— Sur ça et sur ma vie. Je cherchais vraiment des prétextes pour t'écrire, tu sais. D'ailleurs, combien de téléphones as-tu ? J'ai comparé les numéros…

— Deux. Un professionnel que tu as eu avec l'agence, et un personnel, sur lequel tu m'as écrit. J'imagine que c'est la même chose pour toi ?

— Même modèle ?

— Même modèle et j'ai fait en sorte d'être très discret.

Juliette hocha la tête et glissa sa fourchette dans sa bouche. Elle soupira de plaisir, passant son index sur sa lèvre pour essuyer une goutte de bolognaise. Hypnotisé par cette vision, je jurai de l'amener ici aussi souvent que possible.

— Team bolognaise, soulignai-je en riant.

— J'aurais détesté que tu sois Team pesto. C'est vraiment délicieux. Quoi ? fit-elle alors que je la fixais.

— Tu m'épates. J'ai… je culpabilisais un peu à l'idée d'entretenir cette relation parallèle. Je pensais que tu m'en voudrais d'avoir joué sur les deux tableaux. Plusieurs fois, j'ai pensé t'appeler et tout te dire, mais…

— Mais quoi ?

— Tu es la fille la plus secrète que j'aie jamais rencontrée. Dans nos messages, tu te confiais et je découvrais des facettes que je ne connaissais pas. Je crois que je voulais surtout te protéger. Je veux te protéger de ma vie en décalage et de tous ces gens qui t'ont blessée, corrigeai-je.

Elle resta silencieuse et pendant un instant, je craignis qu'elle perçoive mal mes remarques. J'avais été honnête : sans ses messages, je n'aurais jamais pu comprendre Juliette et son mode de fonctionnement.

— Tu m'as beaucoup aidée. Plus que tu ne l'imagines, répondit-elle doucement. Je sais que je ne suis pas la fille la plus expansive du monde. Pour être tout à fait honnête, j'avais un peu peur de mettre un terme à cette conversation.

— Pour quelle raison ?

— Parce que je crois que te parler était… bénéfique pour notre histoire. Parce que je me confiais beaucoup dans ces messages, et ça m'effrayait moins de le faire aussi avec toi.

— J'ai cru que tu allais me dire que tu le préférais à moi !

— Disons que je suis plutôt branchée guitariste, actuellement. Question de doigté, j'imagine, compléta-t-elle dans un rougissement.

Dans ses yeux, je vis clairement un éclat de désir brut. La gorge sèche, je me réfugiai dans mon verre, refoulant l'image de Juliette ondulant sur mes cuisses. Elle garda ses yeux rivés aux miens, me défiant de me tenir tranquille.

— Juliette, je veux vraiment participer à ce troisième tour du concours.

— Moi aussi.

— Sauf que si tu continues à me regarder ainsi, je vais commander un taxi et je pense que je te ferai l'amour avant d'atteindre l'appartement.

Elle se contenta de sourire et termina son plat avec gourmandise. Son rougissement persista quelques secondes, et elle finit par secouer la tête, comme pour chasser une image envahissante. Je réprimai un sourire. Enfin, Juliette laissait tomber ses ultimes barrières.

— Je crois que nos échanges m'ont appris une forme de proximité, reprit-elle. La clandestinité rapproche, non ? Comme si on partageait un secret. Et c'est un peu la sensation que j'ai avec toi, que tu peux garder mes secrets.

— Je te l'ai dit, enfin écrit, que je voulais tout, lui rappelai-je. Les prétextes, les secrets et même les cadeaux.

— Je sais.

— Juliette, c'est surtout toi que je veux garder, soufflai-je en agrippant sa main.

— Tu m'as, avoua-t-elle après quelques secondes de silence. Tu m'as eue dès la première fois que tu m'as pris la main.

— Tant mieux. Parce que je n'apprendrai pas le tuba, par principe.

— Je ferai sans, alors.

Un serveur vint débarrasser nos assiettes et je vérifiai l'heure avant de commander les desserts. Juliette dévorait déjà le menu des yeux et j'étais certain qu'elle refuserait de faire l'impasse. Après avoir pris nos commandes, je décidai de lui offrir son cadeau.

— C'est pour toi.

Elle posa la petite boîte devant elle et fouilla dans son sac pour sortir un paquet. Elle me le tendit avec un sourire embarrassé.

— Commence, m'encouragea-t-elle, le menton appuyé sur ses mains nouées.

Je déchirai le papier avec excitation, découvrant un carnet en cuir noir avec, sur la couverture, dessinée en relief, une clé de *sol*. Je passai ma main dessus, appréciant déjà le contact du grain du cuir contre ma paume.

— C'était pour le joueur de tuba, mais j'imagine que ça peut convenir aussi à un guitariste. La couverture est amovible, il te suffira de rajouter des feuillets et de…

— C'est parfait, Juliette. Merci.

Je l'ouvris et effleurai les feuilles en papier coton, avant de revenir sur la première page. Juliette avait laissé une note et un sourire flotta sur mes lèvres. Cette fille aurait ma peau, d'une manière ou d'une autre.

— « On ne lutte pas contre l'univers », lus-je à voix basse.

— Jamais. Je peux ouvrir le tien ?

— Je trouve le mien un peu minable maintenant.

Elle secoua la tête et ouvrit la boîte avec précaution. En découvrant mon cadeau, un sourire lumineux éclaira son visage. J'avais longuement cherché ce que je pourrais lui offrir avant de réaliser que le cadeau ne comptait pas vraiment. Ce qui comptait, pour moi, c'était sa réaction, son sourire, ses yeux pétillants, ses rougissements.

— Un aimant ? demanda-t-elle en riant.

— Je sais, aucune originalité. Je voulais juste voir ta réaction.

Elle passa son index sur l'aimant en forme de sapin de Noël et mordit sa lèvre. Je m'étais toujours moqué de Michael et de ce rituel ridicule mais depuis qu'il n'était plus parmi nous, je lui étais reconnaissant d'avoir récolté tous ces souvenirs. C'était exactement ce que je voulais faire avec Juliette : rassembler le plus grand nombre de souvenirs possible.

— Et tu le trouves minable ? Il est parfait, assura-t-elle.

— Je risque de t'en offrir davantage.

— Et je risque de les attendre.

Le serveur apporta nos desserts et la conversation s'orienta sur la tournée à venir. De toute évidence, Mathilde, en révélant certains de nos secrets, avait provoqué un intarissable élan de curiosité. Nous quittâmes le restaurant main dans la main, nous dirigeant vers le bar.

— Tu sais, je pense qu'on va finir en finale, dis-je à Juliette.

— Il y a encore trois autres couples, dont Clémence et Lucas, nouvellement fiancés.

— Je ne t'ai pas embrassée depuis ce matin, lui rappelai-je. Et j'en ai très envie, vraiment très envie. Ce qui fait qu'à l'instant où on va se retrouver au milieu de cette salle, ça sera spectaculaire. Je vais tout faire pour qu'on gagne.

— Et si on ne peut pas se toucher ?

— Tu as décidé de me contrarier ?

— C'est une possibilité à envisager !

— Le hasard est avec nous depuis le début, aucune chance qu'il nous fasse défaut ce soir. Il faut que tu nous fasses confiance.

À l'intérieur du bar, nous retrouvâmes les amis de Juliette. Elle s'installa sur la banquette, près d'Olivier, pendant que je tirais une chaise pour m'asseoir à côté d'elle. Après avoir pris nos commandes, Julian passa à notre table pour nous faire tirer au sort notre baiser imposé. Clémence tira pour Lucas et elle.

— « Comme au cinéma », lut-elle, hilare. J'ai toujours rêvé d'imiter ce baiser dans *Spiderman*, chéri.

— Tu m'expliques comment je fais pour m'accrocher au plafond, la tête en bas ?

— *Dirty Dancing* alors ? proposa-t-elle.

— *La Belle et le Clochard* ?

Clémence ouvrit la bouche, stupéfaite, pendant que nous éclations de rire. Lucas la fixait avec sérieux, prêt à défendre le dessin animé. Je bus une gorgée de mon verre de vin, jetant un regard vers Juliette.

— Je suis plus capable de m'enfiler un plat de spaghettis que de me suspendre au plafond, plaida Lucas.

— *Bridget Jones* ?

— *Harry Potter*. Ron et Hermione, précisa-t-il.

— *Titanic* ? fit Clémence. C'est plus simple.

Ils scellèrent leur accord en se tapant dans les mains. Lucas sortit son téléphone et, en guise de répétition, trouva la vidéo du baiser à reproduire. Julian nous tendit la corbeille et Juliette tira au sort notre particularité. Juliette se pencha sur moi, attendant que je déplie le papier.

— « En équilibre », soufflai-je.

Juliette fronça les sourcils, sans comprendre, et je fixai Julian, attendant une explication.

— Tu dois la porter, dit-il, dents serrées.

Devant son visage fermé, je me souvins que notre participation au concours avait pour motif de sauver Juliette de cet homme. J'enroulai mon bras autour des épaules de Juliette et l'attirai contre moi.

— Tu vas devoir te serrer contre moi, murmurai-je.

Imaginer son corps autour du mien avec ses jambes nouées autour de ma taille m'excitait déjà ; j'allais devoir me contrôler. Juliette posa sa main sur ma cuisse, remontant lentement jusqu'à mon entrejambe. Je me tendis et, alors que les conversations reprenaient autour de la table, approchai ma bouche de son oreille.

— Ne me provoque pas, bébé. Je vais avoir besoin de tout mon self-control pour t'embrasser.

— Je suis en robe, dit-elle.

— On a réussi la semaine dernière, on y arrivera aussi ce soir.

— On ne s'est pas embrassés depuis ce matin, me rappela-t-elle. Je ne suis pas certaine d'avoir ton self-control.

— Outre le fait que je suis un peu connu et que je ne veux pas m'afficher, je ne veux surtout pas te partager avec des inconnus. Donc, on va s'embrasser, je garderai mes mains sur tes fesses et tu feras en sorte de ne pas t'agiter.

— Evan…

— Ensuite, continuai-je dans un chuchotis, on rentrera à mon appartement, je ferai en sorte de t'enlever cette foutue robe pour sentir ta peau contre la mienne et tu me supplieras de perdre mon self-control. Et crois-moi, je m'appliquerai à te faire oublier toute ta frustration…

Ses doigts s'enfoncèrent dans ma cuisse et elle se pinça les lèvres pour étouffer un gémissement. Je me redressai, trouvant son regard voilé de désir. Elle secoua la tête et je résistai à l'envie terrible de l'embrasser sur-le-champ.

— C'est injuste, dit-elle. Je ne sais pas faire ça !

— Quoi donc ?

— Exciter quelqu'un avec le seul son de ma voix.

— Vraiment ? Je vais donc devoir t'apprendre.

— Probablement.

— Le seul secret, Juliette, c'est d'être sincère. Je veux sincèrement te retirer cette robe.

Elle eut un petit rire et l'annonce du premier baiser de la soirée nous sortit de notre bulle. Sur la petite scène, Clémence et Lucas se tenaient l'un en face de l'autre, prêts à se lancer dans leur imitation du baiser de *Titanic*. Je terminai mon verre et ils se rapprochèrent, sourire aux lèvres, leur complicité évidente.

Après plusieurs secondes de baiser amoureux et passionné, ils s'écartèrent l'un de l'autre et la salle applaudit. Ils revinrent à notre table, main dans la main, tout sourire.

— Bonne chance ! lança Clémence, sûre d'elle.

Nos noms furent appelés par Julian et je pris la main de Juliette dans la mienne. Parce que la foule m'avait reconnu, les applaudissements furent nourris et des cris d'encouragement fusèrent.

— Il y a plus de monde que la semaine dernière, non ? demanda Juliette.

— Un peu oui. Fais comme s'ils n'étaient pas là.

— C'est ce que tu fais en concert ? Tu oublies les groupies hurlantes ?

— Je me concentre sur une seule personne et je ne chante que pour elle. Donc, ce soir, je me concentre sur toi, et je… je n'embrasse que toi.

À nouveau, elle eut ce rire agréable et cristallin, ce rire qui détendait ses traits et qui la rendait encore plus jolie. Nous nous postâmes à l'endroit prévu, Juliette fixant ses pieds.

— Le public te rend nerveuse ?

— Pas vraiment, souffla-t-elle. Je… je réfléchissais.

Elle n'eut pas le temps d'approfondir car Julian nous intima de nous mettre en position ; j'ignorai le regard furieux du barman tandis que Juliette nouait ses mains autour de ma nuque. Je la soulevai et, dans le même mouvement, elle enroula ses jambes autour de ma taille. Je plaquai sa robe sur ses fesses, me promettant, coûte que coûte, de ne pas retirer mes mains.

Je compris alors que j'avais sous-estimé ma frustration et mon envie d'elle. Dès que Juliette écrasa sa poitrine contre moi, mon cœur s'emballa et le désir afflua violemment dans mes veines. La sentir aussi près, collée contre moi, avec ce sourire irrésistible et son regard brumeux d'excitation me rendait fou.

— Ne bouge pas, lui rappelai-je.

— Laisse-moi le temps de me caler.

Elle bougea et mon corps tout entier se tendit lorsque son intimité chaude et brûlante se pressa contre mon sexe, le faisant se durcir immédiatement. Ses doigts s'enfoncèrent dans ma chevelure et j'enroulai mon bras libre autour de sa taille. Juliette plongea ses yeux dans les miens.

— Prête ?

Elle hocha la tête, les joues rouges ; je fronçai les sourcils, pas vraiment rassuré par sa réaction. Ce que j'avais pris pour de la nervosité était peut-être en fait de l'inquiétude. Je resserrai ma prise autour d'elle et fis mon possible pour l'aider à se détendre. Je murmurai contre sa bouche :

— Tu réfléchis toujours ?

— Evan, soupira-t-elle. Ta voix…

Elle remua légèrement son bassin, me tirant un sifflement de frustration. Je présumai que c'était de bonne guerre : je n'avais cessé de la provoquer depuis que nous étions dans le bar. Ma voix n'était qu'un défi de plus.

— Je réfléchis à comment te rendre la monnaie de ta pièce, avoua-t-elle finalement. Parce que j'ai l'impression que tu abuses de ton pouvoir sur moi.

Julian entama son décompte et le sourire de Juliette s'élargit. Désormais, elle affichait une mine réjouie ; tout son corps se pressa plus fort contre moi, se préparant à notre baiser. Quand Julian donna son feu vert, Juliette riva ses yeux bleus aux miens et mon cœur manqua un battement.

— Je t'aime, Evan, murmura-t-elle contre ma bouche avant de presser ses lèvres contre les miennes.

La foule disparut aussitôt et je ne sentis plus que sa bouche. Ma langue caressa ses lèvres et très vite, elle me laissa l'accès. Un gémissement m'échappa – ou peut-être était-ce le sien. C'était sans importance. Il n'y avait qu'elle, son cœur battant contre mon torse, son corps enveloppant le mien. Elle était à moi, corps et âme, et je me promis de protéger les deux avec la même énergie.

Je pris le contrôle de notre baiser, possédant sa bouche, ne lui laissant aucun répit. Après l'hésitation de notre premier baiser, le désir de celui de la deuxième manche, celui-ci n'était qu'émotion et amour. Il était intense, brûlant, avec un goût de sucre : une véritable addiction. Juliette tira mes cheveux, s'agrippant à moi comme jamais. Puis elle s'écarta quelques secondes, à bout de souffle et heureuse, me laissant juste le temps de lui demander :

— Redis-le.

— Je t'aime, souffla-t-elle.

— Et tu dis que tu ne sais pas faire…

Je retrouvai ses lèvres, souriant aussi largement qu'elle. J'étouffai ses gémissements et ses soupirs, concentré sur ce baiser incroyable et tellement puissant que je trouvai facilement la force de porter Juliette. Je fis de mon mieux pour la tenir au plus près de moi, refoulant le désir violent qui déferlait partout dans mon corps.

Au bout de quelques secondes, à bout de souffle et craignant de la faire tomber, je libérai sa bouche et la foule se mit à applaudir à tout rompre. J'aidai Juliette à se décrocher de mes hanches et elle lissa sa robe pour cacher le haut de ses cuisses.

Juliette prit ma main et nous retournâmes à notre table, faisant face aux regards stupéfaits des amis de Juliette.

— C'est parfaitement déloyal, lança Clémence en riant.

— On les battra en finale, ma puce, assura Lucas.

— Et ce n'est pas déloyal, se défendit Juliette.

— La position, le baiser, la façon même dont vous vous regardez… une putain de tension sexuelle, oui ! On ne devrait pas faire s'affronter un couple installé et un jeune couple. C'est ça qui est déloyal !

— Vous avez l'expérience pour vous, contrai-je, en lançant un regard solidaire à Lucas.

— L'expérience ? On se fiche de l'expérience. Ce qui compte ici, c'est la séduction, la chimie. Vous aviez l'air en pleins préliminaires alors que Lucas et moi, on s'embrassait comme un couple de petits vieux à la maison de retraite.

— Est-ce qu'elle réalise que je suis juste à côté d'elle ? nous demanda l'intéressé.

— On va devoir s'entraîner. Pour la finale, dit-elle.

— S'entraîner ? Je croyais que ça faisait dix ans que vous vous entraîniez, ironisa Olivier.

— On doit être plus… torrides. Plus… glamour, tu comprends ? Plus… eux ! conclut-elle en nous désignant, Juliette et moi.

Lucas la dévisagea puis finit son verre d'un trait. Je bus une gorgée de ma bière, sentant la main de Juliette se poser sur ma cuisse. Je m'arrachai à la contemplation du spectacle de Lucas et Clémence pour me concentrer sur la femme qui avait rendu ce fameux baiser incroyable.

— Tu ne voulais pas qu'on rentre ? demanda-t-elle à voix basse.

— Des projets ? fis-je pour l'agacer.

— Des tas. Mais je crois qu'un seul suffira.

— Tu devrais aller t'habiller, suggérai-je à Juliette, en m'appuyant sur le chambranle de la porte de la cuisine.

— Il lui reste une cuillère à finir.

Elle gratta le fond d'une compote et tendit la cuillère vers Gloria. Cette dernière tapa des mains, avant d'ouvrir largement la bouche. Juliette lui essuya la bouche avec une serviette, puis passa une lingette sur ses mains potelées.

Elle débarrassa les restes du dîner, laissant la cuillère à Gloria. Cette dernière, ravie, tapa furieusement sa tablette avec et gloussa de joie. Juliette m'adressa un sourire lumineux, tandis que, dans un rythme incertain, ma nièce entamait un nouveau concert de percussions.

— Tu l'encourages ? m'étonnai-je dans un rire.

— Les bébés aiment faire du bruit, Evan. Ta chemise est prête ?

— Parfaitement.

Elle sortit Gloria de sa chaise haute, la calant sur sa hanche, et approcha de moi. Juliette m'embrassa doucement sur les lèvres et ma nièce posa sa tête contre son épaule. J'enroulai un bras autour de sa taille, la retenant contre moi. J'avais passé une partie de mon week-end et les deux derniers jours à répéter le concert et à finaliser les détails de la tournée des prochaines semaines. Juliette et moi nous étions peu vus. J'en avais pris mon parti, même si j'avais repoussé une conversation que nous aurions dû avoir depuis quelque temps.

— C'est gentil d'avoir pris le relais avec elle hier et aujourd'hui, murmurai-je en caressant les cheveux de Gloria.

— On a passé de bons moments. Même quand elle m'a fait pipi dessus en sortant du bain.

— Avant que tu te changes, il y a un sujet dont on doit parler.

— Laisse-moi la poser sur le tapis de jeux. Ta mère ne devrait pas tarder.

Juliette m'entraîna dans le séjour, déposant Gloria au sol, où étaient étalés ses jouets préférés et une boîte de gros cubes à empiler. Après avoir repoussé ma guitare et quelques feuillets gribouillés de chansons avortées pour libérer un peu de place, nous nous installâmes sur le canapé.

— De quoi voulais-tu me parler ? demanda Juliette en entrelaçant nos doigts.

— Cette semaine, j'ai passé beaucoup de temps à organiser la tournée à venir. Il y a une trentaine de dates en France, et ensuite, une dizaine d'autres à l'étranger.

Immédiatement, le visage de Juliette se rembrunit et sa main se crispa dans la mienne. Depuis que nous nous connaissions, nous avions fait abstraction des contingences de mon métier. Notre relation était publique, des photos de notre dernier baiser au bar avaient été publiées et les articles avaient fleuri sur mon « retour à la vie ». Pour autant, nous n'avions pas parlé de ce que nous ferions lors des tournées.

— Je veux que tu viennes, dis-je finalement. Je veux que tu sois là et qu'on puisse se retrouver chaque soir.

— Evan, j'ai un métier, tu sais.

— Je ne te demande pas de te décider maintenant, mais d'y réfléchir.

— J'aurai toujours un métier dans quelques semaines. Et puis, il y a Gloria.

— Ma mère va prendre le relais. Je lui ai déjà demandé.

— Chez elle ?

— Ici. Gloria ira à la crèche. Je ne veux pas que sa vie soit trop bouleversée par tout ça. Elle aura le temps de venir avec nous quand elle sera plus grande.

Je scrutai le visage de Juliette, cherchant à comprendre ce à quoi elle pensait. En quelques secondes, retrouvant son mode de fonctionnement habituel, elle s'était refermée comme une huître et je savais maintenant pourquoi j'avais repoussé cette conversation : je savais qu'elle ne se passerait pas comme je l'avais espéré.

— Écoute, c'est… j'aime ce que je fais. Ma vie est ici, mes amis aussi. Ça ne me ressemble pas de tout lâcher pour…

— … pour moi ?

— Je te l'ai dit, je ne suis pas une groupie. J'adore ce que tu fais, j'adore t'entendre chanter, mais j'ai besoin de mon travail, besoin de voir d'autres gens, besoin… besoin de gagner mon propre argent. J'ai toujours été indépendante…

— Je crois surtout que tu as toujours été seule.

Elle arracha sa main à la mienne et poussa un soupir. Je ne voulais pas que notre conversation vire à la dispute, aussi, je décidai de calmer le jeu. Braquer Juliette n'était pas une bonne chose, elle ne me laisserait jamais une seconde chance d'entrer dans sa vie. Le temps était généralement mon allié.

— Je ne te demande pas de quitter ton travail, soufflai-je.

— Evan…

— Mais peut-être prendre un congé ? Ou travailler à distance ? Je veux vraiment être avec toi.

— Quelques semaines de séparation ne sont pas…

— Pour moi, si. Tu m'as aidé à sortir la tête de l'eau, Juliette. Et je dois admettre que me réveiller près toi chaque matin est un rituel auquel je ne veux pas renoncer.

Juliette m'adressa un petit sourire, visiblement apaisée. Pourtant, j'entendais toujours son cerveau carburer, pesant le pour et le contre. Je n'étais pas certain qu'il y avait une vraie bonne réponse. Je ne voulais pas l'arracher à son environnement, mais, d'un autre côté, je n'envisageais pas de faire sans elle.

— Tu as le temps d'y réfléchir, lui rappelai-je.

— D'accord. Je… je vais aller me changer.

— Tu as besoin d'aide ? proposai-je en levant un sourcil.

— Tu sais habiller une femme ?

— Je fais un très bon public.

Un sourire discret apparut sur ses lèvres, chassant la contrariété de notre conversation. Je savais qu'il nous faudrait revenir dessus, que je devrais me battre pour la convaincre – avec une forte probabilité de ne pas réussir – et que je prenais le risque de la voir s'éloigner de moi. Elle s'éclipsa en direction de ma chambre et je la suivis. Lorsqu'elle se posta devant le miroir, je me plaçai derrière elle, prenant ma mission très au sérieux.

Sa robe noire était suspendue à l'armoire et je l'aidai à la fermer, remontant lentement le zip, tout en embrassant sa nuque. Elle bascula sa tête contre mon torse et je la serrai contre moi, respirant son parfum.

— Je voudrais faire ça chaque soir, murmurai-je.

— Je croyais que tu me laissais du temps ?

— C'est vrai. Mais c'est du temps que je peux employer à te convaincre. On pourrait voyager, visiter des villes sympas, tu vivrais l'ambiance de la tournée avec nous. On naviguerait d'hôtel en hôtel…

— Et je pourrais aussi me consacrer à mon travail ici,

prenant de tes nouvelles chaque soir, écoutant ta musique, gérant des projets passionnants en étant certaine que l'homme que j'aime est parfaitement heureux. Et quand nous nous reverrions, nos retrouvailles seraient… torrides, dit-elle en pivotant pour me faire face et m'embrasser.

— Je t'aurai à l'usure.

— Tu m'as déjà. Et tu m'auras toujours, même quand tu seras parti en tournée avec Éloïse, Cécile, Julia et Lili.

— Mathilde parle trop. Je vais lui demander de cesser de raconter mes secrets honteux.

— À mon tour, dit-elle en agrippant le bas de mon sweat-shirt pour me l'enlever.

— Tu ne veux vraiment pas que je vienne à cette soirée ?

— Tu as des interviews et tu as le dîner avec la Fondation. C'est beaucoup plus important que cette soirée, dit-elle fermement. J'ai mis des heures à caler cette rencontre, je t'interdis de leur poser un lapin.

Une heure plus tard, le taxi s'arrêtait en plein centre de Paris, à l'endroit où se tenait la soirée de l'agence de Juliette.

— Je ne reste pas longtemps, promit-elle. Toi, tu assures ce dîner, d'accord ?

Le chauffeur ouvrit sa portière et je distinguai des voix, saluant notamment Juliette. Elle tourna la tête vers ses collègues et leur adressa un petit signe puis, elle libéra ma main et, après un ultime sourire, sortit de la voiture.

Je fixai sa silhouette par la vitre. Juliette riait aux éclats et discutait avec chaleur. Malgré moi, je ressentis une pointe de jalousie. Pourquoi ne pouvait-elle pas être aussi libre avec moi ? Pourquoi quand je lui avais parlé de la tournée s'était-elle montrée si déterminée à me tenir tête ? Pourquoi avais-je la sensation qu'elle cachait encore des secrets alors que je ne voulais qu'une chose : être aussi important pour elle qu'elle l'était pour moi.

Chapitre 23

J'étais rentrée bien plus tard que prévu de cette soirée, ma tentative d'exfiltration discrète de la salle de réception ayant échoué lorsque le comité directeur m'avait happée pour me féliciter de mon travail de l'année. Ils en avaient profité pour revenir à la charge concernant le poste au Canada.

— Ce poste est fait pour vous, Juliette. Nous avons besoin de quelqu'un avec votre rigueur et votre créativité.

— Je n'ai pas vraiment eu le temps d'y réfléchir.

— J'imagine. Avec le concert qui se profile. J'espère que les modifications de dernière minute ne vous ont pas pris trop de temps. Les artistes sont toujours versatiles et exigeants.

— Disons que j'ai été très occupée.

— Mais ce poste vous intéresse, n'est-ce pas ?

— Bien sûr.

Entre Evan et le concert, je n'avais pas vraiment eu le temps d'y penser. L'idée était séduisante, évidemment. Après des années de travail acharné et des soirées sacrifiées pour l'agence, ce poste était autant une récompense qu'un nouveau challenge. Même si ma vie était ici, avec mes amis et mes habitudes, la perspective de prendre de nouvelles responsabilités était tentante.

Était.

Depuis leur proposition, j'avais la sensation que ma vie avait pris un virage à 180 degrés et je n'arrivais plus à songer sereinement à ce poste. Je n'avais même pas évoqué le sujet avec Evan. À la façon même dont il réclamait ma présence auprès de lui lors de la tournée, je me doutais qu'il n'accueillerait pas très bien cette proposition. Je marchais sur un fil, dans un équilibre précaire : d'un côté, mon travail que j'aimais et qui représentait tant pour moi, mes amis, mon indépendance, mon rythme de vie et, de l'autre, Evan, qui s'était fait une place si importante dans ma vie que ça m'effrayait.

Je l'avais volontiers laissé découvrir mes secrets, gagner peu à peu mon cœur, me faire presque oublier l'anxiété qui me nouait la gorge dès que je réalisais que cet homme, encore inconnu il y a quelques semaines, prenait de plus en plus de place dans ma vie. J'avais toujours apprécié mon indépendance, j'avais toujours travaillé pour être libre d'agir comme je le sentais. Je refusais de devoir rendre des comptes à qui que ce soit. J'aimais ma liberté, et je l'aimais d'autant plus que je ne la devais à personne.

Et maintenant, Evan venait de mettre un beau bazar dans ma vie, me faisant douter de tout.

— On vous laisse encore quelques jours pour y réfléchir, Juliette.

Zélie m'avait ensuite embarquée avec elle pour boire quelques verres, mais cette conversation avait tourné en boucle dans ma tête depuis, m'empêchant même de dormir durant tout le week-end.

Je bénéficiais d'un sursis. J'avais encore quelques jours pour y réfléchir et c'était exactement ce que je faisais ce matin, tournant ma cuillère dans mon mug de café, debout devant la baie vitrée du salon d'Evan. Il préparait sa nièce pour la crèche et, aux gloussements de rire que j'entendais, je devinais que Gloria était particulièrement en forme.

Je plongeai le nez dans mon café et Evan me rejoignit dans le salon. Il posa Gloria sur son tapis de jeux, puis enroula ses bras autour de ma taille, pressant son torse contre mon dos.

— Tout va bien ? demanda-t-il.

— Oui, je crois que je manque un peu de sommeil, c'est tout.

— Quelque chose qui te tourmente et dont tu voudrais me parler ?

Je me réfugiai à nouveau dans ma tasse. Je n'avais pas le courage de lui avouer la vérité. C'était trop dur d'affronter ses questions quand j'étais déjà incapable de répondre aux miennes. Je redoutais sa colère autant que son incompréhension. Je regrettais surtout de ne pas lui en avoir parlé dès le début.

Je me dégageai de son étreinte et rejoignis la cuisine pour poser ma tasse. Evan me suivit, visiblement peu satisfait de mes réponses.

— Il s'est passé quelque chose lors de la soirée ?

— Non, pourquoi ?

— Parce que tu es fuyante depuis que tu es revenue. Tout va bien à l'agence ?

— Très bien.

Il me dévisagea. Il savait que je lui cachais quelque chose. J'étais incapable de soutenir son regard et le silence pesant de l'appartement n'était brisé que par les babillements de Gloria.

— Tu sais, dès qu'on s'est rencontrés, j'ai vu que tu n'étais pas le genre de fille à te confier ou à dévoiler tes secrets. Je sais pourquoi, continua-t-il en me voyant ouvrir la bouche.

— Evan, je t'assure que…

— Que tu ne fasses pas confiance, que tu aies peur d'être déçue ou blessée, que tu gardes tes distances… Je peux tout comprendre, Juliette. Mais à chaque fois que j'ai la sensation de parvenir à percer ta carapace, tu te refermes aussitôt.

Je croisai les bras sur ma poitrine, lui donnant consciemment raison. Habituellement, je me protégeais mais quand il s'agissait de prendre des décisions importantes, je m'enfermais encore plus dans ma bulle. Avec Evan, j'étais désormais bien trop impliquée et la décision que je devais prendre l'impliquait davantage.

— Je te l'ai dit, je ne suis pas habituée à ça, soufflai-je, en désignant l'espace entre lui et moi.

— Ta mère, ton père, Simon et sûrement tous les autres hommes qui ont traversé ta vie t'ont appris à être méfiante.

— C'est vrai…

— Il faut que tu me laisses une chance de t'apprendre autre chose, Juliette. Parce que je ne peux plus me contenter de ce que tu me donnes.

— Je fais de mon mieux, plaidai-je.

— Non. Tu donnes le minimum, Juliette. Tu ne me dis rien. Je ne sais rien de ton enfance, par exemple. Je ne sais pas ce que tu as fait pendant tes études, je ne sais rien de ta vie. Ta couleur préférée, ta chanson favorite, le pays que tu rêves de visiter.

— On peut en parler ce soir, si tu veux, tentai-je, pour me sortir de cette conversation pénible.

— Tu n'as pas à garder tout ça pour toi. Tu l'as dit au dîner l'autre jour, tu peux me confier tes secrets. Et tu peux même confier ton cœur, ton âme et tout le reste.

Je me contentai de hocher la tête, détestant le sentiment ambivalent que je ressentais. J'aimais Evan. Je n'avais aucun doute là-dessus. Mais il était un pari à lui tout seul. Est-ce que j'étais prête à parier ma vie, mon travail, mon indépendance pour lui ? Est-ce que je pouvais vraiment refuser ce poste ?

— On se voit ce soir, soufflai-je.

Je baissai les yeux et parvins à me faufiler hors de la cuisine. J'ignorai le regard glacial d'Evan et pris mon manteau pour rejoindre au plus vite le bureau.

Je prenais évidemment la fuite, mais j'espérais que le travail parviendrait à me faire oublier mes états d'âme. Evan avait raison sur ma façon d'agir. Maintenir les gens à distance était devenu un mode de fonctionnement intuitif. En évitant toute prise de risque, je n'étais jamais vraiment déçue.

— Tu es là ? s'étonna Zélie en sortant de son briefing.

Je pensais que tu serais à la salle de concert pour t'assurer que tout est en ordre.

— J'irai en fin de semaine.

— Tout va bien ?

— Oui, soupirai-je, agacée. Je vais bien. Est-ce que maintenant on peut se mettre au travail ?

— Range tes griffes, je voulais juste t'offrir un café.

Je relevai les yeux vers elle et lui adressai un regard désolé. M'en prendre à elle ne ferait pas évoluer ma situation. J'étais plus énervée contre moi-même. Je refermai un dossier et me levai de mon siège.

— Je te l'offre, proposai-je dans un bâillement.

— Ce concert te rend chèvre, on dirait. Tu as l'air vraiment claquée.

— Je prendrai des vacances plus tard. Si tu me racontais plutôt les derniers potins de la soirée ?

Zélie mordit aussitôt à l'hameçon. En marchant vers la cafétéria, je n'étais déjà plus l'objet de ses questions. Elle parlait avec animation, m'expliquant qu'une de nos graphistes avait terminé la soirée avec le responsable de la communication, et je l'écoutai distraitement. Je me forçai à sourire à intervalles réguliers et à hocher la tête aux moments les plus intéressants.

Pourtant, mes pensées me ramenaient à ma conversation matinale avec Evan. C'était la première fois qu'un homme insistait autant pour que je m'ouvre à lui et me poussait dans mes retranchements.

La première fois que j'avais la sensation de perdre le contrôle d'une partie de ma vie.

Il voulait une chance et je ne savais pas du tout comment la lui donner.

— Juliette ?

Je sursautai et pivotai vers cette voix que je connaissais parfaitement. Mes poings se refermèrent plus durement et je retins mon souffle, stupéfaite.

— Simon ! m'exclamai-je, en plaquant un sourire factice sur mes lèvres.

Il effaça la courte distance entre nous et m'embrassa sur la joue, comme si nous étions deux vieux amis ravis de se revoir. Je restai interdite, pétrifiée de le voir ici.

Il salua Zélie d'un hochement de tête et m'adressa un sourire lumineux, comme si nous n'avions pas rompu quelques semaines auparavant et que la situation était normale.

— Que fais-tu ici ? demandai-je, mal à l'aise.

— Je fais un aller-retour rapide, j'avais encore un ou deux dossiers à boucler à Paris. J'allais rejoindre le comité de direction en réunion et je t'ai vue, je me suis dit que j'allais t'offrir un café.

— Euh… oui. Tu restes longtemps ici ?

— Le temps de boucler mes ultimes dossiers et de passer les fêtes en famille. Court sans sucre ?

Je hochai la tête, toujours sous le choc. Simon était la dernière personne que je m'attendais à voir aujourd'hui. J'avais déjà suffisamment de choses en tête, désormais une vague de souvenirs surgissait, provoquant un début de migraine.

— Il y a des détails qu'on n'oublie pas, dit-il avec un clin d'œil complice.

Sur ma gauche, je vis Zélie écarquiller les yeux, avant de plonger le nez dans son gobelet. J'aurais aimé prendre la fuite, mais mes pieds semblaient collés au sol, incapables même de faire un seul pas. Simon me tendit mon café, ses doigts effleurant les miens.

— Tu es venu avec ta petite amie ? demandai-je finalement.

— Je suis seul.

Après deux ans de relation, je pouvais me targuer de connaître Simon. Je savais quand il mentait, quand il embellissait ou amputait la réalité. Dans tous ces cas, un froncement de sourcils et un regard fuyant suffisaient à le trahir.

Une décharge de jubilation, teintée de rancune, me

parcourut. Simon avait piétiné mon cœur sans même se retourner, j'étais ravie qu'il goûte à cette même amertume.

— Et Prague ?

— C'est joli. Tu devrais venir, je te ferai visiter. Tu sais, reprit-il après une courte pause, j'aimerais qu'on discute. On finira par retravailler ensemble, donc…

— C'est vrai.

— On faisait une bonne équipe. Il y a tout un tas de projets d'envergure qui pourraient convenir à quelqu'un d'aussi expérimenté que toi. Je suis libre pour déjeuner demain, si tu veux.

— Je vais y réfléchir. Le concert reste la priorité, éludai-je.

J'aurais dû mentionner Evan, lui faire comprendre que, de mon côté, j'avais tourné la page. Malgré tous mes doutes et toutes mes hésitations, j'étais certaine d'une chose : Simon appartenait à mon passé. Si j'étais surprise de le voir en face de moi, je n'avais plus d'attirance pour lui. Même la vague d'amertume vengeresse que j'avais ressentie s'estompait déjà.

— On m'a dit que tu faisais de l'excellent travail avec ce concert et ce dîner, continua-t-il.

— Et Evan est vraiment sympa, fit la voix de Zélie derrière moi.

Je ravalai un sourire, le camouflant difficilement en me pinçant les lèvres. Simon ne cilla pas mais, à la façon dont ses yeux s'éclairèrent de curiosité, je sus qu'il était piqué au vif.

— Evan fait partie de l'un des groupes, expliquai-je. J'ai passé beaucoup de temps avec lui, dernièrement.

— Passé du temps ?

— C'est un projet très prenant.

Il n'eut pas le temps de poser davantage de questions car le directeur de l'agence surgit derrière lui. Il m'adressa un grand sourire et ne se préoccupa pas d'interrompre notre conversation.

— Justement, j'allais vous chercher à votre bureau.

Vous m'accompagnez, Juliette ? Simon, vous êtes le bienvenu aussi.

J'échangeai un regard perdu avec Zélie, qui haussa les épaules. Je lui tendis mon gobelet de café pour m'en débarrasser et, instinctivement, réajustai mon haut. Le cœur battant, je suivis les deux hommes en salle de réunion.

En découvrant Evan, au bout de la grande table, j'eus un hoquet de surprise. Il ne m'avait pas dit qu'il serait à l'agence ce matin. Je fronçai les sourcils, réalisant que je ne lui avais pas vraiment laissé l'occasion de m'en parler. Tout le comité de direction était réuni dans cette salle, les yeux rivés sur moi.

— Nous discutions de vos prouesses dans l'organisation du concert, commença notre directeur.

Mon cœur était au bord de l'implosion. Je me sentais prise au piège, entre Evan, qui, à l'extrémité de la table, gardait les yeux sur moi ; Simon, qui, de plus en plus près de moi, agissait comme si nous avions une relation ; et le comité de direction qui fixait notre directeur. Cette salle était grande et large, baignée de la lumière du jour et suffisamment confortable pour contenir trente personnes. Pourtant, elle ne m'avait jamais semblé aussi étriquée, au point de m'empêcher de respirer convenablement.

— Comme vous le savez, Juliette est une de nos coordinatrices les plus expérimentées. Elle a prouvé, depuis qu'elle travaille pour l'agence, qu'elle savait gérer des dossiers épineux.

Je me triturai les mains nerveusement. J'accrochai le regard d'Evan. Il m'adressa un maigre sourire et je m'en voulus immédiatement de ne pas avoir accepté de lui parler ce matin. Evan m'avait ouvert les yeux sur mon histoire avec Simon. Notre relation avait été tranquille et superficielle car Simon s'était contenté du peu que je lui donnais. Evan, lui, me poussait dans mes retranchements, m'encourageait à me laisser aller. Et même si ça me faisait peur, même si la perspective de subir une nouvelle déception et d'être blessée me taraudait, l'adrénaline et les émotions que je ressentais avec lui me rendaient heureuse.

Heureuse et libre. C'était grisant.

— Depuis plusieurs semaines, Juliette travaille sur le concert prévu cette semaine. Nous savons déjà que l'organisation sera parfaitement réussie. Evan nous disait justement qu'il avait été ravi de travailler avec toi et que tu lui avais rendu la vie beaucoup plus simple.

Le sourire d'Evan s'élargit et il hocha la tête, comme pour confirmer cette information. Mes joues chauffèrent et mon esprit se perdit dans les souvenirs des moments que nous avions passés ensemble, entre le concours de baisers au bar et les nuits à son appartement.

— Aussi, nous tenions à te féliciter. Le dossier a connu de nombreux rebondissements et tu as su y faire face avec professionnalisme et rigueur.

— Je crois même que les félicitations sont doublement à l'ordre du jour, renchérit Simon.

À ce moment-là, je compris ce que je faisais dans cette salle. C'était comme voir arriver une voiture à tombeau ouvert sans pouvoir l'arrêter. Et cette voiture allait dévaster tout sur son passage. Mon cœur manqua un battement et j'eus la sensation désagréable que mon estomac se retournait sur lui-même.

Evan arbora une expression inquiète, saisissant mon trouble. Je secouai la tête, sentant les larmes piquer mes yeux. Il ignorait totalement ce qui allait se passer, à quel point j'allais le décevoir.

C'était la dernière chose que je voulais : le décevoir.

— Doublement ? répéta Evan.

— Quelle cachottière ! gloussa Simon. Tu réalises, Juliette, que l'information circule dans toute l'agence ?

J'échangeai un nouveau regard avec Evan, mais n'eus pas l'occasion d'interrompre Simon.

— Juliette va prendre un poste à Montréal.

Evan blêmit et j'eus enfin la force de réagir.

— Je n'ai encore rien accepté. C'est juste une proposition et…

— Juliette. Personne, ici, ne doute que ce nouveau poste ne fera que confirmer vos compétences et votre efficacité.

Notre directeur tendit la main vers moi et, par automatisme, je la serrai dans la mienne. C'était surréaliste, d'être dans cette pièce, et de rêver de la quitter pour reprendre mon souffle. Je me sentais oppressée et dépassée. Je n'avais rien accepté. Les rumeurs avaient été plus vite que prévu et je redoutais déjà les conséquences.

— Bravo Juliette, me félicita Simon, en me prenant dans ses bras.

Il me serra contre lui, alors que j'étais toujours sonnée, refoulant les larmes qui menaçaient. Simon n'aurait pas dû être là, à me féliciter comme s'il en avait quelque chose à faire et comme si j'avais effectivement pris une décision.

Le Canada. Il y avait encore quelques mois, je n'aurais eu aucun doute et j'aurais foncé sur l'occasion. J'aurais quitté mes amis à regret, j'aurais abandonné mon appartement avec tristesse, mais j'étais certaine que j'aurais fini par accepter.

Mais désormais, il y avait Evan. Et Gloria. Maintenant que les dégâts étaient faits et que je les avais vraisemblablement perdus, je comprenais que j'étais tombée amoureuse de l'un et que j'étais profondément attachée à l'autre.

Simon me libéra, puis, comme un seul homme, l'ensemble du comité de direction quitta la salle.

— On va fêter ça ? proposa mon ex-petit ami en prenant ma main.

— J'ai du travail qui m'attend, dis-je, en sentant le regard furieux d'Evan qui me vrillait la nuque.

Le regard de Simon passa du musicien à moi, pour terminer à nouveau sur Evan. Il se pinça les lèvres, réalisant seulement maintenant qu'un lien plus fort que le travail m'unissait à Evan.

Ou m'avait unie. Je n'étais plus certaine de rien.

Simon pressa ma main une dernière fois, puis, à son tour,

quitta la salle de réunion. Je restai de longues secondes à fixer la porte, tournant le dos à Evan, refusant même l'idée d'une confrontation. La honte se mélangeait à la culpabilité. Je savais déjà que rien de ce que je pourrais dire ne suffirait.

— Il te veut, murmura-t-il, finalement, brisant le silence pesant de la pièce.

Je pivotai lentement vers lui, stupéfiée par sa remarque. Je m'attendais à de la colère, de l'incompréhension ou à de la véhémence. Mais Evan était assis, poings serrés sur la table, ses yeux sombres, habités d'une pointe de fureur, scrutant ma réaction

— C'était Simon, n'est-ce pas ?

— Oui. Je ne savais pas qu'il serait là. Écoute, je n'ai rien…

— Il a réalisé qu'il avait fait une incroyable erreur en te laissant tomber.

— Evan…

— Et je ne peux même pas lui donner tort. Te laisser est vraiment douloureux, dit-il en se relevant de sa chaise.

Il s'approcha de moi, et pendant une seconde, je crus qu'il allait se poster en face de moi pour me parler. Aussi, quand il passa près de moi, sans même un regard, ou un geste attentionné, mon cœur se disloqua en tout petits morceaux.

— S'il te plaît, murmurai-je. Evan, je…

— Je ne t'en veux pas pour Simon ou le Canada, dit-il d'une voix glaciale. Je peux comprendre que tu aimes ton travail. Mais, j'aurais aimé que tu m'en parles. Il me semble que c'est ce que font les gens qui sont quelque chose.

Il quitta la salle l'instant suivant, me laissant avec mes larmes et une montagne de regrets. Le suivre ou le rattraper pour le supplier de m'écouter n'aurait rien changé. Je savais qu'il était trop en colère et trop déçu pour me parler. Une nouvelle vague de culpabilité me submergea, au point que je finis par tirer un fauteuil pour m'y effondrer. Je ne parvenais même pas à en vouloir à Evan, j'étais la seule responsable de ce désastre. En refusant de lui parler ce matin alors même qu'il m'avait tendu la main, j'avais fait une croix sur notre histoire. Au bout d'une heure à pleurer seule dans la salle, je finis par trouver la force de la quitter. Mon plan était simple : rejoindre mon bureau en évitant les questions, prendre mon sac et m'enfermer chez moi avec mon chagrin et ma colère. Aussi, je remontai le long couloir principal de l'agence au pas de course et profitai que Zélie soit au téléphone pour prendre la fuite. En me voyant, cette dernière fronça les sourcils et pointa son index vers l'écran de mon ordinateur.

Simon avait laissé plusieurs messages, me proposant de dîner avec lui le soir même. J'arrachai les post-it un à un et les lançai dans la poubelle. Sans un mot pour Zélie, j'enfilai mon manteau, pris mon bonnet – celui qu'Evan m'avait donné – et me dirigeai vers les ascenseurs pour rentrer chez moi.

Je vérifiai mon téléphone, espérant bêtement un message de la part d'Evan. Je fus tentée d'aller chez lui, mais je savais déjà qu'il n'avait aucune raison de m'ouvrir la porte. Dès que j'eus franchi la porte de mon appartement, je laissai les larmes prendre le dessus et m'abandonnai à mon chagrin.

En début de soirée, je finis par appeler Evan, tombant évidemment sur sa messagerie.

— Evan, c'est moi. J'aimerais qu'on discute. Cette histoire de poste, c'était… c'était avant de te connaître et je n'ai pas donné mon accord pour ça, débitai-je, d'une voix incertaine. Simon a dû mal comprendre, ou se fier aux rumeurs. Mais… Je t'en prie, rappelle-moi.

En raccrochant, je me sentais vide de toute force, mes pensées sombres envahissant tout mon esprit. Pour la première fois depuis des années, je réalisai à quel point j'étais seule. Et je ne le devais qu'à moi, repoussant systématiquement ceux qui voulaient faire partie de ma vie. J'étais désormais prise à mon propre jeu : la seule personne qui comptait vraiment pour moi avait fini par partir. Je l'avais expulsée de ma vie.

Épuisée, je finis par m'endormir sans avoir eu de réponses de la part d'Evan.

À mon réveil, ma tête était prise dans un étau et mes yeux me brûlaient. Je vérifiai mon téléphone : toujours rien. Je prévins Zélie que je ne passerais pas au bureau de la semaine et me rendrais directement à la salle de concerts pour vérifier les derniers détails. J'avais le secret espoir de croiser Evan et qu'on puisse s'expliquer.

— Donc, vous me déplacez cette table ici, et vous faites en sorte que les fleurs soient livrées vendredi avant midi, dis-je à une des assistantes sur place.

Je griffonnai le plan de la salle sur une feuille de papier, lui indiquant où je voulais que le bar soit installé. Ma tête me faisait toujours un mal de chien mais me plonger dans le travail m'évitait de penser à Evan.

— Ensuite, vous appelez le traiteur et vous confirmez avec lui que les repas véganes et sans oléagineux sont prévus. Comment se passent les répétitions dans l'autre salle ?

— Bien. Ils finissent les réglages lumière, on est dans les temps.

De mon bureau improvisé sur une table bancale, je percevais le vrombissement hypnotique des basses. À l'occasion, je décelais un riff de guitare ou des voix étouffées, ce qui ne m'aidait pas à me concentrer. Soit je me rejouais la scène du début de la semaine, avec l'annonce de mon départ pour le Canada et constatais, amère, que peu à peu mes hésitations et mes doutes avaient fini par ruiner ma relation avec Evan ; soit je tentais de trouver une ébauche de conversation pour convaincre Evan de m'écouter.

J'aurais pu m'excuser et lui dire que je ne voulais pas aller là-bas. Je savais pourtant qu'il ne s'agissait pas d'une question de kilomètres. Travailler ici ou là-bas… peu importait. Plus que le Canada, c'était le sujet de la tournée qui nous éloignait l'un de l'autre ; Evan me voulait avec lui, il voulait que j'abandonne mon métier pour lui. Et c'était ce pas que je n'étais pas prête à franchir.

Après une matinée entière d'ajustements de dernière minute, je décidai de refermer mes dossiers et de gagner la salle de concerts. La musique me parvenait de mieux en mieux et je retins mon souffle en entendant la voix d'Evan percer les enceintes. Je pouvais me raisonner à l'infini, sa voix continuerait à m'émouvoir pendant longtemps.

Je franchis l'entrée de la salle principale, la musique se déversant jusqu'à m'envahir de la tête aux pieds. Mes yeux se portèrent instantanément sur Evan, absorbé dans son morceau, grattant, les yeux clos, les cordes de sa guitare. Je m'installai au fond de la salle et, comme je l'avais fait plusieurs fois seule dans mon lit, je laissai la musique m'apaiser.

Au bout de deux morceaux, le silence se fit et Evan leva les yeux dans ma direction. Je lui adressai un bref sourire et m'approchai de la scène.

— Tu viens déjeuner ? demanda un des techniciens sur scène.

— J'arrive. Laissez-moi deux minutes.

Deux minutes. Même mon ultime discussion avec Simon avant notre rupture avait été plus longue. Il sauta de la scène et me rejoignit.

— Salut, soufflai-je.

Même lors de notre premier baiser, je n'avais pas été aussi nerveuse. Evan me surplombait, visage fermé et regard sombre.

— Je… je t'ai appelé l'autre soir, commençai-je. Je voulais t'expliquer et…

— Tu y vas ?

— Ils me l'ont proposé début décembre, je ne te connaissais pas encore. Simon l'a annoncé comme une info officielle, mais je n'ai encore pris aucune décision.

— Comme ça, tu sais ce que ça fait d'être pris de court. Je te souhaite pleine réussite, Juliette.

Son ton était si dur et froid qu'il me fit l'effet d'une gifle.

Je croisai les bras sur ma poitrine, laissant l'amertume me gagner. Perdre le contrôle n'était pas dans mes habitudes, et, là, en face d'Evan, je perdais aussi mes moyens.

— Je n'ai pas dit que j'irais, murmurai-je.

— Tu peux. Plus rien ne te retient ici, je crois. Et puis, tu aimes tellement ton travail.

— Tu es injuste.

— Injuste ? Ce qui est injuste, Juliette, c'est que tu ne me parles pas. Jamais. Que tu me laisses mener notre histoire, que tu penses que les gens se lassent de toi, alors qu'ils sont peut-être juste usés de tenter leur chance.

— Et toi, tu quitterais la musique pour moi ? Tu abandonnerais tout ce que tu aimes pour moi ?

— Pour nous, corrigea-t-il. Peut-être, je n'en sais rien ! Et ça ne fonctionne pas comme ça : ce n'est pas un pour un. Si tu veux mon avis, le Canada, le travail… tout ça… ce ne sont que des prétextes. Tu ne pars pas au Canada pour ton travail, tu cherches le moyen de me repousser, encore et toujours. Tu évites toute intimité, tu me caches tout de ta vie. Je suis fatigué, Juliette. Fatigué de me battre pour nous quand, de toute évidence, tu t'en fiches.

Les larmes roulèrent sur mes joues. Evan était blessant et plein de colère, pourtant je savais qu'il avait raison. Le travail, tout comme mon groupe d'amis ont toujours été des refuges pour moi. Sécurisants, toujours là, toujours stables, sans surprise. Et puis, Evan avait déboulé dans ma vie sans me demander mon avis, bouleversant ma routine confortable et mes repères habituels.

— C'est vrai, admis-je.

— Je ne veux pas t'embarquer dans ma vie contre ton gré. Il y a le groupe, Gloria, moi. Je pourrais continuer à faire des efforts pour nous deux, mais…

— … mais on finirait par être déçus.

— Il faut que tu me parles, il faut que tu m'autorises à être dans ta vie.

— Tu es dans ma vie, murmurai-je.

— Pas vraiment. Tu es dans la mienne, tu t'occupes de

Gloria, tu vis dans mon appartement. Et j'adore ça, vraiment. Mais j'ai la sensation de marcher sur des œufs, j'ai peur que tu prennes la fuite à la moindre situation difficile. Et tu ne me laisses pas entrer dans la tienne.

— Je ne prends pas la fuite. Je… c'est juste que je ne suis pas habituée à ça.

— Et moi, j'ai besoin que tu me fasses confiance. J'ai besoin de sentir que tu n'as pas peur de nous. Parce que c'est l'impression que j'ai, que tu crains mes réactions.

Il s'approcha de moi et, de ses pouces, il effaça les larmes de mes joues. Ce seul contact me fit frémir et une boule de chagrin se forma dans ma gorge. Même tout proche de moi, Evan me manquait. Sa gentillesse, sa façon de me toucher, son regard bienveillant… Tout me manquait.

— Ne me demande pas de tout quitter, suppliai-je.

— Je ne t'ai pas demandé de tout quitter, et je ne le ferai jamais. Je sais ce que je veux, Juliette, je l'ai su quand on a fait cette balade près de la Seine. Mais je ne peux pas être le seul à le vouloir. Ça ne suffira pas.

Il s'écarta et m'adressa un sourire triste. Je n'avais même pas la force de le contredire, encore moins celle de le retenir. L'instant d'après, il contourna la scène et il disparut, me laissant encore plus désemparée que ce matin.

Je passai le reste de la journée à ressasser ma conversation avec Evan. Je réglai les ultimes détails du concert prévu le lendemain et finis par proposer à Olivier de nous retrouver autour d'un vin chaud pour me changer les idées.

— Le Canada ? hurla-t-il alors qu'une serveuse apportait nos verres de vin.

— Je ne vais pas y aller.

— Mais… tu comptais nous en parler au moins ? Ce truc n'est pas tombé du ciel !

— Non… enfin, oui, je comptais vous en parler. L'agence me l'a proposé, mais je n'ai rien accepté. Sauf que, évidemment, Simon a fait une annonce officielle et devant Evan.

Je me suis sentie prise au piège, me défendis-je devant ses yeux écarquillés de surprise.

— Et tu nous l'aurais annoncé quand, la veille ? Bon sang, Juliette… je pensais qu'on se disait tout.

— Ne commence pas, toi aussi, soupirai-je, abattue.

Évidemment que je lui en aurais parlé, évidemment que mes amis comptaient et pesaient dans la balance. J'avais juste manqué de temps et mon histoire avec Evan avait fait passer au second plan tout le reste de ma vie. Le visage d'Olivier s'adoucit et la tempête se dissipa.

— Evan en pense quoi ?

Je restai silencieuse, jouant nerveusement avec mon verre. Olivier secoua la tête et son regard se durcit, me donnant la sensation d'être une gamine sur le point de prendre une punition.

— Il veut que je vienne avec lui en tournée, expliquai-je.

— Décadence et alcool. On signe où ?

— Ça reviendrait à quitter mon travail.

— En effet, admit-il.

Lentement, il me dévisagea et secoua la tête de désapprobation. Après la culpabilité que j'avais ressentie une bonne partie de la journée, je me trouvais maintenant honteuse.

— J'aime mon travail, me défendis-je.

— Plus que lui ?

— Et j'aime mon indépendance.

— Il a parlé d'une tournée ou d'une séquestration ?

— Tu sais ce que je veux dire. Pourquoi devrais-je tout laisser pour le suivre là-dedans ? Je veux dire, est-ce que je ne peux pas… rester ici, l'appeler chaque soir ou chaque matin et avoir une vie de femme indépendante ?

— Si, bien sûr, admit-il.

— Alors pourquoi j'ai l'impression d'être la seule fautive dans l'histoire ? Je comprends qu'il soit fâché, ou contrarié. Mais il m'a dit qu'il avait peur que je prenne la fuite à la moindre contrariété.

Olivier me fixa pendant de longues secondes, buvant

une longue gorgée de son vin. De frustration, je m'enfonçai dans mon siège, espérant qu'il m'aide à trouver une solution.

— Il a raison.

Sa remarque me laissa sans voix. Je clignai des yeux, mal à l'aise et avec la sensation désagréable d'être trahie. Je n'avais pas prévu qu'Olivier prendrait le parti d'Evan si facilement.

— Et tu sais qu'il a raison, continua-t-il. Contrairement à ce que tu penses, c'est très facile de t'apprécier… Une fois qu'on a dégommé la couche de glace qui couvre ton cœur sec, ajouta-t-il avec un demi-sourire.

— Mon cœur n'est pas sec !

— Evan est un mec bien. Je le sens. Bon sang, Juliette, il a dit qu'il volait ! Il t'a fait participer à ce concours de baisers, il a réussi à te faire prendre des décisions imprévues. Ce type marcherait sur des braises pour toi. Il te demande juste d'en faire autant pour lui.

— Donc, je dois tout sacrifier ?

— Est-ce que le mot « compromis » te parle ? Je suis certain que tu n'y as même pas pensé. Tu te braques et tu flippes dès qu'il s'agit d'engagement.

— J'ai eu une relation de deux ans avec Simon, lui rappelai-je.

— Et vous ne viviez pas ensemble.

— Nous étions pratiquement fiancés.

— Et il ne connaissait même pas ta chanson préférée !

Je me rembrunis et cachai mon désarroi dans mon verre. Olivier avait toujours été clairvoyant et franc. En temps normal, j'appréciais ces qualités, mais, ce soir, l'entendre me rappeler la réalité brute me faisait mal.

— Evan est le truc le plus fou qui te soit arrivé depuis qu'on se connaît. Tu as le droit d'avoir peur, mais tu ne peux pas te refermer dès que quelque chose ne va pas. Il ne mérite pas ça. Et toi non plus, ajouta-t-il un ton plus bas.

Le silence nous enveloppa et je réfléchis à mon histoire avec Evan. À ses mots à lui, aux mots d'Olivier.

— Donc, je devrais dire oui ?

Olivier m'offrit un sourire énigmatique qui me donna envie de lui arracher les yeux. Je savais exactement ce qu'il allait répondre. Je soupirai avant même de l'entendre.

— En tout cas, tu ne devrais pas dire non.

Chapitre 24

Les cris de Gloria me réveillèrent au milieu de la nuit. J'avais eu du mal à trouver le sommeil, aussi, c'est en grognant que je m'extirpai des draps. Les yeux mi-clos, j'entrai dans la chambre de ma nièce et la pris dans mes bras. Je la berçai quelques minutes, ses pleurs s'apaisant peu à peu.

— Un cauchemar, rayon de soleil ?

Je caressai son dos et m'installai dans le fauteuil, calant Gloria contre mon torse.

— Je ne suis pas très en forme non plus, murmurai-je.

Gloria se redressa légèrement, scrutant mon visage dans la pénombre. J'embrassai son front, et ma main sur son crâne l'incitait à rester contre moi. J'avais le secret espoir qu'elle finirait par se rendormir.

— C'est de nouveau toi et moi, Gloria.

J'avais digéré une partie de ma déception. Peut-être parce que au fond de moi je me doutais que ça finirait comme ça : j'avais eu le temps de voir comment Juliette réagissait dès qu'il s'agissait de notre relation. Je l'aimais. Je l'aimais comme je n'avais jamais aimé personne, mais je ne pouvais pas attendre indéfiniment qu'elle s'engage dans notre histoire. Gloria était avec moi, maintenant, et je ne voulais pas prendre le risque qu'elle s'attache.

Je pouvais contenir mes émotions et faire avec. Gloria, elle, n'était encore qu'un bébé qui avait besoin d'attention et de visages familiers.

Je fermai les yeux, bercé par la respiration calme de

ma nièce. Juliette me manquait. Malgré ses doutes et ses résistances, elle m'avait touché. Elle m'avait aidé à remonter à la surface, quand les souvenirs de Michael me retenaient dans les profondeurs. J'avais passé une partie de la soirée à relire nos échanges sur mon téléphone, regrettant maintenant de ne plus avoir cette possibilité pour connaître ses pensées.

Je savais ce que je voulais. J'ignorais, en revanche, si Juliette voulait la même chose. Elle mettait tellement de distance entre nous, tellement de prudence dans nos conversations, que j'en venais même à douter de ce qui s'était passé lors du dernier baiser du concours. Après cette soirée au bar, nous étions rentrés à l'appartement, et j'avais attendu fébrilement qu'elle le répète. En vain. Cela ne m'avait pas attristé outre mesure parce qu'il m'avait suffi de la regarder et de l'embrasser pour savoir qu'elle ne me mentait pas.

En revanche, j'avais réalisé qu'elle avait besoin de temps pour faire confiance et je m'en voulais, maintenant, d'avoir voulu presser les choses. J'avais sous-estimé sa fragilité. Ses silences, ses secrets… Juliette avait sa part d'ombre et sa solitude ancrées dans le cœur et elle n'était pas prête à y renoncer du jour au lendemain. J'allais donc devoir renoncer à elle, même si cette seule idée me déchirait le cœur et me donnait envie de boxer à en crever un sac de sable.

Je penchai la tête vers Gloria, dont les yeux papillotaient. Elle me fit un petit sourire, comme pour me réconforter, avant de replonger dans un demi-sommeil.

Je me souvenais encore parfaitement du jour de sa naissance, du temps pluvieux, de la tête de la journaliste que j'avais plantée en pleine interview pour courir à la maternité, du regard fier de Michael quand j'étais entré en trombe dans la chambre.

Nous nous étions étreints avec force, heureux comme jamais, et je l'avais félicité.

« Je n'ai pas fait grand-chose. Lucie est la seule héroïne de l'histoire ! »

J'avais embrassé Lucie sur la joue, la félicitant à son tour pour avoir donné naissance à son bébé et pour supporter mon frère malgré sa fatigue.

« Regarde-moi cette beauté ! avait lancé mon frère, en jetant son bras derrière ma nuque. »

Devant le berceau, j'avais été pétrifié. Ce bébé était minuscule, dormant à poings fermés dans un pyjama rose bonbon. Elle était belle, c'est vrai, et tellement sereine qu'elle en était apaisante. J'avais caressé le dos de sa main du bout de l'index, aussi effrayé que fasciné.

« Elle s'appelle Gloria.

— Gloria ? avais-je répété, incrédule. Ce n'était pas sur la liste, si ?

— Non, avait répondu Lucie. Mais regarde-la, c'est une Gloria. »

J'avais hoché la tête. C'était une Gloria. Une pure lumière, une fierté, un bébé adorable et parfait qui faisait désormais partie de nos vies.

« Tu veux la prendre ? avait proposé Lucie.

— Je peux ? Elle dort et…

— Prends-la, m'avait encouragé mon frère. »

Délicatement et certainement avec beaucoup de maladresse, j'avais pris Gloria dans le creux de mes bras. Elle n'avait pas cillé, dormant paisiblement. C'était à ce moment-là que j'étais tombé amoureux de ma nièce, de ses longs cils bruns, de son menton renfrogné et de ses joues potelées de bébé.

« Lucie, tu as fait un super job ! l'avais-je complimentée encore.

— Merci. Evan, on voudrait que tu sois le parrain de Gloria. On ne voit pas de meilleur candidat pour cette mission. »

J'avais jeté un regard à mon frère, qui avait acquiescé, ses doigts entrelacés avec ceux de sa femme. Depuis le début de nos carrières respectives, j'avais vécu tout un tas d'émotions : le plaisir incroyable de pouvoir enregistrer notre musique, la gratitude devant notre public enthousiaste, le bonheur de voir ma mère pleurer de joie alors que nous recevions notre premier disque d'or. Nous avions vécu un millier de vies en une seule.

Pourtant, ce que j'avais ressenti à la requête de mon frère avait dépassé tous ces moments. La fierté, l'euphorie, la plénitude, la reconnaissance… c'était comme être porté par la foule en plein concert avec la certitude de ne jamais tomber.

« Tu es d'accord ? m'avait interrogé mon frère.

— Tu n'avais même pas à me demander. »

J'avais embrassé Gloria sur le front, lui promettant d'être toujours là pour elle.

« Si ton père craint, ou le jour où tu as besoin d'une bonne planque pour faire la fête, tu pourras venir chez moi », avais-je murmuré.

Je n'avais pas prévu qu'elle finirait chez moi définitivement et qu'elle deviendrait ma seule bonne raison de ne pas sombrer.

— Ton père me manque, chuchotai-je à une Gloria endormie. Il aurait sûrement su m'aider avec Juliette.

Michael n'avait aucune patience. Il voulait tout, tout de suite. Sa vie lui avait donné raison : il avait eu Lucie, la musique, les concerts, Gloria. Aussi, sûrement qu'il aurait déboulé chez Juliette pour lui tirer les vers du nez. Ensuite, il m'aurait secoué, en me disant que j'agissais comme un crétin, qu'il valait mieux un peu de Juliette que plus du tout.

La tournée n'était qu'un sujet accessoire. Le problème était que Juliette ne se laisserait jamais vraiment aller avec moi. Et après notre échange d'aujourd'hui, elle n'essaierait plus de revenir vers moi ; elle privilégierait son indépendance.

Je me relevai du fauteuil, conscient que me rendormir serait impossible, et reposai Gloria dans son lit. Elle s'agita dans mes bras et retrouva le calme quand je lui glissai sa peluche préférée entre les mains.

— Bonne nuit, rayon de soleil.

Je passai le reste de la nuit dans mon salon, grattant ma guitare préférée, en cherchant à oublier Juliette. C'était sans espoir : tout dans cet appartement me rappelait sa présence, du sapin monumental au fauteuil, en passant par ma chambre. Elle hantait les lieux et elle me hantait, moi.

Au petit matin, alors que je me préparais un café, je fus tenté de lui écrire, d'échanger des messages comme avant, en reprenant mon rôle de confident. Je finis par craquer, estimant qu'il y avait de toute façon peu de chances qu'elle réponde.

Je cherche un prétexte.

Je jetai mon téléphone sur le canapé, comme s'il me brûlait. Ma tasse à la main, j'admirai la vue de mon balcon, les lumières de Paris brillant dans le plus grand calme. Levant le nez vers le ciel, je remarquai les nuages.

— Encore de la neige, marmonnai-je avec un frisson.

Retournant dans le salon, je vérifiai mon téléphone, stupéfait de voir l'icône des messages clignoter. Le cœur battant, je l'ouvris. J'avais le sourire, avant même de la lire.

Le plus simple serait de parler de la météo. Ou de remèdes contre l'insomnie. Ça me manquait de ne pas te parler.

Un nouveau message apparut l'instant suivant.

Ou de l'heure de politesse pour envoyer des messages. Tu réalises qu'il fait encore nuit ?

Je bus une nouvelle gorgée de mon café, ressentant à nouveau cette excitation et cette joie à l'idée de lui répondre. En une seconde, nous retrouvions nos automatismes. C'était une sensation douce-amère : elle était avec moi, sans vraiment l'être.

Tu réponds, donc tu ne dors plus.

Je m'installai dans mon fauteuil, le téléphone sur la table basse, la guitare sur les genoux. J'étais presque rassuré que nous luttions tous les deux pour trouver le sommeil.

Je n'ai pas dormi. Projet à boucler. Je finalise les derniers détails.

Mon enthousiasme retomba en flèche. Son travail, évidemment. Mes doigts ripèrent sur les cordes, formant un son désagréable. Je secouai la tête, réfléchissant à une réponse. Je ne voulais pas laisser parler ma rancœur et raviver une nouvelle dispute. Même si nous jouions aux inconnus avec ces messages, nous savions tous les deux à qui nous nous adressions.

Ça doit être important pour te maintenir éveillée. Prends soin de toi, Juliette. La vie ne se résume pas à… des projets à boucler.

Je passai une main sur mon visage, abandonnant finalement l'idée de jouer un morceau. Cette danse – un pas en avant, trois pas en arrière – me fatiguait.

Ce projet-là compte. Plus que les autres.

Je lus plusieurs fois son message, un peu perdu. J'étais sur le point d'appeler Mathilde afin qu'elle vienne garder Gloria pendant que je foncerais chez Juliette pour lui présenter des excuses et lui dire que j'avais été injuste avec elle.

Sauf que, de toute évidence, Juliette avait déjà fait un trait sur moi, œuvrant probablement à un nouveau projet, sûrement en compagnie de Simon.

— Il faut que tu l'oublies, Evan, me morigénai-je.

Après avoir passé une partie de la journée à caler les derniers réglages du concert, je me retrouvai dans ma loge, me changeant pour la scène. Devant le miroir, les dégâts de ma nuit écourtée me sautèrent aux yeux.

La perspective d'enchaîner ensuite avec le dîner me semblait insurmontable. Je voulais dormir et tout oublier. En particulier Juliette.

J'avais imaginé ce concert autrement, peut-être parce

que j'aurais aimé qu'elle soit avec moi, ici, en coulisse, à m'encourager. Je l'avais croisée plusieurs fois dans la journée, son téléphone vissé à l'oreille, donnant des instructions à une armée de petites mains avec autorité et précision. Nous avions échangé quelques regards et un faible sourire, et mon cœur s'était émietté un peu plus encore.

— En scène dans trois minutes ! hurla la voix d'un technicien.

Je retrouvai Maxime et Nicolas à l'entrée de la scène. L'absence de Michael était palpable et, finalement, nous avions décidé de ne pas faire sans lui. Son micro et sa guitare étaient sur scène, plein centre, rappelant au public que c'était lui qui était à l'origine de notre succès. La gorge serrée, je pensai à Gloria, qui ne verrait jamais son père bondir sur scène.

Malgré cette foule, malgré les autres membres du groupe, ma solitude me sauta aux yeux. Je jetai un coup d'œil vers le public, cherchant Juliette du regard. Il ne me fallut que quelques secondes pour la localiser, appuyée contre le mur du fond, fixant la scène avec intensité. Dans sa robe noire et avec ses cheveux cascadant sur ses épaules, elle était superbe.

Nous échangeâmes un regard, plein de regrets et de déception. Cela acheva de me convaincre que j'avais vraiment besoin d'elle dans ma vie. Même en pointillé. Même avec ses secrets.

— Je reviens, lançai-je.

— Mec, on monte sur scène ! s'écria Maxime.

— Deux minutes, répondis-je en descendant les quelques marches qui menaient aux coulisses.

La foule s'impatienta, hurlant le nom du groupe, tout en tapant des mains. Je cavalai dans les couloirs, maudissant l'esprit tordu qui avait conçu ce véritable labyrinthe. Après quelques secondes de doute, je finis par me retrouver à l'autre bout de la salle, débouchant sur la gauche de Juliette. En me voyant, elle écarquilla les yeux et avança dans ma direction.

— Tout va bien ? demanda-t-elle, inquiète.

— Je voulais juste… Je ne sais pas trop. Viens par là.

À bout de souffle, je la pris dans mes bras, la serrant contre moi avec force et désespoir. Michael me manquait, mais Juliette… c'était insupportable d'être si près d'elle et de ne pas pouvoir sentir sa main dans la mienne. Je la sentis se cramponner à ma veste, se hissant sur la pointe des pieds pour mieux se presser contre moi.

— Fonce, murmura-t-elle. Tout le monde t'attend.

Je me détachai d'elle, plongeant mon regard dans le sien. Elle savait ce que je ressentais.

— Partie remise, soufflai-je.

Elle m'adressa un sourire lumineux, et j'étais certain que, où qu'il soit, Michael serait fier de moi. Je retournai sur scène au pas de course, ma douleur toujours présente, mais beaucoup plus légère. Les yeux rivés sur Juliette, je glissai la bandoulière de ma guitare sur mon épaule. Les premiers accords furent comme un déchirement, puis peu à peu, la foule nous encouragea et je laissai la musique envahir tout mon corps. Les pensées sombres disparurent, dissoutes dans le rythme entêtant de la batterie, et mon chagrin s'estompa.

« On va devenir des stars, avait promis Michael, le soir de notre premier concert.

— Bien sûr ! On a été mauvais, tu sais, avais-je répondu.

— Oui, et la foule a adoré. Imagine quand on va être bons ! »

Michael avait toujours tenu ses promesses, et, comme il l'avait imaginé, nous étions effectivement devenus des stars.

Le concert se déroula aussi bien que possible. Passé l'émotion des premières notes, j'avais réussi à donner le meilleur de moi-même. Après nos quelques morceaux, nous avions rejoint les coulisses et j'avais été entraîné, malgré moi, au dîner de charité. Entre les journalistes, les responsables de la Fondation, le gagnant du concours qui avait joué sur scène avec nous et les sollicitations de la foule, j'avais eu à peine le temps de respirer. Je me retrouvai donc à table, entouré par une tribu de bienfaiteurs, hochant périodiquement la tête pour ne pas avoir l'air impoli.

J'avais cherché Juliette des yeux, m'attendant à la voir papillonner de table en table pour s'assurer du bon déroulement des opérations. En vain ; elle avait disparu de la soirée, profitant de mon court passage en coulisse pour s'évaporer.

Au milieu du dîner, je sortis mes deux téléphones, vérifiant mes messages. Je ravalai un grognement de frustration en constatant que je n'avais rien. Quand le dîner se termina enfin, je m'éclipsai aussi discrètement que possible, me camouflant dans un bonnet et le col remonté de mon manteau. J'hésitai à aller voir Juliette chez elle, mais il était déjà tard et je ne voulais pas que Mathilde rentre trop tard de son baby-sitting.

À ma grande surprise, je trouvai Juliette assise sur le canapé de mon salon. Avec précaution, comme si je craignais qu'elle disparaisse à nouveau, je posai mes clés sur la table et me débarrassai de mon équipement hivernal.

— J'ai… j'ai dit à Mathilde de rentrer, expliqua-t-elle en se levant du canapé.

Elle se frotta nerveusement les mains, son regard hésitant à trouver le mien. Elle portait toujours sa robe noire mais avait abandonné ses talons pour être pieds nus.

— Je t'ai cherchée, dis-je.

— Désolée, j'ai… je me suis dit qu'on serait mieux seuls pour discuter. J'avais peur d'être sollicitée par le travail.

— C'est une bonne idée, en effet.

— Le concert était très réussi. Comment était le dîner ?

— Long et pénible.

Je m'approchai d'elle, mais elle recula et leva sa main pour me maintenir à distance. Je canalisai mon impatience, fourrant les mains dans mes poches.

— J'ai besoin de garder l'esprit clair, Evan. Je voulais te donner certaines choses, comme le cadeau de Gloria.

Elle tendit une minuscule guitare dans ma direction, exactement celle que nous avions vue au magasin de jouets lors de notre escapade. Le manche était orné d'un nœud et je devais admettre qu'à défaut de plaire à Gloria, cette guitare me plaisait à moi. Ou plutôt, c'était que Juliette ait pensé à ce cadeau qui me plaisait.

— Et j'ajoute ça, aussi.

Le tambour qui se matérialisa entre nous me tira une grimace. Je levai les yeux au ciel et Juliette rit doucement, tandis que je déposais ses cadeaux au pied du sapin. Le silence régna à nouveau, épais et lourd. Malgré notre furtive étreinte avant le concert, le malaise persistait. Quand finalement, nous nous décidâmes à parler, les mots sortirent de nos bouches au même moment.

— Je t'en prie, l'encourageai-je.

— J'ai… j'ai réfléchi à ce que tu m'as dit. C'est vrai, j'ai l'habitude d'être seule, de prendre mes décisions, de vivre ma vie. J'ai toujours agi ainsi.

— Juliette…

— Laisse-moi finir, s'il te plaît, dit-elle en reprenant son souffle. J'ai adoré passer du temps avec Gloria et toi, ici. Et je crois que c'est ce qui m'effraie : c'est comme si je perdais mes repères et que… enfin, disons que… Depuis que je suis venue ici, mon appartement m'insupporte. Il fait vide et triste.

Je retins un sourire et fis un pas en direction de Juliette. Elle était à fleur de peau, se tordant les mains devant moi, comme si elle craignait une nouvelle vague de reproches. J'avais envie de la prendre dans mes bras et de la rassurer. Comme je l'avais fait depuis toujours. Pour la première fois depuis notre rencontre, elle me parlait enfin de ce qu'elle ressentait.

— Mais j'aime vraiment mon travail, reprit-elle. Et je sais que tu peux me comprendre parce que je t'ai vu jouer ce soir, je sais que tu aimes aussi ce que tu fais.

— C'est vrai. Je n'aurais pas dû te demander ça mais, je maintiens : je te veux près de moi.

— Au contraire, tu as bien fait. Parce que j'aime bien mon métier mais toi et Gloria, je vous aime… tout court. Et toute cette histoire me l'a fait comprendre. Je ne suis pas une fille qui regorge de secrets, Evan. J'ai juste l'habitude de tout garder pour moi et de me protéger.

— Donc… pas de Canada ?

— Non, confirma-t-elle en souriant. Je suis déjà perturbée après avoir passé quelques jours dans un autre arrondissement alors qu'est-ce que ça serait si je quittais le pays.

— Je pensais que tu restais pour moi, dis-je, en faisant mine d'être offensé.

— Je reste pour toi. Et pour voir Gloria grandir et te rendre cinglé avec les percussions.

À nouveau, je fis un pas vers elle, effaçant peu à peu la distance entre nous. Lorsque je regardais Juliette, j'avais la sensation d'être un prédateur prêt à fondre sur sa proie. Je glissai mes mains dans mes poches, tentant de me contenir. La sensation de manque que j'avais ressentie juste avant le concert resurgit immédiatement.

— Il me faut du temps, dit-elle. Et il me faut mon travail et mes amis. Alors… je… j'aimerais te proposer quelque chose, un entre-deux.

Nous échangeâmes un sourire. C'était agréable de revenir à ce que je connaissais de nous : ce fameux quelque chose entre deux, que nous étions les seuls à pouvoir définir, ce quelque chose qui n'appartenait qu'à nous, qui ne prenait forme que quand nous étions ensemble et qui nous rendait plus forts.

Je n'étais pas prêt à y renoncer.

Nerveusement, elle sortit un dossier de son sac à main. Elle le posa sur la table, puis elle remit ses chaussures. Elle allait partir alors que je n'avais pas la sensation que notre histoire était repartie sur de bons rails.

— Tu t'en vas ?

— Partie remise, répondit-elle.

Elle pressa ma main de la sienne et m'adressa un sourire incertain. Elle m'avait demandé du temps, et j'étais disposé à lui en donner. Au moins pour ce soir. Elle quitta mon appartement quelques secondes plus tard, me laissant seul dans mon salon trop grand.

Le dossier sur la table semblait crier mon nom. Je poussai un soupir et passai une main sur mon visage. J'avais besoin d'une douche et de sommeil. Surtout, j'avais besoin de réfléchir à ce que m'avait dit Juliette. Elle semblait avoir fait un effort énorme pour venir me parler. Sa nervosité, ses regards fuyants… se confier lui coûtait, mais elle l'avait fait.

Après une longue douche et avoir vérifié que Gloria dormait paisiblement, je retournai au salon et m'emparai du dossier laissé par Juliette. J'étalai tous les éléments sur ma table basse, découvrant des photos, des notes, un calendrier, un plan.

Et une fiche d'informations. La même fiche que celle qu'elle avait remplie lors de notre première rencontre, celle qui consignait ma vie tout entière, mes souhaits, mes préférences culinaires, mon signe astrologique, ma date d'anniversaire. Sauf que, cette fois, cette fiche était à son nom.

Du prénom de sa mère – Évelyne –, à son addiction aux sushis – ceux au saumon et avec beaucoup de wasabi –, en passant par la liste de ses diplômes – master en relations publiques. En riant, je découvris qu'elle ne résistait jamais à du chocolat noir, qu'elle s'était cassé la cheville gauche à douze ans, qu'elle avait voulu se faire un tatouage, mais avait paniqué en voyant l'aiguille.

Tout ce que Juliette ne m'avait jamais confié était là, comme un dessert gourmand à dévorer pendant des heures.

Son premier baiser à quatorze ans, sa rencontre avec Clémence – toutes les deux avaient été voisines en chimie et incapables de comprendre le cours –, son pire cauchemar – les zombies –, sa phobie des araignées, sa détestation de la neige.

Son premier sapin. Celui que nous avions fait ensemble.

Son voyage préféré. Lisbonne avec Olivier.

Son dernier fou rire. Celui que nous avions partagé sur le chemin du retour du bar.

Le truc le plus fou qu'elle ait fait. Embrasser un joueur de tuba.

Je passai de longues minutes sur cette fiche, dévoré de curiosité. Chaque révélation me donnait envie d'en savoir plus. Je la repoussai finalement, découvrant quelques photos de Juliette dont une, avec mon sweat trop grand pour elle. J'étalai les photos sur la table, me promettant de les accrocher sur mon mur.

Le cœur battant, j'épluchai ensuite les autres documents. Les dates de la tournée étaient consignées dans un tableau avec, devant certaines d'entre elles, une gommette rouge. Je ne mis qu'une seconde à comprendre en découvrant les intitulés de colonnes : les dates d'arrivée et de départ, les gares, le nombre de jours, les lieux touristiques, les restaurants italiens, les aires de jeux pour Gloria.

Et tout en bas, elle avait simplement noté de « penser aux aimants ».

Elle venait. Pas partout, pas tout le temps. Mais elle venait. Elle avait déjà réservé certains billets de train, listé un certain nombre de restaurants, envisagé de visiter des musées. Une date, en particulier, attira mon attention : celle de l'anniversaire de Gloria. Pour l'occasion, elle avait libéré une semaine entière et avait déjà commandé un gâteau d'anniversaire extravagant pour elle.

— Ça explique la nuit blanche.

Elle m'avait confié ses secrets et me proposait un compromis : marcher avant de courir. Ça me convenait. Ça me convenait parfaitement.

Prenant mon téléphone, je lui adressai un message.

> Merci. Mais j'ai encore des tas de questions. Ta pâtisserie préférée ? Pizza ou pâtes ? Pomme ou poire ? La chanson que tu hurles sous la douche ? Le film qui te fait pleurer ?

Dans la seconde qui suivit, j'envoyai un autre message.

Le quelque chose entre deux... je l'aime beaucoup. On devrait essayer.

Parce que je savais maintenant qu'il n'y avait aucune chance pour que j'oublie Juliette, et qu'il était inconcevable que je la laisse quitter ma vie.

Je passai le reste de la soirée à relire sa fiche, mémorisant chaque information, souriant largement à chaque révélation tout en imaginant certaines scènes. Le sommeil finit par me gagner, et je me traînai jusqu'à mon lit pour m'y effondrer.

Cette nuit-là fut enfin apaisante.

— Il faut que tu arrêtes de grandir, rayon de soleil.

Gloria gigota sur la table à langer et m'offrit un sourire à faire mourir de rire le plus taciturne des croque-morts. C'était déjà le troisième pyjama que j'essayais et malgré tous mes efforts, je ne parvenais pas à fermer les pressions dans son dos.

Je l'assis devant moi, réajustant son body. Elle tapa dans ses mains, comme à son habitude, puis elle agrippa mon T-shirt et, à la force de ses bras, se mit debout.

— Volonté d'indépendance ? lui demandai-je.

Son équilibre était précaire et, dans un accès de confiance, elle manqua de tomber à la renverse. Je gardai une main autour de sa taille, regardant ma nièce en riant.

— Je crois qu'il serait fier de nous, murmurai-je. En tout cas, depuis que tu fais des nuits complètes, je suis très fier de toi.

Je pris un nouveau pyjama, étirant le tissu entre mes mains en espérant qu'une Gloria tout entière finirait par y rentrer. Je me promis de lui racheter des vêtements à sa taille dès la semaine suivante.

— J'ai essayé de la rappeler, tu sais, et elle ne répond pas. Tu crois que je devrais aller chez elle ?

Gloria babilla avec force. Ce n'était pas vraiment un oui, et encore moins un non. J'aurais pu aussi bien jouer à pierre-feuille-papier pour obtenir une réponse plus claire.

— Je sais que j'ai dit que je lui laissais du temps, mais elle me manque beaucoup, tu vois ? Genre, vraiment beaucoup.

Nouveau babillement. Maladroitement, avec une Gloria toujours debout, je réussis à lui enfiler le bas de son pyjama, ma nièce parvenant à lever une jambe après l'autre. Je tendis le vêtement sur son ventre rebondi par son biberon du soir.

— Tu me donnes tes mains ? Celui-là ira pour cette nuit.

Soudainement, elle lâcha mon T-shirt et se tint solidement sur ses deux jambes, un petit sourire ravi sur les lèvres. Elle irradiait la fierté et cela me tira un rire. Je finis de lui mettre son pyjama, Gloria gloussant de sa réussite. D'ici peu, elle finirait par faire ses premiers pas et elle taperait sur tout ce qui lui tomberait sous la main. Elle vacilla, mais parvint à garder son équilibre.

— Bravo, rayon de soleil, sans les mains.

À cet instant, en regardant Gloria sur ses deux jambes et ses petites mains en balancier, je sus ce que je devais faire. Je pris Gloria dans mes bras et la couchai dans son lit.

— Gloria, je dois sortir ce soir. On va faire un deal : si tu restes bien sage avec Mathilde, j'envisagerai la possibilité de te laisser faire des percussions.

Je lui donnai sa tétine et sa peluche et, après lui avoir souhaité une bonne nuit, je refermai délicatement la porte derrière moi. Sitôt dans le couloir, je dégainai mon téléphone portable, composant le numéro de Mathilde.

— Evan ? s'étonna-t-elle.

— Il faut que tu me gardes Gloria ce soir.

— Evan, je suis…

— Promis, c'est la dernière fois que je te le demande. Je sais que je n'ai pas été hyper présent dernièrement, mais…

— Je suis devant ta porte, idiot, me coupa-t-elle. J'ai oublié mon appareil photo chez toi hier soir !

J'arrachai quasiment ma porte de ses gonds, laissant

Mathilde entrer. Je ne la saluai même pas et enfilai ma veste à toute allure. J'enfonçai mes pieds dans mes Dr Martens préférées, sous les yeux écarquillés de Mathilde.

— J'ai besoin de deux heures, s'il te plaît, demandai-je vivement.

— Oui… si tu veux. Gloria est au lit ?

— Au lit, oui. Tu me sauves, tu sais !

Je l'embrassai sur la joue, jurant de lui faire livrer fleurs, chocolats et tous les appareils photo de l'univers en contrepartie de ces deux heures de liberté. Éberluée, elle n'eut pas le temps de répondre que déjà, je courais en direction de l'ascenseur.

Alors que j'ouvrais la porte menant aux escaliers, incapable d'attendre l'ascenseur, j'entendis la voix de Mathilde :

— Tu m'inviteras au mariage, hein ?

Dans la rue, je parvins par miracle à attraper un taxi. Je lui donnai l'adresse du bar et sortis mon téléphone pour envoyer un nouveau message de remerciement à Mathilde. Mon téléphone vibra en retour, mais, à ma grande surprise, ce fut un message de Juliette qui apparut.

Message qui me confirma, si jamais j'avais eu un doute, que nous étions sur la même longueur d'onde.

Cherche volontaire pour concours de baisers.

Je pressai mon visage contre la vitre, vérifiant où nous en étions. J'avais encore quelques minutes avant de débouler dans le bar pour assurer notre dernier spectacle. Je tapai ma réponse.

Prérequis ?

Je tapai nerveusement du pied, mon taxi subissant une cascade de feux rouges et de ralentissements.

Toi. Juste toi. Oh ! et un verre. Par principe.

J'esquissai un bref sourire et rangeai mon téléphone. Ce que je voulais lui dire ne se disait pas par écrit. Je devais l'avoir face à moi, ancrer mes yeux aux siens, voir sa peau réagir à ma proximité, sentir la chaleur de son corps contre le mien. Quand, enfin, le taxi se gara tout près du bar, je respirai un peu mieux, mais mon cœur battait la chamade.

Je poussai la porte du bar et fus tout de suite assailli par le parfum du vin chaud et les chansons de Noël. Pour ce dernier week-end avant les fêtes, Julian avait mis le paquet sur la décoration ; un grand panneau annonçait la finale du concours et un bouquet de gui avait été suspendu au-dessus de la scène. Mes yeux naviguèrent sur la table habituelle de Juliette, où était entassée sa troupe d'amis.

Olivier m'adressa un sourire avant de m'indiquer le bar de l'index. Juliette y était accoudée, en pleine conversation avec Julian. Une bouffée de jalousie m'étreignit et je me dirigeai vers elle. En me repérant, Julian eut un mouvement de recul, un éclat de colère dans le regard. Je me frayai un chemin dans la petite foule agglutinée et me postai près de Juliette.

— Je t'offre un verre, alors ? demandai-je.

Elle tourna vivement la tête vers moi, surprise de me voir assis près d'elle. Un jour, je lui avouerais que j'avais couru comme un damné pour la retrouver.

Elle hocha la tête, se mordant la lèvre pour retenir un sourire. Elle avait relevé ses cheveux dans un chignon approximatif et portait un jean avec un pull duveteux en laine blanche. Pas de jupe, ni de robe. Ce soir, notre baiser serait moins risqué, même si je voulais déjà glisser mes mains sous son pull pour caresser sa peau chaude.

Décidé à amorcer la conversation, je demandai :

— Tu as cru que je n'allais pas venir, n'est-ce pas ?

— J'ai eu un doute.

— Je suis désolé, murmurai-je. J'ai été irrationnel avec cette histoire de tournée.

— J'ai ma part de responsabilité aussi. La perspective de dépendre de quelqu'un est… impossible pour moi.

— J'ai lu ta fiche de renseignements. Tu avais pas mal de choses à me dire, on dirait.

Un bref rougissement couvrit ses joues et, instinctivement, j'enroulai mon bras autour de sa taille et l'attirai contre moi. Elle pressa son corps contre le mien, soupirant de soulagement. Je respirai son parfum fleuri et me promis de ne plus la laisser s'éloigner de moi. Ces quelques jours, sans elle, avaient été l'enfer absolu.

La sentir contre moi était libérateur ; je n'avais plus ce poids insoutenable sur la poitrine.

— Un mystère persiste : quelle est cette fameuse question test qui détermine si oui ou non je suis l'élu ?

Elle ouvrit la bouche, entre embarras et stupéfaction. Elle se tordit les mains et prit une petite inspiration avant de répondre :

— Ma chanson préférée.

— C'est tout ? m'étonnai-je.

— Je n'ai jamais dit qu'elle était compliquée !

J'acquiesçai et réfléchis à la possibilité de me lancer dans une liste improbable de chansons ; autant chercher une aiguille dans une meule de foin de la taille de la planète.

— Est-ce qu'on peut se dire que j'ai environ cinquante ans devant moi avant de pouvoir y répondre avec certitude ?

— On peut se dire ça, rit-elle.

Entendre son rire acheva de m'apaiser et je me promis de tout faire pour me laisser bercer par ce son le plus souvent possible. À voix basse, je murmurai à son oreille :

— Je t'aime. Et je ne veux plus jamais ressentir ce que j'ai ressenti ces derniers jours.

Elle resserra sa prise autour de moi et releva ses beaux yeux bleus vers les miens. Je repoussai quelques mèches folles de son visage.

— Tu m'as horriblement manqué.

— Tu m'as manqué aussi, avoua-t-elle d'une voix à peine audible.

— Alors tu loupes la première date ?

— Séminaire du géant de la cosmétique. Je serai là à la troisième.

— J'ai vu. Très joli hôtel.

— Les joies de mon métier : j'ai des relations et je peux tirer quelques ficelles, sourit-elle. Je leur ai demandé un lit pour Gloria.

Je capturai son menton entre mon pouce et mon index et, à l'instant où j'allais l'embrasser, la voix de Julian vibra dans les haut-parleurs. Au même moment, deux verres de vin chaud se matérialisèrent devant nous.

— Offerts par vos amis, expliqua le serveur en désignant la table où s'étaient réunis Olivier, Lucas, Clémence et Zélie.

— Bonsoir à tous ! cria Julian. Nous voici arrivés à la dernière étape de notre concours, avec deux couples finalistes. D'un côté, Clémence et Lucas – ces derniers levèrent leurs poings pour obtenir des encouragements –; de l'autre, Evan et Juliette.

Une nouvelle salve d'applaudissements enflamma le bar tandis que nous buvions une gorgée de nos vins chauds et je hochai la tête pour saluer le public, Juliette toujours contre moi. Elle finit par pivoter, collant son dos contre mon torse, pour mieux voir la scène. Julian expliqua :

— Pour ce dernier baiser avant Noël, c'est le public qui a choisi la modalité imposée aux participants.

— Une préférence ? demandai-je à Juliette.

— Des tonnes.

— Le fauteuil, hein ?

— Définitivement.

Elle éclata de rire et cacha son visage dans ses mains, mal à l'aise. Mes mains sur ses hanches, je l'attirai encore plus près de moi et posai mes lèvres dans son cou, à l'endroit même où son pouls battait à un rythme fou.

— Evan, tu sais ce que ça me fait…

— C'est pour ça que je le fais. Vois-le comme un échauffement.

Elle frémit contre moi et se mordit la lèvre pour retenir un gémissement. Je ris doucement contre elle, ravi d'exploiter cette faille.

— Tu tiens vraiment à ce concours ? demandai-je.

Elle hocha la tête, le regard rivé sur Julian, mais je savais que son attention était ailleurs. Son souffle était court et ses muscles s'étaient peu à peu contractés. De toute évidence, mes lèvres sur sa peau lui faisaient beaucoup d'effet.

— Parce qu'on pourrait quitter cet endroit et retrouver ce fauteuil dans mon salon. Je te laisserais le contrôle, bébé. Tu n'as qu'un mot à dire.

— Tabouret.

— Je te demande pardon ?

— C'est avec un tabouret.

Je relevai les yeux vers Julian, qui plaçait effectivement un tabouret sous la branche de gui. Concentré sur Juliette, je ne l'avais même pas entendu expliquer ce que le public avait choisi pour nous. Clémence et Lucas approchèrent et ce dernier s'assit sur le tabouret de bar. Clémence, un grand sourire aux lèvres, s'installa entre ses cuisses.

— Et ça te réjouit parce que… ? l'interrogeai-je.

— Parce qu'on peut se toucher.

— Bébé, j'adore ta façon de penser.

Sous les applaudissements et les encouragements de la foule, le couple se lança dans son baiser. Au bout d'une minute, ils s'écartèrent, hors d'haleine. Lucas prit la main de Clémence dans la sienne et embrassa doucement sa bague de fiançailles.

Le public applaudit et, sans attendre, Juliette m'entraîna sous le gui.

— Impatiente ? fis-je.

— Presque autant que toi. Assieds-toi.

Je m'exécutai puis, la seconde suivante, Juliette se cala entre mes jambes, ses mains posées sur mon jean. Je resserrai les cuisses, tentant d'ignorer que le corps de la femme que j'aimais frottait agréablement contre mon entrejambe. Poussé à bout par ces quelques jours sans elle et la proximité de son corps, je sifflai :

— Tu vas me tuer.

— Tu le veux comment ?

Juliette me fixait sans ciller, son regard plongé dans le mien, ses lèvres entrouvertes et tentantes ; cet accès de confiance était encore plus excitant. Je haussai un sourcil, sentant ses doigts s'enfoncer dans mes cuisses. Mon cœur tambourina dans ma poitrine, menaçant d'exploser.

— Doux ? Enfiévré ? Sensuel ? Chaste ?

— Chaste ? m'étonnai-je.

— Tu as l'air d'avoir besoin d'un baiser chaste.

— Ce dont j'ai besoin, c'est toi, nue et gémissante pendant que je te ferai l'amour jusqu'à ce que tu oublies ton nom. Je m'assurerai ensuite que ton corps retienne bien à qui il appartient.

— Donc, pas chaste ?

— Jamais. Raye ce mot de ton vocabulaire.

Julian entama son compte à rebours mais avant même qu'il atteigne le zéro, je posai ma main sur la nuque de Juliette et attirai ses lèvres contre les miennes. Surprise, elle étouffa un petit cri sur ma bouche, avant de laisser son corps épouser parfaitement le mien. Du bout de la langue, elle quémanda l'accès à ma bouche tandis que, joueur, je résistais quelques secondes avant de la laisser gagner. Ce seul baiser effaçait les derniers jours douloureux passés sans elle.

J'abandonnai sa nuque et entourai sa taille ; même si tout le corps de Juliette était pressé contre le mien, je voulais la sentir plus proche de moi et, surtout, ne jamais la lâcher. À son tour, elle noua ses mains autour de ma nuque, penchant le visage pour accentuer notre baiser. Un désir brut m'enflamma, électrisant mon corps. Je calai mes pieds sur la barre inférieure du tabouret, tentant de stabiliser notre position.

Mes doigts glissèrent sur ses fesses et j'y appliquai une légère pression, espérant soulager mon sexe tendu à l'extrême. En réponse, Juliette fit remonter ses mains sur mes cuisses, ses pouces se rapprochant dangereusement de la zone où pulsait mon envie d'elle. Je grognai contre sa bouche et mes dents accrochèrent sa lèvre inférieure. À bout de souffle, Juliette finit par s'écarter, le regard brumeux de désir, les lèvres gonflées et plus sexy que jamais.

Descendre du tabouret me prit quelques secondes et Juliette ne cacha pas son hilarité.

— Tu es fière de toi ? demandai-je.

— Absolument. C'était épique.

— Légendaire, même.

La foule applaudit et nous rejoignîmes la troupe d'amis de Juliette. Je les saluai d'un geste rapide de la main, avant de m'effondrer sur la banquette.

— Ça aurait dû être interdit au moins de dix-huit ans votre truc, ironisa Olivier.

— Mesdames, messieurs, nous avons désormais notre couple gagnant, commenta Julian, en pivotant vers notre table.

Dans l'attente du résultat, Clémence et Lucas échangèrent un regard complice et Juliette glissa sa main dans la mienne. Elle m'adressa un sourire lumineux, de ceux qui n'appartenaient qu'à moi.

Je me fichais de connaître le résultat et de gagner ce concours. J'avais Juliette et tout était parfait, aligné et génial. Parce qu'elle faisait battre mon cœur plus fort que n'importe quelle musique, parce qu'elle était celle qui m'avait montré que la vie pouvait encore être belle et douce et parce que, définitivement, on ne luttait pas contre l'univers.

Épilogue

Un an plus tard

— Allez, rayon de soleil, on sort du bain.

J'enroulai ma nièce dans une serviette, entendant Juliette accueillir la baby-sitter. Gloria gloussa alors que j'épongeais son corps et essuyais ses cheveux. Elle avait maintenant de belles boucles châtains et sa ressemblance avec Michael se renforçait jour après jour, même si elle avait les yeux de sa maman.

— Couche et pyjama, annonçai-je en l'installant sur le plan à langer.

La tournée était terminée depuis peu, et j'appréciais de reprendre mes habitudes avec Gloria. Ne pas la voir pendant plusieurs semaines avait été éprouvant ; j'avais la sensation d'avoir manqué un tas de choses, comme son premier vrai mot ou sa première séance de piscine.

— Tu vas être sage, hein ?

Après l'avoir habillée, je la déposai au sol et la laissai courir jusqu'au salon. Je la suivis, trouvant Juliette dans la cuisine, en discussion avec la baby-sitter. Cette dernière écarquilla les yeux en me voyant et rougit brutalement.

— Et voici donc Evan, me présenta Juliette.

J'étais à peu près persuadé que cette fille savait exactement qui j'étais. Elle me salua d'un mouvement de tête gêné.

— Il faut coucher Gloria dans dix minutes, expliqua Juliette.

— Et, si vous voulez un bon conseil, faites en sorte de lui prendre son tambour dès que possible sinon, elle va vous faire la guerre pour dormir.

— D'acc… d'accord, bégaya la jeune fille.

Juliette me lança un regard amusé et se pinça les lèvres pour ne pas rire. Dans le salon, j'entendis Gloria taper de toutes ses forces sur le fameux instrument. Je détestais ce tambour, mais j'avais décidé d'opter pour une nouvelle stratégie : celle de la lassitude. Oui, ma nièce finirait par se lasser des percussions et rentrerait bientôt sur le droit chemin des cordes.

— On y va ? proposai-je à Juliette.

Dans le taxi qui nous menait au bar, je sortis un écrin de la poche de mon manteau. Devant la mine effrayée de Juliette, je la rassurai :

— C'est moins pire que ce que tu imagines.

Elle l'ouvrit avec précaution, découvrant un nouvel aimant à rajouter à notre panneau magnétique. Depuis notre rencontre, je lui en avais offert à plusieurs occasions : sa première date de concert avec le groupe, l'anniversaire de Gloria, nos premières vacances ensemble, le dernier carton de déménagement qu'elle avait déballé.

Elle observa l'aimant coloré aux lignes aériennes et demanda, perplexe :

— Un oiseau ?

— Ça fait un an, Juliette.

Elle me dévisagea, incrédule. Oui, cela faisait un an que nous avions échangé notre premier baiser lors de ce concours, un an que j'étais certain qu'il n'y aurait plus jamais personne d'autre, un an qu'embrasser Juliette était devenu une incroyable addiction.

— On vole, murmura-t-elle en jouant avec l'aimant.

— On vole. Et j'adore voler avec toi.

En entrant dans le bar, je retrouvai l'ambiance festive des fêtes à venir : les plaids en fausse fourrure, les branches de sapin accrochées aux murs et les guirlandes lumineuses entortillées dans des photophores posés sur les tables.

— J'avais presque oublié, dis-je, ébloui par la décoration.

— La décoration n'était pas vraiment ton principal sujet de préoccupation l'an dernier, me taquina Juliette en glissant sa main dans la mienne.

Elle retira son fameux bonnet de groupie et le mit dans sa poche. Nous rejoignîmes notre table, cernée par les amis de Juliette – qui étaient devenus les miens désormais – et auxquels s'étaient ajoutés Mathilde, Maxime – dont le statut restait hésitant – et Nora, qui avait tenté de nous faire croire qu'être prof de latin était sexy.

— Comment va Gloria ? demanda Clémence.

— Beaucoup mieux. La varicelle est derrière nous, répondis-je.

— Elle tape toujours sur tout et n'importe quoi ? se réjouit Maxime.

— Oui. Ce qui prouve qu'elle est en pleine forme, rit Juliette. Evan ne va jamais s'en remettre, il a juré de la déshériter si elle choisissait de faire de la batterie dans quelques années.

— Et je le ferai, assurai-je. Cette enfant a du sang de guitariste dans les veines, c'est contre nature qu'elle fasse de la batterie.

— Elle finira par venir chez son tonton Maxime pour fuir l'oppression, plaisanta ce dernier.

Julian interrompit notre conversation, armé d'un bloc-notes et de son sourire le plus avenant. Son regard balaya notre table et Juliette posa sa main sur ma cuisse, en guise d'encouragement. Elle savait déjà de quoi il allait nous parler.

— Bien, alors, qui j'inscris au concours cette année ? demanda-t-il avec enthousiasme. Plus j'ai de candidats, plus je vends de vin chaud !

Nora et Olivier levèrent immédiatement la main, suivis par Lucas et Clémence. Du regard, j'incitai Maxime à se manifester. S'il voulait avancer avec Mathilde, ou du moins cesser de tourner autour du pot, c'était le moment de se montrer courageux.

Avec réticence, il se lança finalement.

— Je participe. Avec Mathilde.

Cette dernière faillit recracher son verre de vin et dévisagea Maxime, stupéfaite. Je l'entendis déglutir puis elle me donna un petit coup d'épaule, plus souriante que jamais, avant de me remercier dans un murmure.

— Histoire que tu voies autre chose que le désert de Gobi, soufflai-je à son oreille.

— Et vous deux ? insista Julian en posant les yeux sur Juliette et moi.

— Tu veux remettre notre titre en jeu ? demandai-je à Juliette.

— Tu veux ? s'étonna-t-elle.

J'acquiesçai, prêt à défendre notre titre gagné l'an dernier. Rien que pour sentir son cœur battre contre le mien et deviner les frissons qui la parcouraient, j'étais prêt à rempiler.

— Je vous inscris, alors. C'est vous qui commencez.

Aussitôt, il tendit le panier rempli de petits papiers multicolores repliés. Juliette secoua la tête, me laissant tirer au sort, puis expliqua :

— Ça nous a porté chance l'an dernier.

— « En équilibre », lus-je.

— Bon sang, on n'a aucune chance, râla Olivier. L'an dernier, ils ont manqué de foutre le feu au bar en se grimpant dessus.

L'an dernier durant ce baiser, Juliette m'avait dit qu'elle m'aimait alors que son corps était enroulé autour du mien. Forcément, notre baiser avait été torride.

Juliette se leva et je la suivis, excité et heureux de refaire ce concours. C'était comme replonger agréablement dans le passé. Je profitai que Julian présente le règlement pour attirer Juliette contre moi.

— Échauffement ? demanda-t-elle.

— Peut-être. Tu sais… j'ai réfléchi au sujet de Gloria et de cette histoire de percussions.

— Evan, tu réalises qu'elle n'a même pas deux ans ? Laisse-la…

— Gloria est parfaite. Elle peut bien devenir joueuse de tuba, c'est sans importance, si elle est heureuse. Non, ce que je voulais dire c'est… je voudrais une nouvelle chance.

— Une nouvelle chance ? Une nouvelle chance de quoi ?

— D'avoir une guitariste.

Juliette s'écarta, bouche bée. Elle avait parfaitement compris ce que je voulais. Mais je n'étais pas certain qu'elle accepte. Julian annonça nos prénoms, m'empêchant de poursuivre notre conversation. La foule applaudit et Juliette avait toujours ce visage stupéfait, comme figé pour toujours.

Nous rejoignîmes la petite estrade fraîchement installée et j'attendis que Juliette soit face à moi pour la soulever.

— Prête ?

— Pour le baiser ? s'inquiéta-t-elle.

— Le baiser, oui.

Elle hocha la tête et je la portai, l'aidant à entourer ma taille de ses jambes. Comme l'année précédente, je m'assurai que ses fesses restent cachées et Juliette noua ses mains autour de ma nuque. Elle souda son front au mien, puis bougea contre moi. Je grognai :

— Bébé, ne remue surtout pas.

— Sinon quoi ?

— Sinon je demande à Julian les clés de son bureau et je fais en sorte que tu produises ces délicieux gémissements que tu laisses échapper quand je suis en toi et que tout ton corps vibre contre le mien.

Elle ferma les yeux et approcha ses lèvres de mon oreille. Elle savait exactement ce qu'elle faisait et je pris une profonde inspiration, tentant de me souvenir que nous étions en public. Le compte à rebours commença et je savais déjà que notre baiser ne serait ni chaste, ni doux, ni tendre.

— Je t'aime, Evan.

En un an, Juliette m'avait confié bien des secrets, y compris le titre de sa chanson préférée – une de Snow Patrol, bien sûr – et elle n'arborait plus cette armure protectrice dès qu'il s'agissait de s'ouvrir à moi. Pourtant, quand il s'agissait de me parler de ses sentiments, Juliette était toujours intimidée. L'entendre dire qu'elle m'aimait me faisait un effet incroyable et galvanisait ma fierté.

Elle était à moi.

— Ce que tu me fais, murmurai-je.

— C'est toi qui as voulu qu'on participe.

— Prête ?

— Pour le baiser ?

— Pour la guitariste.

Elle plongea ses magnifiques yeux bleus dans les miens et chuchota :

— Fonce.

LE CONCOURS DE BAISERS

En attendant Noël, chaque samedi, votre bar préféré organise un concours de baisers !

Le principe : devant un public d'experts, que vous soyez en couple, amis ou amour de jeunesse, venez nous montrer vos talents.

Dès le 1er décembre, inscrivez votre nom sur l'ardoise à l'entrée du bar. Chaque couple passera par ordre d'inscription. Au moment de votre passage, vous tirerez au sort une de nos particularités. Votre baiser devra impérativement suivre la consigne que vous aurez piochée.

Le public, qui est juge absolu, décide des couples qui sont qualifiés pour le tour suivant via un système d'applaudimètre.

Votre objectif : passer les trois tours et parvenir en finale.

À gagner : un dîner romantique !

Présentation des particularités

Se toucher les mains : le couple devra se tenir les mains pendant la durée du baiser.

Entre les cuisses : l'un des deux partenaires est assis sur un tabouret de bar, l'autre est debout et « coincé » entre ses cuisses.

Quartier libre : un baiser… et sans impératif.

Un fauteuil pour deux : s'embrasser assis, c'est bien aussi !

Sans les mains : le couple s'embrasse mais ne doit pas utiliser ses mains.

Comme au cinéma : plutôt *Spiderman* ? *Titanic* ? *Dirty Dancing* ? C'est vous qui voyez !

À bout de souffle : s'embrasser jusqu'à en perdre haleine.

En équilibre : l'un des partenaires porte l'autre.

Choix du public : le public choisit la particularité du baiser.

À cet endroit précis : qui a dit qu'il n'y avait que les lèvres qu'on pouvait embrasser ?

C'est dans la poche : fouillez les poches de votre partenaire tout en l'embrassant.

La fin du monde est pour demain : tout est dit… La fin du monde est proche, ça sera un baiser désespéré.

Se toucher les mains

Entre les cuisses

Quartier libre

Un fauteuil pour deux

Sans les mains

Comme au cinéma

À bout de souffle

En équilibre

Choix du public

À cet endroit précis

C'est dans la poche

La fin du monde est pour demain

PHOTO

ÉVÉNEMENT : Moi, sous toutes les coutures

DATE DE L'ÉVÉNEMENT : 22 décembre

Informations générales

Nom : Daniaud

Prénom : Juliette, Suzanne, Eugénie

Date de naissance : 17 /09/ 1992 - Vierge

Coordonnées et adresse

Adresse : 168, rue Renequin Paris.

Téléphone port : 07 99 54 32 10

Mail : juliette.daniaud@gmail.com

Situation familiale

Célibataire, fraîchement larguée

Père (Pierre) : absent –

Mère (Évelyne) : décédée ;

Frère/sœur : aucun

Amis : Olivier, Clémence, Lucas, Zélie.

Situation professionnelle

Coordinatrice d'événements

Parieuse invétérée (tendance à perdre)

Informations diverses

- Formation : Master Relations Publiques / Anglais : bilingue – Espagnol : porté disparu.

- Préférence culinaire : sushis, sushis, sushiiis (ceux au saumon, avec beaucoup de wasabi !).

- Addictions : chocolat noir, soirées entre amis, Evan MacNeil, Gloria MacNeil.

- Faits de guerre : cheville cassée à 12 ans en faisant l'andouille sur un muret.

- Couleur préférée : jaune. Noir pour la lingerie.

- Hall of shame : j'ai demandé pendant des semaines à ma mère pour me faire tatouer un soleil sur l'épaule gauche. Le jour J, j'ai paniqué en réalisant que j'avais peur des aiguilles.

- Première amie : Clémence, copine de paillasse en chimie. Tellement amies que nous avons eu les mêmes notes toute l'année (8).

- Premier baiser : Quentin, à 14 ans. C'était loupé.

- Première cuite : avec Clémence, pour son anniversaire. J'ai juré au lavabo que je ne boirais plus jamais de vodka.

- Permis de conduire : oui. En 5 fois. Un vrai calvaire. J'habite Paris justement pour ne pas avoir à conduire.

- Phobies : araignées, la neige, les déceptions amoureuses.

- Pire cauchemar : les zombies, perdre mes clés.

- Voyages : Lisbonne (mon préféré), Londres, Madrid, New York (meilleurs cocktails du monde), Miami, Rome (meilleures pâtes du monde), Milan.

- Film favori : Jurassic Park.

- Livre favori : Cyrano de Bergerac.

- Actrice que je choisirais pour incarner mon rôle dans le film de ma vie : Emma Watson (même si ses jambes sont vraiment plus belles que les miennes).

- Si j'avais un super-pouvoir : me déplacer dans le temps et prévenir Lennon de son sort.

- Ma manie honteuse : ne pas finir un plat, même délicieux, pour pouvoir prendre un dessert.

- Chanson préférée : non... Trop facile, tu devras patienter un peu pour cette réponse.

- Où je me vois dans dix ans : aucune idée. Je laisse l'univers décider pour moi (il a fait un bon job depuis quelques semaines).

- Dernier fou rire : avec toi, samedi dernier, en rentrant du bar.

- Dernier sapin : dernier et premier. Avec toi.

- Dernière folie : embrasser un joueur de tuba.

Remerciements

T'embrasser sous la neige est mon 13e roman. Oui, j'ai pris vingt minutes pour tous les compter, façon mère de famille fière et un peu éberluée.

13. En espérant que cela porte bonheur.

Ce roman aura de toute façon une histoire particulière. Comme certains le savent peut-être, j'ai écrit ce texte pendant le confinement lié au Covid-19, entre mars et mai 2020. Une période où nous avons dû nous éloigner les uns des autres, où nous avons fait notre possible pour préserver notre santé et celle de ceux que nous aimons et où nous avons réappris ce que sont la bienveillance et la solidarité.

Ce n'est qu'à quelques chapitres de la fin que j'ai réalisé combien ce roman avait été marqué par cette période extraordinaire. J'ai eu envie d'écrire une histoire où la bienveillance et la douceur régneraient, où le héros ne serait pas arrogant ou insistant, où l'ambiance serait festive, où embrasser quelqu'un aurait plus de sens que toute autre chose, où l'amitié compterait autant que les liens familiaux.

Je pense que c'est pour toutes ces raisons que j'ai eu du mal à quitter ces personnages. Oui, j'étais heureuse d'arriver au bout de l'histoire, et ravie de les laisser vivre leur vie, mais, d'une certaine façon, ils m'ont très vite manqué.

Je n'ai jamais eu la prétention de bouleverser les esprits avec mes livres. Mon seul but – et je l'ai toujours dit et assumé – est d'offrir une parenthèse d'évasion et de joie. Quand on m'écrit pour me dire « votre livre m'a fait sourire », ou « vous m'avez fait oublier mes soucis », c'est une incroyable récompense. Je me sens fière et accomplie, comme si faire du bien était mon super-pouvoir.

Alors, je vous encourage à vous approprier ce super-pouvoir. À être bienveillant, à réaliser vos rêves, à oublier cette pression constante de l'injonction sociétale, à sourire, à rire, à prendre les choses avec optimisme.

À lire avec passion, à vivre avec gourmandise. Et vice versa.

À foncer.

Enfin… Je tiens à vous dire merci.

Merci à vous toutes et tous d'être toujours présents, d'apporter votre soutien sans faille, de venir me voir en salon, en signature, de me confirmer, à chaque nouveau roman, que vous êtes des lecteurs et des lectrices passionnés (voire un peu fous…). C'est un bonheur de lire vos avis, une joie de vous rencontrer, un honneur d'entrer dans vos foyers. Alors pour tout ça, merci.

Merci aux équipes de HarperCollins France qui sont terrifiantes d'efficacité et pour leur soutien sans faille. Si on m'avait dit, il y a sept ans… Sept années qui sont passées comme un rien et qui sont pourtant pleines de souvenirs. Donc, merci à vous tous d'être toujours aussi présents et enthousiastes.

Merci à M. Blaine. Il n'y a pas si longtemps, j'ai réalisé que nous avions déjà passé quinze ans ensemble. Quinze ans, deux enfants, et un paquet de fous rires. Peut-être que c'est ça le secret : savoir rire de nous et savoir nous faire rire. Ça, et une bouteille de vin (si, si).

Merci encore. Merci pour tout.

Je vous embrasse (oui, j'ose, sans concours, et sans Evan, zut !).

Vous avez aimé *T'embrasser sous la neige*
d'Emily Blaine ?
Découvrez son nouveau roman,
Rendez-vous au chalet des cœurs oubliés !

« *Emily Blaine est passée maître dans l'art d'observer les errements du cœur* » AuFéminin

Tournez vite la page pour découvrir un extrait !

Chapitre 1

Je grimaçai en entendant mon portable sonner. Grommelant, je rabattis la couette sur ma tête et enfonçai cette dernière dans l'oreiller. Des doigts effleurèrent mon dos, longeant ma colonne jusqu'à mes reins. Je replongeai dans le sommeil, accompagné par cette douce caresse. J'avais confiance en mon horloge interne : il n'était certainement pas l'heure pour moi de me lever.

La sonnerie cessa et des lèvres remplacèrent les doigts qui parcouraient mon corps. Je devinai un baiser sur ma nuque, un autre sur mon épaule, puis un troisième au milieu de mon dos. Lentement, la bouche fit ensuite le chemin inverse, remontant jusqu'à mon cou.

Le portable se manifesta à nouveau, me tirant un soupir las.

— C'est le tien, murmura une voix féminine à mon oreille.

— Je sais, grognai-je. C'est justement pour cette raison que je l'ignore.

Après une nouvelle salve de sonneries, le téléphone redevint silencieux. Le mal était fait : j'étais maintenant réveillé et j'allais devoir quitter ce lit. De toute façon, ce n'était pas le mien et je n'avais pas l'intention de m'y attarder.

Je roulai pour m'allonger sur le dos et fixai le plafond de la chambre. La jeune femme avec qui j'avais passé la nuit enroula son bras autour de ma taille et posa sa tête sur mon épaule. Mes mains restèrent sagement immobiles tandis qu'elle reprenait son exploration matinale, dessinant des arabesques sur mon torse, s'attardant volontiers sur les tatouages qui décoraient ma peau.

J'aurais déjà dû être loin d'ici et loin d'elle. Et, surtout, loin de la conversation qu'elle allait certainement entamer d'ici quelques secondes. Cette fille était prévisible ; elle l'avait démontré dès la veille au soir, lorsque je lui avais proposé un verre dans ce bar.

Elle savait très bien, tout comme moi, que ce verre allait mener à un second, puis un troisième et que, au bout de deux heures de sous-entendus et de regards lascifs, nous finirions la nuit ensemble.

— Tu en as combien au juste ? demanda-t-elle.

Gagné. Le besoin de l'être humain de tout quantifier et comptabiliser était ennuyant à la longue.

— Dix-huit.

— Et cette date ? reprit-elle en passant son doigt sur une succession de chiffres romains gravés sous ma clavicule.

— Un anniversaire.

— Et le trèfle, ici ?

— Porte-bonheur, murmurai-je en baissant les yeux vers mon avant-bras droit.

Elle en traça le contour avec son index, attendant certainement que je relance cette pseudo-conversation. Le silence s'éternisa et je l'entendis soupirer. Je devinais toujours le mouvement de ses doigts froids contre ma peau ; elle descendit le long de mon bras puis repoussa mon bracelet de cuir avant, sans surprise, de me poser une nouvelle question.

— Et ce nom sur ton poignet ?

Mon téléphone sonna à nouveau, signalant la fin de l'interrogatoire. Je me dégageai et m'assis sur le lit, à la recherche de mon boxer. Je le repérai au sol, tout près de mon jean noir. M'emparant des deux vêtements, je vérifiai l'heure sur mon portable.

— Une urgence ?

— Il faut que je rentre, soufflai-je en m'habillant.

La sonnerie cessa pendant que, des yeux, je cherchais mon T-shirt de la veille. Je soulevai une jupe en jean, retrouvant ma paire de chaussettes.

— Tu veux que je te fasse un café ?

— Ça ira.

Je voulais partir au plus vite ; de toute façon, je détestais le café. J'avais eu ce que je voulais – une nuit sympa, sans prise de tête, et je n'avais aucunement l'intention de m'attarder ici pour faire la conversation. Prendre le petit déj, discuter de ma vie… Tout ça, ce n'était pas vraiment mon style.

— Je peux me servir de ta salle de bains ? demandai-je en me redressant.

— Je t'en prie. Sur ta gauche dans le couloir.

Je glissai mon portable dans la poche arrière de mon jean, et dénichai mes chaussures dans le couloir. J'avais la sensation de jouer au Petit Poucet, récupérant mes affaires éparpillées avant de retrouver aussi vite que possible le chemin de mon appartement.

La salle de bains était minuscule, composée d'une cabine de douche antique et d'un lavabo recouvert de produits cosmétiques. Je fis de mon mieux pour éviter mon image dans le miroir ; je savais déjà que j'y verrais de profonds cernes, des cheveux trop longs et une barbe d'une semaine révélant des reflets roux. Cela faisait dix jours que nous étions rentrés de tournée et, même si je me sentais éreinté, mon corps refusait de m'obéir et luttait inlassablement contre le sommeil. Sûrement que le rythme furieux et infernal des concerts à travers le pays avait ruiné mon métabolisme. Hier soir, abandonnant l'idée de dormir, j'avais fini par rejoindre un de mes bars favoris ; la suite avait mené à une nuit courte et peu reposante. Parce que j'étais à bout de forces, je m'étais effondré et j'avais dormi deux heures dans cette chambre qui n'était pas la mienne.

Je passai de l'eau glacée sur mon visage, chassant les dernières traces de mon réveil brutal. Les mains humides, je disciplinai mes cheveux, laissant quelques gouttes d'eau dévaler mon dos.

Je ressortis de la salle de bains et remontai le couloir, dégotant mon vieux T-shirt Nirvana et ma veste en cuir.

— Tu es certain que tu ne veux pas rester ? cria la fille, toujours dans sa chambre.

— Certain.

Je m'abstins de toute formule de politesse. Je n'étais pas d'humeur à la complimenter pour la nuit dernière – ses prouesses n'avaient rien d'inoubliable – et j'étais lassé de jouer les types polis et bien élevés. Je me fichais de cette fille, comme de toutes les autres.

— Je suis attendu.

Comme pour me le rappeler, mon téléphone sonna à nouveau alors que je claquais la porte derrière moi. Je descendis les escaliers aussi vite que possible et retrouvai l'air glacé de l'hiver. En une seconde, le soulagement me gagna. J'avais la sensation d'avoir sauvé ma peau et de respirer mieux.

Je traversai la chaussée d'un pas rapide, me fustigeant de ne pas avoir pris d'écharpe ou de bonnet. Le froid mordait mon visage et, avec mes cheveux humides, j'avais la sensation que tout mon corps allait se pétrifier pour se transformer en bloc de glace. Heureusement pour moi, mon appartement n'était qu'à trois rues.

Trois rues : le temps suffisant pour trouver une excuse plausible à balancer à Evan quand il me demanderait pourquoi j'étais en retard d'une bonne heure au déjeuner organisé par Juliette et lui. Mon téléphone sonna encore une fois dans ma poche. Connaissant Evan, il allait finir par envoyer une équipe de pompiers pour s'assurer que j'étais toujours en vie.

Je me décidai finalement à décrocher, râlant contre une nouvelle bourrasque de froid qui se faufila dans l'encolure de mon T-shirt, comme pour me punir de ma nuit animée et de ma fuite honteuse.

— Evan, tu sais que j'ai obtenu des injonctions d'éloignement pour moins que ça ? dis-je avec un sourire crispé.

— Putain, mais ça fait une heure que je tente de te joindre ! Juliette était à deux doigts d'appeler les hôpitaux !

— Calme-toi, mec. Je suis chez moi, mentis-je. J'ai juste dormi plus longtemps que prévu.

— Seul ?

— Seul.

— Maintenant, je suis vraiment inquiet.

Un camion passa près de moi et je couvris le micro de mon téléphone de ma main pour éviter que ma supercherie soit découverte. Depuis la mort de Michael, et après un passage à vide de plusieurs mois, Evan avait repris les rênes du groupe. Si, au départ, je m'étais fait du souci pour lui, j'avais été admiratif de sa capacité à surmonter son deuil lors des premiers concerts de la tournée. Désormais, il veillait sur nous tous, nous faisant profiter de ses nouveaux – et excessifs – talents paternels.

— Inquiet ? répétai-je.

— Nic, on a fait six mois de tournée ensemble. On a partagé un bus, parfois même des fringues, et un paquet de conversations philosophiques sur la manière de manger des Oreo ou sur ce qui nous a amenés à faire ce métier.

— Et ?

— Et donc je te connais parfaitement. Tu as passé toute cette année à naviguer de fille en fille.

— C'était une de mes bonnes résolutions. Tu devrais me féliciter pour l'avoir tenue aussi longtemps !

À l'autre bout de la ligne, il y eut un silence. Je savais que mon mode de vie était aux antipodes de celui d'Evan. Lui élevait Gloria, sa nièce, et vivait avec Juliette dans un bonheur parfait. Lors de la tournée, j'avais eu l'occasion de les voir ensemble ; Juliette posait toujours ce regard admiratif sur Evan, quand lui passait la majeure partie de son temps à chercher son contact, nouant sa main dans la sienne ou jouant avec ses cheveux.

Honnêtement, ils me faisaient grimacer d'écœurement.

— Je devrais plutôt te botter les fesses, marmonna-t-il finalement, alors que j'arrivais en haut de ma rue.

— Et pourquoi tu ferais un truc pareil ?

— Parce que soit tu as un putain de sosie, soit tu m'as menti et tu n'es absolument pas chez toi !

Une nouvelle bourrasque me saisit et je relevai les yeux en direction de mon immeuble. Evan se tenait près de la grande porte cochère en bois, appuyé contre le mur de pierres. Je poussai un profond soupir, avant de couper la communication. Je le rejoignis et ignorai sa mine dépitée pour annoncer en souriant :

— Je rentre juste de mon footing.

— Tu n'as pas l'air de transpirer beaucoup, répondit-il avec humour.

— J'étais parfaitement brillant de sueur et haletant il y a deux heures.

— Pas suffisamment puisqu'elle n'a même pas pris le temps de te rédiger un mot d'excuse.

— Je t'assure qu'elle était dévastée de plaisir. Et toi, tu as l'air dévasté tout court !

Evan se contenta de sourire, avant de me donner une accolade. Malgré son instinct protecteur abusif et ses menaces, je considérais Evan comme un frère. Certes, nous menions des vies différentes, mais ce que nous avions vécu ensemble – la musique, les concerts, les disputes, la mort de Michael – nous liait de manière indéfectible.

— Gloria fait ses dents, le sommeil est donc une denrée rare. Quand je suis parti, elle mordait les baguettes de batterie que Maxime lui a offertes pour son anniversaire.

— Essaye d'effacer ce petit sourire satisfait et de travailler ton air catastrophé quand tu le lui raconteras.

— Ma nièce ne sera pas batteuse, assura Evan avec un sérieux désarmant.

Je tapai le code de la porte de l'immeuble et Evan me suivit dans l'escalier jusqu'au deuxième étage. Mon appartement n'avait pas été rangé depuis notre retour de tournée et mes trois valises gisaient dans le salon, ouvertes et débordantes de vêtements froissés. Sur le canapé trônait ma guitare préférée, alors que ma basse – le premier instrument que je m'étais payé – était appuyée contre le mur. Tout au fond, occupant l'essentiel de l'espace de la pièce à lui tout seul, se tenait mon piano.

Enfin, celui de Michael : Evan avait tenu à ce que je le récupère, estimant que j'étais le seul à savoir en tirer quelque chose.

— Tu écris ? m'interrogea ce dernier en désignant mon carnet de notes posé sur le pupitre de l'instrument.

— Je fais comme si. Tu es vraiment venu me chercher ? lui demandai-je, un peu surpris.

— Ça fait une heure qu'on tente de te joindre. Et je te préviens que je ne repartirai pas sans toi.

— Sinon quoi ?

— Sinon rien. Je ne repartirai pas sans toi, point.

Je nous dirigeai vers la cuisine, zone sinistrée. En voyant la vaisselle déborder de l'évier et les cartons de nourriture à emporter empilés, Evan marqua un temps d'arrêt. J'ouvris le réfrigérateur, ignorant son attitude consternée. Je sortis le pot de cornichons – seul truc comestible dans l'appartement – et m'assis sur le plan de travail pour en grignoter un.

— Quoi ? fis-je, l'air de rien.

— Ton personnel de ménage est porté disparu ?

— Armande est malade.

— Depuis deux ans ?

— Evan, il n'y a encore pas si longtemps, ton appartement servait de logement témoin pour ces émissions de nettoyage extrême ! Souviens-toi de cette boîte de raviolis, tu avais dû l'acheter au moment de la mort de Lady Di.

— Je n'ai sûrement pas acheté cette boîte !

— C'est vrai, corrigeai-je en croquant un deuxième cornichon. Les Beatles l'ont fait au début de leur carrière.

Nous rîmes tous les deux, et le téléphone d'Evan vibra. À la façon dont son visage s'illumina d'un large sourire, je sus immédiatement que c'était Juliette qui lui envoyait un message. Il rangea son portable dans sa poche et releva les yeux vers moi.

— Je lui ai dit que tu étais sous la douche, expliqua-t-il.

— Je ne suis pas sous la douche.

— Tu y seras dans moins de cinq minutes. Je te rappelle qu'on est censés déjeuner tous ensemble.

Je saisis un nouveau cornichon, récoltant une grimace de dégoût de la part d'Evan. Des années d'amitié, et il ne comprenait toujours pas comment je pouvais engloutir un pot en moins de dix minutes.

— Et je lui ai aussi dit qu'on arriverait dans un quart d'heure, reprit-il.

— Juliette et toi commencez à ressembler aux Thénardier : autoritaires et un peu cruels.

— Pose-moi ces cornichons et file te doucher. On ressemble peut-être aux Thénardier, mais je t'assure que tu n'as rien à leur envier question odeur.

— Et ce déjeuner a un objectif précis ou c'est juste pour le plaisir de me sortir de mon lit un dimanche matin ?

— D'une part, tu n'étais pas dans ton lit. D'autre part, tu vas finir par choper un ulcère avec tous ces cornichons. Un vrai déjeuner ne te fera pas de mal. Et puis, on ne s'est pas vus depuis la fin de la tournée.

— On a vécu les uns sur les autres pendant des semaines. Je refuse de croire que je te manque.

— J'ai du mal à y croire aussi, rit-il doucement.

Nous échangeâmes un regard et, même si j'avais sérieusement envisagé de traîner dans mon appartement toute la journée, à tenter de composer ou à mater de vieilles séries policières, je finis par descendre du plan de travail. Depuis la mort de son frère, Michael, Evan avait changé. Malgré tous ses efforts pour remonter la pente et malgré Juliette, il avait parfois un éclat sombre dans le regard. S'assurer que nous allions bien était devenu un rituel et une nécessité pour lui. Comme s'il s'inquiétait de perdre à nouveau quelqu'un.

Quelque part, être tous ensemble le rassurait, et pour ça, je ne pouvais pas lui en vouloir.

— Laisse-moi dix minutes, dis-je, histoire d'être présentable.

— Je surveille les cornichons.

— Est-ce que Zélie sera là ? demandai-je à Evan en entrant dans l'ascenseur de son immeuble.

— Elle passe le week-end chez ses parents. Je ne savais pas qu'elle et toi vous…

— On est amis. En quelque sorte.

— En quelque sorte ? As-tu déjà eu des amis… femmes ?

— Pas vraiment. Mais Zélie est drôle et sympa. Elle aime la musique, on flirte à l'occasion et, surtout, on dit du mal de tous les couples autour de nous. Sans elle, je vais me sentir vraiment seul.

— On va être une dizaine, comment pourrais-tu te sentir seul ?

— Je vais être le seul crétin à tenir la chandelle.

— Et vous dites aussi du mal de Juliette et moi ?

Zélie était mon associée dans le crime. Au fur et à mesure de nos rassemblements, dîners, déjeuners et autres soirées d'après concerts, nous nous étions trouvé des points communs : notre célibat, en premier lieu, ainsi que notre sens de la dérision associé à l'observation fine des couples qui nous entouraient. Si Zélie subissait le fait d'être célibataire, me racontant ses rendez-vous avortés et ses déceptions, la solitude ne me pesait pas.

Peut-être parce que, contrairement à elle, je n'étais en quête de personne et que la notion de grand amour éternel, façon conte de fées, me faisait pleurer de rire.

— On célèbre notre célibat en faisant le compte de vos petits surnoms ridicules. Tu tiens le haut du podium avec trente-cinq « bébé » en un seul dîner.

— Vous comptez ? s'écria-t-il.

Je hochai la tête et ravalai un sourire devant sa mine

décomposée. L'ascenseur s'arrêta à son étage et nous rejoignîmes son appartement. Dès que nous eûmes franchi la porte, un parfum de viande mijotée chatouilla mes narines. Juliette, portant Gloria dans ses bras, s'avança vers nous, un sourire aux lèvres. Dans un parfait mimétisme, Evan répondit à son sourire et enroula son bras autour de sa taille, avant de déposer un baiser sur sa tempe.

— Salut bé… toi, se reprit-il tout en me lançant un regard sévère.

Je retins un rire, choisissant de diriger mon attention sur Gloria et ses joues rondes et roses. Elle tenait une baguette de batterie à la main, visiblement mâchouillée et couverte de bave.

— Evan a réussi à te sortir du lit ? m'interrogea Juliette après m'avoir embrassé sur la joue.

— Pas du sien, répondit immédiatement Evan.

— Salut, rayon de soleil. Tu sais que tonton Nic a des rudiments de batterie et pourrait t'apprendre quelques trucs ?

Agacer Evan avec la passion de Gloria pour les percussions était devenu un jeu. Avec un peu d'assiduité et d'imagination, j'étais certain de pouvoir transformer ce passe-temps hilarant en sport olympique.

Pour toute réponse, Gloria m'offrit un sourire radieux, me rappelant douloureusement l'attitude rieuse et désinvolte de son père. Elle tendit ses bras vers moi et Juliette me la confia. J'embrassai ses joues, récoltant un rire enfantin et adorable, avant de frotter mon nez contre le sien. Elle finit par nicher sa tête dans mon cou, appuyant son visage doux contre ma barbe.

— Elle est un peu fatiguée, annonça Juliette. Je peux la reprendre, si tu veux.

— Ne me vole pas la seule âme célibataire de ce déjeuner. J'ai besoin de soutien.

— De ce que j'ai compris, Zélie et Nic font front commun, expliqua Evan à Juliette.

— Oh ! je sais. Elle m'a raconté que vous nous donniez des noms indiens ?

— Vous faites quoi ? s'étonna Evan.

— Rien de méchant, précisai-je. Olivier est « Petite Main qui s'égare au sud », Clémence est « Décorée à l'annulaire ».

Juliette étouffa un rire tandis qu'Evan me fixait, de plus en plus atterré. Dans mes bras, Gloria se redressa et posa sa bouche contre ma joue pour un baiser évoquant l'action d'une ventouse.

— Je ne peux pas croire que tu sois si créatif pour ça, et que tu n'arrives pas à finir tes chansons ! lâcha finalement Evan.

— Avec Zélie, on se serre les coudes. Être célibataire au milieu de tout un tas de gens en couple, c'est comme être le fruit abîmé dont personne ne veut sur l'étalage.

— Nic, tu ne cesses de clamer que tu adores être célibataire, me rappela Juliette.

— Je parlais pour Zélie. Oui, j'adore être célibataire ! souris-je en haussant les épaules. Je vais rester avec Gloria, seul contre tous.

— Maxime et Mathilde sont là et, à ma connaissance, ils sont aussi célibataires, souligna Evan.

— Maxime et Mathilde ? Tu parles des « Embusqués illégitimes de la cuisine » ? Y a pas plus en couple qu'eux !

Ces deux-là avaient passé la majeure partie de la tournée à jouer au chat et à la souris. Mais à la façon dont ils se regardaient, et à leurs absences fréquentes et simultanées, je n'avais pas de doute sur la nature de leur relation. Et même si Mathilde prétextait systématiquement une séance photo impromptue – la raison officielle de sa présence avec nous ces derniers mois – Maxime, lui, ne cherchait même pas à mentir, se contentant de sourire largement… comme le chat après avoir mangé la souris.

— Plus vraiment, répondit Juliette, attristée. Je crois que Mathilde est passée à autre chose maintenant.

Gloria se désintéressa de ma joue et, de ses doigts potelés, attrapa la large chaîne en maille argentée autour de mon cou. Dans une vie précédente, elle avait appartenu à Michael ; il l'avait oubliée chez moi quelques jours avant son accident et je la portais depuis. Grâce à ce bijou, j'avais eu la sensation qu'il veillait sur nous pendant toute la tournée. Evan n'avait fait aucune remarque mais, quand Gloria tira sur la chaîne, je le vis froncer les sourcils, prêt à intervenir. Je secouai la tête et murmurai :

— Tout va bien. Laisse-la jouer, ça ne risque rien.

Un silence s'installa entre nous, seulement contrarié par le brouhaha des autres invités dans le séjour. Malgré tous nos efforts, l'ombre du décès de Michael était toujours là, surgissant quand on ne l'attendait pas. Je forçai un sourire et repris la conversation.

— Si vous nous disiez plutôt ce qu'on fiche ici un dimanche midi ?

Retrouvez le meilleur d'Emily Blaine en poche

www.emilyblaine.com

Harper Collins
POCHE

Gott hat die Liebe
als Grundmuster
in dein **Herz** gezeichnet.
Er will, dass du danach lebst.

Bildnachweis